ein Ullstein Buch

ÜBER DAS BUCH:

Niemand hätte vermutet, daß die ausgelassene Segelpartie auf der Themse mit einer Tragödie enden und der berühmte Mediziner Dr. Roger Mills dabei den Tod finden würde. Jeder der fünf Bord-Gäste konnte der Täter gewesen sein. Aber was war das Motiv? Vielleicht hätte Finbow, der Kenner exquisiter Teesorten und Verehrer chinesischer Poesie, die Spannung und heimliche Zwietracht in der scheinbar so harmonischen kleinen Gruppe gespürt. Doch Finbow wird erst nach dem Mord herbeigerufen. Er findet die Lösung dank seiner scharfen Beobachtungsgabe, die Sergeant Aloysius Birrell von der Norwicher Kriminalpolizei trotz seiner Leidenschaft für Kriminologie in beklagenswerter Weise abgeht.
Über das 1932 veröffentlichte Erstlingswerk des mit seinen Gesellschaftsromanen berühmt gewordenen englischen Erzählers schrieb die *New York Times*: »Ein undurchdringliches Geheimnis und eine ausgezeichnete Studie, wie sich Menschen unter der Belastung gegenseitiger Verdächtigungen verhalten.«

DER AUTOR:

Charles Percy Snow, am 15. 10. 1905 als Sohn eines Kaufmanns in Leicester geboren. Studium der Naturwissenschaften; 1930 bis 1950 Physik-Dozent in Cambridge. Unter Harold Wilson parlamentarischer Staatssekretär im Ministerium für Technologie. 1957 Erhebung in den Adelsstand. Snows literarisches Hauptwerk ist der elfbändige Romanzyklus *Strangers and Brothers*, eine Chronik der Zeit von 1914 bis 1968. C. P. Snow starb am 1. 7. 1980.

C. P. Snow

Mord unterm Segel

Roman

ein Ullstein Buch

ein Ullstein Buch
Nr. 20652
im Verlag Ullstein GmbH,
Frankfurt/M – Berlin
Titel der Originalausgabe:
Death Under Sail

Aus dem Englischen
übertragen von Liselotte Mickel

Ungekürzte Ausgabe

Umschlagentwurf:
Hansbernd Lindemann
Foto: Mall Photodesign

Taschenbuchausgabe mit Genehmigung
der Deutschen Verlags-Anstalt, Stuttgart

Printed in Germany 1986
Druck und Verarbeitung:
Clausen & Bosse, Leck
ISBN 3 548 20652 2

August 1986
9.–12. Tsd.

CIP-Kurztitelaufnahme
der Deutschen Bibliothek

Snow, Charles P.:
Mord unterm Segel: Roman/C. P. Snow.
[Aus d. Engl. übertr. von Liselotte
Mickel]. – Ungekürzte Ausg. –
Frankfurt am Main; Berlin: Ullstein, 1986.
(Ullstein-Buch; Nr. 20652)
Einheitssacht.: Death under sail ⟨dt.⟩
ISBN 3-548-20652-2

NE: GT

Der Autor zu seinem Roman

Mord unterm Segel war mein erster veröffentlichter Roman. Er war nicht gerade meine Erstlingsarbeit, denn im Alter von einundzwanzig Jahren hatte ich bereits einen Roman geschrieben, der unter Studenten und Studentinnen an einer Universität in der Provinz spielte. Glücklicherweise wurde dieser Roman nie gedruckt.
Ich freue mich jedoch über die Neuauflage von *Mord unterm Segel.* Ich war sechsundzwanzig, als ich diesen Roman schrieb, und hatte damals die Absicht, meine wissenschaftliche Laufbahn aufzugeben und mich dem Schreiben von Romanen zu widmen. Diese Absicht hatte ich schon immer, nun hielt ich den Zeitpunkt für gekommen.
Warum ich ausgerechnet mit einem Kriminalroman anfing, ist mir heute unerfindlich und dürfte es auch damals gewesen sein. Vermutlich gehörte ich zu den Schriftstellern, die sich ihren Weg erst suchen müssen. Als ich damals diesen Kriminalroman schrieb, wurde eine stilisierte Detektivgeschichte daraus. Sie wurde sehr beifällig aufgenommen, und ich wäre fast in eine neue Falle geraten, nachdem ich eben der Falle der Wissenschaft halb entronnen war: Man versuchte, einen Kriminalschriftsteller aus mir zu machen.
Tatsächlich hatte ich jedoch nicht die Absicht, einen weiteren Kriminalroman zu schreiben. Es macht zwar großen Spaß, aber es kostet fast ebensoviel Zeit wie ein richtiger Roman. Ich wußte inzwischen, was ich in Zukunft tun wollte und daß meine Zeit für diese Pläne kaum ausreichen würde. Wenn ich ein zweites Leben zur Verfügung hätte, würde ich gern weitere Kriminalromane schreiben. Mir schwebt dabei allerdings ein richtiger *roman policier* vor, der einem normalen, realistischen Roman möglichst nahekommen müßte. Meines Wissens gibt es so etwas seither noch nicht, nicht einmal bei Simenon. Hier sind noch viele Möglichkeiten.

26. Februar 1959 C. P. S.

Sechs nette Leute

Der Weg wollte kein Ende nehmen. Immer wieder bog ich in einen neuen Heckenweg ein, und einer sah genauso aus wie der andere. Nach der dritten Meile war ich es leid.

Als Roger mich einlud, vierzehn Tage mit unseren gemeinsamen Freunden auf seiner Jacht in den Norfolk Broads zu verbringen, hatte ich mich über die Einladung gefreut. Es fällt mir zwar jedes Jahr schwerer, mich von meiner gemütlichen Behausung loszureißen, wo nichts mich in meinem Junggesellendasein stört, wo ich essen kann, was ich will, und mein bequemes Bett habe. Aber mit dreiundsechzig war ich immerhin noch bereit, für eine solche Segelpartie in netter Gesellschaft einige Unbequemlichkeiten in Kauf zu nehmen. Und ich wußte aus Erfahrung, daß man bei Rogers Veranstaltungen immer damit rechnen konnte, ein paar amüsante Leute zu treffen.

Auch habe ich schon immer eine Vorliebe fürs Flachland gehabt, für ein gemächliches Dahintreiben auf trägen Gewässern und für Sonnenuntergänge, wie man sie nur erlebt, wenn es auf hundert Meilen keine Berge gibt. Selbst als die lästigen Heckenwege immer noch kein Ende nehmen wollten – einer immer grundloser als der andere –, fand ich noch Gefallen an dem blauschimmernden Horizont, dessen Linie nur von einer einsamen, komischen Windmühle unterbrochen war.

Trotzdem ärgerte ich mich über Roger. Als ich mich endlich in London freimachen konnte, waren sie mit der Jacht schon acht Tage unterwegs, und er hatte mir geraten, mit der Bahn nach Wroxham zu fahren und von da aus zu Fuß zu einem Landungssteg in der Nähe von Salhouse zu gehen. In seinem Brief stand: „Es ist leicht zu finden und gar nicht weit.“ Eigentlich hätte ich mir ja von vornherein darüber klar sein müssen, daß Rogers unangebrachter Optimismus noch beträchtlich gewachsen sein mußte,

seit er es mit gutbetuchten Patientinnen zu tun hatte. So lief ich also an diesem Septemberabend gegen acht Uhr durch einen leichten Regen, den ein frischer Wind vor sich herjagte. Meine Kleider wurden feucht, und das Gewicht meines Koffers wurde mir beschwerlich. Ich war wohl doch zu alt für solche Unternehmungen.
Endlich schimmerte Wasser übers Schilf zu mir herüber. Es war die Stelle, wo der Fluß eine Windung macht und zum Salhouse-Moor hinüberfließt. Ein paar hundert Meter weiter stand der kahle Mast einer Jacht schwarz gegen den Himmel. Das Boot war für die Nacht festgemacht. Durch die Luken schimmerte Licht, und ein grünlicher Schein drang durch die Persenning. Ich eilte darauf zu, und schon drang eine dröhnende Stimme, wie sie nur einem einzigen Menschen gehören konnte, an mein Ohr.
Ich kenne niemand auf der ganzen Welt, der soviel Krach macht wie Roger. In diesem Augenblick hatte ich allerdings gegen den Lärm nichts einzuwenden, versprach er mir doch einen bequemen Sitzplatz in der Kajüte und einen Drink aus der Hand eines hübschen Mädchens. Im Hinblick darauf war ich bereit, Roger zu verzeihen, daß seine Stimme wie ein Nebelhorn klang und daß er mich meilenweit durch die feuchte Nacht gejagt hatte.
Als ich den Laufsteg entlangging und nach Roger rief, hatte ich meine gute Laune schon fast wieder. Drinnen wurde es auch gleich lebendig, und Rogers Kopf tauchte aus der Persenning auf.
„Bist du's, Ian? Wo hast du denn so lange gesteckt?“ rief er munter.
„Beim verrücktesten Hindernisrennen, das mir je vorgekommen ist“, erwiderte ich kühl. „Es muß von einem Idioten arrangiert worden sein. Es geht etwa so: Man muß in einer kalten, nassen Nacht mit einem schweren Gegenstand in der Hand endlose Meilen zu einem unbekannten Punkt unseres Planeten marschieren. Wer ihn nicht erreicht, hat verloren und muß sterben. Wer ihn erreicht, hat gewonnen und bringt den Idioten um.“
Roger lachte schallend.
„Komm 'rein und genehmige dir einen Drink – dann fühlst du dich gleich wohler.“
„Wohler ist gut“, murrte ich. „Ich kann nur auf eine baldige Erlösung hoffen.“
Ich kletterte aufs Boot. Roger lachte immer weiter, und ich folgte ihm den Niedergang hinunter in die Kajüte. Als ich hinter ihm herging, stellte ich fest, daß er immer fetter wurde.

Die Kajüte war hell erleuchtet, und fröhlicher Lärm und Gläserklirren drangen an mein Ohr.
Jemand rief: „Da kommt Ian!" und man drängte mich auf eine der Kojen. Avice schenkte mir einen golden schimmernden Cocktail in ein langstieliges Glas.
Immer wenn ich Avice ansehe, habe ich das Gefühl, daß ich sie mit noch größerem Wohlgefallen und mit wesentlich geringerer Gemütsruhe anblicken würde, wenn ich noch zwanzig Jahre jünger wäre. In meinem Alter muß ich mich damit begnügen, sie wenigstens anschauen zu dürfen.
An jenem Abend kam sie mir geradezu unverschämt hübsch vor. Nur Avice versteht es, einen Drink so einzuschenken, als ob dies eine höchst wichtige und reizvolle Aufgabe wäre, und die melancholisch-heitere Miene, die sie dabei aufsetzt, macht mir ihren schmollenden Mund und ihre schmalen Hände nur noch anziehender.
Sie war einfach entzückend – von ihren braunen, aus der Stirn gestrichenen Haaren bis zu ihren langen, schlanken Beinen. Als ich den Cocktail aus ihrer Hand entgegennahm und sie mich dabei anlächelte, hatte ich das Gefühl, daß sie allein schon aufgrund ihrer Augen ein bezauberndes Geschöpf gewesen wäre, auch wenn ihr alle andern Vorzüge abgegangen wären.
„Deine Augen sind entzückend traurig", sagte ich. Schließlich war ich vierzig Jahre älter als sie, und das Alter gibt uns das Recht, Komplimente zu machen, wenn es uns auch andererseits um die Belohnung bringt, um derentwillen man Komplimente macht.
„Du kannst einem so nette Dinge sagen, Ian", erwiderte sie und zündete sich eine Zigarette an.
„Das macht die lange Übung. Als ich jünger war, habe ich es noch nicht so gut gekonnt", sagte ich leise und ließ mich in meine Ecke zurücksinken.
„In ihren Augen liegt tatsächlich eine bezaubernde Traurigkeit", bestätigte Christopher, der in der Ecke gegenüber saß. „Sie sind so traurig, wie die Augen von jemand sein können, dem noch nie im Leben etwas Unangenehmes passiert ist." Sein gebräuntes Gesicht tauchte einen Augenblick aus der dunkeln Ecke auf, und um seinen energischen Mund spielte ein Lächeln.
Avice errötete leicht und lachte beglückt. Es fiel mir ein, daß die Rede ging, sie wollten jetzt endlich heiraten. Schon zwei Jahre

umwarb er sie, und sie hatte ihn wie viele ihrer Freunde schon oft an den Rand der Verzweiflung gebracht. Wenigstens stellte ich mir das so vor nach dem, was ich beobachtet hatte, und ich kam zu dem Schluß, daß er sie verdient hätte, wenn es ihm tatsächlich gelungen sein sollte, sie endlich zu erobern. Ich mochte ihn gern. Er war ein junger Mann von lebhaftem Geist und eine starke Persönlichkeit.

Freilich war ich trotz dieser Vorzüge ein wenig eifersüchtig auf ihn, wenn ich bei meinem Alter auch eigentlich darüber hätte hinaus sein sollen. Ich blickte Avice an, wie sie ihm zulachte, und empfand den lebhaften Wunsch, wie Christopher jung und sonnengebräunt und sechsundzwanzig zu sein.

Aber sie waren ein nettes Paar, und ich sagte mir, daß ich Avice weit lieber mit ihm als mit Roger verheiratet wissen wollte. Es war mir bekannt, daß Roger sie noch unlängst mit seinen Anträgen verfolgt hatte und daß er dabei mit der gleichen rücksichtslosen, zuversichtlichen Energie vorgegangen war, mit der er alles im Leben betrieb. Er hatte sich bei ihr einen Korb geholt, worüber er zunächst ziemlich erbittert war. Schließlich war er nicht gewohnt, daß man ihm etwas abschlug.

Ich war froh darüber. Während ich darüber nachdachte, beobachtete ich ihn, wie er an der Kajütentür saß. Sein Gesicht kam mir immer röter vor, und sein Benehmen wurde immer lauter. Eine Heirat zwischen ihm und Avice wäre mir wie ein Sakrileg vorgekommen. Ich wußte, daß sein Ruf als Arzt im Wachsen war. Er hatte bereits in der Harley Street Fuß gefaßt und galt in Medizinerkreisen auf seinem Gebiet als die größte Kapazität seiner Generation. Aber das genügte mir nicht. Für Avice war er einfach zu robust, wenn ich mich so ausdrücken darf. Sie waren auf allen Gebieten die größten Gegensätze; und dabei waren sie merkwürdigerweise Vetter und Kusine. Man sollte es nicht für möglich halten! Nun, mit dieser Heirat war es jedenfalls vorbei. Soweit ich es beurteilen konnte, mochte Avice Christopher gut leiden, und Roger hatte sich wieder beruhigt. Er schien mir wieder so gut aufgelegt wie eh und je. Ich hatte ihn sogar im Verdacht, daß er diese Segelpartie ausdrücklich arrangiert hatte, um damit zu dokumentieren, daß alles wieder in bester Ordnung war.

Roger unterbrach mich in meinen Gedanken. Seine Stimme klang keineswegs nach gebrochenem Herzen, als er mir zurief:

„Ian, du machst ein Gesicht wie ein ausgestopfter Fisch!"

„Ich habe nachgedacht."

„Und worüber?"

„Über die zunehmende Leibesfülle meines Gastgebers", erwiderte ich.

Roger brüllte vor Lachen.

„Ich glaube selbst, ich habe zugenommen", sagte er. „Das kommt davon, wenn man mit sich und der Welt einverstanden ist. Aber wir haben hier jemand, der dir offenbar noch entgangen ist. Kennst du eine junge Dame namens Tonia?"

„Noch nicht, aber ich würde sie gern kennenlernen!"

„Dort sitzt sie." Roger deutete mit seiner fetten Hand zu ihr hinüber. „Philip hat sie mitgebracht. Sie heißt Tonia Gilmour."

Ich hatte mich so intensiv mit Avice beschäftigt, daß ich die andern kaum beachtet hatte. Philip hatte mir zwar bei meinem Eintritt vergnügt zugegrinst, aber das junge Mädchen, das neben ihm auf der Koje lehnte, hatte ich kaum bemerkt.

„Darf ich euch bekannt machen", sagte Roger. „Tonia, das ist Ian Capel. Er ist ur-uralt, mindestens sechzig. Daß ich ihn eingeladen habe, bedeutet eine Konzession an die vornehme Welt zur Zeit König Eduards."

„Ich glaube, die hätte mir gefallen", sagte Tonia mit leiser, ein wenig heiserer Stimme, und ich war ihr dankbar dafür. Sie war ein junges Mädchen, das die Blicke auf sich zog, nicht durch ihre dezente Art wie Avice, sondern aufgrund einer sehr persönlichen Ausstrahlung. Sie hatte hochgeschwungene Augenbrauen unter dichtem Haar, das im Lampenschein rötlich schimmerte, und schmale, engstehende Augen, von denen das eine braun und das andere grau war, wie ich fast erschrocken feststellte. Der Mund in ihrem gebräunten Gesicht war dunkelrot geschminkt. Ihr schlanker Körper steckte in einem leuchtend grünen Kleid, um ihre schmale Taille hatte sie einen schwarzen Gürtel geschlungen. Sie hatte ihre sonnenverbrannten Beine auf der Koje hochgezogen, und Philip spielte mit ihren Fußgelenken.

„Ich muß doch sagen, Philip hat einen besseren Geschmack, als wir ihm je zugetraut hätten", sagte ich, und wir rieben die Gläser auf dem Tisch, denn wir hatten ihn alle gern. Noch nie in seinem Leben hatte er einen anderen Ehrgeiz gehabt, als nett zu seinen Freunden zu sein. Durch Oxford hatte er sich hindurchgefaulenzt, indem er ein paar Verse schrieb, ein bißchen Theater spielte und sehr viel diskutierte, und jetzt – mit fünfundzwanzig – bummelte er durch Europa und begnügte sich noch immer damit, ein netter Junge zu sein. Sein alter Herr konnte es sich leisten, ihn gewähren zu lassen, und es war unmöglich, diesem Philip irgend etwas von dem, was er tat oder sich in den Kopf setzte, übelzunehmen.

Wie er so dalag und Tonias Fußgelenke streichelte, während ihm das dichte Haar über sein bewegliches, lebhaftes Gesicht fiel, war wenigstens ich durchaus bereit, über seine Eskapaden zu lachen – ihm selbst zuliebe und dieser berückenden, temperamentvollen Tonia zuliebe, die er in unsern Kreis eingeführt hatte.

Er ging auf meine Bemerkung ein.

„Was hast du da eben von Geschmack gesagt, Ian, alter Schurke? Wenn du noch ein Wort riskierst, verrate ich allen die Geschichte mit der Frau mit dem Pfannkuchengesicht und der krummen Nase!"

Diese Geschichte war mir völlig neu; ich sah ihn verständnislos an. Es gab ein allgemeines Gekicher, und Philip fuhr fort:

„Ian hat sie in einem Bus getroffen. Sie las gerade in einem Buch. Ian, der alte Schlawiner, geht zu ihr hin, setzt sich neben sie und sagt: ‚Wollen Sie nicht lieber ein anderes Buch lesen?' ‚Was für ein Buch denn?' fragt sie. Und er sagt: ‚Den Eisenbahnfahrplan.' Darauf sie: ‚Weshalb denn das?' Und Ian sagt: ‚Damit wir zusammen durchbrennen können!' Sie hatte, wie gesagt, ein plattes Pfannkuchengesicht und eine krumme Nase."

Alle lachten, Roger am lautesten, und ich stimmte ein, nachdem mein Protest in der allgemeinen Heiterkeit untergegangen war.

Da mischte sich William mit seiner klaren Stimme ein:

„Ian ist ein Mann von Geschmack, deshalb kann er so etwas unmöglich erlebt haben. Und Philip hat keine Phantasie, deshalb kann er das unmöglich erfunden haben. Ich kann daher nur annehmen, daß es ihm selbst passiert ist."

Philip grinste ungeniert, und Tonia zog ihn am Ohrläppchen.

Ich trank William zu und sagte:

„William, du bist mein Freund. Du hast meine Ehre gerettet! Gruß und Dank!"

Es war bezeichnend für ihn, daß er geschwiegen hatte, bis er es für notwendig fand, unmittelbar einzugreifen.

Er saß da, wie wir ihn schon oft hatten sitzen sehen, mit dem Anflug eines Lächelns auf dem blassen Gesicht, während seine Hand

sein kantiges Kinn streichelte. Vor vier Jahren hatte mich Roger mit ihm bekanntgemacht und dabei gesagt, er sei ein junger Arzt mit Zukunft. Neuerdings hatte ich gehört, daß er Roger wahrscheinlich einmal den Rang streitig machen würde. Ich muß gestehen, daß mich dies nicht weiter in Erstaunen setzte. Obwohl William noch nicht dreißig war, flößte er so viel Zutrauen ein und besaß eine solche Klarheit des Denkens und einen so zielbewußten Ehrgeiz bei aller äußeren Gelassenheit, daß er geradezu dafür prädestiniert schien, jedes Ziel, das er sich gesetzt hatte, auch zu erreichen.
Da saß er hinter Roger, und sein blasses, stilles Gesicht stand in einem merkwürdigen Gegensatz zu dem runden, roten von Roger, und ich wußte, daß ich, ohne einen Augenblick zu zögern, zu William gehen würde, wenn ich je einen Krebsspezialisten konsultieren müßte – was der Himmel verhüte, denn ich hatte und habe vor Ärzten soviel Angst wie nur je ein Mensch, der sein ganzes Leben gesund gewesen ist.
Die Kajüte war fast voll, nachdem wir nun alle sieben beisammen waren. Ich leerte mein Glas und überblickte mit Behagen, wie es einem ein guter Cocktail einflößt, noch einmal die Gesellschaft.
Es war doch etwas Nettes, so unter jungen Leuten und unter guten Freunden zu sein. Das war Avice Loring zu meiner Linken. Sie hatte eine Zigarette zwischen den Lippen und sah mich auf ihre bezaubernd ernste Art an. Neben Avice, zwischen ihr und der Tür, saß ihr Vetter Roger Mills, unser Gastgeber, der so überaus erfolgreiche Arzt. Als ich zu ihm hinsah, hob er sein Whiskyglas und trank mir zu. William Garnett hatte die am weitesten von uns entfernte Bank am Ende der Kajüte ganz für sich allein. Aber unruhig, wie er war, saß er auf der äußersten Kante und stützte sein Gesicht in die Hände. Ich hatte das Gefühl, daß er es bald von allen am weitesten gebracht haben würde. Auf der Seitenkoje jenseits der Tür räkelte sich Tonia Gilmour und wickelte sich Philip Wades Haar um die Finger. Philip aalte sich mit geschlossenen Augen, jeder Zoll ein charmanter Faulpelz. Und als ich meine Augen wieder meiner Kajütenseite zuwandte, fielen sie auf Christopher Tarrant in der anderen Ecke. Sein schmales, gebräuntes Gesicht war halb im Schatten, und seine tiefliegenden Augen waren starr auf Avices Hände gerichtet.
Sie sind doch alle sechs ganz reizend, dachte ich. Solange ich mich mit ihnen beschäftigte, schien die Welt in Ordnung. Abgesehen

von Tonia, die – soviel ich wußte – für alle außer Philip eine Fremde war, kannten wir uns alle gut. Vor drei Jahren hatten wir andern unsere Ferien gemeinsam in einem süditalienischen Landhaus verbracht, und es war eine Vertrautheit zwischen uns aufgekommen, die ich als etwas sehr Wertvolles in meinem Leben empfand. Ich hoffte und vermutete, daß es den andern ebenso ging, und ich sah sie mir alle noch einmal der Reihe nach an und lächelte befriedigt.

Avice lehnte sich an mich und sagte:

„Jetzt fühlst du dich schon richtig gemütlich, nicht wahr, Ian?“

Es machte mir Spaß, daß sie mich neckte.

„Sich gemütlich zu fühlen gehört zu den Annehmlichkeiten des Älterwerdens, mein Schatz“, sagte ich. „Wir sind alle gern hier unter Menschen, die uns sympathisch sind. Ihr Jungen wollt allerdings nicht wahrhaben, daß ihr es genießt. Ich dagegen habe meine Freude daran und gebe das auch zu.“

„Altwerden muß etwas Wunderbares sein“, sagte sie, und ich glaube, sie seufzte leise.

„Es hat auch seine Nachteile“, erwiderte ich mit einem Blick auf ihre halbgeöffneten Lippen.

Roger holte eine neue Flasche Whisky aus dem Schrank und füllte der Reihe nach unsere Gläser. Es hat eine Zeit gegeben, zu der es mich in Erstaunen gesetzt hätte, junge Mädchen wie Avice und Tonia scharfe Sachen trinken zu sehen. Inzwischen hatte ich gelernt, es hinzunehmen wie vieles andere, das in unserer unruhvollen Zeit unvermeidlich zu sein scheint. Ich sah keinen Grund mehr, warum sie in Gottes Namen keinen Whisky trinken sollten, wenn er ihnen schmeckte.

William nippte an seinem Glas. Dann blickte er zu mir herüber und sagte:

„Ian weiß das Neuste noch gar nicht. Er hat noch keine Ahnung, daß wir heute abend etwas feiern.“

„Was feiert ihr denn?“ fragte ich. „Abgesehen von unserm Zusammensein natürlich.“

„Christopher hat gerade die Leitung der gesamten Gummiplantagen in Malaya übertragen bekommen“, sagte William.

„Das ist ja wundervoll! Das freut mich aber für dich, Christopher!“ sagte ich und drehte mich nach ihm um. „Hoffentlich bringt dir die Stelle auch ordentlich etwas ein!“

„O ja, sie geben ihm einen Haufen Geld", fiel Avice schnell ein.
„Das ist doch die erfreulichste Nachricht, die ich seit langem gehört habe", sagte ich. Ich wußte, daß Christopher ganz allein für seinen Lebensunterhalt aufkommen mußte, und freute mich sehr, daß ihm nun ein solcher Erfolg beschieden war.
„Auf Christopher!" rief ich und hob mein Glas.
„Vielen Dank, ihr seid wirklich reizend", sagte Christopher, und seine oft harten Gesichtszüge wirkten auf einmal liebenswürdig und jung. „Es ist aber noch nicht ganz sicher. Ich muß mich erst noch von ein paar leitenden Herren der Gesellschaft inspizieren lassen. Sie wollen sichergehen, daß ich nicht gleich abkratze, wenn ich dort unten ankomme."
Wir lachten und riefen: „Auf dein Wohl, Christopher!" Dann maulte Philip:
„Ich werde nie von jemand gefeiert, weil ich einen Job bekommen habe!" wozu Avice besänftigend meinte:
„Mein lieber Philip, es wäre für uns alle ein furchtbarer Schlag, wenn du tatsächlich einmal einen Job bekämst. Die Tatsache, daß du auf der ganzen Welt nichts tust, ist das einzige, worauf wir uns verlassen können."
Philip nahm eine komisch-würdevolle Haltung an und sagte: „Avice, du bist ein Kindskopf und verstehst überhaupt nichts davon. Tatsache ist, daß Tonia allen Ernstes mit dem Gedanken umgeht, mich als ihren Sekretär anzustellen."
Tonia legte ihm die Hand auf die Schulter und sagte mit ihrer heiseren Stimme:
„Er hätte nichts weiter zu tun, als meine Briefe zu öffnen."
Überrascht fragte ich:
„Und warum wollen Sie ihn das tun lassen?"
„Um ihn eifersüchtig zu machen natürlich." Sie zog die Augenbrauen hoch und fuhr fort: „Er ist viel zu englisch, als daß er sie lesen würde, ohne dafür bezahlt zu werden. Er muß sie gewissenhaft durchackern, was ihn hoffentlich ein wenig auf die Beine bringt. Und wenn ich mir meine Liebesbriefe selbst schreiben müßte!" Sie ließ ihre Augen einen Moment auf Philip ruhen, und ich glaube, wenn Roger nicht gewesen wäre, hätten sie sich vor uns allen geküßt. Aber man konnte sich darauf verlassen, daß Roger sich in jede gespannte Situation einmischte, und tatsächlich polterte er auch jetzt los:

„Auf, Kinder, ins Bett! Ich will morgen früh vorm Frühstück nach Horning segeln!“

„Dann frühstücken wir vermutlich in Horning, was bedeutet, daß wir unmenschlich früh aufstehen müssen“, seufzte Philip.

„Warum mußt du bloß um Himmels willen immer schon vorm Frühstück lossegeln?“ fragte Christopher gähnend.

„Da ich immer um acht aufstehe und das Schiff allein führe, sehe ich nicht ein, was euch das ausmachen könnte. Ihr Drückeberger könnt ja noch eine Stunde im Bett bleiben“, sagte Roger lachend zu Christopher.

Ich stellte fest, daß sie auf freundschaftlichem Fuß standen, was mir für beide zu sprechen schien, nachdem sie doch in bezug auf Avice Rivalen gewesen waren.

„Außerdem tut es jedem gut, wenn er einmal vierzehn Tage in seinem Leben auf seine Bequemlichkeit verzichten muß“, fügte Roger grinsend hinzu.

„Und wo soll ich schlafen?“ erkundigte ich mich bescheiden.

„Vielleicht auf dem Kajütendach? Wäre das unbequem genug?“ Roger stand auf und reckte sich. Sein rotes Gesicht war feucht.

„Nein, wir beide schlafen hier in diesen beiden Doppelkojen. Wir sind die ältesten und dicksten und brauchen am meisten Platz. Die ganze letzte Woche haben die Mädchen die beiden andern Doppelkojen in der Achterkajüte für sich gehabt. Warum, weiß ich nicht. Wir verhätscheln sie ganz einfach. Die andern drei Parasiten schlafen in den drei Einzelkojen in der Mittelkajüte. So haben wir's die ganze letzte Woche gehalten.“

„Du glaubst ja gar nicht im Ernst an deine spartanischen Theorien, sonst würdest du dich zum Schlafen mit dem Kopf nach unten am Mast aufhängen“, sagte Avice zu Roger, während sie die Gläser abräumte.

„Mein liebes Kind“, polterte Roger. „Keiner von euch hat eine Ahnung, worauf es bei Ferien dieser Art ankommt. ‚Spartanertum mit Komfort‘, darauf läuft es hinaus. Das heißt, wir müssen unsere Behausung selbst segeln. Ein Motorboot wäre erheblich bequemer, aber wir hätten lange nicht soviel Spaß dabei. Auf der andern Seite haben wir unser anständiges Essen. Wir könnten auch von Speck und Schwarzbrot leben, aber auch das würde nicht soviel Spaß machen. Wie bei allen Spielen stellen wir auch hierbei die Regeln selbst auf. Und morgens früh aufzustehen gehört zu unsern Spielregeln.“

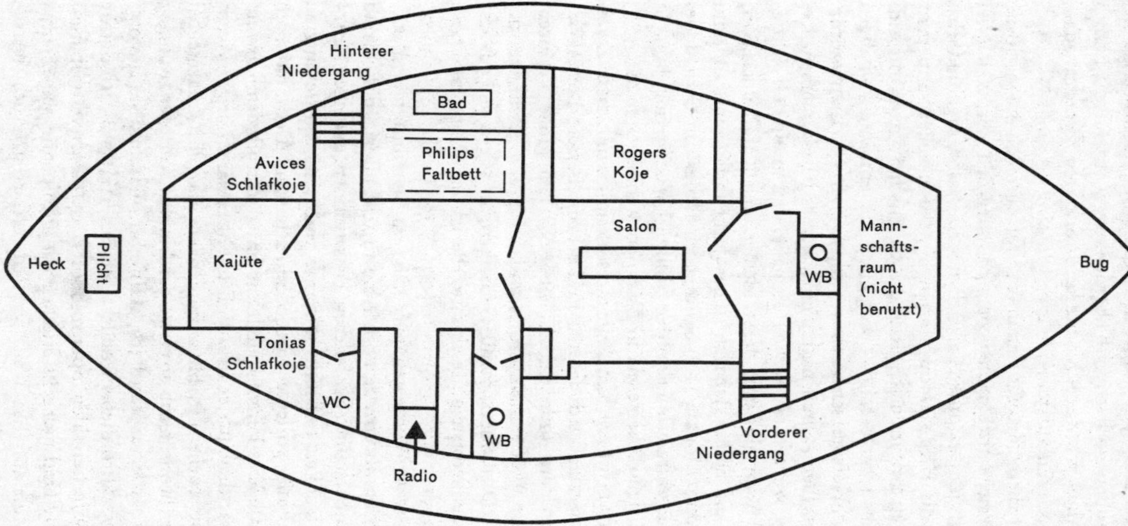

Finbows Skizze der ›Sirene‹

„Sehr einleuchtend, Roger!" sagte ich. „Ich werde deine weisen Erkenntnisse draußen noch einmal überdenken, während du hübsch weiterspielst und mir diese Kajüte zum Schlafen zurechtmachst. Gute Nacht beisammen!"
Alle begaben sich in ihre Kojen, und nur Roger räumte noch die Zigarettenstummel und Flaschen weg. Ich stieg den vorderen Niedergang hinauf, der unmittelbar neben dem Salon lag, und ließ mir auf Deck die kühle Nachtluft um die Nase wehen. Ein paar Minuten lang dachte ich noch über die Gesellschaft nach, die sich mit mir auf der Jacht befand – was mir jeder einzelne von ihnen bedeutete, und wie sich sein Leben wohl weiter gestalten würde. Ich habe meine Jugend nun hinter mir, und es hat in meinem Leben Zeiten gegeben, wo ich bezweifelt habe, daß es eine Gerechtigkeit auf dieser Welt gibt, auf der es dem reinen Zufall überlassen ist, ob jemand ein halbes Jahr auf einer Jacht faulenzen kann, um die nächsten sechs Monate womöglich noch fauler am Strand des Mittelmeers zu vertun, oder ob er fünfzig Wochen im Jahr in Oldham und die restlichen zwei in Blackpool zubringen muß.
Je älter ich jedoch werde, um so mehr schwinden mir diese Zweifel. Ich bin sicher, daß sich letzten Endes keine bessere Lösung als diese ungleiche Verteilung finden ließe. Wieviel ginge verloren, wenn man diese Welt des Komforts und der Muße gewaltsam beseitigen würde! Dies waren meine Gedanken, als ich in jener Nacht auf Deck stand, bevor die Geschichte, die ich erzählen will, noch richtig begonnen hatte.
Allzuviel würde verlorengehen! Oft habe ich Bekannte höchst entrüstet sagen hören, da müßte doch Abhilfe geschaffen werden, und oft habe ich unbehaglich bei solchen Diskussionen dabeigesessen – ein langsamer Denker, der nicht imstande war, seine Einstellung zu verteidigen. In jener stillen Nacht jedoch, allein auf Deck, hatte ich das Gefühl, daß ich es ihnen vielleicht hätte klarmachen können, wenn ich sie nur dagehabt hätte. Von unten herauf drang Avicens leises, perlendes Lachen. Nicht auszudenken, daß ihr Charme bei einer eintönigen Routinearbeit unwiederbringlich verlorengegangen wäre! Stärker als je empfand ich, daß eine Welt, die sie hervorbringen konnte, durch dieses Resultat gerechtfertigt war. Ich dachte auch über die andern auf unserm Boot nach. Warum sollten so fröhliche und sympathische Nichtstuer wie Philip und seine Tonia sich nicht die Zeit auf ihre Weise vertreiben dürfen? Auch sie tra-

gen dazu bei, dem Leben Farbe zu geben, und wenn sie und ihresgleichen verschwinden, wird dies den Untergang einer Welt bedeuten, einer Welt, die trotz ihrer Fehler mehr Menschen an mehr guten Dingen des Lebens teilnehmen läßt als jede andere bisher. Der Himmel weiß, daß sich unzählige Narren und Rüpel in dieser Welt tummeln, aber es gehören ihr auch die liebenswürdigsten Menschen an, denen ich in meinem Leben begegnen durfte.

Ich dachte dabei auch an meine Freunde auf dieser Segelpartie. Einige von ihnen waren in den Wohlstand hineingeboren. Avice zum Beispiel hatte ihr ganzes Leben in Kreisen verbracht, deren einziges wirkliches Anliegen darin besteht, wie man seine Freizeit am besten verbringt. William dagegen hatte sich seine Stellung allein aufgrund seiner Tüchtigkeit erkämpft. Vor zehn Jahren noch hatte er mit verbissenem Eifer in einer Secondary School von Birmingham gelernt. Philip hatte immer alles gehabt, was sein Herz begehrte, während Christopher der Sohn eines Schulmeisters war und mit bitterem Humor von sich zu sagen pflegte: „Ich bin von jeher zu arm gewesen, um richtig Schulden machen zu lernen."

Aber woher sie auch immer kamen, hier waren sie nun alle auf Rogers Segelpartie versammelt, und sie gehörten zu den nettesten Leuten, die mir je begegnet waren. Sollte es je mit ihrer Welt zu Ende gehen, dachte ich, werden die Anmut und das Licht aus dem Leben verschwinden.

Eine merkwürdig feierliche Überlegung für einen korpulenten Herrn von fortgeschrittenen Jahren, der da spät nachts auf Deck einer Segeljacht stand! Aber ich habe nicht vor, mich dafür zu entschuldigen. Es waren tatsächlich meine Gedanken, und ich schreibe sie nieder, da aus ihnen hervorgeht, was ich von meinen Freunden hielt, bevor die Ereignisse eintraten, die sie alle und auch mich so tief berühren sollten. Freilich muß ich zugeben, daß ich mich ein wenig schämte, als ich mich dabei ertappte, wie ich über Probleme nachgrübelte, mit denen man eigentlich mit zwanzig hätte fertig sein sollen.

Ich steckte mir eine Zigarette an und beobachtete den roten Reflex im Wasser. Ich sog den feuchten Geruch des Moors ein, der mich leise erschauern ließ. Ich hörte den schwachen Ruf einer Eule und ihren sachten Flügelschlag. Schilf und Himmel waren dunkel, denn kein Mond schien, und das einzige Licht, das diese Nacht erhellte, kam aus den Luken unseres Schiffs. Wie leuchtende Balken lag es quer überm Fluß. Es war eine stille Nacht – sehr still war es auf dem Wasser.

Roger segelt allein

Ich stieg wieder in die Kajüte hinunter und fand Roger am Tisch vor einem dicken Buch, das wie ein Kontobuch aussah. Er hatte den Kopf beim Schreiben tief übers Papier geneigt, denn die Lampe war heruntergebrannt, und die Kajütenwände lagen in schwarzem Schatten. Als ich auf meiner Koje saß und anfing, meinen Kragen abzunesteln, blickte er auf.

„Die andern sind schon im Bett“, sagte er. „Ich will schnell noch das Logbuch nachtragen. Wenn ich fertig bin, lese ich's dir vor.“

„Einverstanden“, erwiderte ich und gab mir Mühe, mir meine Resignation nicht anmerken zu lassen. Laut vorzulesen, was man selbst geschrieben hat, gehört meiner Ansicht nach zu den leidigsten Praktiken der Menschheit. Aber es ist eine weitverbreitete Sucht, und ihre Unterdrückung soll gefährlich sein. Auch ich habe zu meiner Zeit sehr darunter gelitten. Immerhin habe ich mich stets bemüht, mit Anstand zuzuhören. Wenn man schon eine Folter über sich ergehen lassen muß, kann man es ebensogut mit Haltung tun. Da es mir Spaß macht, andern eine Freude zu bereiten, höre ich mir nicht nur die Romane, Gedichte und Briefe meiner Freunde an, sondern ich bitte sie sogar gelegentlich geradezu darum, sie mir vorzulesen. In illusionslosen Augenblicken neige ich zu der Ansicht, daß mein Ruf als Mensch von Geschmack mit dieser Gewohnheit zusammenhängen dürfte.

So versuchte ich auch reges Interesse zu heucheln, als Roger sich anschickte, mir seinen Tagesbericht vorzulesen, obwohl ich, weiß Gott, kein Verlangen danach trug, ihn mir anzuhören.

„Ich weiß, es wird dich amüsieren“, trompete er mir ins Ohr und beugte sich wieder über sein Buch, nachdem er sich vergewissert hatte, daß ich einverstanden war. „Aus einem Logbuch läßt sich jeder gern vorlesen“, und ich hörte seine Feder weiter übers Papier kratzen.

„Gewiß“, antwortete ich und suchte an der Wand über meiner Koje nach einem Platz für meinen Kragen. Ich entdeckte auch richtig ein Wandbrett und legte meine Uhr, meine Kragenknöpfe und meine Krawatte hübsch ordentlich nebeneinander, wie es mir zur tiefeingewurzelten Gewohnheit geworden ist. Im glaube, ich könnte nicht schlafen, ohne das simple Ritual absolviert zu haben, meine Uhr links neben meine Kragenknöpfe zu legen.
Roger räusperte sich, um meine Aufmerksamkeit auf sich zu lenken, und fing mit lauter Stimme an vorzulesen:
„1. September. Start von Acle. Die *Sirene* legte unter Segel ab, wie es der Gewohnheit des Skippers entspricht.“
„Das bin ich“, erläuterte er.
„Das ist anzunehmen.“
Roger fuhr fort: „Welcher mit der Selbstaufopferung, die er bereits auf der ganzen Fahrt bekundete, sie einhand segelte. Das Frühstück wurde bis halb elf verschoben, was wir der Trödelei der weiblichen Crew-Mitglieder zu verdanken hatten, die zu sehr mit ihren verschiedenen Verschönerungsaktionen beschäftigt waren, um sich um die körperlichen Bedürfnisse ihrer Herren und Gebieter zu kümmern.“
Er sah mich an. „Gut, nicht wahr?“ lachte er. Trotz meiner langjährigen Erfahrung mit aus eigenen Werken vorlesenden Freunden muß ich mich immer wieder wundern, an welch merkwürdigen Stellen sie mit unserm Beifall rechnen. Vermutlich gab es auch hier einen Grund, warum Worte, die für mich schlechthin nichtssagend waren, Roger so ungeheuer komisch vorkamen. Er schüttelte sich geradezu vor Lachen über seinen letzten Satz, während er mir kaum ein schwaches Lächeln entlocken konnte.
Immer noch lachend las Roger weiter:
„Nach dem Frühstück segelten Christopher und Philip die Jacht abwechselnd den Bure hinunter. Es ging nur ein leichter Wind, und der Skipper hielt es für unbedenklich, seine Gäste diesen Neulingen anzuvertrauen. Erfreut stellte er fest, daß Christopher in der Kunst des Segelns beachtliche Fortschritte macht, was man von Philip nicht behaupten kann, der von allen am miserabelsten segelt. Noch ein paar Tage Übung, und Christopher segelt so gut wie William. Tonia lag den ganzen Morgen auf dem Vorschiff in der Sonne, was das lebhafte Interesse sämtlicher junger Männer auf dem Fluß erregte.“

„Guter Witz, was?“ kicherte Roger. Ich fand ihn fett, und sein Gesicht war mir zu rot. Auch fiel mir auf, daß ihm in der warmen Kajüte Schweißtropfen von der Stirn flossen.

Er las weiter:

„Das regte Philip so auf, daß er es für notwendig hielt, sich zu ihr zu setzen, um ihr als eine Art spanische Wand zu dienen. Dies war das erste Signal, daß er endlich seine Faulheit überwunden hatte, und alle klatschten Beifall, als sie ihn so in Aktion treten sahen. Es amüsierte sie, daß er Tonia offenbar so sehr als seinen persönlichen Besitz betrachtet, daß er nicht erlauben will, daß andere Leute sie auch nur anschauen.

Wir nahmen einen behelfsmäßigen Lunch ein, da der Skipper entschied, daß keine Zeit mehr blieb irgendwo anzulegen, wenn man Salhouse noch am Abend erreichen wollte. Wir hatten verabredet, den Veteranen unserer Partie dort in der Nähe zu treffen, und der Skipper wollte ihn nicht aufsitzen lassen. Seit wir vor einer Woche an Bord gegangen waren, war dies das erstemal, daß wir zum Lunch nur einen Imbiß einnahmen, aber William maulte trotzdem.“

„Es fällt William schwer, sich in eine Gesellschaft einzuordnen“, bemerkte Roger dazwischen und blickte auf. „Schadet ihm gar nichts, wenn ich ihm gelegentlich zu verstehen gebe, daß mir das nicht paßt.“

„Da der Skipper vermutete, daß Christopher mit Avice reden wollte, segelte er die Jacht den ganzen Nachmittag allein. Von William ließ er sich nicht helfen, zur Strafe dafür, daß er beim Lunch gemault hatte. Christopher und Avice ließen Philip und Tonia taktvoll in Ruhe. Doch saßen die beiden Paare den ganzen Nachmittag auf dem Vorschiff. Tatsächlich war der Skipper das einzige Mitglied der Crew, das sich das Vergnügen nicht entgehen ließ, an einem ereignislosen, windigen Nachmittag sich die Landschaft zu betrachten. Die andern waren alle zu sehr miteinander oder mit sich selbst beschäftigt.“

Roger grinste selbstgefällig. „Es hat mir direkt Spaß gemacht, das aufs Papier zu bringen“, sagte er und fuhr fort:

„Kurz nach fünf erreichte die *Sirene* den mit Ian verabredeten Treffpunkt, und man diskutierte darüber, wie man es mit dem Abendessen halten sollte. Nach dem provisorischen Lunch hatten alle Hunger, und man beschloß nach Wroxham zu segeln, um dort in einem Gasthaus ein frühes Dinner einzunehmen, da wir unseren Veteranen nicht warten lassen wollten. Gesagt, getan. Wir bekamen in Wroxham ein anständiges Essen, kehrten um und machten die Jacht fest. Eine halbe Stunde später erst traf Ian ein. Natürlich kam er wieder einmal zu spät. Er war von jeher unzuverlässig. Der Skipper hat ihm noch einmal verziehen."

„So eine Unverschämtheit!" protestierte ich lachend.

„Der Skipper hat ihm noch einmal verziehen, und wir setzten uns alle in den Salon und tranken Cocktails und unterhielten uns. Wir tranken auf Christophers Wohl. (Es ist noch nachzutragen, daß Christopher bei unserer Ankunft in Wroxham einen Brief vorfand, in dem man ihm mitteilte, daß er die Stelle in Malaya bekommen würde.) Schließlich ging die ganze Gesellschaft zu Bett, nachdem Philip und Tonia sich wie gewöhnlich aufgeführt hatten, als ob sie von jeher und für alle Zukunft zusammengehörten."

„Na, wie findest du das?" fragte er triumphierend.

„Ausgezeichnet", erwiderte ich. Es war sogar mein Ernst, denn ich hatte nicht zu hoffen gewagt, daß ich es so bald überstanden hätte.

„Es ist ein Mordsspaß, so ein Logbuch zu führen", strahlte Roger. „Ein Mordsspaß, sage ich dir. Ich wenigstens tu's immer gern."

„Davon bin ich überzeugt."

„Jetzt geh ich schnell und bringe es noch weg. Bei mir muß alles auf seinen Platz", sagte er und schlüpfte aus seinen Gummischuhen.

„Dann geht's in die Falle."

„Eine vorzügliche Idee", gähnte ich. „Wo tust du's denn hin?"

„An seinen Platz – droben neben dem hintern Niedergang steht ein kleines Regal." Mit diesen Worten verließ er leise den Salon.

Ich zog mich schnell aus und mühte mich gerade damit ab, mich in die Decken zu wickeln, als er schon zurückkam.

„Hallo", rief er lachend. „Du hast's ja eilig, in die Klappe zu kommen! Aber bilde dir nur nicht ein, daß du heute nacht gut schlafen wirst. Kojen sind nämlich etwas hart, wenn man nicht daran gewöhnt ist."

Ich drehte mein Gesicht zur Wand und murmelte: „Gute Nacht."

Ein paar Minuten noch raschelte Roger im Zimmer herum, dann ließ er sich mit lautem Grunzen auf seine Koje fallen und machte das Licht aus. Ich bekam zu spüren, daß eine Koje in der Tat hart ist. Meine Hüfte tat mir bald weh, und ich bemühte mich, eine bessere Lage zu finden. Es wurde jedoch nur noch schlimmer, und die Kajüte kam mir immer stickiger vor, je mehr ich mich herumwälzte. Schließlich fand ich mich mit meiner unbequemen Lage ab. Ich gab die Hoffnung auf, schnell einzuschlafen und ließ meine Gedanken wandern.

Rogers geräuschvolle Atemzüge drangen an mein Ohr. Er schnaufte in einem langsamen Rhythmus, der mich vollends nervös machte. Grollend dachte ich darüber nach, wie er darauf bestanden hatte, mir noch aus dem Logbuch vorzulesen, als ich mich gern schlafen gelegt hätte. Jetzt schlief er den Schlaf des Gerechten, und ich konnte nicht mehr einschlafen. Es kam mir in den Sinn, wie bezeichnend dieses Logbuch für ihn war. Es sah ihm recht ähnlich, sich selbst darin als „Skipper" zu bezeichnen, hämische Seitenbemerkungen über Tonia und die andern zu machen und es William übelzunehmen, daß er eine eigne Meinung hatte. Trotzdem amüsierte er mich mit seinem Gepolter und seiner Eitelkeit. Gemeinsame Erinnerungen in Italien und anderswo gingen mir durch den Kopf.

Als ich am nächsten Morgen aufwachte, war ich so schlaftrunken, daß ich ein paar Sekunden brauchte, bis ich feststellte, daß der rote Fleck auf der andern Seite der Kajüte Roger in seinem Schlafanzug war. Er war gerade dabei sich anzuziehen. Als er merkte, daß ich mich in meiner Koje bewegte, fragte er überflüssigerweise: „Bist du schon wach?"

Ich brummte etwas, das alles bedeuten konnte.

„Du brauchst noch nicht aufzustehen", sagte er. Seine Stimme dröhnte mir in den Ohren wie die Posaune des Jüngsten Gerichts, während ich gegen meine Schlaftrunkenheit ankämpfte. „Es ist erst acht Uhr."

Ich stöhnte, aber er fuhr unbeirrt fort:

„Ich segle jetzt nach Horning. Das habe ich euch ja schon gestern abend gesagt. Dort frühstücken wir dann. Seht zu, daß ihr rechtzeitig fertig seid!"

Er hatte inzwischen ein Krickethemd und graue Flanellhosen angezogen und tappte mit nackten Füßen aus der Kajüte. Dann hörte ich, wie er beim Setzen der Segel die Taue straffte und vernahm das Geräusch seiner bloßen Füße auf Deck. Als das Boot losmachte, drang das Rasseln der Ankerkette an mein Ohr, dann hörte ich nur noch das leise Plätschern des Wassers gegen die Bootswand, während das Boot Fahrt aufnahm. Ich lag still und ließ mich von dem kaum vernehmbaren Geplätscher noch einmal einschläfern.

Um halb neun riß ich mich aus dem Schlaf, stieg aus meiner Koje und kletterte den vorderen Niedergang hinauf. Es war ein stiller, klarer Morgen. In der Luft lag noch eine gewisse Kühle, obwohl der Himmel wolkenlos war. Eine leichte Brise von Westen füllte das Großsegel. Auf beiden Ufern stand hohes grünes Schilf, und ab und zu schimmerte das Wasser durch, wenn ein Sonnenstrahl darauf fiel.

Ich empfand eine innere Ruhe, wie sie uns meiner Ansicht nach nur das Flachland beschert.

„Ein wundervoller Tag", rief ich Roger zu. Ich konnte ihn nicht sehen, da das Kajütdach zwischen mir und der Plicht war. Er segelte gerade durch eine Flußwindung in der Nähe des Salhouse Broad und gab zunächst keine Antwort. Als er uns dann wieder in eine gerade Strecke hineinmanövriert hatte, drang ein fröhlicher Ruf an mein Ohr. Ich blieb noch eine Weile sitzen, bis mir einfiel, daß ein älterer Herr an einem kühlen Septembermorgen nicht im Schlafanzug im Freien herumlaufen sollte. Ich stieg daher in meine Kajüte hinunter, holte mir ein Handtuch und begab mich zum Waschbecken, das sich unten am Niedergang befand. Während ich mich wusch, hörte ich Stimmen aus den anderen Kajüten, doch konnte ich nichts verstehen als ein heiseres: „Guten Morgen, Liebling!", das nur von Tonia kommen konnte.

Dann ertönten aus einem Radio die Klänge des „Erlkönigs" mit ganz erheblicher Lautstärke. Als das Lied zu Ende war, sagte eine frische Stimme etwas auf deutsch, und es erklangen die ersten Takte der „Forelle". Es fiel mir ein, daß die Teutonen unter den Rundfunkgewaltigen der Überzeugung sind, Hausfrauen müßten beim Abwaschen des Frühstücksgeschirrs sich unbedingt gute Musik zu Gemüte führen. Ich ging zu meiner Koje, zog mir einen alten Anzug über und öffnete die Innentür unserer Kajüte, um ebenfalls zuzuhören.

Die erste, der ich begegnete, war Tonia, die an der Tür der Mittelkajüte lehnte.* Offensichtlich zog sie sich für die Nacht nicht weniger sorgfältig an als für den Tag, denn sie trug einen weißseidenen Pyjama mit schwarzem Gürtel, der ihre aparten Reize ebenso

---

* Vgl. die Skizze der Jacht auf Seite 17.

nachdrücklich unterstrich wie das grüne Kleid vom Tag zuvor. Amüsiert stellte ich fest, daß sie sich die Lippen schon vor dem Frühstück geschminkt hatte.

„Hallo, Ian", rief sie. „Ich werde Sie natürlich Ian nennen!"

„Das möchte ich mir auch ausgebeten haben!"

„Kommen Sie 'rein und hören Sie sich das Radio an!" Sie deutete in die Mittelkajüte hinein. „Wir stellen es morgens immer an, damit wir beim Waschen ein bißchen Unterhaltung haben."

„Eine merkwürdige Angewohnheit", bemerkte ich.

„Wieso? Langsam aufstehen zu können ist das Erstrebenswerteste an einem erstrebenswerten Leben. Außerdem können wir uns ja nicht alle auf einmal waschen, da nur drei Waschbecken vorhanden sind." Sie dehnte die Worte mit ihrer kehligen Stimme, und selbst im Zwielicht des Gangs fiel mir die verschiedene Färbung ihrer Augen auf: das eine haselnußbraun und das andere blaugrau.

Ich winkte Avice zu, deren dunkler Kopf einen Augenblick aus ihrer Tür herausschaute, und betrat mit Tonia die mittlere Kajüte, die William und Christopher als Schlafraum diente. Augenscheinlich wurde daraus um neun eine Art gemeinsames Musikzimmer. Drinnen war der Lärm des Lautsprechers wahrhaft ohrenbetäubend. Christopher befand sich allein im Zimmer. Er lag auf seiner Koje und schrieb einen Brief. Er trug einen hocheleganten Pyjama, der die gleiche Farbe hatte wie seine sonnengebräunte Haut. Als wir eintraten, lächelte er uns vergnügt zu.

„Hallo, ihr zwei! Wenn ihr die Musik genießen wollt, geht ihr besser hier wieder raus", sagte er.

„Unser morgendliches Rendezvous ist eigentlich mehr ein gesellschaftliches Ereignis. Die Musik dient uns nur zum Vorwand, Christophers phantastischen Pyjama zu bewundern", sagte Tonia mit einem koketten Seitenblick.

„Wo stecken denn die anderen?" erkundigte ich mich.

„William ist noch beim Waschen", sagte Christopher.

„Avice läßt sich nie blicken, bevor ihre Toilette tipptopp ist. Ich lasse sie in unsrer Kajüte allein wirken. Sie braucht Stunden." Was Tonia da sagte, klang ein wenig boshaft. Sie fuhr fort: „Philip, der Faulpelz, liegt noch im Bett wie gewöhnlich. Ich gehe jeden Morgen zu ihm hinein, um ihm Guten Morgen zu sagen, aber er dreht sich auf die andere Seite und schläft weiter."

„Wirklich, du kleiner Satan?" flüsterte Philip und trat schnell zu uns herein. Er schlang Tonia den Arm um die Schultern. „Tue ich das wirklich?“ Er war noch im Schlafanzug, aber sein Haar war so ordentlich frisiert, als ob er zu einer Abendgesellschaft gehen wollte.

Ich setzte mich auf das äußerste Ende von Christophers Koje, um so weit wie möglich vom Radio entfernt zu sein, das auf einem Tischchen neben Williams Kopfkissen stand. Philip ließ sich mir gegenüber auf Williams Koje nieder und zog unter dem Vorwand, die Kajüte werde bald voll sein, Tonia auf seine Knie. Sie schlang ihm ihren langen, schlanken Arm um den Hals und sagte mit heiserer Stimme:

„Echsenhexer“, bestimmt der kurioseste Kosename, den ich je gehört hatte. Christopher beobachtete sie einen Augenblick und verzog den Mund zu einem Lächeln, um sich dann wieder seinem Brief zuzuwenden.

Ein oder zwei Minuten später kam William im Morgenmantel herein. Er murmelte ein kurzes „Guten Morgen“ und setzte sich auf seinen Platz am Kopfende seiner Koje. Dann steckte er sich eine Pfeife an und saß schweigend da, ohne sich im geringsten um Philips und Tonias Zärtlichkeiten, die sich dicht neben ihm vollzogen, zu kümmern. Christopher steckte seinen Brief in einen Umschlag und verließ den Raum mit den Worten: „Ich gehe mich schnell waschen.“ William rauchte ruhig weiter. Tonia küßte Philip leicht auf die Wange und blickte dabei zu mir herüber: „Sie sehen so gelangweilt aus, Ian. Möchten Sie auch gern von jemand geküßt werden?“

„Nicht vor dem Frühstück“, erwiderte ich. „Als ich noch jung war und mir dergleichen Dinge passierten, hielt ich mich stets an die goldene Regel: Keine Liebe vorm Frühstück!“

„Dann waren Sie nie verliebt“, spottete sie.

„Haben Sie eine Ahnung“, antwortete ich und dachte dabei an einen Abend vor zwanzig Jahren. Aber Christopher kam schon zurück, so daß ich meine sentimentale Reise in die Vergangenheit nicht fortsetzte, sondern ihn fragte: „Glaubst du auch, daß ich nie verliebt war, Christopher? Als ich so alt war wie du, meine ich.“

„Ich würde es dir wünschen“, sagte er, fügte dann aber hinzu: „Ich weiß nicht recht, vielleicht ist es doch der Mühe wert.“

„Natürlich ist es das“, tönte Philips Stimme halb erstickt aus Tonias Armen. Christopher lachte und bat mich dann, ein wenig zur Seite zu rücken. „Ich muß etwas von dieser Höllenmaschine weg", sagte er und deutete auf das Radio.

Als er sich wieder hinsetzte, kam Avice herein. Wie immer elegant und reizend, war sie außer mir die einzige, die fertig angezogen war. Sie begrüßte uns alle auf ihre ruhige Art, sagte zu Christopher leise: „Guten Morgen, Lieber" und setzte sich auf meine Seite, William gegenüber.

„Warum wird dieses entsetzliche Radio eigentlich angestellt", beschwerte sich Philip. „Es ist doch viel zu laut. Aber trotzdem kommen wir jeden Morgen hier herein und hören uns das an."

„Tradition, mein Junge", warf William ein. „Genau wie die Public Schools. Wenn man etwas zweimal getan hat, ist das Grund genug, bis in alle Ewigkeit so weiterzumachen."

„Aber William, wer wird denn so bitter werden", sagte Tonia. „Werde du erst mal älter, dann wirst du auch nicht mehr so streng denken." Sie steckte sich eine Zigarette zwischen die Lippen und fragte:

„Hat jemand Feuer für mich? Philip hat nie Streichhölzer bei sich. William? Christopher?"

Christopher zog eine Schachtel aus seiner Schlafanzugtasche und schob sie zu ihr hinüber. Die Schachtel fiel auf den Boden.

„Du hast aber auch keine Manieren vorm Frühstück", beschwerte sich Tonia, während sie von Philips Knien herunterkletterte, um die Streichhölzer aufzuheben. „Es hätte dir nichts geschadet, wenn du mir meine Zigarette angesteckt hättest."

„So ist er immer bis zehn Uhr", sagte Avice.

„Ach, die armen, armen Männer", bemerkte Tonia. „Aber ich glaube, ich gehe jetzt doch und mache mich ein bißchen hübsch für sie, wenn sie's auch nicht verdienen."

Sie ging langsam hinaus, und Philip ließ sich mit einem langen Seufzer in seine Ecke zurückfallen.

„Ein außergewöhnlich reizvolles Mädchen", sagte ich.

„Es freut mich, daß du das findest. Aber du bist auch ein netter alter Kerl, Ian", erwiderte Philip.

Ein paar Augenblicke saßen wir noch schweigend beisammen und hörten uns „Verborgenheit" an. Dann stand Philip mit den Worten auf:

„Ich glaube, es ist besser, ich begebe mich jetzt auch zur Reinigung. Wenn es nur nicht so gräßlich langweilig wäre. Nächstens wasche ich mich überhaupt nicht mehr und lasse mir einen honigfarbenen Bart stehen."

„Ich möchte bezweifeln, daß dir überhaupt einer wächst", neckte Christopher. Aber Philip war schon draußen. William reckte die Beine und meinte:

„Christopher und ich sollten auch sehen, daß wir ein paar Kleider an den Leib bekommen. Wir können schließlich nicht den ganzen Tag im Schlafanzug herumlaufen."

Avice lächelte und schlug mir vor, wir sollten zusammen an Deck gehen, bis Christopher und William sich angezogen hätten. Ich stimmte bereitwillig zu. Ich war die muffige Kajüte leid, und die laute Musik ging mir auf die Nerven. Avice kletterte vor mir den hinteren Niedergang hinauf – und der Himmel verzeihe mir's – ich bewunderte ihre bezaubernden langen Beine. Wir blieben einen Augenblick auf Deck stehen, während die Jacht so sanft zwischen den stillen Sümpfen hindurchglitt, daß uns die Zeit stillezustehen schien.

Dann wandten wir uns der Plicht zu, um uns mit Roger zu unterhalten. Plötzlich faßte mich Avice heftig am Arm und lief ein paar Schritte auf die Pinne zu. Von einer plötzlichen Unruhe erfaßt, folgte ich ihr. Als ich sie einholte, verbarg sie den Kopf in meinem Ärmel und deutete mit zitternder Hand auf die Plicht. Ich sah hin und entdeckte einen dünnen, dunklen Blutstreifen. Und dann sah ich Roger und schrak zusammen. Denn unser Boot segelte ein toter Mann.

Das Schweigegelübde

Es war ein Anblick, der einem das Blut erstarren ließ. Wie die meisten Menschen meiner Generation habe ich den gewaltsamen Tod in mannigfacher Gestalt gesehen, und manche Erinnerungen werden mir, solange ich lebe, unauslöschlich vor Augen stehen. Ich bin wenige Tage nach dem Gasangriff über das Schlachtfeld von Ypern gegangen. Noch schlimmer war es Ostern 1916 in Dublin. Dort habe ich eine Straße gesehen, wo die Leichen umherlagen, als ob ein bösartiger Possenreißer sie mit Absicht so angeordnet hätte: ein kleiner Junge war gegen eine Mauer gelehnt. Er hatte den Mund offen, als ob etwas sein Staunen erregte, und nur ein paar Meter weiter lag eine dicke alte Frau mit roten Backen quer über einem umgefallenen Kinderwagen, aus dem Whisky in Strömen floß.

Wie ich jedoch Roger so tot vor mir sah, war das der gräßlichste Anblick, der mir je vor Augen gekommen war. Er lehnte an der Seitenwand der Plicht, und die Pinne war zwischen seinem Körper und seinem gebeugten Arm eingeklemmt. Meine Augen hingen wie fasziniert an dem geschwärzten Loch in seinem Hemd und an dem dünnen Blutstreifen, der an seinem Körper herunterlief. Als ich mich endlich überwinden konnte, ihm ins Gesicht zu sehen, packte mich das Grausen. Es zeigte noch immer das heitere, joviale Lächeln, mit dem er seine Freunde zu begrüßen pflegte.

Avice lehnte sich zitternd gegen meinen Arm. Plötzlich lachte sie schrill auf, und ihr Lachen paßte merkwürdig gut zu Rogers erstarrtem Lächeln.

„Ian“, sagte sie mit schwerer Zunge, „Ian, das ist doch absurd. Das kann doch gar nicht wahr sein!“

Einen Augenblick lang hatte ich nur den Klang ihrer erregten Stimme im Ohr, und auch ich hatte ein Gefühl der Unwirklichkeit wie bei einem grausigen Spaß. Dann versuchte ich mich zu fassen.

„Es ist nur allzu wahr“, sagte ich. „Wir müssen die andern rufen.“ Und ich rief nach William. „Bitte, komm einmal her“, rief ich. „Hier ist etwas ziemlich Unangenehmes passiert.“ Diese lächerliche Untertreibung kam mir in diesem Augenblick alles andere als lächerlich vor.

William kam eilig den hinteren Niedergang herauf. Er war bis zur Taille nackt. Er sprang in die Plicht hinunter und warf einen Blick auf Roger.

„Tot“, sagte er, und obwohl ich es bereits wußte, klang mir doch dieses kurze Wort wie Totengeläut in den Ohren.

„Kannst du denn nichts .mehr tun?“ fragte ich überflüssigerweise. William brummte etwas.

„Er ist durchs Herz geschossen“, sagte er dann mit kühler, professioneller Sicherheit. „Geh, Avice, hol die andern. Wir müssen die Jacht sofort irgendwo festmachen.“

Ruhig und selbstverständlich nahm er die Sache in die Hand. Als ich seinen Namen gerufen hatte, hatte ich es unbewußt aus dem Gefühl heraus getan, daß ihm als einzigem unter uns das Handeln so lebensnotwendig war wie das Atmen. Er löste die Ruderpinne aus Rogers toter Hand, machte die Großschot von der Klampe los und ging dann mit der gleichen Präzision und Sicherheit, mit der er alle praktischen Dinge in Angriff nahm, daran, das Boot zu führen.

Christopher und Philip kamen zusammen an Deck.

„Roger ist tot“, sagte William ohne Umschweife. „Wir müssen das Boot sofort festmachen. Beeilt euch, und zieht euch fertig an!“

„Tot?“ fragte Christopher. Philip blieb einen Augenblick mit weißen Lippen stehen. Dann schien er sich wieder etwas zu fassen.

„Ist das dein Ernst, oder –“ fragte er, und seine Stimme zitterte ein wenig.

„Macht zu und schwätzt nicht“, unterbrach ihn William grob, und es gab keine Widerrede.

Als William sich nach einem Platz umsah, wo er festmachen könnte, kam Tonia über Deck nach Achtern, wo ich mit einem Bootshaken in der Hand stand.

„Roger ist ermordet worden“, flüsterte ich.

„Das sehe ich“, erwiderte sie. Ihre Stimme klang noch heiserer als sonst, und um ihre geschminkten Lippen zuckte es.

William hatte bald einen festen Uferstreifen zwischen den end-

losen Schilfwäldern gefunden und entschied, daß wir das Boot hier vertäuen sollten. Wir arbeiteten schweigend mit gespannten Nerven, legten an und holten die Segel ein.
Dann sagte William sachlich:
„Wir lassen ihn am besten hier liegen“– er deutete auf den Toten – „und ziehen die Persenning auf. Wenn wir das nicht tun, könnte jemand am Ufer vorbeikommen und sich wundern, was wir mit einer Leiche an Deck machen.“
Ich sah, daß Avice bei seinen kalten Worten zusammenzuckte, und ich nahm selbst an seinem Ton Anstoß. Doch war das Aufziehen der Persenning im Augenblick wichtiger als darauf zu achten, ob sich auch keiner danebenbenahm. Als wir damit fertig waren und das Boot für die Vorübergehenden nicht anders aussah als alle die anderen Segelboote auf dem Fluß, wenn sie für die Nacht vertäut sind, bemerkte William:
„Gut so. – Jetzt haben wir ein wenig Zeit. Wir gehen jetzt in den Salon und besprechen die Lage.“
Unterwegs sagte er:
„Ich muß vorher noch schnell in meine Kajüte und mir ein Hemd anziehen. Es ist im Augenblick getan. Geht ihr schon mal vor und setzt euch.“
Wir suchten uns einen Platz in der Hauptkajüte. In stillschweigender Übereinkunft ließen wir den Platz am Tischende für William frei. Ich setzte mich rechts und Christopher links davon. Philip und Tonia saßen neben Christopher, und Avice saß neben mir. Sie stützte sich mit dem Ellenbogen auf die Koje, und ihr Kinn ruhte in ihrer Hand. Ich hatte den Eindruck, daß sie einem Zusammenbruch nahe war, zu apathisch, um auch nur die besorgten Blicke wahrzunehmen, die ihr Christopher zuwarf. Wir waren alle ganz still, während wir auf William warteten. Der Anblick des leeren Platzes machte mir das Herz schwer.
Dann kam William herein und setzte sich. Ich wunderte mich, wie ruhig seine Hand war, als er sich eine Zigarette ansteckte. Er nahm das Wort:
„Ihr alle wißt, was geschehen ist. In der letzten halben Stunde ist Roger ermordet worden.“
„Ist es denn sicher, daß es Mord ist?“ fragte Christopher.
„Der Revolver ist spurlos verschwunden“, sagte William. „Er muß über Bord geworfen worden sein. Es dürfte nicht ganz einfach sein,

einen Revolver über Bord zu werfen, nachdem man sich selbst durchs Herz geschossen hat."

Das mußte auch Christopher zugeben. William fuhr fort:

„Es ist völlig klar, daß Roger ermordet worden ist, und zwar innerhalb der letzten halben Stunde."

„Wieso kannst du den Zeitpunkt so genau festlegen?" Seine unbedingte Sicherheit imponierte mir. „Rigor mortis?"

„Dazu ist's noch zu früh. Außerdem verlassen sich nur Narren und Spitzbuben unbedingt auf den Rigor. Wann die Starre eintritt, hängt von allen möglichen Faktoren ab, zum Beispiel davon, wieviel Bewegung sich der Betreffende vor seinem Tod gemacht hat."

William tat die Vermutung geringschätzig ab. „Nein, ich bin deshalb der unbedingten Ansicht, daß es nicht länger als eine halbe Stunde her sein kann, weil ein Toter keine Manöver steuern kann. Ich kenn mich hier nicht aus, aber ich möchte wetten, daß man beim Segeln nach zehn Minuten wieder auf eine Flußwindung stößt."

„Das läßt sich leicht feststellen", sagte ich. „Es ist jetzt neun Uhr vierzig. Als Avice und ich an Deck gingen, war es ungefähr neun Uhr fünfundzwanzig."

„Das bedeutet, daß wir den Mord frühestens auf neun Uhr fünfzehn ansetzen dürfen", sagte William schnell. „Soviel stünde also fest. Roger ist zwischen neun Uhr fünfzehn und neun Uhr fünfundzwanzig ermordet worden." Er machte eine kurze Pause und fügte dann ebenso kühl und sachlich hinzu: „Von einer der sechs Personen, die sich gegenwärtig in dieser Kajüte befinden."

Mein Herz schlug heftig. Ich hörte, wie Avice an meiner Seite aufseufzte. Es klang fast wie ein Schluchzen. Philip wollte protestieren, aber William fiel ihm ins Wort:

„Sei doch kein Kind, Philip", sagte er. „Glaubst du allen Ernstes, daß jemand zu unserm Boot geschwommen ist, aufs Geratewohl einen Schuß auf Roger abgefeuert hat und dann wieder zurückgeschwommen ist – so als eine Art Morgengymnastik? Wie hätte er denn wissen sollen, daß niemand sonst auf dem Weg war?"

Mich überlief es kalt, und uns alle befiel wohl eine lähmende Angst, als wir uns gegenseitig musterten. Denn trotz der widerstreitenden Gefühle, die mich bewegten, wußte ich nur zu gut, daß William mit dem, was er gesagt hatte, recht hatte.

Und er fuhr unbarmherzig fort:

„Roger wurde aus nächster Nähe erschossen. Man kann den

schwarzen Pulverfleck auf seinem Hemd sehen. Haltet ihr es tatsächlich für denkbar, daß ein Fremder an Bord geklettert ist, ihm einen Revolver auf die Brust gesetzt und ihn erschossen hat?"

Nein, es war undenkbar!

„Du hast recht, William", sagte ich, und ich schäme mich nicht zu gestehen, daß es mir die Kehle zuschnürte.

Nach kurzem Zögern nickte auch Christopher. Aus Philips blauen Augen sprach Ratlosigkeit. Tonia holte einen Taschenspiegel hervor, zog ihre Augenbrauen mit besonderer Sorgfalt nach und sagte:

„Wer von uns war's denn nun aber?"

William lachte trocken.

„Vermutlich wird er – oder sie – uns das kaum auf die Nase binden."

Dann machte ich einen Vorschlag, von dem ich auch heute noch glaube, daß er – so unlogisch, unmoralisch und nutzlos er auch sein mochte – doch noch der vernünftigste Ausweg aus unserer scheußlichen Lage gewesen wäre.

„Hört einmal zu", sagte ich. „Ich bin dreißig Jahre älter als jeder von euch, und wenn ihr nichts dagegen habt, will ich euch einen Vorschlag machen. Wir sind alle Freunde, und ich kann wohl annehmen, daß wir alle den Wunsch haben, alles so einzurichten, daß möglichst kein weiteres Unheil entsteht. Roger ist tot, und wenn noch jemand sterben muß, so hilft das weder ihm noch uns. Wer ihn ermordet hat, hat etwas Unverzeihliches getan, das auch ich ihm nie vergeben kann. Aber auch wenn ich es ihm nicht verzeihen kann, so bedeutet das nicht, daß ich ihm" – und ich sah mich gezwungen, „oder ihr" hinzuzufügen – „einen schrecklichen Tod wünsche. Von selbstgerechter Rache halte ich nichts. Sie hat mir zuviel Ähnlichkeit mit dem Verbrechen selbst. Ich schlage deshalb vor, daß wir – wenn der Täter uns seine Schuld bekennt – feierlich geloben, die Geschichte als einen Selbstmord zu tarnen und hinterher keiner Menschenseele gegenüber ein Wort davon verlauten zu lassen. Die einzige Bedingung wäre, daß der Betreffende aus unserem Kreis und unserm Leben für immer verschwindet."

Einen Augenblick blieb alles still. Dann brach William das Schweigen und sagte mit ungewohnter Wärme:

„Da hast du etwas gesagt, Ian, wozu ich selbst nicht den Mut gehabt hätte."

„Wollt ihr es alle feierlich versprechen?“ fragte ich.
Es war totenstill in der Kajüte. Wer würde sich schuldig bekennen? Mein Herz hämmerte wild. Ich fühlte, wie mir der kalte Schweiß ausbrach, und mühsam sprach ich weiter:
„Ich werde jetzt einen jeden von euch bitten, Stillschweigen zu geloben über alles, was uns gebeichtet wird.“ Kein Wort verlautete, und so fuhr ich fort:
„So sei's denn. Zuerst gelobe ich selbst: Nie, solange ich lebe, soll ein Wort über meine Lippen kommen über das, was nun hier vor uns enthüllt wird, wer auch immer die Beichte ablegt. Wenn einer nicht zu diesem Versprechen bereit ist, muß er es jetzt sagen.“
Wieder blieb alles still. „Ihr seid also einverstanden“, sagte ich. „Dann bitte ich euch jetzt reihum, in der Kajüte dieses Gelöbnis zu wiederholen oder aber zu bekennen.“
Meine Finger zitterten, als ich auf die andere Seite der Kajüte hinüberdeutete und sagte:
„Ich fange mit Tonia an. Tonia, versprechen Sie zu schweigen?“
Tonia erwiderte meinen festen Blick mit ihren braun und grau glitzernden Augen, und mir kam plötzlich zum Bewußtsein, wieviel Energie aus ihrem Gesicht sprach.
Gleichgültig sagte sie:
„Natürlich verspreche ich es. Hatten Sie etwas anderes erwartet?“
Irgend jemand seufzte leise. Tonia war also aus dem Spiel. Fieberhaft erregt fuhr ich fort.
„Philip?“ fragte ich. Er saß in sich zusammengesunken, und ich sah, daß Tonia sich ihm zuwandte. Dann zuckte er die Achseln und verzog den Mund zu einem halben Lächeln.
„Ja“, sagte er.
Tonia packte ihn am Arm, aber ich achtete nun kaum noch auf die beiden.
Wer mochte es gewesen sein? Christopher? William? Avice?
„Du, Christopher, versprichst du zu schweigen?“
„Ja“, gelobte Christopher ruhig. Sein schmales, braunes Gesicht war sehr ernst. Drei hatten nun Stillschweigen gelobt, jetzt blieben nur noch William und Avice übrig. William konnte es doch nicht gewesen sein? Ich versuchte meiner Erregung Herr zu werden und blickte in sein intelligentes Gesicht. Er rieb sich mit der Hand sein eckiges Kinn, und seine Augen suchten meine, als ich ihn nun fragte:

„Versprichst du es, William?"
„Ja, ich verspreche es", sagte er. Einen winzigen Augenblick lang hatte ich nur den harten Klang seiner Stimme im Ohr. Dann wurde mir die Bedeutung der vier Worte klar, und meine Fingernägel gruben sich in meine Handflächen. Eine Bewegung lief durch die Kajüte.
Entsetzt wandte ich mich an Avice zu meiner Linken. Sie hatte aufgehört zu schluchzen, verbarg aber noch immer ihr Gesicht in den Händen. Avice? Nur Avice konnte nun noch die Beichte ablegen. Mir zitterten die Knie. Mein Herz schlug bis zum Hals.
„Avice?" flüsterte ich.
Ich sah, wie sie sich alle vorbeugten, als Avice mit tränennassem Gesicht aufblickte.
„Ich gelobe zu schweigen", sagte sie und fügte dann mit schmerzlichem Lächeln hinzu: „Aber das hat wohl nicht mehr viel Sinn."
Die Spannung löste sich. Mit einer unaussprechlichen Erleichterung schloß ich die Augen. Wie aus weiter Ferne drang Tonias heiseres Lachen an mein Ohr, das den Bann brach. Voller Angst und Hoffnung und Argwohn hatten wir alle darauf gewartet, welcher von unseren Freunden sich nun als Mörder offenbaren würde. Aber nun hatten ja alle feierlich Stillschweigen gelobt. Es gab also gar nichts zu verschweigen. Es dauerte nicht lange, und wir fingen alle zu lachen an. Wir lachten, sei es über die Feuerprobe, der wir uns alle in den letzten Minuten unterzogen hatten, sei es als Reaktion auf die unerträgliche Spannung. Ich möchte dieses Lachen nicht gerade entschuldigen, aber ich glaube, verzeihlich war es.
William hatte sich zuerst wieder in der Gewalt. Er sagte mit scharfer Stimme:
„Trotzdem hat es einer von uns getan, und wir müssen uns darüber schlüssig werden, was wir machen wollen."
Christopher klopfte mit dem Fuß auf den Boden.
„Ich glaube, wir müssen es melden", sagte er.
Philip stimmte zögernd zu.
„Wenn der verdammte Narr es nicht zugibt, ist nichts zu machen, wenigstens meiner Meinung nach nicht", meinte er unschlüssig.
William unterbrach ihn:
„Außer daß wir die Polizei informieren."
Ich machte einen letzten Versuch. „Es wäre doch zu schade, wenn wir alle in einen Mordprozeß verwickelt würden! Seid ihr euch

eigentlich klar, was das an Verhören und Widerwärtigkeiten bedeutet?"

„Es wird die Hölle sein", sagte Tonia bitter. „Für jeden von uns."

„Leider läßt es sich nicht vermeiden", sagte William mitleidlos. „Wir müssen es sofort der Polizei übergeben. Und früher oder später wird man einen von uns als den Täter identifizieren. Und man wird ihm oder ihr auf recht scheußliche Weise den Prozeß machen."

Wie hatte ich mich früher in den Gerichtsakten über dieses „ihn oder ihr" amüsiert. Nun gewann es einen fatalen Klang, als ich merkte, wie Avice zusammenzuckte.

Wieder wurde alles still, und die niedere Kajüte kam uns heiß und bedrückend vor durch all die Ängste, die im Dunkeln lauerten. Avice fing wieder leise zu weinen an. Dann sagte William abschließend:

„Das wäre alles. Es hat keinen Zweck, noch länger darüber zu reden. Ich hole jetzt die Polizei."

„Wäre es nicht gescheiter, nach Norwich zu telefonieren und einen einigermaßen intelligenten Mann herzuholen?" schlug Christopher vor. „Wenn ihr einen Polizisten aus einem dieser kleinen Dörfer holt, kostet es uns Stunden und Stunden, bis wir ihm nur klargemacht haben, daß hier etwas nicht in Ordnung ist."

„Gut", sagte William. „Christopher und Ian und ich nehmen das Boot und rudern nach Horning, um von dort aus nach Norwich zu telefonieren. Christopher und Ian können sich durch Rudern nützlich machen – außerdem müssen sie aufpassen, daß keiner durchgeht. Bekanntlich stehen wir ja alle unter Mordverdacht."

„Natürlich", sagte ich.

„Das bedeutet, daß die Polizei uns unter Beobachtung halten wird", überlegte Christopher. „Wo sollen wir denn die Nacht bleiben? Auf der Jacht können wir ja nicht gut schlafen."

„Das ist tatsächlich ein Problem", bestätigte William.

„Am besten gehen wir irgendwo in ein Hotel", schlug Tonia vor.

„Das würde ich nicht gerade empfehlen. Wenn alle uns anstarren und im Bild sind, daß einer von uns einen Mord . . ." wollte William einwerfen, aber Christopher unterbrach ihn:

„Ich weiß schon, was du sagen willst. Aber ich wüßte einen Ausweg. Einer von den großen Bungalows hinter Potter Heigham gehört einem Freund von mir. Er würde ihn uns zur Verfügung stellen, solange wir ihn brauchen, und wir könnten dort alle wohnen, wenn wir etwas zusammenrücken."

Tonia lachte.

„Notfalls mit einem Polizisten im Haus! Ich schwärme nämlich für Polizisten, falls du es noch nicht wissen solltest, Philip, mein Schatz."

„Ausgezeichnet", sagte William. „Es wäre wirklich sehr viel angenehmer, wenn du den Bungalow bekommen könntest. Wir wären doch unter uns, bis die Polizei das Notwendige veranlaßt hat."

„Gut, dann schlafen wir heute nacht dort", sagte ich zustimmend.

„Nur eines noch", warf William ein und rieb sich das Kinn.

„Wir werden dort alle sehr eng aufeinander wohnen, und es werden alle möglichen Verdächtigungen in der Luft liegen. Wir werden uns bestimmt gegenseitig auf die Nerven gehen. Es fragt sich, wie wir uns dabei verhalten wollen."

„So, als ob nichts geschehen wäre", sagte Tonia.

„Ob das möglich ist, nachdem doch etwas geschehen ist?" wandte Christopher ein. „Ich schlage vor, wir versuchen wenigstens, uns nicht anders als früher zu verhalten; aber je eher die Sache ausgestanden ist, um so besser."

„Ich möchte wissen, ob wir hintereinander herspionieren wollen, um herauszufinden, wer es war", fiel ihm William ungeduldig ins Wort.

„Das kommt doch gar nicht in Frage", protestierte Philip. „Wir sind doch schließlich keine Polizisten!"

„Andererseits kann so ein Mord ansteckend wirken", fuhr William entschlossen fort. „Und ich habe keine Lust, mich wie ein Karnickel abknallen zu lassen."

„Das einzig Vernünftige ist, daß wir uns möglichst normal verhalten", schlug auch ich vor. Aber meine Worte kamen selbst mir allzu kraftlos vor, und ich setzte schnell hinzu: „Ich finde, wir können unmöglich feste Regeln darüber aufstellen, was wir zu tun und zu lassen haben."

„Vermutlich hast du recht", stimmte William bei. Dann meinte er abschließend: „Damit wäre also alles verabredet. Wir holen jetzt die Polizei und sehen nach dem Bungalow."

William und Christopher verließen schnell die Kajüte und stiegen den vorderen Niedergang hinauf. Er führte auf das lichtüberflutete Deck mit dem Blick auf den sonnenbeschienenen Fluß. Der hintere

Niedergang hätte zu dicht an eine grüne Persenning herangeführt. Tonia und Philip folgten ihnen Hand in Hand. Als ich ebenfalls aus der Tür gehen wollte, vernahm ich Avices erstickte Stimme:
„Ach bitte, Ian!“
„Was gibt's denn, Liebes“, fragte ich und schaute mich nach ihr um. Ihr Anblick war mitleiderregend. Ihre zarte Schönheit schwamm in Tränen. „Was ist denn um Himmels willen los?“
„Sie denken alle, ich sei's gewesen. Ich weiß, daß sie das denken!“
Ich legte ihr die Hände auf die Schultern.
„Aber, aber, du kleine Närrin!“ sagte ich mit möglichst fester Stimme. „Wie kommst du denn auf die Idee?“
„Sie müssen es doch glauben. Sie müssen ganz einfach! Weißt du denn nicht, daß ich nach Rogers Tod das ganze Geld seines Onkels erbe? Ian, sie müssen glauben, ich hätte es getan. Und sie werden mich hängen –“
„Ach was, das ist doch barer Unsinn“, versuchte ich sie zu beruhigen.
„Sie werden mich hängen“, zitterte sie. „Ian, du mußt beweisen, daß ich es nicht gewesen bin – daß es jemand anders getan hat. Ian, du mußt mir helfen!“
Hilflosigkeit befiel mich. Vermutlich bin ich in manchen Dingen nicht ungeschickter als andere Leute. Ich bin ein recht guter Beobachter und habe ein ganz gutes Gedächtnis für Einzelheiten. Aber es ist mir einfach nicht gegeben, Rätsel zu lösen. Es war mir völlig klar, daß es über meine Fähigkeiten ging, dieses Problem zu entwirren. Trotzdem brachte ich es nicht übers Herz, das diesem jungen Mädchen zu sagen, das da zu mir aufblickte und sein Schluchzen zu unterdrücken versuchte.
„Ich werde mein Bestes tun“, stotterte ich. Aber da fiel mir plötzlich der Mann ein, der unter allen meinen Bekannten am meisten dazu befähigt war, die Wahrheit über Rogers Tod herauszubringen, und bei dem überdies alles, was dabei herauskommen würde, am besten aufgehoben war. Denn ich war nicht imstande, meine Angst vor den Konsequenzen, die die Wahrheit nach sich ziehen konnte, zu unterdrücken.
„Ich weiß jetzt genau, an wen wir uns wenden müssen“, sagte ich triumphierend. „Habe ich dir eigentlich schon einmal von Finbow erzählt?“

„Ja, gewiß“, sagte sie.
„Ich hole ihn her, daß er sich um die Sache kümmert. Mach dir keine Sorgen mehr. Aber jetzt muß ich gehen – William erwartet mich.“
Ich ließ sie in der Kajüte stehen – traurig und verzweifelt. Dann stieg ich zu William und Christopher ins Ruderboot, die bereits darinsaßen und sich mißmutig anstarrten.
„Du ruderst, sag ich dir“, schnappte William.
„Mein lieber William“, erwiderte Christopher. „Bis jetzt haben wir dich ja alles in die Hand nehmen lassen, aber du mußt wirklich einsehen, daß dein Wort für uns nicht gerade das Evangelium ist.“
William preßte die Lippen zusammen und sagte:
„Darum geht's jetzt nicht. Der Grund ist, daß du besser ruderst als ich und daß wir so schnell wie möglich nach Horning müssen.“
Christopher zuckte die Achseln:
„Schön, wenn du's so hinstellst, klingt's schon vernünftiger. Es wäre aber besser, du würdest einem so etwas erst erklären und dann befehlen“, und er gab sich daran, uns, so schnell er konnte, nach Horning zu rudern.
Mit einigem Mißbehagen stellte ich fest, daß sich die Nervenanspannung bereits bemerkbar machte und daß kleine Temperamentsgegensätze schon zu Streitereien führten. Dann jedoch beruhigte ich mich beim gleichmäßigen Rhythmus von Christophers Ruderschlägen. Ich vergaß Williams finstere Miene und pries mich glücklich, daß mir Finbow eingefallen war. Ich hatte ihn kurz nach dem Krieg in Hongkong kennengelernt, wo ich damals geschäftlich zu tun hatte. (Natürlich befand ich mich damals noch nicht im Ruhestand.) Finbow war und ist immer noch in der dortigen Zivilverwaltung tätig. Damals war er, glaube ich, Dritter Assistent beim Kolonialminister oder etwas Ähnliches. Er war noch ziemlich jung, aber ich merkte bald, daß er in menschlichen Dingen klüger war als alle meine bisherigen Bekannten, und ich lernte ihn immer mehr schätzen.

Warum er sich im Osten lebendig begraben hatte und warum er dort blieb, habe ich nie richtig begriffen. Jedenfalls führte er dort ein Leben ganz nach seinem Geschmack. Er ließ sich's wohl sein bei gutem Essen, guten Weinen und guten Gesprächen. Er las chinesische Gedichte und spielte Kricket. Besonderen Spaß aber machte ihm die Beobachtung des verrückten Treibens von Männlein und Weiblein – offenbar seine einzige Leidenschaft. Er beobachtete sie auf eine seltsame, gewissenhafte, ja fast wissenschaftliche Art. Ich erinnere mich noch, wie erstaunt ich war, als er mir über eine etwas ausgefallene Liebesromanze, die ich in China erlebt habe, mehr zu berichten wußte, als mir selbst darüber bekannt war.

Am meisten beeindruckte er mich durch seine amüsierte, fast beängstigende Objektivität. Als ich ihn dann näher kennenlernte, wurde er mir noch sympathischer. Ich fand, daß er auch seine liebenswürdige Seite hatte, wenn er sie auch nicht wahrhaben wollte. Etwa einen Monat vor unserer Segelpartie hatte ich ihn getroffen. Er hatte gerade seinen Jahresurlaub. Ich hatte ihm damals auf den Kopf zugesagt, daß er gar nicht so unmenschlich sei, wie er sich gebe. Er hatte lächelnd behauptet, er sei sogar noch viel gefühlloser, als ich mir überhaupt vorstellen könne.

Wie dem auch sei, ich war überzeugt, daß wir niemand Besseres finden konnten, um Avice und mir zu helfen, und daß keiner schneller das Spiel der Kräfte durchschauen würde, das damit geendet hatte, daß Roger im Kreis seiner Freunde ermordet wurde. Ich pries mich glücklich, daß Finbow sich gerade in England aufhielt, als ich ihn am nötigsten brauchte.

Christopher ruderte schnell nach Horning, und William musterte die roten Häuschen an der Flußwindung.

Ich bemerkte nebenbei:

„Wenn ihr nichts dagegen habt, würde ich gern einen Freund bitten, zu uns zu kommen und mit uns in dem Bungalow zu wohnen."

Williams Gesicht verfinsterte sich.

„Ein merkwürdiger Zeitpunkt, sich Gäste einzuladen", sagte er. „Um wen handelt es sich denn?"

„Um einen Bekannten namens Finbow."

Christopher kicherte.

„So einen blöden Namen habe ich noch selten gehört", sagte er. „Wer ist denn dieser Finbow?"

„Er lebt in Hongkong. Ich glaube nicht, daß er uns im Weg wäre, und er könnte uns unter Umständen sehr nützlich sein. Es könnte recht vorteilhaft sein, jemanden bei der Hand zu haben, der nicht in die Geschichte verwickelt ist und auf den man sich verlassen kann. Ganz bestimmt kennt er alle Fallstricke des Gesetzes."

Ich gab mir Mühe, dies so beiläufig wie möglich zu sagen, denn es schien mir geraten, niemand den wirklichen Zweck meiner Einladung vermuten zu lassen.

„Wir sind Manns genug, für uns selbst einzustehen", sagte William.

„Und ich bin sicher, daß uns Finbow eine Hilfe wäre", beharrte ich.

„Wenn du es unbedingt willst, laß ihn halt kommen", sagte William unwirsch. „Ich muß allerdings sagen, ich finde es etwas merkwürdig. Aber vielleicht macht er den vierten Mann beim Bridge, wenn Philip den unwiderstehlichen Drang verspürt, seine Tonia abzuküssen."

Christopher willigte lächelnd ein.

„Mir macht's nichts aus, Ian. Meinetwegen kannst du die ganze Sippschaft der Finbows dazu einladen."

Wir telefonierten vom „Schwan" in Horning aus. William übernahm es, sich mit der Norwicher Polizei in Verbindung zu setzen. Seine klare, feste Stimme klang immer ungeduldiger, je länger das Gespräch dauerte. Christopher und ich wunderten uns zunächst darüber, da wir ja nur Williams Worte hören konnten. Erst später erzählte er uns, daß sich die Unterredung etwa folgendermaßen abgespielt hatte:

„Ist da das Polizeirevier von Norwich?" fragte William.

„Jawohl. Wer ist am Apparat?"

„Hören Sie! Doktor Roger Mills ist auf seiner Privatjacht, der *Sirene,* innerhalb der letzten Stunde ermordet worden."

„Wer?"

„Doktor Roger Mills."

„Was ist mit ihm?"

„Er ist ermordet worden."

„Wer ist ermordet worden?"

„Doktor Roger Mills!"

„Was Sie nicht sagen!"

William riß die Geduld.

„Jetzt halten Sie einmal einen Augenblick den Mund und hören Sie zu", rief er unwirsch. „Eine Jacht, die *Sirene,* liegt jetzt eine halbe Meile vor Horning auf der Seite von Wroxham. Auf dieser Jacht liegt der Eigentümer mit einer Kugel –"

„Wie bitte?"

William preßte den Mund zusammen.
„Mit einer Kugel – verstehen Sie? – mit einer Kugel im Herzen. Wie Sie sich vielleicht vorstellen können, ist er tot. Würden Sie sofort einen Beamten zu uns herausschicken?"
„Gewiß. Ein Mann namens Birrell, Sergeant Birrell von der Kriminalpolizei, kommt zu ihnen und übernimmt den Fall."
Wir vernahmen den Namen Birrell vollkommen unbeteiligt. Ein paar Stunden später sollte er andere Gefühle in uns wecken. Christopher kam schnell mit seinem Gespräch durch und lieh sich den Bungalow aus. Er tat es mit einer lässigen Sicherheit, die mir Bewunderung abnötigte.
Ich selbst mußte eine Zeitlang warten, bis ich Finbow in seiner Wohnung in Portland Place erreichte. Zuerst war seine Nummer belegt, und dann mußte ich mich gedulden, bis er aufgestanden war. Die andern verloren die Geduld und gingen schon ins Boot zurück. Als ich endlich Finbows Stimme hörte, klang sie merkwürdig verzerrt durchs Telefon. Ich erklärte ihm unsern Fall so kurz wie möglich.
Darauf vernahm ich ein gedehntes „So", einen seiner Lieblingsausrufe. Dann erklärte er klar und deutlich:
„Aber selbstverständlich komme ich!" Ich muß sagen, daß mir selten eine Antwort willkommener war. Dann sagte er noch: „In zwei Stunden bin ich auf der Jacht. Auf Wiedersehen!"
Mit einem Gefühl großer Erleichterung stieg ich zu den andern ins Boot. Freilich hing immer noch ein schwarzer, bedrohlicher Schatten über mir, der mich nicht zum Genuß dieses strahlenden Morgens kommen ließ. Dauernd stand mir das Bild des toten Rogers vor Augen mit dem Lächeln auf den Lippen, oder aber ich sah Avice vor mir, wie sie in meinen Armen weinte. – Wenigstens hatte ich getan, was in meinen Kräften stand. In ein bis zwei Stunden konnte ich Finbow alles berichten und die ganze mysteriöse Geschichte in seine Hände legen.
Ich setzte mich ins Boot, und Christopher fragte:
„Kommt dein Freund?"
„Ja", antwortete ich. „Er kommt recht gern. Er hat gerade nichts Besseres zu tun."
William brummte etwas und griff nach den Riemen. Christopher jedoch machte sie ihm streitig.
„Ich rudere!" erklärte er.

„Du hast uns hergerudert, und ich rudere zurück", erwiderte William.

„Ich muß dir doch beibringen, daß du nicht immer deinen Willen bekommst", sagte Christopher. „Ich bin hergerudert, weil du mir einen vernünftigen Grund dafür angegeben hast, und jetzt rudere ich zurück, weil es mir Spaß macht."

William brummte wieder etwas, und Christopher ruderte uns geschickt und schweigend zur Jacht zurück. Mir ging durch den Kopf, was uns wohl dort erwarten würde, und ich war sicher, daß die beiden andern ebenfalls darüber nachdachten, daß sie an die grüne Persenning über der Plicht dachten, wo noch vor einer kleinen Weile ein fröhlicher Mann mit rotem Gesicht die Pinne geführt hatte. Ich blickte auf den stillen, dunkeln Schatten des Schilfs auf dem Wasser. Alles war so friedlich und ungestört. Aber friedlich und ungestört war ja auch der Tod. Was würde uns auf der Jacht erwarten?

Der Gedanke ließ mich erschauern, und auch Christopher schien eine ähnliche Unruhe zu empfinden, denn er sagte beim Zurückziehen der Riemen:

„Hoffentlich ist auf der Jacht nichts passiert! Hoffentlich hat Avice –"

„Was soll ihr denn passiert sein?"

Aber ich wünschte, sie hätte uns begleitet.

Plötzlich vernahmen wir von Horning her ein Geräusch, das den Fluß heraufkam und zu einem Höllenlärm anwuchs. Es war ein Boot mit Außenbordmotor, das mit hoher Geschwindigkeit auf uns zuschoß. Als es uns überholte, entstand eine Bugwelle, und einer unserer Riemen wurde aus der Dolle gerissen. Christopher fluchte. Das Boot drehte sich dwars zu den Wellen, und eine Sekunde später befand ich mich schwimmend im Fluß. Christopher und William und das gekenterte Boot schwammen ein paar Meter von mir entfernt.

Erheblich langsamer kam das Motorboot zu uns zurück. Ein schwarzhaariger Mann mit rotbackigem, rundem Gesicht saß am Steuer. Mit lauter, ungerührter Stimme rief er uns zu:

„Was machen Sie denn da für einen Blödsinn? Ich hoffe, Sie kommen allein zurecht."

„Vermutlich, ja, Sie blöder Hammel", rief William wütend zurück. Er war mittlerweile zum Boot hingeschwommen und versuchte, es

wieder umzudrehen. Christopher fischte nach dem verlorenen Riemen. „Wir kommen schon zurecht. Aber was fällt Ihnen ein, in einem derartigen Tempo die Gegend unsicher zu machen?“
„Ich bin im Dienst. Eine höchst wichtige Aufgabe!“ rief der Mann mit dem runden Gesicht. „Ich bin Sergeant Aloysius Birrell von der Norwicher Kriminalpolizei, und ich habe ein Verbrechen zu untersuchen, das sich hier in der Nähe abgespielt hat. Ich habe keine Zeit zu verlieren. Sie werden schon allein fertig werden.“
Das Motorboot brauste weiter flußaufwärts. Dies war unsere erste Begegnung mit Aloysius Birrell.

Aloysius Birrell und Finbow

Wir kletterten mit einiger Mühe wieder ins Boot, und William übernahm mißmutig die Riemen. Über dem Umkippen vergaß ich meine Sorgen und spürte nur noch meine nassen Kleider.
Aber als ich dann, nachdem wir eine Flußwindung passiert hatten, die Jacht mit der hübschen grünen Persenning erblickte, packte mich wieder die Angst, was wir an Bord vorfinden mochten. Doch da tauchte Avice auf. Sie lehnte am Mast und sah uns entgegen. Dabei machte sie mit der Hand eine kleine flatternde Bewegung. Es war fast ein Winken.
Meine Unruhe war wie weggeblasen. Kurz darauf vernahm ich ihre Stimme:
„Es ist so ein komischer junger Kriminalbeamter an Bord gekommen. Er hat uns alle möglichen Fragen gestellt."
„Das kann nur der Idiot sein, der uns umgeschmissen hat", fauchte William. „Der Teufel soll ihn holen!"
Als wir an Bord kletterten, empfing uns Avice mit einem leisen, traurigen Lachen.
„Ich glaube, ihr zieht euch am besten um", sagte sie.
„Das tun wir, Liebling", erwiderte Christopher und berührte ihr Gesicht sanft mit seiner nassen Hand. „Am liebsten würde ich dich gründlich naß machen."
Sie lächelte ihn an, und ich war froh, daß sie sich offenbar wieder so weit gefaßt hatte, daß ihr die Neckerei Spaß machte. Sie flüsterte Christopher zu:
„Geh und zieh dich um! Ich würde dich ja gern bemuttern, aber ich fürchte, ich habe wenig Talent dazu."
„Ich würde mich dir auch gar nicht anvertrauen", entgegnete er. „Ich wechsele lieber selbst die Kleider. – Aber vermutlich müssen wir uns zuerst bei diesem Birrell melden."
Sie wurde ernst, und ihre Augen verschleierten sich.

„Er hat mich über alle an Bord ausgefragt", beschwerte sie sich. „Jetzt schnüffelt er wahrscheinlich bei – Roger herum."

William mischte sich heftig ein:

„Ich ziehe mich jetzt zuerst um. Wenn er mich sprechen will, soll er gefälligst warten." Und er rief unwirsch: „Sergeant Birrell!"

„Ich bin beschäftigt", kam eine Stimme aus der Plicht.

„Und ich bin naß", rief William ungeduldig zurück.

Einen Augenblick später kletterte Birrell über den vorderen Niedergang an Deck und kam auf uns zu.

Ich hatte im Motorboot nur flüchtig sein rundes Gesicht gesehen und hatte daher nur einen unbestimmten Eindruck von ihm bekommen. Jetzt stellte ich fest, daß es ein kleiner, dicker Mann war, der mir ungewöhnlich lebhaft und energisch vorkam.

„Ach, Sie sind das!" rief er. „Sie sind wohl vorhin ins Wasser gefallen?"

„Allerdings", entgegnete William und musterte ihn kalt.

„Dann wäre ja die ganze Partie von sechs Personen jetzt glücklich beieinander", fuhr Birrell fort. „Das Paar drunten, die junge Dame und Sie drei. Ich muß jetzt jedem von Ihnen ein paar spezielle Fragen stellen. Ich will nur mein Notizbuch holen."

„Vielleicht ist Ihnen aufgefallen, daß wir völlig durchnäßt sind", sagte William. „Deshalb gehen wir jetzt und ziehen uns um. Hinterher stehen wir Ihnen zur Verfügung."

Ich hätte erwartet, daß sich auf Birrells rundem, rotem Gesicht nun Entrüstung zeigen würde. Aber es nahm nur den betrübten Ausdruck eines Kindes an, dem man sein Spielzeug wegnimmt. Er schien lediglich enttäuscht über uns.

„Ich hätte Ihnen soviel Enthusiasmus zugetraut, daß Sie für ein paar Minuten Ihre Kleider vergessen könnten", sagte er zu William.

„Enthusiasmus – wofür denn?" fragte ich neugierig.

„Für die Aufklärung eines Verbrechens", erklärte er im Brustton der Überzeugung. „Begreifen Sie denn nicht, daß die Aufdeckung von Verbrechen zu den spannendsten Abenteuern auf dieser Welt gehört? Merken Sie denn nicht, wie wunderbar das ist? Alle primitiven Instinkte treten dabei in den Dienst eines guten Zwecks. Früher hat man Balladen über den Krieg und über brutale Gewalt und über sinnliche Lust geschrieben". (Leider kann ich nicht den Abscheu wiedergeben, mit dem er auf das letzte Thema anspielte.) „Jetzt aber schreibt man Detektivgeschichten, in denen die gesamten Energien des Menschen sich darauf konzentrieren, Unrecht aufzuspüren. Erkennen Sie nicht, welcher Wandel sich vollzogen hat? Genaugenommen sind Detektivgeschichten ein Zeichen von Zivilisation. Und die Aufdeckung von Verbrechen ist ein Zeichen dafür, daß das Gute in unserer modernen Welt noch nicht ausgestorben ist!"

Sprachlos hörte ich ihm zu. Seine Augen strahlten im Licht echten Glaubens. Offenbar war ihm dieses Glaubensbekenntnis nichts Ungewöhnliches. Es ging ihm so glatt über die Lippen, daß anzunehmen war, er habe es schon öfters vorgetragen. Meine innere Unruhe war jedoch zu groß, um mich noch eingehender mit dem verrückten Verhalten dieses Kriminalsergeanten zu beschäftigen. Offensichtlich wußten auch die andern nicht recht, wie sie sich dazu stellen sollten. Christopher lächelte ein wenig und sagte:

„Wir wollen unser möglichstes tun, Sergeant, aber erst müssen wir trockene Sachen auf den Leib bekommen. Es dauert nicht lange."

„Ausgezeichnet", antwortete Birrell besänftigt. „Ich habe noch eine Menge Maßnahmen zu treffen in bezug auf den – unglücklichen Herrn."

Avice wurde blaß und blickte weg. William und Christopher stiegen den vorderen Niedergang hinunter, und Birrell lief nach einem Blick auf Avice und mich mit schnellen kleinen Schritten zur Plicht. Ich flüsterte Avice zu:

„Von dem hast du nicht viel zu befürchten."

Sie verzog den Mund. „Er ist so verrückt, daß ihm alles zuzutrauen ist", meinte sie.

„In einer Stunde etwa kommt Finbow", versprach ich.

„Ach, Ian, du bist ein Schatz!" Sie lächelte, aber die Falte zwischen ihren reizenden Augen war noch nicht verschwunden. Ich zog mich um, so schnell ich konnte, und als älterer Herr, der um seine Gesundheit besorgt ist, führte ich mir einen tüchtigen Schluck Kognak zu Gemüt. Dann begab ich mich in die Mittelkajüte zu Birrell und Christopher. William hatte ebenfalls die nassen Sachen ausgezogen und war an Deck gegangen. Birrell schrieb in ein überdimensionales Schulheft, und seine Zungenspitze machte die Bewegungen seiner Feder eifrig mit. Als ich eintrat, blickte er auf und sagte:

„Dies ist ein ganz außergewöhnlicher Fall, Mr. Capel. Ich hatte gerade meinen freien Tag und war auf dem Weg zum Bahnhof, um ein Federmesser abzuholen, das ich dort liegengelassen hatte.

Nur auf diese Weise bin ich zu diesem Job gekommen, was wieder einmal beweist, daß kleine Ursachen große Wirkungen haben."

Etwas verblüfft gab ich ihm recht.

Er fuhr fort:

„Wenn ich nicht zum Bahnhof gegangen wäre, wäre mir der interessanteste Fall entgangen, der mir je unter die Finger gekommen ist. Es ist wirklich ein ungewöhnlich interessanter Fall. Gerade deshalb, weil er soviel Phantasie erfordert. Vermutlich stehen Sie ja auf dem Standpunkt, daß ein Kriminalbeamter keine Phantasie hat."

„Wie könnte ich so etwas vermuten, nachdem ich Sie kennengelernt habe", sagte ich und glaubte es beinahe selbst. Als vernünftiger Mensch lehne ich Verallgemeinerungen über Typen, Geschlechter, Rassen und überhaupt alles strikt ab. Allerdings hätte ich mir, bevor ich Aloysius Birrell kennenlernte, unter einem Kriminalassistenten etwas anderes vorgestellt als einen geschwätzigen, rotbackigen jungen Mann mit einer glühenden Begeisterung für alles, was mit Verbrechen zusammenhängt.

Er beendete vorläufig seinen Vortrag über die Phantasie bei Kriminalbeamten und stellte mir eine Menge Fragen. Meine Antworten schrieb er mit großen, runden Buchstaben nieder, wobei seine Zungenspitze emsig die Buchstaben formen half. Er war in der Tat äußerst geschwätzig und ließ sich zahllose, völlig überflüssige Informationen geben. Ich merkte jedoch, daß er auf seine verrückte Art durchaus in der Lage war, die wesentlichen Punkte der Geschichte herauszufinden, wie ich sie in unserem zweiten Kapitel geschildert habe.

Vor allem war er daran interessiert, was ich zwischen meinem Aufstehen und dem Augenblick getan hatte, als ich in meine Kajüte zurückging, um mich anzuziehen.

„Sie sagen, Sie hätten Dr. Mills gerufen?" fragte er.

„Ja", bestätigte ich.

„Und hat er geantwortet?"

„Ja."

„Das würde bedeuten, daß er gegen neun noch am Leben war", meinte Birrell. „Falls Sie sich nicht geirrt haben."

Er blickte mich forschend an. Der Narr wird doch nicht am Ende dich in Verdacht haben, fuhr mir durch den Sinn.

„Ich habe mich nicht geirrt", sagte ich kurz angebunden.

„Vielleicht nicht", gab er zu und sah mich zweifelnd an.
„Wenn ich alles Material beisammen habe, werde ich darüber mehr sagen können. Das Tempo ist das Aufregendste an diesem Fall."
Ich fragte mich vergebens, was er wohl mit „Tempo" meinen könnte, und kam zu dem Schluß, daß ich mich verhört haben mußte. Birrell aber setzte das Verhör munter fort:
„Haben Sie einen Revolver gesehen?"
„Nein."
„Ich meine nicht heute morgen. Ich meine, seit Sie an Bord sind."
„Ich bin erst gestern abend an Bord gekommen."
„Das stimmt", stellte er fest.
„Natürlich stimmt es", sagte ich. „Und ich hätte auch kaum Zeit gehabt, von einem Revolver Notiz zu nehmen, selbst wenn einer vorhanden gewesen wäre."
„Hm", meinte Birrell. „Selbstverständlich war einer vorhanden. Aber . . . wie haben Sie denn die Leiche entdeckt?"
„Ich bin mit Miss Loring an Deck gegangen. Dort sahen wir, daß jemand Dr. Mills erschossen hatte."
„Das hat auch Miss Loring ausgesagt", räumte er ein. „Wer hat denn den Vorschlag gemacht, an Deck zu gehen?"
„Ich glaube, sie – aber ich wäre ein paar Minuten später ohnehin hinaufgegangen."
„Hm", meinte Birrell. „Welchen Anblick bot Dr. Mills, als Sie ihn entdeckt haben? In welcher Lage haben Sie ihn gefunden?"
„Ziemlich genau so wie jetzt. Er saß aufrecht in der Plicht. Als wir ihn fanden, war aber die Pinne zwischen seinen Körper und seinen Arm geklemmt, so daß es aussah, als ob er noch steuerte", erwiderte ich.
„Wer hat das geändert?" fragte Birrell streng.
„Dr. Garnett, als er die Jacht festmachte."
„Oh", machte Birrell, wobei er den Mund aufriß und seinen Bleistift an den Zähnen rieb. „Das genügt im Augenblick, Mr. Capel. Ich muß jetzt unverzüglich Dr. Garnett sprechen."
Christopher, der heimlich amüsiert zugehört hatte, holte William herbei.
„Aber Dr. Garnett", begann Birrell, als William durch die Tür kam, „warum haben Sie bloß die Leiche nicht in ihrer Lage belassen und die Stellung der Ruderpinne verändert?"
William ließ sich langsam auf seine Koje nieder und blickte Birrell voller Verachtung an.

„Wie meinen Sie wohl hätte ich die Jacht festmachen sollen, ohne die Pinne zu bewegen?“ fragte er.

„Sie hätten ja die Jacht nicht festmachen brauchen“, erwiderte Birrell. „Sie hätten sich darüber klar sein müssen, daß man an einer Leiche nichts verändern darf. Es vergrößert die Schwierigkeiten erheblich, wenn man nicht genau weiß, wie die Leiche dagelegen hat.“

„Wollen Sie damit sagen, daß ich das Boot an der nächsten Flußmündung mir nichts, dir nichts ans Ufer hätte auflaufen lassen sollen, nur um der Polizei einen Gefallen zu tun?“ fragte William und streckte das Kinn vor.

„Gewiß“, sagte Birrell ungerührt. „Es hätte vielleicht die Jacht ein bißchen durchgeschüttelt, aber es wäre besser gewesen.“

„Leider bin ich nicht verrückt“, sagte William.

„Es dürfte Sie interessieren, daß die einzigen Fingerabdrücke, die überhaupt in der Nähe der Leiche zu finden waren, sich auf der Ruderpinne befinden“, verkündete Birrell feierlich mit weitaufgerissenen Augen.

Dem ohnehin etwas leichterregbaren William riß die Geduld.

„Das interessiert mich nicht im geringsten“, sagte er.

„Ich habe unlängst erst einen Spezialkurs über die Verwendung von Fingerabdrücken bei der Untersuchung von Kriminalfällen mitgemacht“, teilte uns Birrell mit. „Und ich habe jeden nur erdenklichen Gegenstand rings um die Leiche eingepudert. Die einzigen Fingerabdrücke befinden sich auf der Ruderpinne. Ich habe eine Skizze davon angefertigt.“

Er zeigte uns drei kleine Bleistiftskizzen. Dann sagte er unvermittelt:

„Ich brauche Ihre Fingerabdrücke, Dr. Garnett.“

„Bitte sehr“, sagte William.

Birrell zog ein kleines schwarzes Stempelkissen heraus.

„Legen Sie ihre Finger hier darauf und drücken Sie sie dann auf dieses Stück Papier!“

Christopher und ich blickten auf Williams kantige, geschickte Hand, während er dem Befehl nachkam. Birrell prüfte den Abdruck sorgfältig.

„Dr. Garnett“, sagte er schließlich in höchster Erregung, „die Fingerabdrücke auf der Ruderpinne stammen von Ihnen!“

„Das ist wohl kaum verwunderlich“, meinte William, „da ich sie ja in der Hand gehabt habe, um die Jacht festzumachen. Es wäre bestimmt weit interessanter, wenn keine Fingerabdrücke von mir zum Vorschein gekommen wären."

„Hm", meinte Birrell zweifelnd. „Das klingt nicht unlogisch. Miss Loring und Mr. Capel haben beide ausgesagt, daß Sie das Boot tatsächlich gesteuert haben."

„Natürlich habe ich das Boot gesteuert", unterbrach ihn William ungeduldig.

„Nun, wir wollen das eine Weile auf sich beruhen lassen", lenkte Birrell ein. „Ich möchte jetzt zunächst wissen, ob Sie eine Ahnung haben, ob sich ein Revolver an Bord befunden hat."

„Ich weiß sogar bestimmt, daß so ein Ding an Bord war", antwortete William.

„Was? Welches Kaliber? Wem hat er gehört?" Birrell überschlug sich fast vor Eifer.

„Es war eine kleine Automatik, die Dr. Mills gehörte", erwiderte William und rieb sich das Kinn. „Er hat sie bekommen, nachdem er im Fall Cooper als Sachverständiger ausgesagt hatte."

„Welches Kaliber?" fragte Birrell, noch bevor William seinen Satz beendet hatte.

„Ich sage doch, es war eine kleine Automatik. Das Fabrikat kenne ich nicht", erwiderte William.

„Wo hat er sie aufbewahrt?"

„Weiß ich nicht. Er hat aber einmal erwähnt, daß er sie auf der Jacht hätte, und gemeint, er könne vielleicht ein paar Vögel damit schießen."

„Und wo ist sie jetzt?" drängte Birrell.

„Woher soll denn ich das wissen?" sagte William.

„Ich werde das Boot durchsuchen", verkündete Birrell.

„Ausgezeichnete Idee", sagte William.

„Wo mag er denn das Ding aufbewahrt haben?" überlegte Christopher.

„Man sollte meinen, auf dem kleinen Regal überm hinteren Niedergang, wo er auch immer das Logbuch hingelegt hat. Aber vielleicht hat er auch sonst irgendwo ein Versteck dafür gehabt", überlegte William.

„Ich sehe erst einmal auf dem Regal nach", sagte Birrell. Er stellte William noch einige Fragen, hauptsächlich darüber, was er während der Zeit zwischen neun Uhr und neun Uhr zehn gemacht hatte, als er nicht in der Kajüte war. Dann musterte er uns alle mit triumphierender Miene.

„Jetzt habe ich Sie alle drei verhört, ebenso wie die andern drei. Ich habe Sie alle gefragt, wo Sie sich zwischen neun Uhr und neun Uhr dreißig aufgehalten haben. Vielleicht interessiert es Sie, was ich herausgefunden habe."

Und er las laut vor:

„‚1. Der Mord muß zwischen 8.55 und 9.25 Uhr geschehen sein.
2. Niemand hat einen Schuß gehört.
3. Niemand besitzt ein lückenloses Alibi.
4. In der unmittelbaren Umgebung der Leiche ist keine Spur von einem Revolver zu finden.'

Was ist hieraus zu schließen?"

Christopher, William und ich tauschten belustigte Blicke.

„Nichts!" sagte William.

„Es bedeutet, daß Sie alle unter Verdacht stehen", erklärte Birrell unerschüttert. Ich sage Ihnen ganz offen, Sie alle stehen unter Verdacht."

„Das ist ja einfach lächerlich", protestierte ich.

„Sie müssen alle unter Beobachtung gestellt werden", fuhr er fort.

„Das haben wir uns gedacht", bemerkte Christopher, „und ich habe aus diesem Grund uns einen Bungalow in der Nähe von Potter Heigham ausgeliehen, wo wir alle sechs wohnen können. Falls Sie es für notwendig halten, können Sie ihn überwachen lassen."

„Das ist eine sehr gute Idee", lobte Birrell voller Wärme. „Wirklich eine vorzügliche Idee! Ich gehe jetzt und gebe dem Mann, der mit hierhergekommen ist, den Auftrag, ein großes Motorboot zu holen und Sie dorthin zu bringen. Ich werde natürlich dafür sorgen, daß der Bungalow gut überwacht wird."

„Ja", sagte Christopher. „Aber ich hoffe, Sie werden auch dafür sorgen, daß die Presse nicht dahinterkommt, daß wir uns dort aufhalten."

„Sie können sich auf mich verlassen, Mr. Tarrant", antwortete ihm Birrell und verließ die Kajüte. Wir hörten, wie er dem Polizisten, der ihn in dem kleinen Motorboot begleitet hatte, seine Instruktionen zurief. Kurz darauf tauchte er wieder bei uns auf.

„So, das wäre erledigt", sagte er. „Ich habe ihn nach einem Boot geschickt, das Sie alle in Ihren Bungalow bringen wird. Als näch-

stes heißt es jetzt, den Revolver suchen. Ich möchte mir gern das Regal ansehen, von dem Sie gesprochen haben, Dr. Garnett."
William führte uns den hinteren Niedergang hinauf und deutete auf ein tiefes Regal in der Nähe der obersten Stufe.
„Da hat Dr. Mills das Logbuch immer hingelegt, ebenso wie den seidenen Wimpel, den er bei besonderen Anlässen benutzt hat", sagte er. „Es könnte gut sein, daß auch der Revolver da liegt."
Birrell untersuchte das Regal genau.
„Aber da liegt ja überhaupt nichts", beschwerte er sich. „Nicht einmal das Buch!"
„Das ist allerdings merkwürdig", sagte William verblüfft, und auch Christopher meinte:
„Es gilt mehr oder weniger als Hochverrat, wenn man das Logbuch nicht an seinen Platz legt. Roger ist immer ganz wild geworden, wenn man es woanders hintat."
„Vielleicht hat er es auch in der Kajüte liegenlassen. Er hat noch hineingeschrieben, als wir gestern abend zu Bett gingen", meinte William.
Das wußte ich besser.
„Nein", sagte ich. „Er ist hinaufgegangen, um es an seinen Platz zu legen."
„Jetzt geb ich's auf", stöhnte William.
Birrell wurde ungeduldig.
„Das könnte wichtig sein. Aber zunächst möchte ich den Revolver suchen. Entweder ist er über Bord geworfen worden, oder er muß sich irgendwo hier auf dem Boot befinden. Ich werde eine gründliche Durchsuchung vornehmen."
„Es ist und bleibt seltsam", meinte Christopher. „Sie suchen doch auch nach dem Logbuch, Sergeant Birrell?"
„Gewiß", erwiderte Birrell. „Es könnte als Schlüssel dienen."
„Noch etwas anderes wundert mich", sagte William, als wir den Niedergang hinunterkletterten. „Wo mag nur der Wimpel geblieben sein?"
„Der Wimpel?" wiederholte Birrell.
„Das Ding, das man an der Mastspitze flattern läßt", erklärte ihm William sarkastisch.
„Ach so, Sie meinen den Stander", berichtigte Birrell.
William verkniff sich eine bissige Bemerkung und fuhr dann mit scharfer Stimme fort:

„Wie Sie es auch immer nennen wollen – es handelt sich um eine seidene Flagge, die Dr. Mills nur ab und zu benutzt hat. Gewöhnlich hißte er einen einfachen Baumwollwimpel. Der Seidenwimpel lag dann auf dem Regal. Aber jetzt ist er nicht mehr da. Er ist verschwunden."

„Das Logbuch und der Stander könnten in diesem Fall eine wichtige Rolle spielen", bemerkte Birrell. „Aber zunächst müssen wir den Revolver finden." Er riß die Augen weit auf und musterte William argwöhnisch. Ich selbst fragte mich vergeblich, welcher Zusammenhang wohl zwischen dem fehlenden Logbuch, einem Wimpel und Rogers Tod bestehen könnte. In einem Logbuch hätte ja immerhin etwas stehen können, was der Mörder vernichten wollte. Aber was, um Himmels willen, konnte ihm der Wimpel ausmachen? Was konnte er mit einem seidenen Fetzen und einem Stück Schnur anfangen? Nein, es mußte ein reiner Zufall sein, dachte ich, während ich mich den andern auf ihrem Rundgang durch das Boot anschloß.

Neben Philips Koje glaubten wir einen Fund gemacht zu haben. Ich entdeckte einen Schreibblock, unter dem ein brauner Umschlag hervorschaute. Er erinnerte mich an das Buch, in das ich Roger hatte schreiben sehen, und ich deutete darauf und sagte:

„Das könnte das Logbuch sein!"

„Viel zu klein", widersprach William, aber Birrell hatte es bereits vorgezogen und untersuchte es. Das Corpus delicti erwies sich als ein Exemplar von *Claudine in Paris*. Offenbar hatte Philip es als Ferienlektüre mit aufs Boot genommen. Christopher lachte spöttisch, als er den Titel las. Aloysius Birrell aber errötete und legte das Buch hastig beiseite.

Einen Augenblick lang wunderte ich mich über dieses merkwürdige Verhalten. Ein Sergeant der Kriminalpolizei, der ganz wild darauf war, Verbrechen aufzuklären, war schon ein seltener Vogel, aber einer, der so prüde war wie die Heldin eines viktorianischen Romans, das war einfach absurd. Es war mir schon aufgefallen, mit welchem Ekel er kurz zuvor die Worte ‚sinnliche Lust' in den Mund genommen hatte. Nun wurde mir plötzlich klar, was sein Name zu bedeuten hatte. Er war natürlich Ire! Das erklärte alles. Schon öfters war ich bei irischen Katholiken auf diese übertriebene Prüderie gestoßen, die sowohl für die Zensur in Boston (Mass.), wie für den Bandenkrieg in Amerika, wie für Mr. James Joyce verantwortlich ist, und der im Augenblick auch das merkwürdige Mißbehagen des Sergeanten Aloysius Birrell von der Norwicher Kriminalpolizei zuzuschreiben war.

Sein Erröten war kaum verblaßt, als er einen neuen Schock bekam. Wir führten ihn in die Kajüte, die Avice und Tonia gemeinsam benutzt hatten. Es war der letzte Ort, der als Versteck für den Revolver in Frage kam. Er klopfte an und trat ein. Ich sah flüchtig Tonia auf Philips Knien sitzen, die Arme um seinen Hals geschlungen. Dann wurde die Tür rasch wieder zugemacht, und Aloysius Birrell deutete mit rotem Kopf auf die geschlossene Tür und sagte:

„Es ist doch eine Schande, daß junge Männer und Frauen, nur um sich gegenseitig abzuknutschen, an derartigen Segelpartien teilnehmen." Und nach kurzem Überlegen fügte er noch hinzu: „Besonders wenn gerade jemand ermordet worden ist."

Eine sympathische Stimme unterbrach ihn:

„Interessanterweise ist aber die Wahrscheinlichkeit, daß Leute sich abknutschen – wie es der Herr eben so treffend formuliert hat – weit größer, wenn gerade ein Mord verübt wurde, als bei anderen Gelegenheiten. Kummer ist bekanntlich als Stimulans weit wirksamer als etwa eine Jazzband."

Ich drehte mich um und erblickte Finbow, dessen Augen belustigt funkelten.

Er war gerade den hinteren Niedergang heruntergekommen und stand jetzt – groß und elegant – gelassen vor uns. Ein junges Mädchen hat einmal zu mir gesagt, er sei genau das, was sich Ausländer unter einem besonders gut aussehenden Engländer vorstellten. Sie war damals mehr in ihn als er in sie verliebt, und daher war dieses Urteil vielleicht nicht ganz fair.

Irgendwie traf es jedoch trotzdem ins Schwarze. Er besitzt das gute Aussehen, um das uns alle Bewohner des Kontinents und auch die meisten Amerikaner beneiden und das sich durch eine unaufdringliche Vornehmheit auszeichnet. Er hat ein langes, ziemlich schmales Gesicht, graumeliertes Haar und eine prononcierte Nase. Übelwollende sagen ihm nach, er habe ein Pferdeprofil, seine Freunde jedoch erklären mit größerer Berechtigung, daß er wirklich äußerst gut aussehe.

Ich machte alle mit ihm bekannt. Philip und Tonia kamen zu diesem Zweck aus der Kajüte, und ich merkte gleich, daß Tonia sich große Mühe gab, Eindruck auf ihn zu machen. Finbow jedoch widmete seine ganze Aufmerksamkeit Birrell, auf den er eifrig einredete.

„Begreifen Sie doch, Sergeant, es wäre doch viel angenehmer für Sie, wenn Sie jemand im Bungalow zur Verfügung hätten, der nicht unmittelbar in die Geschichte verwickelt ist."

„Mag sein", gab Birrell widerwillig zu.

Und Findow fuhr überaus liebenswürdig fort: „Ich habe mir schon immer gewünscht, einmal zusehen zu dürfen, wie ein Mordfall in der Praxis untersucht wird. Von jeher war ich geradezu darauf erpicht, einmal jemanden wie Sie, Sergeant Birrell, dabei zu beobachten, wie man sich einen Weg durch das Labyrinth eines so rätselhaften Falles bahnt. Es muß einfach faszinierend sein!"

Bei diesen schmeichlerischen Worten nahm Birrells frisches Gesicht den Ausdruck eines fast kindlichen Entzückens an.

Überschwenglich versicherte er:

„Sie müssen diesen Fall von Anfang an verfolgen, Mr. Finbow, wenn Sie etwas davon haben wollen. Worauf es ankommt, ist der logische Aufbau der Untersuchung, und wenn Sie die ersten Schritte versäumen, wird Ihnen die Logik des Ganzen entgehen."

„Sehr richtig", bestätigte Finbow.

„Es ist ein merkwürdiger Fall. Ich habe die ganze Jacht gründlich durchsucht und weder den Revolver, noch das Logbuch, noch den Stander gefunden. Alle drei sind verschwunden. Aber ich habe eine Menge Tatsachenmaterial gesammelt. Am besten kommen Sie gleich mit mir in den Salon und sehen sich alle Daten an, die ich in der letzten halben Stunde zusammengestellt habe."

„Das ist ja ganz reizend von Ihnen", sagte Finbow, und sie gingen zusammen hinaus.

William war dieser Unterhaltung mit mißmutigem Gesicht gefolgt. Als sie draußen waren, sagte er argwöhnisch zu mir:

„Dein Freund scheint ja direkt hinter Verbrechen her zu sein!"

„Nun, sie interessieren ihn, wie ihn fast alles andere auch interessiert", erwiderte ich. „Es wird nur zu unserm Vorteil sein, einen gescheiten Menschen zur Verfügung zu haben, wenn wir von noch mehr Aloysius Birrells verhört werden sollten." William und Christopher mußten über den Namen lachen, und Tonia sagte mit ihrer heiseren Stimme:

„Der arme Kerl ist rot geworden wie eine Tomate, als er in die

Kajüte hereingeschaut und gesehen hat, wie ich Philip geküßt habe. Ich glaube, ich muß ihn mal in die Lehre nehmen!"

Wir gingen zusammen an Deck und fanden dort Avice, die noch immer apathisch aufs Moor hinausstarrte. Immerhin brachte sie ein Lächeln auf, als wir ihr von Aloysius Birrells zartem Schamgefühl berichteten. Sie flüsterte mir zu, Finbow habe gleich auf den ersten Blick einen guten Eindruck auf sie gemacht. Er hatte sich ein paar Minuten mit ihr unterhalten, bevor er zu uns herunterkam.

Wir warteten auf Deck und hatten fast eine halbe Stunde Zeit, miteinander zu reden. Wir versuchten uns möglichst normal zu benehmen, doch war dies nicht ganz einfach, wenn man über Deck hinweg eine Persenning vor Augen hatte, die einem fast noch grausiger vorkam als das Grausige, was sie verbarg. Trotzdem waren wir die meiste Zeit ganz vergnügt und lachten sogar, bis einem plötzlich wieder einfiel, was geschehen war, und man in düsteres Schweigen verfiel.

Ich möchte behaupten, daß Gefühlsregungen nicht lange vorhalten. Ich bin gewiß nicht dickfellig, im Gegenteil bin ich wohl weichherziger als gut ist, und ich war mit Roger jahrelang befreundet gewesen. Trotzdem hatte ich mich in den zwei Stunden seit seinem Tod über Birrell amüsiert, ich hatte mich um Avice gesorgt und hatte mich gefreut, wieder trockene Kleider auf dem Leib zu haben. Und diese verschiedenen Gefühle und Empfindungen hatten die Gedanken an Roger weitgehend aus meinem Kopf verbannt.

Nach einer halben Stunde ging ich in die große Kajüte hinunter und fand dort Aloysius Birrell, der aufgeregt auf Finbow einredete, während dieser ihm ermutigend zulächelte.

„Ein Verbrechen wird durch sein Tempo charakterisiert", rief Birrell. „Bei einem Mord ist es nicht anders als bei jeder anderen Kunst. Und ein Kunstwerk erhält seinen besonderen Charakter durch sein Tempo. Und das Tempo des einen Künstlers ist immer anders als das des andern. Findet man heraus, wer im Tempo dieses Mordes denkt und arbeitet, so hat man auch den Mörder!" In diesem Augenblick sah er mich und hielt inne. Finbow sagte:

„Hallo, Ian! Wir hatten gerade eine sehr instruktive Unterhaltung. Sergeant Birrell hat mir seine Theorien über das Verbrechen dargelegt."

„Mr. Finbow ist ein vorzüglicher Zuhörer", lobte Birrell begeistert. „Aber Sie sollten sich jetzt lieber in Ihren Bungalow begeben. Ich bin doch sehr froh, daß Sie alle zusammenbleiben. Das erleichtert mir meine Arbeit sehr."

„Und was wird aus der Jacht?"

„Die lasse ich nach Wroxham zurückholen. Das Motorboot wird gleich hier sein und Sie alle zum Bungalow bringen. Ich werde Sie dort aufsuchen, wenn ich noch Fragen habe. Und vergessen Sie das Tempo nicht, Mr. Finbow!"

Draußen hörte man ein Tuckern.

„Da ist Ihr Motorboot", rief Birrell.

Als wir an Deck gingen, waren die anderen schon an Bord. Bevor wir uns von Birrell verabschiedeten, fragte ich Finbow, ob er den Toten gesehen habe, und er sagte liebenswürdig:

„Sergeant Birrell hat es mir ermöglicht, alles zu sehen, was mich interessierte. Vielen herzlichen Dank, Sergeant!"

„Es war mir ein Vergnügen", erwiderte Aloysius Birrell.

Wir hatten die Jacht bald aus den Augen verloren. Zuletzt sah ich noch Birrell nachdenklich am Bug stehen. Auch erblickte ich ein Stück der grünen Persenning – hoffentlich zum letztenmal!

Ich atmete freier, als wir den Fluß hinauffuhren, der in der Sonne glänzte.

Über den Feldern zu unserer Rechten sahen wir die Segel der Jachten, und es sah aus, als ob sie sich gemächlich durchs Gras bewegten wie auf einem unwirklichen, aber hübschen, niederländischen Gemälde.

„Sehr interessant", bemerkte Finbow gelassen.

„Was hältst du davon?" fragte ich.

„Ein nettes Problem", meinte er nachdenklich. „Sieben Personen sind von der Außenwelt völlig abgeschlossen, und einer von ihnen wird ermordet. Es würde mich interessieren . . . Aber es hat keinen Sinn, Vermutungen anzustellen, bevor man über alle Tatsachen im Bild ist."

„Das ist auch meine Meinung", sagte ich.

Dann sagte er lächelnd:

„Ian, du hast mir gesagt, du hättest einen mysteriösen Fall für mich. Du hast mir verschwiegen, daß du mir auch einen Aloysius Birrell zu bieten hast."

Ich lachte.

„Damals habe ich ihn noch nicht gekannt."

Finbow sagte leise:

„Natürlich ist er gar kein so großer Esel, wie es zunächst den Anschein hat. Er wird sich seine Informationen ganz gut zusammensuchen. Leider ist er aber auch mit Herz und Seele dabei. Daher müssen wir ihn ablenken. Grob gesehen repräsentiert er alle Tugenden und alle Laster unseres Zeitalters der Worte. Er kennt alle seine Bücher. Er hat jede nur erdenkliche Detektivgeschichte gelesen. Er liest alle Gerichtsprotokolle. Er kennt alle Bücher über Kriminologie, einschließlich des umfangreichen „Gross". Das ist ganz in Ordnung. Wenn er sich damit zufriedengäbe, wäre er ein tüchtiger Kriminalbeamter. Unglücklicherweise bringt es aber das Zeitalter der Worte auch mit sich, daß jeder gleichzeitig eine Menge Unsinn in sich aufnimmt. Auch intelligentere Leute als Aloysius Birrell sind nicht dagegen gefeit. Du hast gehört, wie er vom ‚Tempo' geredet hat. Ein derartiges Wort klingt so angenehm in den Ohren. Wenn man es oft genug ausspricht, vergißt man, daß es ohne jede Bedeutung ist. Man vergißt, daß man es nur erfunden hat, um seine Unwissenheit dahinter zu verbergen. Wir sind alle von Worten geradezu hypnotisiert. Philosophen und Kunstkritiker und Pfarrer und Psychologen – sie alle sind Aloysius Birrells, die meinen, sie hätten die Geheimnisse des Universums erklärt, wenn sie ‚Tempo' sagen."
„Ja", sagte ich. Es ist die einzig mögliche Antwort, wenn Finbow sich veranlaßt sieht, eine längere Rede zu halten.
„Ich muß dir später einmal erklären, was es mit dem Laster der Worte auf sich hat. Im Augenblick ist Birrell wichtiger", fuhr er fort. „Übrigens verfügt er über eine Menge Phrasen über Mord und Verbrechen. Neben ‚Tempo' ist sein Lieblingsspruch: ‚Der Unwahrscheinlichste ist der Mörder.' Damit wirft er stolzgeschwellt nur so um sich."
Finbow steckte sich eine Zigarette an und fragte beiläufig:
„Du hast den Mord doch nicht begangen, Ian?"
Ich war an seinen etwas merkwürdigen Humor schon gewöhnt und beantwortete daher seine Frage mit einem schlichten: „Nein!"
„Das habe ich mir beinahe gedacht", erwiderte er lächelnd. „Aber Aloysius Birrell ist der Ansicht, daß du es warst."

Finbow stellt fünf Fragen

Ich versuchte zu lachen, doch hätte wohl jeder an meiner Stelle ein unbehagliches Gefühl gehabt, wenn man ihn von Amts wegen eines Mordes bezichtigt hätte, selbst wenn der betreffende Beamte ein Aloysius Birrell war. Eine ganz unvernünftige Angst erfaßte mich, und ich protestierte:

„Das ist ja einfach lächerlich!"

„Natürlich ist es das", sagte Finbow seelenruhig. „Deshalb glaubt er's ja auch. Er richtet sich nämlich nach dem Prinzip: die unwahrscheinlichste Person ist der Mörder. Daher ist er auf dich verfallen. Du bist die unwahrscheinlichste Person und daher bist du's vermutlich gewesen."

„Hoffentlich hast du ihm das ausgeredet!"

„Aber nein! Ich habe mich ganz im Gegenteil nach Kräften bemüht, ihn davon zu überzeugen, daß ich ganz seiner Meinung bin."

Finbow blickte gedankenverloren über das flache Land hinter der St.-Benet-Abtei, an der wir gerade vorübergekommen waren.

Mir verschlug es die Sprache. „Was hast du da gesagt?" stotterte ich. War denn die ganze Welt verrückt geworden? Finbow hatte Birrell auch noch in seiner Meinung bestärkt, daß ich Roger umgebracht hatte!

„Beruhige dich", sagte Finbow. „Ich bin noch bei Verstand und weiß recht gut, daß du diesen Mann so wenig erschossen hast wie ich. Aber ich halte es für vorteilhaft, wenn Birrell denkt, du wärst es gewesen."

Langsam dämmerte mir die Situation.

„Es wäre doch entsetzlich lästig, wenn er die ganze Zeit um uns herumschnüffelte. Ich habe ihn in seiner Überzeugung zu bestärken versucht, daß sein Scharfsinn ungeheuer ist. Daher wird er nun nichts weiter unternehmen, als daß er dich beobachtet und nebenher noch weiteres Informationsmaterial sammelt, was ich dringend brauche.“

„Wird er denn etwas Brauchbares finden?“

„Vielleicht“, lächelte Finbow. „Glücklicherweise kann er nicht viel Unheil anrichten. Hauptsache, wir sorgen dafür, daß er sich ruhig verhält, und geben ihm das Gefühl, daß alles glatt läuft.“

„Dann schläft er wohl von jetzt ab unter meinem Bett?“ Langsam amüsierte mich die Sache.

„Nein, er wird sich in taktvoller Entfernung halten. Er hat übrigens vor, sich eine Taucherausrüstung kommen zu lassen, um im Flußbett nach dem Revolver zu suchen. Er muß ja da unten irgendwo liegen. Wenn er ihn findet, was natürlich nicht der Fall sein wird, wäre mir das nur recht. Außerdem will er auch noch unser Liebespaar im Auge behalten.“

„Philip und Tonia.“

„Er ist darin wie alle Moralisten. Er meint, wenn man den größten Teil seiner Zeit mit Küssen verbringt, wird man vermutlich in den freien Augenblicken noch abscheulichere Verbrechen begehen.“ Finbows hellblaue Augen blitzten. Offenbar hatte ihn das Problem gepackt, auf das ich ihn angesetzt hatte.

„Aber er kann doch unmöglich mich und die beiden in Verdacht haben!“

„Sie sind seine zweite Garnitur. Wenn es ‚die unwahrscheinlichste Person‘ nicht gewesen ist, dann waren es wahrscheinlich ‚Personen von entsprechender psychologischer Disposition‘. Meiner Meinung nach hat er das von Dorothy Sayers.“

„Na, meinen Segen hat er.“

„Solange er nicht Scotland Yard zuzieht“, warf Finbow ein.

„Ich brauche noch ein oder zwei Tage freie Hand, und damit kann ich rechnen, wenn er mit gutem Gewissen versichern kann, daß der Fall sonnenklar ist.“

„Würde Scotland Yard dich denn stören?“ fragte ich überrascht. Ich war so daran gewöhnt, daß Finbow mit allen auftauchenden Schwierigkeiten in aller Gemütsruhe fertig wurde.

„Natürlich. Sie würden auch das geringfügigste Detail über jeden, der nur je mit Roger zu tun hatte, herausfinden. Und wenn sie alle Tatsachen beieinander haben, müssen sie ja schließlich auf die richtige Lösung kommen. Wissenschaftliche Detektivarbeit ist weder wissenschaftlich, noch ist es Detektivarbeit. Es ist nichts weiter als eine langweilige, gnadenlose Anhäufung von außerordentlich vielen uninteressanten Einzelheiten. Schließlich kommt man auch damit zum Ziel. Ich möchte aber gern zuvor herausfinden, was bei euch geschehen ist, weil die Sache eine tragischere und bitterere Seite haben könnte, als ihr euch träumen laßt." In seiner Stimme war nichts mehr von dem verbindlichen Ton, in dem er normalerweise seine Kommentare zu Menschen und Dingen abgibt. Einen Augenblick verharrte er schweigend, während das Motorboot an den ersten verstreuten Bungalows von Potter Heigham vorüberrauschte. Dann sagte er mit leiser Stimme, die mich durch ihren ungewöhnlichen Ernst erschreckte: „Ich war bisher der Meinung, daß ich mir nicht viele Illusionen über die Menschheit bewahrt habe. Aber jetzt glaube ich fast, daß es in eurem Kreis ein oder zwei Personen gibt, im Vergleich zu denen ich noch immer ein Waisenknabe bin."

Wir fuhren schnell zwischen den vertäuten Jachten hindurch, vorbei an den am Flußufer von Potter verstreuten Sommerhäuschen und erblickten wenige Minuten nach der Brücke steuerbord voraus den viereckigen, grauen Turm der Kirche von Martham.

Christopher deutete auf einen abseits liegenden braunen Bungalow auf der anderen Flußseite in der Nähe der Mündung des Kendal Dykes in den Thurne.

„Der ist es", sagte er.

„Oh", flüsterte Avice, und ich glaube, der Anblick bedrückte uns alle. Der Bungalow stand ganz für sich allein, und nur ein schmaler Fußpfad führte durch sumpfiges Gelände zu ihm hinauf. Ein verwilderter Vorgarten reichte bis zum Wasser hinunter. Das Haus wirkte wie ausgesetzt inmitten der einsamen Sümpfe, und in meiner jetzigen Stimmung kam es mir vor wie der Inbegriff hoffnungsloser Einsamkeit, einer Einsamkeit, in die ein ruchloses Verbrechen meine Freunde gestürzt hatte, und aus der es wenigstens für einen von ihnen keine Rückkehr mehr geben würde. Als wir eintraten und durch die rückwärtigen Fenster die Schilfwüste des Heigham Sound erblickten, lastete die düstere Atmosphäre noch schwerer auf uns. William war gewiß nicht leicht zu beeindrucken, aber er sagte finster:

„Ein verdammt passender Aufenthaltsort nach einem Mord. Wir könnten die Sache noch etwas abrunden und entweder alle Selbstmord begehen oder überschnappen."

Avice drehte sich erschöpft und verzweifelt nach mir um. Es kam mir vor, als ob sie dunkle Ränder unter den Augen hatte. Sogar Philip und Tonia wirkten niedergeschlagen. Finbow dagegen unterhielt sich mit Christopher über Malaya und ging dann ans Klavier im Wohnzimmer, um sich als Maurice Chevalier zu produzieren. Aloysius Birrell wäre sicher schockiert gewesen. Finbow erreichte jedoch damit die beabsichtigte Wirkung, und zehn Minuten später verhandelten wir ganz munter darüber, wo wir schlafen und wann wir essen wollten.

Zu meiner Freude stellte ich fest, daß Avice sich mit Tonia angeregt darüber unterhielt, daß sie uns etwas kochen wollten, wenn ich auch im stillen hoffte, daß es nicht dazu käme.

Mitten hinein in die Unterhaltung platzte eine kleine, dicke Frau, die durch eine Tür hereinkam, welche vom Wohnzimmer in die Küche führte. Sie musterte uns mißbilligend.

„Wer ist hier Mr. Tarrant?“ fragte sie mit entschlossener Miene und einem starken Norfolker Akzent. Christopher meldete sich.

„Ha!“ bemerkte sie. Dann brummte sie: „Mr. Williamson hat mich beauftragt, Sie hier zu erwarten. Ich bin die Haushälterin – Mrs. Tufts.“ Und sie streifte jeden von uns mit einem mißbilligenden Blick.

„Sehr erfreut!“ versuchte Christopher einzulenken, aber Mrs. Tufts blieb ungerührt. Avice warf ihr einen langen, schmelzenden Blick zu.

„Ach, Mrs. Tufts, könnten nicht Miß Gilmour und ich uns ums Kochen kümmern? Es würde uns solchen Spaß machen. Wir haben zwar nicht viel Erfahrung . . .“

„Kochen tue ich“, erklärte Mrs. Tufts.

„Wir würden gern etwas frühstücken. Wir haben heute morgen noch nichts gegessen“, sagte Tonia.

Mrs. Tufts warf ihr einen Blick zu, unter dem selbst Tonia zusammenzuckte.

„Und warum haben Sie heute morgen noch nicht gefrühstückt?“ fragte sie. Tonia blickte weg und stammelte eine unzusammenhängende Antwort.

„Da ist doch etwas faul“, bemerkte Mrs. Tufts und faltete die Hände überm Bauch. „Man kommt doch nicht hier ohne Frühstück an, nachdem man sich erst eine Stunde zuvor angemeldet hat, wenn nicht etwas faul ist. Jetzt gibt es kein Frühstück mehr. Es ist elf vorbei. Das kann man nicht von mir verlangen.“

Die erboste kleine Frau behielt die Oberhand. Keiner wagte, die Frage nach dem Frühstück noch einmal anzuschneiden. William unternahm noch einen letzten Versuch, sie zu bändigen.

„Wir haben bereits die Zimmer untereinander verteilt", informierte er sie mit einer Entschiedenheit, als ob er einer Krankenschwester seine Anordnungen erteilte.

Mrs. Tufts trat in die Mitte des Zimmers.

„*Ich* bestimme hier, wer wo wohnt", erklärte sie. „Die jungen Damen sind doch wohl nicht verheiratet, wie?" Avice und Tonia schüttelten den Kopf. „Dann schlafen Sie in dem Zimmer dort", und sie deutete auf einen Raum, der ans Wohnzimmer grenzte.

Philip platzte heraus. Er hatte die ganze Zeit krampfhaft das Lachen zu unterdrücken versucht. Mrs. Tufts warf ihm einen vernichtenden Blick zu.

„Ich kenne euch jungen Leute", sagte sie und fügte mit einem Seitenblick auf mich – der weiß Gott unberechtigt war – hinzu: „und auch gewisse andere, die eigentlich für solche Dummheiten zu alt sein sollten."

Finbow unterbrach sie höflich:

„Ich bin sicher, daß sie alles vorzüglich einrichten werden, liebe Mrs. Tufts. Könnte ich vielleicht mit diesem Herrn hier" – er deutete auf mich – „das Zimmer dort drüben teilen?" Es lag dem Raum gegenüber, der den beiden Mädchen zugedacht war. „Wir sind die ältesten in unserm Kreis und plaudern gern miteinander."

Ich hatte noch kaum je erlebt, daß jemand Finbow über den Mund fuhr, aber Mrs. Tufts brachte selbst das fertig.

„Meinetwegen", sagte sie, „aber in Ihrem Alter sollten Sie eigentlich etwas Gescheiteres zu tun haben als miteinander zu tratschen. Und Sie drei teilen sich das andere Doppelzimmer und das Einzelzimmer!"

Damit waren Christopher, William und Philipp für sie abgetan. Als sie aus dem Zimmer ging, rief sie uns noch über die Schulter zu:

„Gegessen wird um eins. Ich bin nicht gewohnt zu warten."

Nachdenklich meinte Finbow:

„Es ist doch merkwürdig, wie hilflos fast alle Engländer sind, wenn sie mit einer waschechten Grobheit konfrontiert werden. In unseren Köpfen herrscht eine solche Begriffsverwirrung, daß wir ein Zeichen von Charakterstärke darin sehen. Wir erfinden zwar andere Gründe, warum wir einen Dr. Johnson, einen Herzog von Wellington, eine Königin Viktoria, einen Mr. Shaw und einen Mr. Snowden bewundern, in Wirklichkeit aber imponieren sie uns nur durch ihr schlechtes Benehmen. Mrs. Tufts gehört auch in die Kategorie. In England kann es keiner zu etwas bringen, wenn er Manieren hat. Auch ich habe es zu nichts gebracht."

Über Avices Gesicht huschte der Schatten eines Lächelns, und sie sagte:

„Nett von Ihnen, daß Sie uns aufzuheitern versuchen!"

„Leider ist es mir nur nicht gelungen", sagte Finbow, „sonst hätten Sie es nicht bemerkt. – Ian, ich bin heute kein guter Unterhalter. Komm, wir gehen lieber auf unser Zimmer und packen aus!"

Nachdem wir uns ein paar Minuten in unserm Schlafzimmer aufgehalten hatten, nahmen wir Liegestühle mit hinaus auf die Terrasse, die zum Fluß hinunterführte. Auf dem andern Ufer wehte das Schilf im Wind, und darüber war nichts als der leere Himmel. Finbow reckte die Beine und sagte:

„An einem solchen Ort fällt es einem nicht schwer, genügsam zu werden. Ich glaube, eines Tages heirate ich, lasse mich hier nieder und höre dem Geschrei der Möwen zu."

Ich wußte aus Erfahrung, daß er immer dann, wenn er von Genügsamkeit sprach, seine Gedanken wandern ließ. Ich lag also still, rauchte meine Pfeife und spürte die Sonne und den Wind auf meinem Gesicht. Finbow stand auf, ging ins Haus und kam mit einem Kessel mit heißem Wasser, einer Teekanne und zwei Gläsern zurück. Er goß das Wasser in die Kanne, zog eine winzige Dose aus der Tasche und warf ein paar Teeblätter daraus ins Wasser. Dann beobachtete er die Kanne feierlich ein paar Augenblicke lang und goß dann eine dünne, strohfarbene Flüssigkeit in die Gläser.

„Der beste Tee der Welt", sagte er und nippte daran. Er hatte sich in China mit der kostspieligeren Art Tee zu trinken angefreundet und trug seit ein paar Jahren gewöhnlich eine Teebüchse mit sich herum. Mir kam es ja immer vor, als ob dieser ‚beste Tee der Welt' nach Heu schmeckte, doch ließ ich mir nichts anmerken.

„Wenn du mir nicht dazwischengekommen wärst, Ian", fuhr er zwischen kleinen Schlückchen fort, „würde ich mir heute die Beds gegen die Bucks ansehen. Kricket in der zweiten Regionalklasse ist das einzige Kricket, was sich ein Mann von Geschmack noch ansehen kann. Seit man Kricket in der höchsten Spielklasse nur noch nach Kalkül spielt, hat es aufgehört Kricket zu sein."

Ich nahm einen Schluck aus meinem Teeglas. Am besten ließ man ihn reden, solange er wollte. Im gleichen Tonfall, in dem er die Beds und die Bucks erwähnt hatte, sagte er:

„Ich habe mir verschiedenes im Zusammenhang mit eurem Mord durch den Kopf gehen lassen. Birrell hat mir eine ganze Menge Informationen gegeben. Ich mußte sie erst sichten, bevor ich mir jetzt deine Version anhöre. Jetzt möchte ich alles wissen, was dir über die andern einfällt. Sag mir ruhig alles. Ich habe dich schon immer um dein Gedächtnis beneidet. Und dann sage mir alles über heute morgen."

Langsam und gewissenhaft berichtete ich ihm, was ich wußte. Im Prinzip teilte ich ihm mit, was ich hier in den ersten Kapiteln geschildert habe. Mehr Tatsachen konnte ich auch ihm einfach deshalb nicht geben, weil ich über keine weiteren verfügte. Bei der Niederschrift habe ich allerdings sorgfältiger auf die zeitliche Reihenfolge und logischen Verknüpfungen der Ereignisse geachtet als bei der Unterhaltung mit Finbow, aber in wesentlichen Dingen dürfte der Unterschied zwischen den beiden Berichten nicht groß sein.

Zweimal ließ er ein gedehntes „So" hören, was er bei so vielen Gelegenheiten zu tun pflegt, daß man unmöglich eine bestimmte Bedeutung heraushören kann, doch entlockte ich es ihm in meinem Bericht zum erstenmal, als ich ihm erzählte, daß Avice sich geweigert habe, Roger zu heiraten, und zum zweitenmal, als ich schilderte, wie Philip in die Kajüte gekommen war, als wir gerade Radio hörten.

Nachdem ich beschrieben hatte, wie Avice und ich die Leiche gefunden hatten, legte sich Finbow mit geschlossenen Augen in seinem Liegestuhl zurück und fragte dann:

„Und was geschah weiter?"

Ich schilderte ihm, wie William die Sache in die Hand genommen hatte, und erzählte anschließend von unserer Zusammenkunft im Salon. Als ich darauf zu sprechen kam, welche Ansichten William über den Zeitpunkt und die Art des Verbrechens geäußert hatte, quittierte das Finbow mit einem besonders nachdrücklichen „So". Dann kam ich noch kurz auf meinen Vorschlag zu sprechen, daß der Mörder ein Geständnis ablegen sollte. Ich erwartete, daß er sich darüber lustig machen würde, statt dessen schien er aber höchst interessiert, wenn er auch ein leises Lachen nicht unterdrücken konnte, als ich erzählte, wie alle nacheinander Stillschweigen gelobt hatten. Schließlich berichtete ich ihm noch, daß wir nach Horning gefahren seien, um die Norwicher Polizei zu benachrichtigen, und von unserer Rückkehr auf die Jacht.

„Vielen Dank, Ian", sagte er, als ich mit meinem Bericht zu Ende war, und nahm einen Schluck von seinem Tee, der längst kalt geworden war. „Du bist nicht mit Gold zu bezahlen. Ich wäre nie auch nur hinter die Hälfte von dem gekommen, was du mir eben erzählt hast. Ich habe von dir weit mehr erfahren, als ich aus Birrells Notizen entnehmen konnte. Ich möchte übrigens schnell noch einmal durchlesen, was ich mir davon aufgeschrieben habe, um mein Gedächtnis etwas aufzufrischen. Und er zog einige Notizzettel aus der Westentasche, die er mit seiner zierlichen Handschrift eng beschrieben hatte.

„Das habe ich mir von unserm Freund Birrell abgeschrieben", sagte er. „Das Überflüssige habe ich weggelassen, trotzdem kommt es dem Original ziemlich nahe. Vielleicht interessiert es dich."

Er reichte mir die einzelnen Blätter, nachdem er sie noch einmal überflogen hatte, und ich las:

Die Leiche

Aus der Nähe und von vorn durchs Herz geschossen. Leichenstarre zu Beginn der polizeilichen Untersuchung noch nicht eingetreten. Gefunden in der Plicht der Jacht. Sämtliche Zeugen bestätigen, daß die Lage nicht verändert wurde, außer daß die Pinne losgemacht wurde, um die Jacht festmachen zu können. Keine Fingerabdrücke außer auf der Pinne.

Miß A. Loring

Sagt aus, sie sei bis gegen 9 Uhr 20 in ihrer Kajüte gewesen und habe sich angezogen, worauf sie in die Mittelkajüte gegangen sei. Hat nichts gesehen und nichts gehört. Ging gegen 9 Uhr 30 mit Mr. C.* an Deck und sah die Leiche; bestätigt, daß die Ruderpinne

* In Birrells Notizen erscheint Avice Loring als Miß L.; Tonia Gilmour als Miß G.; Philip Wade als Mr. W.; Christopher Tarrant als Mr. T.; William Garnett als Dr. G.; Roger Mills als Dr. M. und Ian Capel als Mr. C.

zwischen Ellenbogen und Körper eingeklemmt war. Hatte nichts Neues zu bemerken. Dr. M. war ihr Vetter. Kannte ihn gut von Kind auf. Soweit ihr bekannt, hatte er keine besonderen Schwierigkeiten oder Feinde. Glaubt sich zu erinnern, daß er einen Revolver erwähnte, ist sich aber nicht sicher. Ist im August mit der übrigen Gesellschaft an Bord der *Sirene* gekommen. Die letzte Woche sei sehr nett gewesen. Hat nichts von einem Streit bemerkt.

Miß T. Gilmour
Stand gegen 8 Uhr 55 auf; rief Mr. W.; ging mit Mr. C. in die mittlere Kajüte und blieb dort, bis Miß L. ihre Toilette beendet hatte. Hörte Radio. Hat nichts gesehen und nichts gehört. Ging in ihre Kajüte zurück und kleidete sich an und hörte nichts, bis die Leiche entdeckt wurde. Wußte nichts vom Revolver. Keine neuen Gesichtspunkte beigesteuert. Hat Mr. W. vor drei Monaten in Paris kennengelernt und sich mit ihm verlobt, kurz bevor sie auf die Jacht ging. Kannte sonst niemand von der Gesellschaft. Fand alle gleich furchtbar nett. Sehr betrübt über den Tod von Dr. M.

Mr. P. Wade
Wurde von Miß G. geweckt und stand auf, weil Dr. G. ins Bad wollte, um sein verletztes Knie zu baden, auf das er tags zuvor gefallen war. Nachdem er aufgestanden war, ging er in die mittlere Kajüte und hörte Radio. Hat nichts gesehen und nichts gehört. Ging in sein Zimmer, um sich anzukleiden und kam an Deck, als er Miß L. rufen hörte. Zog gerade seine Armbanduhr an und stellte fest, daß es 9 Uhr 27 war. Kannte Dr. M. seit fünf Jahren. Hat keine Erklärung für den Mord. Dr. M. war ein sehr heiterer, glücklicher Mensch. Dr. M. war sehr gastfrei. Die Woche auf der *Sirene* war höchst erfreulich. Weiß nichts von einem Revolver.

Mr. C. Tarrant
War die ganze Zeit in der mittleren Kajüte, bis Miß G., Mr. C. und Mr. W. hereinkamen. Erinnert sich, daß Dr. G. ebenfalls hereinkam und dann den Raum wieder verließ, um sich zu waschen. Kehrte kurz darauf zurück, ohne etwas gesehen oder gehört zu haben. Blieb in der Kajüte, bis Miß L. rief. Hörte, wie Mr. C. nach Dr. G. rief, schenkte dem aber wenig Beachtung. Ging sofort an Deck, als Miß L. rief. Fand Dr. G. an der Ruderpinne und Dr. M. tot.

Kannte Dr. M. seit drei Jahren. Fand ihn stets besonders gut aufgelegt und gesellig. Kann sich keinen Grund für seinen Tod vorstellen. Geht in Kürze nach Malaya; will zuvor Miß L. heiraten. Es war sein Abschiedsurlaub. Fand die Woche an Bord sehr angenehm. Hat von dem Revolver reden hören, ihn jedoch nicht gesehen und keine Ahnung, wem er gehörte.

Mr. I. Capel

Ging vor neun an Deck und rief nach Dr. M. Hörte ihn antworten. Ging wieder nach unten und blieb in der Mittelkajüte, bis Miß L. ihn bat, mit ihr an Deck zu gehen. Hat nichts gesehen und nichts gehört, bis er an Deck kam und die Leiche fand. Die Ruderpinne war in Dr. M.s Armbeuge eingeklemmt. Schätzt die Zeit auf 9 Uhr 25. Bestätigte im Verhör den Bericht von Miß L., Mr. W., Miß G. und Mr. T. über deren Aufenthalt zwischen neun Uhr und der Auffindung der Leiche.
War am Abend zuvor erst auf die *Sirene* gekommen. Wußte nichts von einem Revolver.
Kannte Dr. M. seit zehn Jahren. Hat nie etwas gehört, das auf Feinde schließen ließe. Konnte ihn von Anfang an gut leiden.

Dr. W. Garnett

Verließ gegen neun die Kajüte, um sich zu waschen und sein verletztes Knie zu baden. Wusch sich und versuchte zu seinem Bad zu kommen. Mr. W. noch im Bett. Ging zurück zum Waschbecken und rief Mr. W. mehrmals und fragte, ob er jetzt in die Badewanne könne. Hörte Mr. W.s Stimme. Rief nach zwei oder drei Minuten nochmals. Mr. W. hatte inzwischen den Raum verlassen, und Dr. G. ging hinein, ließ etwas Wasser in die Wanne, badete sein Knie und begab sich wieder in die Mittelkajüte.
Bestätigte die Berichte der andern über die Ereignisse zwischen diesem Zeitpunkt und der Entdeckung der Leiche. Als Mr. C. nach ihm rief, ging er an Deck, stellte den Tod von Dr. M. fest, nahm die Ruderpinne und machte die Jacht am ersten geeigneten Platz fest.
Wußte, daß Dr. M. eine kleine Automatik an Bord hatte, ein Erinnerungsgeschenk an den Fall Cooper. Wurde von Dr. M. zu Anfang seiner Laufbahn unterstützt. Mit den übrigen an Bord gekommen.
Dr. G.s Fingerabdrücke identisch mit denen auf der Pinne.

Inspektion und Durchsuchung der Jacht
Die Jacht sorgfältig durchsucht. Kein Beweisstück gefunden. Keine Spur eines Revolvers; muß über Bord geworfen worden sein. (Schlage vor, danach zu tauchen.) Logbuch und Stander fehlen. Auch diese bei Durchsuchung nicht auffindbar.

„Dies also wäre die selbständige Leistung unseres tüchtigen Aloysius", sagte Finbow. „Gar nicht so übel! Abgesehen davon natürlich, daß er jeden einzelnen feierlich gefragt hat, ob er Roger gut leiden konnte, was sie alle feierlich mit ‚ja' beantwortet haben. Ich frage mich, was er sonst erwartet hat."

Mir sagten Birrells Notizen wenig Neues. Allerdings hatte ich mir zuvor nicht klargemacht, daß Avice und Christopher ebenso wie William von der Existenz des Revolvers gewußt hatten, und ich fragte mich, ob nicht Philip und Tonia am Ende auch davon gehört hatten. Es kam mir doch merkwürdig vor, daß sie allein keine Ahnung davon gehabt haben sollten.

„Laß mich jetzt noch fünf Minuten nachdenken", sagte Finbow. „Ich möchte deine Version gern mit der von Birrell zusammentun und sehen, was bei der Mischung herauskommt."

Ich rauchte ruhig weiter, lauschte dem Rascheln des Schilfs und beobachtete die winzigen Sonnenreflexe, die auf dem windgekräuselten Wasser tanzten. Es brannte mir auf der Zunge, Finbow mit Fragen zu bestürmen, aber ich zwang mich abzuwarten, bis er selbst mit dem Problem im reinen war.

Es dauerte nur ein paar Minuten, bis er lächelnd zu mir sagte:

„Du, Ian, ich bin zu einem Schluß gekommen!"

„Und der lautet?" fragte ich aufgeregt.

„Daß du Roger nicht umgebracht hast."

„Was du nicht sagst!"

„Beweisen kann ich es zwar noch nicht, aber ich werde bald dazu in der Lage sein, sobald mir nämlich jemand eine Landkarte in großem Maßstab von den Broads besorgt."

„Gib dir nur keine Mühe!" Ich war ehrlich erbost.

Er lachte leise.

„Es könnte nämlich recht vorteilhaft sein, einen Beweis in der Hand zu haben, wenn Aloysius Birrell dich abführen will. Wenn wir den Beweis erbringen, daß du es nicht getan haben *kannst*, könnte man vielleicht damit nebenbei einen Hinweis geben, daß ein anderer sehr wohl dazu in der Lage war."

„Einverstanden", sagte ich. Das klang schon vielversprechender.

„Zwei triftige Gründe sollten einen eigentlich davon abhalten, in den Verwaltungsdienst zu gehen", sagte Finbow als Einleitung zu einer längeren Darlegung. „Der erste ist, daß man sich dort angewöhnt, alles zu Papier zu bringen, und der zweite, daß man das Papier dazu stets mit sich herumträgt."

Mit diesen Worten zog er einige zusammengefaltete Blätter aus einer Seitentasche. „Ich würde vorschlagen, daß ich mir jetzt auf der Stelle eine ganze Menge notiere."

Ich rückte meinen Stuhl näher zu ihm heran, um ihm über die Schulter zu sehen. In seiner sauberen, zierlichen Handschrift machte er sich zunächst eine Liste der Beteiligten und sagte dann: Ich werde sie einfacher künftig bei ihrem Vornamen nennen:

1. Dr. Roger Mills 35 Jahre	Harley Street – Spezialist;
2. Dr. William Garnett 26 Jahre	betreibt medizinische Forschungsarbeit auf Rogers Spezialgebiet;
3. Christopher Tarrant 29 Jahre	im Begriff, einen Verwaltungsposten in Malaya zu übernehmen;
4. Philip Wade 25 Jahre	ziert die Welt;
5. Avice Loring 23 Jahre	verlobt mit Christopher, Kusine von Roger;
6. Tonia Gilmour 24 Jahre (?)	verlobt mit Philip, den andern zuvor unbekannt;
7. Ian Capel 63 Jahre	im Ruhestand.

„Das wird mir als Gedächtnisstütze nützlich sein", sagte Finbow. „Und jetzt notiere ich mir noch ein paar Tatsachen." Und er schrieb auf:

„a) Roger wurde am 8. September 1931 getötet. Zweifellos ist er von einem Mitglied seiner eigenen Segelpartie ermordet worden."

„Damit hatte William natürlich absolut recht", sagte Finbow und blickte zu mir auf.

„b) Die Leiche wurde gegen 9 Uhr 25 an der Pinne gefunden."

„Deine Aussage wird durch die aller anderen bestätigt", erläuterte er. „In Birrells Notizen steht, daß Philip gerade seine Uhr anzog, als Avice ihn rief. Er kann sich erinnern, daß es um 9 Uhr 27 war."

„c) Roger hat das Boot einhand gesegelt. Es kann daher, nachdem er bereits tot war, keine Flußwindung mehr passiert haben. Das bedeutet aber, daß der früheste Zeitpunkt für seinen Tod der Augenblick war, als die Jacht auf der Strecke, wo der Mord entdeckt wurde, um die letzte Ecke fuhr."

„Das stammt von William", bemerkte Finbow. „Eigentlich hätte ich selbst darauf kommen müssen."

Dann überlas er noch einmal aufmerksam das Geschriebene und meinte:

„Aber trotzdem stimmt's nicht. Der Mörder hätte nämlich, nachdem Roger bereits tot war, noch an der Pinne bleiben und die Jacht um eine oder zwei Flußwindungen herummanövrieren können. Es hätte ihm zwar nicht viel genützt, da der Zeitpunkt des Mords keine große Rolle spielt. Wichtig dagegen ist, genau festzustellen, wann die Pinne zwischen Rogers Arm und Körper eingeklemmt und das Boot sich selbst überlassen worden ist."

„Das muß auf einer geraden Strecke gewesen sein", sagte ich.

„Natürlich. Frühestens an der letzten Krümmung vor dieser geraden Strecke konnte der Mörder die Ruderpinne dem Toten überlassen. Das ist eine unverrückbare Tatsache. William war mit seinen Schlüssen etwas leichtsinnig. Überhaupt ist es ein ziemlich pedantisches Argument. Unsere Aufgabe besteht nun darin, nach dieser geraden Strecke zu suchen. Komm, wir sehen nach, ob wir irgendwo eine Landkarte von den Broads finden."

Auf dem Bücherregal entdeckte ich tatsächlich eine, und wir suchten darauf den betreffenden Abschnitt des Bure, den Finbow dann flink auf ein Stück Papier skizzierte.

„Hier an dieser Stelle etwa habt ihr festgemacht", sagte er und markierte einen Punkt auf der Landkarte. Dann äußerte er ein gedehntes „Sooo ...", denn von unserm Anlegeplatz in Richtung Salhouse legte der Fluß eine gerade Strecke von einer Dreiviertelmeile zurück.

„Wie schnell fährt denn so eine Jacht bei einem Wind, wie ihr ihn heute morgen gehabt habt?" erkundigte er sich.

„Es war eine tüchtige Brise", sagte ich. „Aber ich habe keine rechte Vorstellung von der Geschwindigkeit auf dem Wasser."

„Ich auch nicht. – Der Erfolg im Leben hängt jedoch von zwei Begabungen ab und von diesen ausschließlich. Die eine besteht darin, daß man weiß, wohin man sich zu wenden hat, wenn man einen

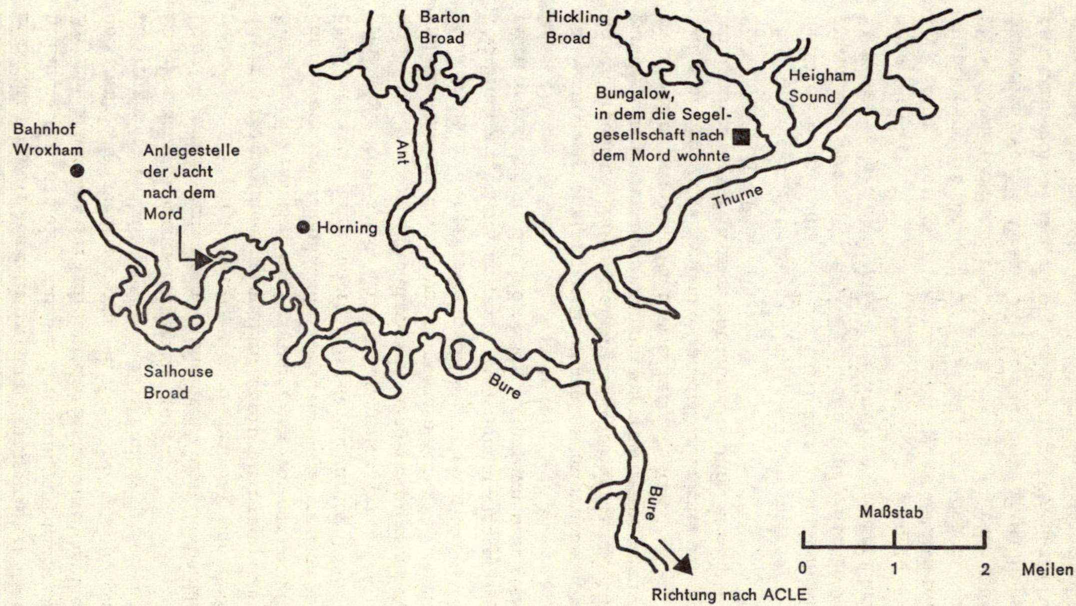

Skizze der Northern Broads
Zeichnung von Finbow

Gefallen getan haben möchte, und die andere, daß man den andern auch dazu bringt, es für einen zu tun." Er lächelte.

„Ich weiß, wer uns alles über Segelgeschwindigkeiten sagen kann: Benson. Er wohnt in Norwich. Er weiß einfach alles über die Broads und über Jachten und wie man sie segelt. Ich rufe ihn geschwind an."

Nach ein paar Minuten war er wieder zurück.

„Er sagt, zwischen zweiundhalb und drei Meilen die Stunde. Er ist völlig sicher. Jachten bewegen sich anscheinend sehr geschmeidig durchs Wasser und reagieren nicht sofort auf unkorrekte Ruderführung. Und er meint, der Wind sei heute sehr beständig."

Ich rechnete nach.

„Das bedeutet, daß der Mord frühestens zwischen 9 Uhr 07 und 9 Uhr 10 verübt worden sein kann", sagte ich.

„Du hast aber gesagt, William sei irgendwie zu dem Schluß gekommen, daß es nach 9 Uhr 15 gewesen sein muß", erinnerte er mich.

„Es war ihm nicht bekannt, daß die gerade Strecke so lang war", erklärte ich. Aber dann plötzlich kam es auch mir merkwürdig vor.

„Siehst du, jetzt wirst du argwöhnisch", sagte Finbow. „Aber wie dem auch sei, du stehst jetzt außerhalb jeden Verdachts. Alle haben Birrell ja versichert, daß du schon vor neun in der kleinen Kajüte warst und daß du sie erst mit Avice verlassen hast."

„Ich sage dir ja schon die ganze Zeit, daß ich's nicht war", erwiderte ich. Aber Finbow war schon wieder beim Schreiben:

„d) Zeittafel:

	8.50	Ian ruft Roger und hört ihn antworten.	William behauptet, zwischen 9 Uhr 00 und 9 Uhr 05 versucht zu haben, hinter Philips Koje ins Bad zu gelangen. Er hat die ganze Zeit Philips Stimme gehört. Nach zwei oder drei Minuten ging er in P.s Zim-
	8.55 9.00	Tonia und Ian betreten die kleine Kajüte.	
9 Uhr 07 frühstmöglicher Zeitpunkt, zu dem der Mörder die Pinne sich selbst überlas-	9.05 9.10	Philip und William kommen in die Kajüte.	

sen haben kann (äußerste Grenze evtl. 9 Uhr 05).			mer. P. kam nicht dorthin zurück.
	9.12	Christopher verläßt die Kajüte.	
	9.15	Christopher kommt in die Kajüte zurück.	
	9.16	Avice kommt in die Kajüte.	
	9.18	Tonia verläßt die Kajüte.	
	9.22	Philip verläßt die Kajüte.	
	9.24	Avice und Ian verlassen die Kajüte.	
	9.25	Roger tot aufgefunden.“	

„Das dürfte in groben Zügen der Zeitplan sein, nicht wahr?“ sagte Finbow. „Ich habe ihn nach dem zusammengestellt, was sie Birrell gegenüber ausgesagt haben, und nach dem, was du mir erzählt hast. Natürlich stimmt er nicht auf die Minute, aber wir haben damit immerhin einen Überblick.“

„William hat als frühesten Zeitpunkt für den Mord 9 Uhr 15 angegeben“, gab ich zu bedenken. „Wenn das stimmen würde, wäre er sofort aus dem Schneider. Während so ...“ Plötzlich kam mir die Geschichte aufregend vor.

„Während so“, unterbrach mich Finbow ruhig, „im Augenblick jeder außer dir als Mörder in Frage kommen könnte.“

„Jeder?“

„Jeder“, bestätigte Finbow. „Die Tatsachen, die ich mir notiert habe, stehen ziemlich fest. Ich bin relativ sicher über a), b), c) und d). Es gibt jedoch noch zweierlei, worüber ich mir nicht klar bin. Ich werde es einmal als Frage formulieren.“ Und er notierte:

„e) Was bedeuten Williams Fingerabdrücke auf der Pinne?“

Er hielt kurz inne und sagte:

„Höchstwahrscheinlich ist nämlich die Ruderpinne nicht in ihrer alten Lage geblieben, als Roger erschossen wurde. Das heißt, daß das Boot seinen Kurs geändert haben muß. Wenn der Mörder die Pinne nicht wieder richtig eingestellt hätte, wärt ihr mit dem Bug am Ufer festgekommen. Das Boot ist nun aber nicht aufgelaufen. Ich bin daher ziemlich sicher, daß die Pinne angefaßt wurde. Wenn das stimmt, hat der Mörder entweder Fingerabdrücke sorgfältig vermieden, und William hat seine eigenen hinterlassen, als er später das Boot gesteuert hat, oder aber William hat die Fingerabdrücke zweimal hinterlassen."

„Meinst du, William könnte es gewesen sein?" fragte ich aufgeregt.

„Jeder kann es gewesen sein – außer dir", erwiderte Finbow ruhig.

„Die andere merkwürdige Tatsache, für die ich gern eine Erklärung hätte, lautet:

‚Warum sind das Logbuch und der Wimpel verschwunden?'"

Er schrieb auch diese Frage auf und meinte:

„Ich kann einfach nicht an einen reinen Zufall glauben. Sie müssen aus irgendeinem Grund über Bord geworfen worden sein. Aber warum? Um Gottes willen, sag mir bloß, warum? Ich könnte mir verschiedene Erklärungen für das Verschwinden des Logbuchs denken. Man könnte sich zum Beispiel vorstellen, daß Enthüllungen darin gestanden haben, die einen bestimmten Verdacht auf jemand gelenkt hätten."

„Ja", bestätigte ich. „Ich habe dir ja gesagt, daß Roger davon sprach, er sei gestern wegen des Lunchs mit William aneinandergeraten."

„Es würde mich interessieren, warum keiner von den andern diesen Streit erwähnt hat", sagte Finbow. Sie haben Birrell nichts davon gesagt. Wahrscheinlich war er zu geringfügig. Möglicherweise hat in dem Logbuch etwas gestanden, was weit belastender war – für einen von euch. Freilich kommt mir auch das nicht sehr wahrscheinlich vor. Ein Bericht über eine solche Fahrt unter Freunden ist für den Logbuchführer meist nur ein Anlaß, seinen miserablen Stil zu demonstrieren."

„Aber warum ist der Wimpel verschwunden?" fragte ich.

„Keine Ahnung! Auf gut Glück könnte man die Vermutung aufstellen, daß er dazu benutzt wurde, die Fingerabdrücke abzuwischen, und daß er dann in den Fluß geworfen wurde. Viel Staat ist allerdings mit dieser Vermutung nicht zu machen." Er streckte die Beine aus und meinte: „Ich möchte mir nur noch etwas Konkretes notieren, bevor ich mir dann die einzelnen Mitglieder der Partie unter die Lupe nehme. Ich möchte mir zuvor noch ein genaues Bild von der Einteilung der Jacht machen."

Und er gab sich daran, einen Plan zu skizzieren, auf dem er unsere Kojen und die Kajüten einzeichnete. Diese Skizze ist auf Seite 17 wiedergegeben.

Die Waschbecken kennzeichnete er mit einem sauberen W.B.

„Ich nehme an, daß das Waschbecken neben dem vorderen Niedergang von dir und Christopher benutzt worden ist und daß William und Philip das mittlere und die beiden Mädchen das in ihrem Zimmer zur Verfügung hatten", murmelte er.

„Ja," sagte ich. „So dürfte es gewesen sein."

„Zu schade, daß nicht der eine oder andere von euch frühmorgens einen Sprung ins kalte Wasser tut. Ich für meine Person habe dafür zwar nichts übrig, aber es stärkt den Charakter – und es hätte vielleicht in eurem Fall einen Mord verhindert", sagte er und betrachtete seinen Plan. Dann starrte er mich an:

„Ian, warum hast du gesagt: ‚So dürfte es gewesen sein?' Weißt du es nicht mehr genau?"

„Du vergißt, daß es mein erster Morgen auf der Jacht war. Ich hatte noch nicht Zeit, die Gewohnheiten der einzelnen herauszufinden. Die andern dagegen waren schon eine Woche da."

„Es muß stimmen – wenigstens haben sie alle Aloysius Birrell berichtet, sie hätten sich an der betreffenden Stelle gewaschen", überlegte Finbow und fügte lachend hinzu: „Aber, mein lieber Ian, deine letzten Worte haben es noch klarer gemacht, daß du Roger auf keinen Fall umgebracht haben kannst."

„Wieso denn das?"

„Ganz einfach deshalb, weil der Täter genau über die morgendliche Routine auf der Jacht Bescheid wissen mußte. Mein Lieber, denk doch bloß an das Risiko, das er eingegangen wäre, wenn er nicht die Gewohnheiten jedes einzelnen genau gekannt hätte!" sagte er.

„Irgendwann wirst du ja hoffentlich überzeugt sein, daß ich nicht der Mörder bin!" fuhr ich ihn an. Lachend zündete er sich eine Zigarette an. Sein Blick schweifte in die Ferne, als er fortfuhr:

„Ich wollte nur sehen, wieweit ich mit dem Tatsachenmaterial käme, wenn ich etwa den Beweis führen müßte, daß du unschuldig bist. Da reden die Leute immer von dem sogenannten konkreten

Beweismaterial und den sogenannten psychologischen Tatsachen. Als ob man – wenn man sich für das eine interessiert – nicht auch am andern Interesse haben könnte. Das ist natürlich Unsinn. Wenn ich das gesamte konkrete Beweismaterial beieinander hätte, brauchte ich keine psychologischen Tatsachen. Das heißt, wenn achtundzwanzig verschiedene verläßliche Zeugen gesehen hätten, wie Roger sich vor ihren Augen erschoß, dann würde ich das glauben, obwohl es mir psychologisch unwahrscheinlich vorkommt, daß ein Mensch wie Roger sich das Leben nimmt. Und wenn mir alle psychologischen Tatsachen – sagen wir über Aloysius Birrell – bekannt wären und klar daraus hervorginge, daß er Roger umbringen mußte, würde ich auch das glauben, wenn auch die äußeren Gegebenheiten dagegen sprächen. Ich will damit nur sagen, daß man niemals über sämtliche konkreten Tatsachen oder über sämtliche psychologischen Momente verfügt. Man muß daher sehen, wieweit man mit einer unvollständigen Mischung beider Elemente kommt."

Ich nickte.

Finbow lächelte. „Ich muß das auch Aloysius Birrell sagen. Der trägt nämlich ständig ein Notizbuch mit sich herum, in das er alle großen Gedanken über Kriminologie hineinschreibt. Jedenfalls habe ich dem Tatsachenmaterial bis jetzt lediglich entnehmen können, daß von fünf Personen jeder einzelne Roger ermordet haben könnte. Aber darauf hätte jeder Idiot kommen können. Wichtig ist nun, einige psychologische Fakten unter die Lupe zu nehmen."

„Zum Beispiel, warum jemand das Bedürfnis hatte, Roger umzubringen", schlug ich vor.

„Diese Frage dürfte zu denen gehören, die weniger schwer zu beantworten sind."

„Und wie lauten die schwierigen?" fragte ich. „Bist du dir schon darüber klar?"

„Ich verspreche dir, dir alles zu sagen, was ich weiß – sogar das, was ich nur vermute", antwortete Finbow. „Die Menschen umgeben sich ja nur deshalb mit einer Aura des Geheimnisvollen, weil sonst nichts dahintersteckt. Ich persönlich schäme mich nicht im geringsten, wenn ich mich einmal geirrt habe. Soweit ich es beurteilen kann, könnte jeder von den fünfen Roger ermordet haben. Ich möchte jedoch vermuten, daß es Philip nicht war."

„Avice kann niemand umbringen. Sie kannst du von vornherein von deiner Liste streichen", wandte ich ein.

„Sie ist ein reizendes Mädchen", sagte er langsam. „Weißt du übrigens etwas über Tonia?"

„Nein."

„Auch sie ist recht attraktiv. Komisch nur, wie sich jemand mit einem so ausdrucksvollen Gesicht so exotisch zurechtmachen kann. Das reinste Höhlenmannequin!"

Ich lachte, denn Finbow nimmt es übel, wenn man seine Witze nicht gebührend honoriert. Dann sagte ich:

„Aber worüber zerbrichst du dir denn den Kopf?"

„Ich werde es riskieren und es aufschreiben", sagte er und überreichte mir kurz darauf ein Blatt Papier. Mit nervöser Spannung las ich:

1. Warum hat niemand den Versuch gemacht, jemand Bestimmtem die Schuld in die Schuhe zu schieben?
2. Warum ist der Mörder nicht auf das Schweigegelübde eingegangen?
3. Warum haben Avice und Christopher nach dem Mord nicht beieinander Zuflucht gesucht?
4. Warum haben Philip und Tonia sich nach dem Mord so demonstrativ zusammengetan?
5. Welche Gefühle verbirgt William?

Während ich las, sagte er: „Da hast du's! Ich muß gestehen, daß mich diese fünf Fragen weit mehr interessieren als alle Tatsachen, die ein tüchtiger Inspektor von Scotland Yard in der Hälfte der Zeit auswerten würde, die ich darauf verwenden müßte."

„Mir fällt auf, daß jeder von den fünfen mindestens in einer deiner Fragen vorkommt", sagte ich. Es muß also auch der Schuldige darunter sein, ganz gleich wer es gewesen ist."

„Darin besteht die wahre Kunst des Detektivs", sagte Finbow.

Ein unheimliches Lächeln

Wir waren alle froh, als wir den Lunch hinter uns hatten. Durch die geöffneten Fenster des kleinen Eßzimmers konnten wir den Fluß und das flache Moorland sehen, das grün im Sonnenschein lag. Die Frische draußen machte uns die gespannte Atmosphäre und das betretene Schweigen im Haus nur noch fühlbarer.

Wir saßen dicht gedrängt um einen Tisch, der für sechs Personen kaum ausreichte, und vermieden ängstlich jede Anspielung auf das eine Thema, das alle unsere Gedanken beschäftigte. Niemand erwähnte den Mord, und dieses Schweigen war qualvoller, als es jede Unterhaltung darüber gewesen wäre. Nur Finbow plauderte leichthin über Kricket und Musik. Wir andern schlangen schweigend unser Essen hinunter. Trotz allem, was uns widerfahren war, hatten wir einen ungeheuren Appetit. Trotz allem? Wieder einer von den herkömmlichen Irrtümern! Eine starke innere Erregung erzeugt nämlich oft ganz im Gegenteil einen wahren Wolfshunger, und so kauten auch wir das zähe Roastbeef mit einer solchen Gier, gerade weil ein Mord geschehen war und nicht trotz des Mordes.

Während des Essens redete Finbow ununterbrochen. Dies milderte zwar die Spannung etwas, doch kamen wir von dem Gedanken nicht los, daß die spannungsgeladene Atmosphäre nun so fortdauern und immer schlimmer werden würde, bis es zur Entladung kommen mußte. Nein, ein angenehmer Lunch war das nicht! Die Gegenwart von Mrs. Tufts, die uns zu normalen Zeiten belustigt hätte, verstärkte noch unser Unbehagen. Wir versuchten, uns amüsierte Blicke zuzuwerfen, aber die gehässige, dicke, kleine Frau bedrückte uns mehr, als sie uns erheiterte. Sie versorgte uns unwirsch mit Essen, und ihr Zorn erreichte einen Höhepunkt, als sie mit einer Obsttorte hereinkam und beobachtete, wie Philip Tonias Arm streichelte. Sie schleuderte die Torte auf den Tisch und fragte laut und vernehmlich:

„Was machen Sie denn da, junger Mann?“

Finbow und ich versuchten, sie zu beruhigen, aber sie fragte noch einmal:

„Junger Mann, was machen Sie denn da mit dem jungen Mädchen?“

Philip verschlug es die Sprache, und Tonia mußte ihm zu Hilfe kommen.

„Er hat meinen Arm gestreichelt“, sagte sie. „Ich mag das nämlich gern. Und was geht das Sie an, wenn ich fragen darf?“

Mrs. Tufts explodierte.

„Das ist die heutige Moral! Feuer wird's vom Himmel regnen und uns alle verschlingen zur Strafe für unsere Sünden! Unglaublich, wie sich Frauenzimmer wie Sie heutzutage aufführen! Auspeitschen sollte man Sie!“

Finbow erhob sich.

„Aber meine liebe Mrs. Tufts! Das sind doch alles höchst anständige junge Leute. Nur benehmen sie sich etwas anders als Sie und ich in unserer Jugend. Das ist alles. Seien Sie doch nicht so streng!“

Mrs. Tufts starrte ihn an wie ein kleiner fetter Basilisk.

„Ich denke, was mir paßt, und sage, was mir paßt. Und solange ich Ihnen Ihr Essen koche und das Haus sauberhalte, habe ich auch das Recht, meine Meinung über angemalte Weiber zu sagen. Meinen Mund lasse ich mir nicht verbieten, mein Lebtag nicht!“

Damit rauschte sie aus dem Zimmer.

„Tut mir leid“, sagte Finbow. „Eigentlich sollten wir sie in aller Stille im Fluß ersäufen. Aber wir müssen ihr noch eine Weile die Kur machen. Wenn sie wegläuft, könnte sie auspacken.“

Tonia lachte, doch war es ein unangenehmes Lachen, das nach Hysterie klang, was ich mir nicht recht erklären konnte. „Es ist schon ein bißchen hart“, sagte sie und preßte ihre roten Lippen zusammen, „wenn man zuerst auf einen Kriminalbeamten und dann auch noch auf eine Haushälterin trifft, die einen für noch schlimmer halten, als man auf den ersten Blick aussieht!“

„Vermutlich traut sie dir auch den Mord zu“, sagte William seelenruhig.

Es war dies das erstemal, daß der Mord erwähnt wurde, seit wir uns zum Essen gesetzt hatten.

Tonia verzog den Mund zu einem schiefen Lächeln, und ihre Stimme schwankte, als sie erwiderte:

„Das ist ein fauler Witz, William. Schließlich muß es ja einer von uns gewesen sein. Aber laß nur! Kommt, wir singen etwas“, und sie stand vom Tisch auf und sang mit ihrer heiseren Stimme:
„Du bist meines Herzens Seligkeit.“
Finbow beobachtete sie aufmerksam.
Ich sagte zu William:
„Weiß Mrs. Tufts von dem Mord?“
„Natürlich“, antwortete er. „Birrell hat eine halbe Stunde lang mit ihr gesprochen.“
„Ich habe Birrell eingeschärft, unter allen Umständen den Mund zu halten“, warf Christopher ein. „Ich hoffe, er richtet sich danach. Anscheinend hat sie etwas für ihn übrig.“
„Bestimmt haben sie ein Verhältnis miteinander“, behauptete Philip mit einer etwas forcierten Munterkeit, während seine Augen besorgt Tonias nervöses Gehabe verfolgten. „Ich sehe es als meine Pflicht an, demnächst ihre Hochzeit zu arrangieren!“
Tonia ließ vom Klavier ab und griff ihm in sein weiches Haar. Immer noch wirkte sie merkwürdig verkrampft.
„Ihre Hochzeit willst du arrangieren?“ fragte sie. „Du bringst ja nicht mal deine eigne zuwege.“
Er strich sich das Haar aus dem Gesicht, das ihm in die Augen gefallen war, und antwortete mit einem Lächeln, das schon wieder vergnügter war:
„Das überlasse ich ganz dir.“
Der Tag schleppte sich hin. Eine allgemeine Reizbarkeit lag in der Luft. Keiner wußte, was er mit seiner Zeit anfangen sollte, und doch brachte es keiner fertig, längere Zeit stillzusitzen.
William verbrachte den größten Teil des Nachmittags lesend im Wohnzimmer. Ab und zu schlenderte er ziellos zum Fluß hinunter und ging dann wieder zu seinem Buch zurück. Christopher lag mit einem Roman auf dem Sofa und warf mehrmals eine noch nicht halb gerauchte Zigarette weg. Zweimal ging er zu Avice, die niedergeschlagen in ihrem Zimmer saß, und versuchte, sie zu einem Spaziergang zu überreden.
Zweimal hörte ich sie mit leiser Stimme antworten: „Ach nein, ich würde dich nur noch unglücklicher machen.“
Philip und Tonia machten tapfer den Versuch, im Garten herumzuschäkern, aber auch Philip ließ sie dort mehrmals allein und setzte sich auf eine Zigarettenlänge zu uns, um ein nichtssagendes

Geplauder anzufangen. Ich saß auf der Veranda und bemühte mich, eine Gelassenheit zur Schau zu tragen, die alles andere als echt war. Eine halbe Stunde lang leistete mir Finbow Gesellschaft. Einmal murmelte er: „Du darfst dich nicht über die Unterhaltungen wundern, die ich führe. Ich nehme die Sache auf meine Art in Angriff." Darauf begab er sich in die Diele, um mit William und Christopher zu reden. Als er wieder auf die Veranda zurückkam, stand Philip neben meinem Stuhl. Er hatte Tonia unter dem Vorwand verlassen, daß er mich um ein Streichholz bitten wolle.

„Hallo", rief Finbow, „setzen Sie sich doch ein paar Minuten zu uns!"

„Aber gern", versicherte Philip, „nur ..." Er sprach seinen Satz nicht zu Ende. Tonia lag am Ufer und ließ die Hand ins Wasser hängen. Mit unbewegtem Gesicht beobachtete sie, wie Philip einen Stuhl zwischen mich und Finbow stellte.

„Keine Angst", rief Finbow so laut, daß sie es hören konnte, „ich bringe ihn gleich zu Ihnen zurück. Er bleibt nur ein bißchen hier bei uns, damit er das Zusammensein mit Ihnen dann wieder um so mehr zu schätzen weiß."

Ich sah, wie Tonia die Lippen zu einem Lächeln verzog. Dann drehte sie sich auf die Seite und legte sich so, daß ihr Gesicht von uns abgewandt war.

„Ihre Tonia ist eine faszinierende junge Dame", sagte Finbow liebenswürdig.

„Ja, das ist sie", bestätigte Philip eifrig. „Ich habe nie zuvor einen Menschen wie sie getroffen. Sie besitzt mehr Vitalität als irgend jemand, dem ich bisher begegnet bin. Ich glaube, deshalb habe ich mich auch gleich beim ersten Blick in sie verliebt."

Der Gedanke belustigte mich ein wenig, daß sie unsern Philip mit seiner unverbesserlichen Trägheit ausgerechnet durch ihre „Vitalität" erobert hatte, und ich sagte mir, daß er bei Tonia wohl gerade das schätzte, was ihm selbst abging.

„Wenn Sie sich nicht in sie verliebt hätten, hätten Sie nicht verdient, noch je in Ihrem Leben ein anderes Mädchen küssen zu dürfen", lächelte Finbow. „Wann ist's denn passiert? Schon bald nach dem Kennenlernen?"

„Im ersten Augenblick! Es war in Paris", antwortete Philip, und sein Gesicht wurde rot vor Erregung. „Ich versuchte gerade etwas zu schreiben, aber die richtigen Worte wollten mir nicht einfallen.

Dann bin ich eines Nachts zu einem Atelierfest gegangen, in der Rue de Vaugirard – Sie kennen sie doch?"
Finbows Lippen zitterten.
„Ich kenne sie", sagte er ernst. „Auch zu meiner Zeit hat es ein Paris gegeben."
Philip fuhr fort:
„Dort bin ich Tonia zum erstenmal begegnet. Ich war mir sofort darüber klar, daß es mich endlich erwischt hatte."
„Endlich?" fragte Finbow.
„Ich bin schon fünfundzwanzig und war nie zuvor verliebt", erwiderte Philip. „Ich habe schon gar nicht mehr damit gerechnet."
„Ja, in dem Alter kann man die Hoffnung wohl aufgeben", bestätigte Finbow. Philip warf ihm einen argwöhnischen Blick zu, fuhr aber fort:
„Sie war ganz in Schwarz. Ich konnte die Augen nicht von ihr wenden. Und sie interessierte sich offensichtlich auch für mich. Ein paar Stunden später standen wir vor dem Luxembourg und gestanden uns, daß wir uns wahnsinnig ineinander verliebt hatten!"
„Das ist aber schnell gegangen!" meinte Finbow.
„Hinterher sind wir dann noch acht oder neun Wochen in Paris geblieben. Es war eine wundervolle Zeit. Wir sind überall hingegangen", sagte Philip.
„Haben Sie auch etwas geschrieben?" erkundigte sich Finbow.
„Nein", erwiderte Philip. „Wenn Tonia in der Nähe ist, habe ich nicht die Energie dazu. Außerdem werde ich es sowieso nie zu etwas bringen. Ich habe es praktisch aufgesteckt." In seiner Freude, über Tonia reden zu können, hatte er sich in eine wahre Begeisterung hineingesteigert. Jetzt verfiel er wieder in seine lässige Trägheit, die einen typischen Dilettanten aus ihm gemacht hatte.
„So", kommentierte Finbow.
Philip lachte.
„Was tut's? Ich habe zwei phantastische Monate in Paris verlebt, und dann habe ich Tonia mit nach England zu dieser Segelpartie genommen."
„Vermutlich wollten Sie sie Ihren Freunden vorführen", meinte Finbow lächelnd. „Wenn man in eine hübsche Frau verliebt ist, gibt es ja bekanntlich kein größeres Vergnügen, als seine Freunde recht neidisch zu machen."
„Sie alter Zyniker", sagte Philip und schenkte ihm sein unerwar-

tetes, strahlendes Lächeln. „Freilich wollte ich sie den andern zeigen. Wir kennen uns ja alle so gut. Natürlich wollte ich meine Freunde mit Tonia bekanntmachen! Ich habe an Roger geschrieben und ihn gefragt, ob ich meine Verlobte mit auf die Jacht bringen dürfe, und er hat geantwortet: mit größtem Vergnügen."

„Und Sie hätten drei wunderbare Wochen miteinander verlebt...", sagte Finbow.

„Wenn das nicht passiert wäre", ergänzte Philip. „Jetzt müssen wir eben warten, bis die Geschichte geklärt ist. Wenn es nur nicht passiert wäre! Wir sind so prima miteinander ausgekommen. Anfangs hatte ich ja den Eindruck, als ob es Tonia keinen rechten Spaß machte, aber –"

Ich bemerkte eine leichte Spannung in Finbows Gesicht. Wenn ich auch wußte, was er im Schild führte, bewunderte ich doch, wie geschickt er diese scheinbar so unverbindliche Unterhaltung gelenkt hatte.

„Wie kamen Sie denn auf die Idee?" unterbrach er Philip. „Sie hat Ihren Freunden doch bestimmt gefallen?"

„Natürlich", meinte Philip nachdenklich. „Aber sie war irgendwie anders als sonst. Eigentlich sollte ich ja jetzt nicht darüber sprechen, aber ich glaube, Roger war etwas taktlos. Manchmal war er ein bißchen laut, wissen Sie! Fremde hat er damit gelegentlich vor den Kopf gestoßen."

„Gut zu verstehen", warf ich ein.

„Ja", fuhr Philip fort. „Tonia kannte ihn ja nicht, und sie nahm Anstoß daran, wenn er über sie und mich seine Witze machte. Etwas deftige Witze, verstehen Sie?"

„Nur allzu gut", sagte Finbow. „Ich habe auch nichts dafür übrig."

„Anfangs hat sich Tonia darüber aufgeregt, aber dann hat sie sich daran gewöhnt, und wir haben uns alle sehr wohl gefühlt", sagte Philip. Und dann fügte er noch hinzu:

„Der arme Roger! Ich wünschte, er wäre hier." Als er sah, daß Tonia ihm winkte, rannte er mit den Worten: „Ich muß zu ihr!" die Böschung hinunter und warf sich neben sie ins Gras. Finbow äußerte ein gedehntes, interessiertes „So". Dann meinte er:

„Das Bedürfnis der meisten Menschen, über ihre Liebesaffären zu reden, hat das eine Gute, daß man auf diese Weise Dinge erfährt, hinter die man sonst nicht so leicht käme. Wenn man jemandem

Schmeicheleien über die Vorzüge seiner Geliebten sagt, kann man gewöhnlich alles von ihm erfahren, was man wissen möchte. Besonders wenn man sich der Kunst des unverbindlichen Fragens bedient, die noch viel zuwenig Beachtung findet."

Ich konnte mir nicht vorstellen, was er mit dem Gespräch mit Philip bezweckt haben mochte, doch schloß ich aus seinem Verhalten, daß es für unsern Fall von Bedeutung sein mußte. Gegen wen mochte sich sein Verdacht nun richten? Gegen Tonia? Aber warum das? Er schwieg zunächst und meinte dann:

„Ich gehe jetzt eine Weile zu Philip und Tonia hinunter."

„Wäre das nicht etwas indiskret?" fragte ich. Ganz offensichtlich wollten die beiden allein sein.

„Natürlich ist es das", lächelte Finbow und ging langsam die fünfzig Meter über den Rasen von der Veranda zum Flußufer hinunter. Dort legte er sich neben die beiden ins Gras, und bald lachten sie über einen seiner Späße. Avice lenkte jedoch meine Aufmerksamkeit von Finbow ab. Sie hatte sich endlich aus ihrem Zimmer herauslocken lassen und schlenderte nun mit Christopher am Ufer entlang. Sie kam mir blaß und niedergeschlagen vor, und ich stellte voller Besorgnis fest, wie wenig noch von ihrem Charme zu spüren war. Auch Christopher beobachtete sie mit offenkundiger Sorge.

Auf eine Bemerkung Finbows hin klang Philips und Tonias lautes Lachen an mein Ohr. Kurz darauf stand er auf und schloß sich Christopher und Avice an, die nebeneinander melancholisch ins Wasser starrten. Der Wind trug seine Stimme zu mir herauf.

„Ich habe gerade Philip und Tonia vorgeschlagen, ihre Flitterwochen auf den Balearen zu verbringen."

„Oh", meinte Christopher niedergeschlagen.

„Und wie steht's bei Ihnen?" fragte Finbow – ein wenig taktlos meiner Ansicht nach.

„Wir können noch keine Entscheidung treffen, bevor wir –", Avice blickte ihn an, und die Stimme versagte ihr.

„Mein liebes Kind", sagte Finbow, „lassen Sie doch Ihr Leben nicht durch diese Geschichte beeinflussen! Sie ist auch ohne weitere Tragödien schon schlimm genug."

Christopher und Avice fingen nun eine Unterhaltung mit ihm an, doch sprachen sie so leise, daß ich die Worte nicht mehr verstehen konnte. Aber es gelang ihm offenbar, Avice ein wenig zu beruhigen, und zum Tee erschienen alle drei freundschaftlich vereint.

„Philip und ich werden nicht dulden, daß ihr zwei uns unsern netten Finbow entführt", sagte Tonia über den Tisch hinweg zu Christopher und Avice.
„Ich gehöre selbstverständlich als wesentlicher Bestandteil zum Inventar sämtlicher jung verheirateter Eheleute", beruhigte sie Finbow.
„Ich werde Ihnen das Haus verbieten, wenn ich verheiratet bin", lächelte Philip.
„Dann muß ich mich eben mit meinem Tee trösten", erwiderte Finbow und zog seine kleine Dose aus der Tasche, um seine private Teezeremonie zu zelebrieren.
„Der beste Tee der Welt", sagte er, als er den ersten Schluck nahm.
Noch während wir am Tisch saßen, platzte Mrs. Tufts geräuschvoll ins Zimmer, warf eine Zeitung vor mich auf den Tisch und fauchte: „Das dürfte Sie interessieren", worauf sie sich wieder verzog. Ich las:

GEHEIMNISVOLLER TOD EINES ARZTES DER HARLEY STREET
SPEZIALIST ERSCHOSSEN AUF SEINER JACHT AUFGEFUNDEN
TRAGÖDIE AUF EINER SEGELPARTIE IN DEN BROADS

„Heute morgen um neun Uhr dreißig wurde Doktor Roger Mills, der bekannte Krebsspezialist – es handelt sich natürlich um den Neffen von Sir Arthur Mills –, ermordet auf seiner Privatjacht, der *Sirene,* aufgefunden. Todesursache soll ein Schuß in die Brust sein. Der Bordgesellschaft sollen unter anderen angehört haben: Miß Avice Loring, die uns noch wegen ihrer auffallenden Toilette auf dem letztjährigen Künstlerball in Chelsea in lebhafter Erinnerung ist, Mr. Philip Wade, der Sohn des Newcastler Schiffsmagnaten, und Mr. Ian Capel, ein wohlbekannter Clubmann. Sergeant A. Birrell von der Norwicher Kriminalpolizei führt die Untersuchung. Mit einer offiziellen Stellungnahme zu dem mysteriösen Vorfall ist in allernächster Zeit zu rechnen."
Ich reichte die Zeitung wortlos weiter. Jeder las sie schweigend. Es war, als ob wir alle auf eine Regieanweisung warteten, ob wir unserer Angst Luft machen oder versuchen sollten, uns darüber lustig zu machen. Eine leicht hingeworfene Bemerkung von Philip gab dann den Ton an.

„Wenn ich jemals Prosa statt Verse schreiben sollte", sagte er, „würde ich versuchen, mich so auszudrücken."

„Ich dachte, das tätest du schon", flüsterte Tonia, und er tat so, als ob er ein Messer nach ihr werfen wollte.

„Besonders apart finde ich das Wort ‚natürlich' in der zweiten Zeile", erklärte Finbow. „Es ist doch interessant, wie unsere Sprache sich ändert. ‚Natürlich' bedeutete in meiner Jugend noch soviel wie ‚natürlich', und jetzt bedeutet es, ‚wie wir unter beträchtlichen Schwierigkeiten und mit großer Mühe herausbekommen haben'."

„Nicht zu vergessen, daß Ian ein wohlbekannter Clubmann ist", ergänzte Christopher. „Was soll das denn heißen? Ist er in einem Club oder in mehreren Clubs wohlbekannt, oder ist er in der Öffentlichkeit als Clubmann wohlbekannt oder was sonst?"

„Zu gern möchte ich auch wissen, was Avice auf dem Künstlerball in Chelsea anhatte, da es noch heute in so lebhafter Erinnerung ist", sagte Finbow.

„Ich könnte mir vorstellen, daß man sich vor allem an das erinnert, was sie nicht anhatte", sagte Tonia, und ihre merkwürdigen Augen wurden schmal.

„Katze!" sagte Avice und errötete flüchtig.

„Was soll denn ‚offizielle Stellungnahme' heißen", warf William ungeduldig dazwischen. Er hatte den ganzen Nachmittag über geschwiegen – vielleicht aufgrund eines gewissen Mißtrauens gegen Finbow, das ich zu spüren glaubte. „Was haben Sie denn herausbekommen?"

„Vermutlich steckt nichts dahinter als Aloysius Birrells Enthusiasmus", antwortete Finbow. „Ich habe das Gefühl, daß er Ian im Auge hat, doch besitzt er im Augenblick noch nicht genügend Beweise, um diesen wohlbekannten Clubmann zu überführen."

„Aber Ian kann es doch gar nicht gewesen sein", widersprach William geringschätzig. „Er war ja in der Kajüte, als der Mord –"

„Wollen wir uns tatsächlich über Mord unterhalten?" unterbrach ihn Finbow. „Meiner Ansicht nach ist das ein Thema, dem man zuviel Ehre antut."

William preßte die Lippen zusammen und griff nach dem Buch, in dem er gelesen hatte. Ich warf einen Blick auf den Umschlag und stellte fest, daß es *Das Universum um uns* war.

Nach dem Tee nahmen wir die Liegestühle mit auf die Terrasse. Wir rauchten und beobachteten, wie die Jachten langsam vorübersegelten. Bis auf ein leichtes Lüftchen hatte sich der Wind gelegt. Es war ein warmer Abend, der mich an die Zeit erinnerte, die wir vor drei Jahren zusammen in Italien verbracht hatten. Ich dachte daran, wie wir damals, genau wie jetzt, auf der Terrasse gesessen hatten, nur daß sie auf das blaue Ionische Meer ging – und daß Roger noch heiter und lärmend mitten unter uns gewesen war. Christophers Gedanken waren offensichtlich denselben Weg gegangen.

„Erinnert sich jemand von euch noch daran, wie wir auf der Terrasse der Villa in San Pellegrino gesessen haben? Es waren Nächte, in denen einem die Welt vollkommen schien."

„O gewiß", antwortete Philip strahlend. „Wir haben immer die Lichter an der Küste von Sizilien beobachtet. Es waren die schönsten Nächte, die ich je erlebt habe. – Nur Tonia hätte natürlich dabei sein müssen", fügte er lächelnd hinzu.

„Ich habe dich damals ja noch nicht gekannt", sagte Tonia mit heiserer Stimme, und sie betonte noch einmal: „Keinen von euch habe ich gekannt. Ich habe als liebes, artiges Kind in Nizza Musik studiert."

„Roger hat auch ein- oder zweimal die Ferien dort verbracht", sagte Avice. „Du hättest ihn leicht treffen können."

„Red keinen Quatsch", erwiderte Tonia grob. „Meinst du, ich hätte jeden gekannt, der in Nizza herumgelaufen ist?"

Philip wechselte das Thema.

„Und wo hat unser Finbow vor drei Jahren gesteckt?"

Finbow erwiderte lächelnd:

„Der hat friedlich in seinem Haus in Hongkong seinen Tee getrunken."

Das unverbindliche Geplauder ging weiter, doch trat immer wieder plötzlich ein betretenes Schweigen ein. Als die Sonne rot hinterm Schilf versank, sagte Avice, es sei ihr kalt, und wir gingen ins dunkle Wohnzimmer. Durchs Fenster leuchtete der Abendhimmel, erst gelb, dann in einem strahlenden Blau. Das Licht fing sich in Tonias Augen, und sie funkelten wie die einer Katze. Keiner sprach. Der dunkle, stille Raum, in den nur noch der rote Schein der untergehenden Sonne drang, hatte etwas Unheildrohendes, einen Beigeschmack von Verrat und Tod.

Erleichtert vernahm ich die polternden Schritte von Mrs. Tufts. Sie blieb in der Tür stehen, eine undeutliche, helle Gestalt.

„Es wird zu spät fürs Abendessen", stieß sie hervor.

„Ach, das macht nichts", sagte Christopher schnell.

„Doch, es macht was", sagte Mrs. Tufts. „Ich habe keine Lust, die ganze Nacht aufzubleiben."

„Natürlich nicht", suchte sie Finbow zu beschwichtigen.

„Ich bekomme die Lampen nicht an", sagte sie.

„Kann ich Ihnen vielleicht dabei helfen? Ich verstehe mich auf so etwas", erbot sich William.

„Nein", fauchte Mrs. Tufts und verschwand.

Wir lachten hinter ihr her, aber die Aussicht, noch weiß Gott wie lange im dunkeln Zimmer warten zu müssen, hob keineswegs die Stimmung. Düster brüteten wir vor uns hin. Der Himmel wurde immer dunkler, und der Raum füllte sich mit undeutlichen, fremden Gestalten.

Christopher sagte plötzlich:

„Gestern abend um diese Zeit haben wir in der Kajüte beieinandergesessen, und Roger hat geredet."

„Und jetzt ist Roger tot", fügte Avice sehr leise hinzu.

Finbow nahm eine Zigarette und strich ein Streichholz an. Die flackernde Flamme warf spielende Schatten über die Gesichter neben ihm. Einen Augenblick sah ich Christopher vor mir, braungebrannt und ernst. Aber ich vergaß ihn gleich wieder über dem Schock, den mir Williams Anblick versetzte. Er saß da, den Ellenbogen auf die Armlehne seines Sessels gestützt und das Kinn in der Hand. Als der Lichtschein über sein Gesicht huschte, sah ich, daß er seine schmale Oberlippe hochgezogen hatte, so daß seine kräftigen weißen Zähne sichtbar wurden. Es war kein Irrtum möglich: er hatte den Mund zu einem grausamen, triumphierenden Lächeln verzogen. Als das Streichholz aufflammte, war dieses Lächeln fast im gleichen Augenblick wieder verschwunden, so, als ob es nie existiert hätte, und William sah wieder aus wie sonst, nachdenklich, unbewegt und energiegeladen.

Finbow zündete sich sorgfältig seine Zigarette an und blies das Streichholz aus.

Warum haßten fünf nette junge Leute Roger?

Als wir um den kleinen runden Tisch beim Essen saßen, konnte ich kaum glauben, was ich da eben gesehen hatte. Mir gegenüber saß William und antwortete gelassen auf eine Bemerkung Philips. Das weißliche Licht einer Öllampe, die mitten auf dem Tisch stand, fiel auf sein energisches, gescheites Gesicht, und ich versuchte mir einzureden, daß William immer so aussah, daß ich nie beobachtet hatte, wie sein Gesicht sich plötzlich zu einem rachsüchtigen Lächeln verzog, und daß mir das Licht des Streichholzes und die Schatten im Zimmer einen Streich gespielt hatten.

Das Warten im Dunkeln hatte seine Spuren hinterlassen. Keiner außer mir hatte Williams Lächeln beobachtet – falls ich ihn tatsächlich hatte lächeln sehen – aber jeder hatte Avice sagen hören: „und jetzt ist Roger tot", wodurch unsere stillschweigende Übereinkunft hinfällig geworden war, den Mord nicht zu erwähnen. Es gab wieder Roastbeef, denn Mrs. Tufts war eine wenig originelle, wenn auch energische Köchin und, von einer synthetischen Suppe abgesehen, war ihr abendlicher Speisezettel der gleiche wie der vom Mittag.

Christopher bemerkte:

„Eines wundert mich besonders bei diesem Mord."

„Und das wäre?" fragte William schnell. Die andern unterbrachen ihre Unterhaltung. Wir konnten es nicht lassen hinzuhören, obwohl wir keineswegs Verlangen trugen nach einer neuen Unterhaltung über den Mord. Es war wie das unwiderstehliche Bedürfnis, auf einen schmerzenden Zahn zu beißen.

„Ich meine das Logbuch", erwiderte Christopher. „Man sollte doch annehmen, daß es aus einem bestimmten Grund verschwunden ist. Aber welchen Grund konnte denn jemand dafür haben?"

„Was hat denn darin gestanden?" erkundigte sich Finbow beiläufig.

„Nichts als die Berichte über das, was wir jeden Tag getan haben",

erklärte Christopher. „Ab und zu auch ein fauler Witz. Der gute Roger glaubte, er hätte Humor." Sein Gesicht wurde ernst. „Der arme Teufel", seufzte er.
„Roger muß etwas hineingeschrieben haben, wovon der Mörder nicht wollte, daß es jemand vor Augen käme, etwas unmittelbar Belastendes", warf William lebhaft ein.
„Mit dieser Theorie läßt sich aber der Wimpel nicht erklären", widersprach Tonia. „Warum sollte jemand gleichzeitig den Wimpel beseitigen wollen?"
„Dafür weiß ich auch keinen Grund", räumte William ein.
„Ich frage mich, ob der Betreffende ihn nicht eben deshalb über Bord geworfen hat, weil er keinen Grund dafür hatte", argumentierte Christopher. „Nehmen wir einmal an, der Mörder hätte einen triftigen Grund gehabt, sich das Logbuch vom Hals zu schaffen. Wenn er dann den Wimpel gleich mit wegwarf, mußte doch jeder annehmen, daß zwischen den beiden fehlenden Gegenständen ein Zusammenhang bestand. Ich glaube, das wäre schon eine Erklärung."
„Sehr scharfsinnig", lobte William.
Ich hörte mir das an, fasziniert von der bitteren Ironie der Situation. Denn einer von uns mußte es ja genau wissen, warum Logbuch und Wimpel verschwunden waren. Einer von unserer Tischrunde verstand das ganze Puzzlespiel. Und doch war das Zimmer äußerlich so friedlich und gemütlich, als ob wir nur zu einem Wochenende hereingeschneit wären. Ich warf einen schnellen Blick reihum. William bekräftigte seine Bewunderung für Christophers Argument damit, daß er sein Glas Bier leerte. Christopher verzehrte sein letztes Stück Rindfleisch. Avice hatte ihren Teller beiseite geschoben und zerkrümelte ein Stückchen Brot zwischen ihren schmalen Fingern. Philip mixte Bier und Apfelwein zu einem Shandy für Tonia, und sie sah ihm interessiert dabei zu. Finbows Augen begegneten den meinen. Ich fragte mich, was er wohl aus der soeben beendeten Unterhaltung entnommen haben mochte. Im Hintergrund stand Mrs. Tufts und wartete mißmutig darauf, abräumen zu können.
Während des Rests der Mahlzeit drehte sich die Unterhaltung um Bücher.
Als Mrs. Tufts eben den Käse abräumen wollte, sagte Avice plötzlich fröstelnd:

„Mir ist schrecklich kalt.“
„Fehlt dir etwas?“ fragte Christopher besorgt. „Fühlst du dich nicht wohl?“
„Doch“, antwortete sie. „Ich friere nur. Mrs. Tufts, könnten Miß Gilmour und ich vielleicht in unserm Schlafzimmer geheizt bekommen?“
„Geheizt?“ rief Mrs. Tufts empört. „Zu dieser Jahreszeit?“
Avices bleiches, verängstigtes Gesicht wurde plötzlich merkwürdig hart.
„Ich möchte Feuer haben, Mrs. Tufts“, verlangte sie entschieden.
Mrs. Tufts trat einen Schritt näher an den Tisch heran.
„Das geht nicht“, widersprach sie.
Christopher stand auf.
„Mrs. Tufts“, kommandierte er. „Sie zünden jetzt augenblicklich Miß Loring den Ofen an!“
„Nein!“ erwiderte Mrs. Tufts. „Gesunde junge Frauen brauchen in einer Sommernacht kein Feuer. Außerdem ginge es gar nicht. Es sind keine Kohlen im Hause.“
„Kann man nicht welche im Dorf holen?“ fragte Christopher ärgerlich.
„Nein“, sagte Mrs. Tufts. „Ich habe heute schon vergeblich versucht, ein paar Sack aufzutreiben.“ Damit verließ sie erbost das Zimmer.
„Tut mir leid, Liebling“, sagte Christopher zu Avice. „Offenbar ist da nichts zu machen.“
„Aber irgendwo in Norfolk muß es doch Kohlen geben“, antwortete sie und verzog schmollend den Mund.
„Zu dieser nächtlichen Stunde dürften sie nur schwer aufzutreiben sein“, sagte Christopher. „Es ist doch auch gar nicht so kalt, Liebes. Trink noch etwas, dann wird dir gleich wärmer.“
„Ich möchte aber Feuer haben“, sagte Avice noch einmal. „Sorgst du mir dafür?“
„Du kannst doch unmöglich von ihm verlangen, daß er nach Norwich geht und Kohlen holt! Wir haben ja noch nicht einmal einen Wagen hier. Wie soll er denn hinkommen?“ mischte sich Tonia ein.
Es war mir schon den ganzen Tag aufgefallen, daß sie und Avice nicht auf dem besten Fuß standen, nun war es nicht mehr zu überhören.
„Ich rede mit Christopher“, sagte Avice, und ihr blasses Gesicht überflog eine zornige Röte. „Euch geht das überhaupt nichts an.

Christopher, ich habe dich noch nicht oft um etwas gebeten!" Ihr Ton wurde immer flehender. Christopher zuckte hilflos die Achseln und sagte:

„Ich würde dir ja jeden Gefallen tun, Liebling. Aber du mußt doch einsehen, daß das unvernünftig ist."

Sie lächelte gezwungen.

„Vermutlich hast du recht. Es muß die innere Unruhe sein", flüsterte sie. „Ich glaube, ich gehe am besten gleich zu Bett und versuche warm zu werden. Gute Nacht miteinander!"

Wir sahen ihr nach, wie sie mit ihren langen, anmutigen Schritten das Zimmer verließ.

„Ich glaube, sie ist sehr müde", sagte Christopher entschuldigend. „Nach so einem Tag ist das ja wohl nicht weiter verwunderlich."

„Wir haben alle einen unangenehmen Tag hinter uns", widersprach Tonia. „Was wäre, wenn wir uns alle wie launische Divas aufführen wollten?"

Finbow mischte sich ein.

„Das erinnert mich an eine Bemerkung, welche die Feldwebel in meiner Jugend zu machen pflegten, wenn ein Rekrut mit ungeputzten Knöpfen antrat. ‚Was würde geschehen, wenn jeder Soldat in der britischen Armee mit so ungeputzten Knöpfen wie Sie zur Parade käme?' Es gibt darauf natürlich nur eine Antwort, auf die aber, soviel ich weiß, noch keiner gekommen ist. Sie lautet: ‚Dann gäbe es in der britischen Armee viele ungeputzte Knöpfe.' "

Tonia lachte, Finbow aber fuhr fort:

„Das war ein Argument, für das Sie sich zu gut sein sollten, Tonia!"

Über den Vorbereitungen zum Bridge vergaßen wir Avices schlechte Laune wieder, aber ich wurde meine Sorge um sie nicht los. Ich hatte sie schon oft traurig oder müde erlebt, aber nie zuvor hatte sie sich etwas von schlechter Laune anmerken lassen. Meine Unruhe nahm zu.

In dieser niedergedrückten Stimmung nahm ich meinen Platz am Spieltisch im Wohnzimmer ein, ließ Finbow abheben, teilte aus und beteiligte mich mechanisch am Bieten. Zu meiner Erleichterung übernahm Finbow das Spiel, und es blieb mir zunächst erspart, Konzentration heucheln zu müssen. Auf dem Sofa sah ich Tonia und Philip hinter Finbows Rücken vertraulich miteinander plaudern, die Gesichter eng beieinander. Ich wandte meine Augen wieder dem Spiel zu und beobachtete Finbow, wie er geschickt ein

riskantes „Vier Pik“ gewann. Die nächste Partie spielte ich noch schlecht, dann hatte ich meine Angst über den Karten vergessen.
Ich habe fast mein ganzes Leben Bridge gespielt, und ohne mich rühmen zu wollen, glaube ich sagen zu dürfen, daß ich dank meines guten Gedächtnisses besser spiele als der Durchschnitt. Diesen Gegnern war ich jedoch nicht gewachsen. In Hongkong hatte ich Finbow als den „besten Spieler östlich von Singapur“ rühmen hören. Wie hätte es auch anders sein können bei seiner raschen Auffassungsgabe und der Übung, die er sich an den zahllosen eintönigen Abenden seines freiwilligen Exils erworben hatte? Auch William und Christopher waren erstklassige Spieler, und es wäre wohl schwer zu entscheiden gewesen, wer von den dreien der beste war. Ihr Stil wich jedoch auf interessante Weise voneinander ab. William saß ruhig da, rieb sein Kinn, sprach kaum ein Wort und rechnete sich seine Chancen mit mathematischer Genauigkeit aus, wobei er keinen Augenblick das Gebot der Vernunft außer acht ließ. Finbows Spiel dagegen war eine Mischung von wunderbar korrektem Bridge und einem Schuß Poker. Nach einem unverschämten Bluff meinte er: „Bridge ist nur ein armseliger Ersatz für eine gute Unterhaltung. Aber noch nie hat mir eine Unterhaltung eine derartige Befriedigung gewährt wie so ein Bluff.“
Christopher lächelte.
„Nach dem wenigen, was ich von Ihrer Art sich zu unterhalten mitbekommen habe, würde ich eigentlich annehmen, daß Sie recht oft eine ähnliche Befriedigung dabei empfinden.“ Auch bei Christopher bemerkte ich beim Spiel einen besonderen Spürsinn, der mir selbst völlig abgeht. Aber ich bekam gute Karten in die Hand und habe schließlich sogar ein Pfund gewonnen.
Gegen halb zwölf hatten wir den dritten Robber beendet und gingen auf unsere Zimmer. Als ich meinen Rock ausziehen wollte, erhob Finbow Einspruch.
„Halt!“ sagte er. „Wir rudern erst noch ein bißchen hinaus. Ich möchte noch mit dir reden.“
Unter normalen Umständen hätte ich wohl protestiert, denn wenn man erst einmal mein Alter erreicht hat, spielen Gewohnheiten eine wichtige Rolle im Leben, und mitternächtliche Ruderpartien haben noch nie zu meinen Gepflogenheiten gehört, wenigstens nicht mehr, seit ich dreiundzwanzig war. Aber mit Finbows Worten erwachte wieder meine unbestimmte Angst, und da Aufregung und Angst

einen gelegentlich das Alter vergessen lassen, sagte ich ganz aufrichtig:
„Fein!"
„Wir müssen noch eine halbe Stunde warten, bis die jungen Leute schlafen", flüsterte Finbow und steckte sich eine Zigarette an. „Lies noch ein bißchen. Ich möchte im Augenblick lieber nicht sprechen."
Ich versuchte es mit Maurois' *Disraeli*, den ich in London in meinen Koffer gesteckt hatte, aber meine Kerze flackerte, und die Buchstaben waren mir in dem gelblichen Licht zu schwer zu erkennen. Auch kam mir das in dem Buch geschilderte Drama weit entrückt und unwichtig vor im Vergleich zu dem, in welchem ich selbst nun mitspielte. Meine Augen streiften Finbows distinguiertes Pferdeprofil. Er saß an seinem Toilettentisch und hatte ein Stück Papier vor sich, auf dem er sich etwas notierte. Dann kehrte ich zu meinem Maurois zurück, freilich mit noch geringerem Erfolg.
Endlich erhob sich Finbow.
„Wir gehen über die Veranda", flüsterte er.
Wir schlichen uns auf Socken hinaus, öffneten die Glastür so geräuschlos wie möglich und traten auf die Terrasse.
„Warte hier", sagte Finbow. „Ich hole das Boot."
Seine lange Gestalt verschwand in den Büschen rechts im Garten. Der Mond schien hell, und ich blieb eine Zeitlang im schwarzen Schatten des Bungalows stehen. Dann ging ich langsam über das freie Gelände zum Flußufer hinunter, um zu Finbow ins Boot zu steigen. Plötzlich vernahm ich ein Geräusch und stellte zu meinem Schrecken fest, daß eine dunkle Gestalt hinter den Büschen lauerte. Es ist etwas viel verlangt, die Nerven zu behalten, wenn einem am gleichen Tag ein Freund ermordet worden ist und man mit dem Mörder im gleichen Haus wohnt. Der Anblick der dunklen Gestalt im mondhellen Garten ließ mir das Herz bis zum Hals schlagen. Aus Angst, meine Expedition mit Finbow zu verraten, wagte ich jedoch keinen Laut von mir zu geben. So zwang ich mich, langsam zum Ufer hinunterzuschlendern, immer mit dem unangenehmen Gefühl, daß mir die dunkle Gestalt durch die Büsche folgte. Als ich das Ufer erreichte, wandte ich mich um und wartete. Ich hatte Angst. Schon einmal an diesem Tag hatte ich einen Mann mit einer Kugel im Herzen gesehen. Die dunkle Gestalt kam aus den Büschen auf mich zu, und ich machte mich schon auf einen Kampf gefaßt. Dann trat sie ins volle Mondlicht, und fast hätte ich laut aufgelacht.

Es war Aloysius Birrell!
„Wo wollen Sie hin, Mr. Capel?“ fragte er.
„Zu einer Ruderfahrt“, erwiderte ich.
„Was Sie nicht sagen!“ Es klang herausfordernd.
„Mit Mr. Finbow“, ergänzte ich unschuldsvoll.
Birrell machte ein langes Gesicht.
„Dagegen ist wohl kaum etwas einzuwenden“, meinte er enttäuscht.
Ich hörte das leise Plätschern von Finbows Rudern, und gleich darauf lenkte er das Boot zu uns ans Ufer.
„Guten Abend, Sergeant“, sagte er liebenswürdig.
„Guten Abend, Sir“, erwiderte Aloysius Birrell.
„Würdest du bitte Sergeant Birrell davon überzeugen, daß ich nicht im Begriff bin auszureißen?“ bat ich Finbow.
„Wir wollen noch ein bißchen rudern“, erklärte Finbow. „Alte Herren wie wir machen sich vorm Schlafengehen gern noch etwas Bewegung.“
„Schon gut, Sir“, sagte Birrell. „Ich muß natürlich den Bungalow im Auge behalten, um den nächsten Mord zu verhindern.“
„Den nächsten Mord?“ fragte Finbow verwundert.
„Ich bin ziemlich sicher, daß es sich um einen Serienmord handelt“, erwiderte Birrell aufgeregt. „Es besteht der Plan, die ganze Bordgesellschaft zu erledigen, einen nach dem andern!“
„Das müssen Sie allerdings verhindern“, gab Finbow ernst zu. „Vermutlich bleiben Sie hier, bis wieder etwas passiert.“
„Ja, das habe ich vor“, bestätigte Birrell. „Ich muß diesen Revolver finden, und ich muß zur Stelle sein, wenn der nächste Mordversuch unternommen wird.“
„Na, dann viel Glück, Sergeant!“ murmelte Finbow, während wir ins Boot kletterten. Er ruderte so leise wie möglich am Bungalow vorbei. Dann lachte er vor sich hin.
„Der Kerl bringt mich noch um!“
„Ich glaube eher, daß er mich zum Opfer ausersehen hat“, gab ich zu bedenken.
„Es ist einfach komisch, Ian. Du in der Rolle des Massenmörders, der eine ganze Bootsgesellschaft um die Ecke bringt. Das hat er bestimmt bei Van Dine gelesen.“
„Warum hast du mich denn auf den Fluß geschleppt?“ fragte ich. „Du hättest doch ebensogut in unserm Zimmer mit mir reden können.“

„Die Wände sind sehr dünn", sagte er. „Und ich hatte noch keine Gelegenheit herauszubekommen, ob sie schalldicht sind. Es war mir zu riskant, dort offen mit dir zu sprechen."

Er ruderte mit kräftigen Schlägen den Dyke hinauf. Auf dem Ufer zur Linken erstreckten sich meilenweit Felder, die bleich im Mondschein lagen. Hier und da brannte in einem Haus noch Licht. In ruhigeren Zeiten hätte ich die Stille der Nacht genossen und meine Freude gehabt an diesem wohlvertrauten ebenen Land. Im Augenblick jedoch empfand ich die Stille als unangenehmen Kontrast zu der quälenden Ungewißheit, was uns die Zukunft bringen würde. Ich blickte Finbow erwartungsvoll an. Er lächelte nur und ruderte mit energischen Schlägen weiter gegen den Strom. Ich beherrschte meine Ungeduld und zündete mir eine Zigarette an. Endlich erreichten wir das dichte Gewirr von Schilf und Kanälen am Eingang des Heigham Sound. Ein goldener Balken aus Mondlicht lag überm Wasser, nur ab und zu von dunklen Stellen unterbrochen, wo die Blätter der Seerosen auf dem Wasser schwammen. Aus der Ferne tönte der Schrei eines wilden Vogels.

„Ian", sagte Finbow und stützte sich auf die Ruder, „euer Mord hat seine merkwürdigen Seiten."

„Was hast du herausgefunden?" drängte ich.

„Ich fürchte, noch nicht viel", entgegenete er nachdenklich. „Es sind nur noch ein paar Fragen zu denen, die ich heute nachmittag notiert habe, hinzugekommen. Die erste lautet:

Warum ist Tonia ebenso erregt wie Avice?"

„Sie ist es doch gar nicht", widersprach ich.

„Oh doch, nur hat sie sich fester in der Hand. Aber beobachte sie doch einmal! Als William beim Lunch den Mord erwähnte, hätte sie fast laut aufgeschrien, und als dann Avice davon sprach, daß Roger auch in Nizza gewesen sei, hat sie vollends die Beherrschung verloren. Auch hast du ja gehört, wie Philip davon sprach, daß sie an ihrem ersten Tag auf der Jacht ziemlich erregt war. Warum das? Und was ist in Nizza geschehen? Es könnte natürlich mit Roger überhaupt nichts zu tun haben. Vielleicht hat sie nur zufällig unangenehme Erinnerungen an diese Stadt. Vielleicht hat ein Mann sie sitzen lassen, oder sie hatte nicht mehr genug Geld, sich einen Lippenstift zu kaufen. Aber ich möchte wetten, daß es in Tonias Leben manches gibt, wovon wir keine Ahnung haben."

„Meinst du, Philip wüßte mehr als wir?"

„O nein, ich glaube eher, daß er noch weniger weiß“, lächelte Finbow. „Ich sagte dir ja heute morgen schon, daß ich nicht glaube, daß Philip Roger umgebracht hat. Jetzt bin ich meiner Sache sicher.“

„Wieso?“ fragte ich etwas pikiert. Ich bewunderte meinen Freund Finbow zwar, aber schließlich hatte ich alles, was er gesehen hatte, auch mitbekommen, und ich kannte die jungen Leute sehr gut. „Vermutlich ist da wieder einmal deine berühmte Psychologie mit im Spiel. Er konnte wohl Roger heute im Alter von fünfundzwanzig Jahren nicht umbringen, weil er als Zweijähriger in seine Stieftante verliebt war?“

„Nein“, lachte Finbow. „Er kann es aus einem guten, soliden Grund nicht gewesen sein, das heißt, wenn Haar etwas Gutes und Solides ist.“

„Hast du ein fremdes Haar auf Roger entdeckt?“ fragte ich mit leichtem Schaudern.

„Natürlich nicht“, sagte Finbow. „Man stößt doch nicht aus Versehen mit dem Kopf gegen jemand, bevor man ihn erschießt. Denke doch einmal darüber nach, wie Tonia Philips Haar streichelt!“

Ich wußte nicht, was ich davon halten sollte, denn ich konnte keinen Zusammenhang zwischen diesem zweifellos hübschen Anblick und Philips Unschuld erkennen. Aber Finbow fuhr fort:

„Ich finde es interessant, daß Tonia Philip am liebsten auf der Stelle heiraten würde. Hast du gehört, wie ich ihnen vorgeschlagen habe, ihre Flitterwochen auf den Balearen zu verbringen? – Sicher hast du richtig vermutet, daß ich ihre Reaktion sehen wollte. Ich hatte mich nicht geirrt. Sie möchte ihn tatsächlich am liebsten unverzüglich ehelichen.“

„Und Philip?“ warf ich ein.

„Soweit er überhaupt einen Wunsch hat, möchte er sie auch heiraten. Aber Philip fällt kaum ins Gewicht. Wenn sie etwas will, bekommt sie es auch“, meinte er und blickte gedankenverloren ins Wasser.

„Finbow, hast du vielleicht Tonia im Verdacht?“

„Das ist eine Frage, die nicht kommen durfte“, sagte Finbow mit leisem Vorwurf. „Ich bin dir gegenüber offener, als es irgend jemand sonst in einem derartigen Fall wäre; dir zuliebe denke ich sogar laut. Ich weiß einfach nicht, ob ich Tonia verdächtigen soll oder nicht. Ich weiß nur, daß sie große Angst hat und daß ihre

Absicht ist, Philip zu heiraten, sobald sie ihn auf ein Standesamt schleppen kann. Andererseits möchte Avice Christopher im Augenblick nicht heiraten. Merkwürdig, nicht wahr?"

„Sei doch fair, Finbow!" protestierte ich. „Du findest es höchst aufschlußreich, daß Tonia absolut heiraten will. Ist es dann nicht absurd, es ebenso aufschlußreich zu finden, daß Avice diesen Wunsch nicht hat? Beides geht doch wohl nicht an."

„O doch", entgegnete er. „Es handelt sich nämlich nicht so sehr darum, ob sie heiraten wollen oder ob sie nicht heiraten wollen, als darum, daß sowohl das Heiratenwollen als auch das Nichtheiratenwollen mit Rogers Tod zusammenhängt."

Ein Schwan kam langsam durchs Schilf geschwommen, was den düsteren Eindruck von Finbows Worten noch verstärkte. Mir fiel das Streichholz ein, und ich sah Williams grausames, verzerrtes Lächeln wieder vor mir.

„Finbow hast du etwas gemerkt, als du heute abend das Streichholz anstecktest? Ich meine, als Avice im Dunkeln über den Mord sprach", entfuhr es mir.

„Denkst du, es sei reiner Zufall gewesen, daß ich mir gerade in diesem Augenblick eine Zigarette angesteckt habe?" fragte er.

„Du hast den Ausdruck auf Williams Gesicht also auch gesehen?"

„Ziemlich verblüffend, nicht wahr?"

„Es war, als ob er sich ins Fäustchen lachte", sagte ich.

„Genau das hat er getan", sagte Finbow. Seine Stimme klang jedoch merkwürdig unsicher. „Trotzdem bin ich mir nicht ganz klar darüber", sagte er. „Immer wenn ich über William nachdenke, entgeht mir irgend etwas. Immer habe ich das Gefühl, daß ich bei ihm etwas beobachtet habe, das mir eigentlich in der einen oder andern Richtung Klarheit über ihn verschaffen müßte. Die Fingerabdrücke sind es nicht, und es ist auch nicht die Tatsache, daß er die Pinne übernommen hat oder daß er noch einmal in seine Kajüte gegangen ist, bevor ihr eure Konferenz abgehalten habt. Nein, all das ist es nicht! Aber ich komme beim besten Willen nicht darauf, was es sonst sein könnte. Ich glaube, ich werde morgen dem Guy-Hospital einen Besuch abstatten."

Ich glaubte ihn zu verstehen.

„Um herauszufinden, welchen Einfluß das Geschehene auf Williams Zukunft hat?"

„Um zu hören, wie Doktor Roger Mills sich über seinen vielversprechenden jungen Kollegen Doktor William Garnett geäußert hat."

„Ich habe noch nie erlebt, daß ein Lächeln das Gesicht eines Menschen so verändert hat, wie das bei William der Fall war", bemerkte ich.

„Ich auch nicht." Finbow ließ seine Hand ins Wasser hängen und ließ das Boot mit dem Strom treiben. „Wenn ich nicht so vernagelt wäre, brauchte ich nicht ins Guy zu gehen."

Mir fiel die Episode am Teetisch ein. „Warum bist du eigentlich William so über den Mund gefahren, als er beim Tee das Gespräch auf den Mord brachte?"

„Ich bin auch nur ein Mensch", antwortete Finbow. „Ich habe mich ganz einfach darüber geärgert, daß er mir ein neues Rätsel aufgegeben hat, als ich eben überzeugt war, ich hätte die Lösung gefunden."

„Kennst du die Lösung denn jetzt?"

„Nein", sagte er. „Aber morgen werde ich sie kennen."

Er ruderte heim. Nach wenigen Schlägen jedoch ließ er die Riemen fahren, und wir trieben langsam den Dyke hinunter. Er starrte vor sich hin auf den Boden und sagte mit leiser Stimme, die mich aufhorchen ließ:

„Es gibt da noch eine andere kleine Frage, auf die ich gern eine Antwort hätte."

„Und die wäre?" drängte ich. Ich war mit meinen Nerven am Ende.

„Ich frage mich, warum die fünf jungen Leute Roger wie die Pest gehaßt haben."

Im Kricketstadion

Als ich am nächsten Morgen aufwachte, hatte Finbow unser Zimmer schon verlassen. Ich hatte leichte Kopfschmerzen, doch machten sie mir weniger zu schaffen als die deprimierende Erinnerung an die Frage, die Finbow gestellt hatte, als er zum Bungalow zurückruderte. Warum hatten die fünf jungen Leute Roger wie die Pest gehaßt? Auf dem Heimweg hatte ich immer wieder versucht, aus Finbow eine Antwort herauszuholen, aber er war nicht bereit, näher darauf einzugehen.
Ich stand mit schwerem Kopf auf, und auch beim Waschen und Rasieren ließ mich die Frage nicht los. Ich grübelte nicht eigentlich darüber nach, sondern sie kam mir ungewollt, aber unausweichlich immer wieder in den Sinn. Es war zum Verrücktwerden!
Als ich ins Eßzimmer trat, waren die andern schon beim Frühstück. Ich sagte Mrs. Tufts guten Morgen, was sie mit einem Grunzen beantwortete. Finbow begrüßte mich in bester Stimmung.
„Hallo, Ian! Ich habe gerade von deinen Augen erzählt und daß wir beschlossen haben, heute einen Augenarzt in London aufzusuchen."
„So", sagte ich mißmutig.
„Tun sie dir sehr weh?" erkundigte sich Avice mitleidig.
„Es geht. Ich hätte, bevor ich herkam, zum Arzt gehen sollen." Schlecht ausgeschlafen, wie ich war, verwünschte ich Finbow. Er hätte mich wenigstens warnen sollen, bevor er mich zum Lügen veranlaßte.
„Zu wem geht ihr denn?" erkundigte sich William kurzangebunden.
„Ich nehme ihn mit zu einem Freund von mir. Sein eigner Augenarzt hat zwar einen Namen, aber er kann nichts", warf Finbow liebenswürdig ein. „Das mag im Verwaltungsdienst angehen, wo es ohnehin nicht darauf ankommt. In der Medizin ist es aber etwas anderes."

William lachte laut auf. Ich wunderte mich darüber, denn mir kam diese Bemerkung nicht so witzig vor, wie ich es sonst von Finbow gewohnt war. Mrs. Tufts hinderte mich jedoch, noch weiter darüber nachzudenken. Sie bemerkte:

„Wenn Sie jetzt endlich frühstücken würden, könnte ich dann den Tisch abräumen."

Nach dem Frühstück trieb mich Finbow zur Eile an, da er den Zug von Potter um 9.48 Uhr noch erreichen wollte. Ich hatte keine Lust zu rennen, denn Finbow ist lang und hager, und ich bin keineswegs so lang und hager, und ich hatte das unbestimmte Gefühl, daß die Urlauber auf den Motorbooten sich an diesem Schauspiel mehr ergötzen würden als mir lieb war. Trotzdem blieb mir nichts übrig, als ein recht unbequemes Tempo einzuschlagen. Auf dem Weg über die Felder trafen wir auf Aloysius Birrell, der Finbow respektvoll zulächelte, mich aber immer noch mit einem argwöhnischen Blick streifte.

„Er will sich heute um die Leichenschau kümmern", erklärte mir Finbow.

„So, so", antwortete ich. Ich rang nach Luft und verspürte wenig Lust zu einer Unterhaltung.

„Ich habe vor dem Frühstück mit ihm gesprochen", fuhr Finbow fort. „Er hat den Polizeichef der Grafschaft aufgesucht, und sie haben Scotland Yard angerufen."

Ich erschrak.

„Was hat das für Folgen?" fragte ich.

„Hauptsächlich die, daß wir heute Scotland Yard einen Besuch abstatten müssen", sagte Finbow.

Solange ich mich derart anstrengen mußte, mit Finbow Schritt zu halten, blieben meine Sorgen im Hintergrund. Als wir dann aber im Zug saßen und langsam durch das flache Land nach Stalham rollten, kamen sie mir wieder zum Bewußtsein.

„Warum hast du gesagt, alle fünf hätten Roger gehaßt?" fragte ich.

„Glaubst du, es stimmte nicht?"

„Ich weiß nicht. Ich habe das unangenehme Gefühl, mich ständig im Kreis zu bewegen", antwortete ich verzweifelt. „Du denkst doch nicht etwa, sie hätten alle fünf den Plan, Roger umzubringen, miteinander ausgeheckt und wüßten alle Bescheid?"

„Mein lieber Ian", lachte Finbow. „Du solltest dich mit Aloysius

Birrell zusammentun. Das ist ja eine phantastische Idee! Fünf Personen des Mordes verdächtigt, und wer war der Täter? Antwort: Alle fünf! – Natürlich könnte so etwas vorkommen, aber doch nicht in diesem Fall!"

„Aber was hast du sonst damit sagen wollen?"

„Genau das, was ich gesagt habe, daß sie ihn alle fünf gehaßt haben."

„Und woher willst du das wissen?"

„Ich habe sie mir genau angesehen. Findest du, daß sie sich wie Menschen benehmen, denen man gerade einen lieben Freund umgebracht hat?"

Ich sah einen Hoffnungsschimmer.

„Du täuschst dich ja nicht oft über Menschen, Finbow", sagte ich und empfand dabei nicht nur Erleichterung, sondern sogar eine Art Stolz. „Aber diesmal irrst du dich bestimmt. *Ich* habe Roger nämlich nicht gehaßt. Ich habe ihn sogar ganz gern gehabt."

„Zugegeben", bemerkte Finbow.

„Nun, seit er umgebracht worden ist, habe ich mich keineswegs so unglücklich gefühlt, wie man es von mir hätte erwarten sollen. Ich war bekümmert, ja, aber hauptsächlich wegen Avice, weil sie es sich so sehr zu Herzen nimmt. Aber mehrmals hat mich auch etwas belustigt oder interessiert, ganz so, als ob Roger noch am Leben wäre. Und doch ist er erst seit vierundzwanzig Stunden tot."

„Es gehört zu den tröstlichen Seiten des Lebens, daß wir so leicht mit dem Unglück anderer fertig werden", murmelte Finbow nachdenklich. „Was du da sagst, ist völlig richtig. Du benimmst dich in bezug auf Rogers Tod absolut normal. Du amüsierst dich über den verrückten Birrell und über Mrs. Tufts; du interessierst dich für meine Theorien, wie du dich für alle anderen geistigen Probleme interessieren würdest. Du machst dir Gedanken über deine Gesundheit und überlegst dir, ob du dich nicht erkälten könntest, wenn du spät abends noch ins Moor gehst. Und du läßt dir dein Frühstück schmecken. Alles genau so, als ob Roger noch in der Harley Street seine reichen Patientinnen schröpfte. Mich interessiert jedoch, welche Gefühle du hast, wenn du zufällig einmal an Roger denkst."

Ich bemühte mich, aufrichtig zu sein.

„Wahrscheinlich stelle ich ihn mir bei einer seiner üblichen Beschäftigungen vor, wie er zum Beispiel mit viel Lärm Bridge spielte. Dann wünschte ich, er wäre noch da, und sein Tod tut mir leid, hauptsächlich, weil er mir nicht mehr erreichbar ist, glaube ich. weil ein amüsanter Mensch mir genommen wurde."

„Für deine Generation hältst du dich bemerkenswert eng an die Wahrheit, Ian", sagte Finbow. „Ich glaube, so ähnlich reagieren wir alle auf den Tod eines mehr oder weniger zufälligen Freundes. Es ist eine egoistische Reaktion. Jemand, der uns amüsierte und uns von Nutzen sein konnte, ist plötzlich unerreichbar geworden. – Deine jungen Freunde betrachten es aber keineswegs so."

Ich dachte noch einmal über den gestrigen Tag nach und fragte: „Was haben sie denn gesagt?"

„Findest du, daß Tonia den Eindruck macht, als ob jemand ermordet worden wäre, der für sie nichts weiter als ein liebenswürdiger Gastgeber war, den sie gerade erst kennengelernt hatte? Wenn sonst nichts dahintersteckte, wäre sie vielleicht ein bißchen niedergeschlagen – das wäre alles. Ein junges Mädchen von ihrem Schlag verliert nicht gleich den Verstand, wenn ein Mann, den sie nicht näher kennt, in nächster Nähe erschossen wurde. Sieh sie dir doch einmal an! Sie hat einfach Angst. Aber wovor hat sie Angst? Warum macht sie sich an Philip heran, daß man den Eindruck gewinnt, sie tue es aus Angst? Warum spielt sie Klavier, wenn die Rede auf den Mord kommt? Ich weiß nicht, wovor sie sich so ängstigt, aber ich weiß, warum sie ans Klavier gegangen ist. Weil ihr sonst die Rachsucht aus den Augen geschaut hätte!"

Ich sah Tonias verschieden gefärbte Augen lebhaft vor mir. Finbow fuhr fort:

„Und Avice? Sie weint, aber sie weint nicht an der richtigen Stelle. Sie ängstigt sich vor etwas – und zwar handelt es sich bei ihr um eine merkwürdig komplizierte Angst, die ich mir noch nicht recht erklären kann. Man sollte doch annehmen, sie hätte sich ein freundliches Gefühl für einen Mann bewahrt, der sie geliebt hat. Sonst pflegen junge Damen ihre verschmähten Liebhaber bei Lebzeiten schlecht zu behandeln, ihnen jedoch nach dem Tod ein freundliches Angedenken zu bewahren. Avice weiß recht gut, daß man ihr eigentlich ihren Kummer anmerken müßte. Sie glaubt daher, uns vorspiegeln zu müssen, daß sie Roger im Grunde recht gern hatte. Daher weint sie und stößt ab und zu einen schmerzlichen Seufzer aus. Aber es klingt falsch, Ian – das ist nur gespielt!"

„Wie kannst du so etwas behaupten!" Ich war einfach entsetzt.

„O ja", erwiderte er ernst. „Erinnerst du dich daran, wie ich das

Streichholz angezündet habe und wir beide in seinem Schein Williams Gesicht sahen? Weißt du, wessen Gesicht ich eigentlich sehen wollte?"

Mich fröstelte plötzlich in unserem Abteil.

„Nein", sagte ich.

„Das von Avice", erklärte Finbow.

„Aber sie hat doch so betrübt von Roger gesprochen", widersprach ich.

„Ja, im Dunkeln", sagte Finbow. „Mich interessierte aber, was sie dabei für ein Gesicht machte. Sie saß hinter mir, aber überm Kamin hing ein Spiegel."

„Und was für ein Gesicht hat sie gemacht?"

„Als ob sie ein lästiges Insekt zertreten hätte. Angeekelt, erschrokken – und voller Genugtuung", antwortete er ruhig.

„Das kann nicht wahr sein!"

„Avice ist ein besonders reizendes Mädchen", sagte er ohne erkennbaren Zusammenhang, wie er es schon einmal gesagt hatte. „Sie ist auch eine recht gute Schauspielerin. Aber ihre Angst ist echt. Ich sehe noch nicht dahinter."

Wir kamen durch Nord-Walsham, und Finbow blickte hinaus auf die Wälder und die hügeligen Felder.

„Eine Landschaft gefällt mir nur, wenn sie vollkommen flach ist", bemerkte er. „Das hier ist mir zu sehr Vorstadtgelände. Das richtige Moorland, aus dem wir kommen, wäre mir mitten im Winter schon recht. Aber die chinesischen Reisfelder und die Transsibirische Eisenbahn sind mir noch lieber, weil nirgends ein Ende abzusehen ist."

Ich konnte im Augenblick kein Interesse aufbringen für Finbows ausgefallenen Geschmack. Verdrießlich fragte ich:

„Und wie ist es mit den andern, mit Christopher und Philip?"

„Philip ist zu einem leidenschaftlichen Haß überhaupt nicht imstande", lächelte Finbow. „Zu einer leidenschaftlichen Liebe übrigens vermutlich auch nicht, fürchte ich. Tonia dürfte das noch zu spüren bekommen. Dieser junge Mann wurde für romantische Liebesabenteuer geboren. Er hat damit in den Pariser Ateliers angefangen und wird Schluß damit machen, sowie er mit dem wirklichen Leben in Berührung kommt. Erinnere dich an mein gestriges Gespräch mit ihm. Er ist sehr nett, aber auch sehr weich. Soweit er überhaupt fähig ist, jemanden nicht leiden zu können, konnte er

Roger nicht leiden. Weißt du noch, wie er den Zeitungsbericht über den Mord aufgenommen hat?"

„Ja", sagte ich. „Ich fürchtete schon, jemand könnte Anstoß daran nehmen. Aber sie haben ja alle ihre Witze darüber gemacht."

„Und wer hat damit angefangen?" fragte Finbow gelassen. „So, als ob es sich um einen Bericht über eine amüsante, aber vermutlich nicht eben wichtige Angelegenheit handelte? Nein, Philip ist über Rogers Tod nicht betrübter als Mrs. Tufts. Das geht auch aus der Art hervor, wie er mir eröffnet hat, daß Tonia sich nichts aus Roger mache. Er hat ja praktisch gesagt, es hätte ihn gewundert, wenn sie ihn hätte leiden können."

Ich habe eine tief eingewurzelte Abneigung gegen das Ungreifbare und protestierte:

„Finbow, das sind solche Nebensächlichkeiten! Du kannst doch nicht behaupten, sie hätten Roger aus derart nichtssagenden Gründen umgebracht!"

Finbow lächelte.

„Erwartest du, daß sie mit gefletschten Zähnen herumlaufen? Leider sehe ich mich gezwungen, mich an diese Nebensächlichkeiten zu halten. Wir haben es mit Menschen zu tun und nicht mit Tätern à la Aloysius Birrell."

„Und Christopher?"

„Der hat seine gute Stellung und die Frau, die er liebt, und ist daher in bester Stimmung. Als Gentleman trägt er diese gute Laune natürlich nicht zur Schau. Aber erinnere dich, wie er von San Pellegrino und Roger gesprochen hat, und wie er dann beim Abendessen auf das Verschwinden des Logbuchs zu sprechen kam. Er hat dabei Roger und dessen humoristische Ambitionen mit größter Gleichgültigkeit erwähnt. Zum Schluß hat er zwar noch gewissenhaft ein „Armer Teufel" hinzugefügt, aber ich bin ganz sicher, daß er das nur anstandshalber getan hat. Erinnerst du dich?"

Natürlich konnte ich mich daran erinnern. Christophers Stimme hatte in beiden Fällen unbewegt und sachlich geklungen.

„Ich meine nicht, daß er einen tiefen Schmerz heucheln sollte", fuhr Finbow fort. „Aber meiner Ansicht nach treibt er es mit seiner Gleichgültigkeit etwas zu bunt, um noch überzeugend zu wirken. Und was William angeht – Ian, selbst du wirst zugeben, daß er Roger nicht besonders gut leiden konnte."

Ich sah wieder das Streichholz aufleuchten und Williams Gesichtsausdruck.
„Das wenigstens räume ich dir ein“, sagte ich. „Und wenn du tatsächlich recht haben solltest, warum nur haben sie Roger alle so gehaßt?“
„Ich fange an, mich zu fragen, was der wahre Roger für ein Mensch war“, antwortete Finbow.
Im Bahnhof von Norwich kaufte er ein Exemplar von *Judith Paris* und überreichte es mir.
„Es war das dickste Buch, das ich in der Eile auftreiben konnte“, sagte er. „Hoffentlich macht dir die Lektüre Spaß.“
„Warum?“
„Weil ich nachdenken möchte“, erwiderte er schmunzelnd. „Ich kaufe auch noch ein paar Zeitungen. Wir könnten nachsehen, was über den Mord darin steht. Vermutlich sollte ich ja jetzt einmal ein paar Stunden lang nicht über den Mord nachgrübeln und ein paar chinesische Verse lesen. In Kriminalromanen tun die tüchtigen Detektive, glaube ich, immer etwas Ähnliches. Es müssen rechte Esel sein. Unsere Gedanken bleiben nämlich nicht lange bei der Stange, und wenn ich jetzt Verse lesen würde, würde ich schon bald auf ein Wort stoßen, das mich an Avice oder William erinnerte. Und ich würde mir doch wieder über unsern Fall den Kopf zerbrechen.“
Zwischen Norwich und Cambridge sprach er nur noch einmal. In der Nähe von Cambridge sahen wir die schlanken Türme von King's Chapel auftauchen, und sein Gesicht verlor den Ausdruck angestrengten Nachdenkens.
Leise lachend sagte er:
„Ich habe mir mein ganzes Leben lang gewünscht, dieses merkwürdige Bauwerk einmal auf den Kopf stellen zu dürfen.“
Ich sah ihn fragend an. Ich war auf dem Trinity in Oxford und habe King's Chapel immer als das einzige bewundert, was Cambridge vor Oxford voraus hat. Finbow ist meines Wissens ein Kingsman, und ich erwartete, er würde sich näher über King's Chapel äußern. Er murmelte aber nur:
„Es sähe soviel besser aus!“ und hüllte sich wieder in Schweigen.
Eine Viertelstunde nach unserer Ankunft in Liverpool Street wanderten wir durch die endlosen Korridore des Guy, wo Finbow seinen Freund Professor Boothby sprechen wollte. Finbow gehört

zu der merkwürdigen Kategorie von Engländern, die ohne hohe Stellung, ohne Geld und sogar oft ohne alle Qualifikationen sich auf die natürlichste Art der Welt in den verschiedensten Kreisen bewegen. Sie treiben sich in Bloomsbury herum, ohne jemals die Neigung verspürt zu haben, sich persönlich mit den ‚belles lettres' zu befassen; sie dinieren mit Wissenschaftlern und Ministern, ohne je durch ein Spektroskop geblickt oder auf einer Kandidatenliste gestanden zu haben. Und in Finanzkreisen sind sie nicht weniger willkommen als bei Schauspielerinnen. Da ich selbst dieser Klasse nicht angehöre, bin ich manchmal auf Finbow etwas eifersüchtig, der seit seinem zwanzigsten Lebensjahr dazugehört. Allerdings war ich schon mehrmals für seinen ausgedehnten Bekanntenkreis dankbar.

Wir fanden Boothby in einem Krankensaal, wo er an einem kleinen Tisch munter auf einen ausgemergelten Mann einredete, der ihm gegenübersaß und einen sehr niedergeschlagenen Eindruck machte.

„Sie sterben noch lange nicht! Machen Sie, daß Sie heimkommen und lassen Sie sich bei mir vorm nächsten Jahr nicht mehr blicken!"

Ich war noch nie in einem Krankensaal eines öffentlichen Hospitals gewesen und betrachtete erschüttert und fasziniert die langen Reihen von Betten mit ihren grauen Wolldecken. Ich wunderte mich, daß Boothby seine Stimme nicht dämpfte. Wenn er den ausgemergelten Mann entließ oder einem der jungen Ärzte etwas zurief oder Finbow begrüßte, klang es, als ob ein munterer Kricketkapitän etwas Leben ins Spiel zu bringen versuchte. Er war ein lebhafter, kahlköpfiger, kleiner Mann.

„Hallo, Finbow, wo fehlt's denn?" rief er mit lauter Stimme, obwohl er nur noch einen halben Meter von uns entfernt war.

„Nirgends, gottlob", antwortete Finbow. „Ich habe immer das Gefühl, daß ich hier nie mehr herauskäme, wenn Sie mich erst einmal in die Finger bekämen."

Boothby lachte herzlich.

„Was wollen Sie denn sonst?" fragte er kurzangebunden mit seiner lauten, vergnügten Stimme. „Ich gehöre nämlich nicht zu den verdammten Tatler-Fotografen. Ich habe zu arbeiten."

„Das ist Mr. Capel – Professor Boothby", stellte Finbow unerschüttert vor. „Es ist ein ernster Fall, Boothby. Es handelt sich um den Mord an Mills."

Boothbys kleine Vogelaugen blitzten unter seinen buschigen Brauen. „Sie sind doch nicht etwa da hineinverwickelt?“ fragte er.

„Doch“, sagte Finbow. „Capel war auf dem Boot, als es passierte.“

„Und was kann ich für Sie tun?“ fragte Boothby. Er strahlte eine geräuschvolle, muntere Tüchtigkeit aus.

„Ich möchte gern wissen, was Sie von Mills als Arzt gehalten haben“, antwortete Finbow mit großer Ruhe.

Boothby lachte schallend.

„Man sollte ja einem Toten nichts Übles nachsagen, und Sie brauchen es ja auch nicht dem G. M. C. weiterzusagen, sonst schmeißen die mich noch ’raus“, sagte er. „Er mag ein ganz netter Karl gewesen sein, aber er war ein verdammt schlechter Arzt.“

„Und wie ist er zu seinem Ruf gekommen?“ fragte Finbow.

Boothby lachte wieder.

„Ellenbogen und Glück und eine gewisse Energie. Und dann hat er vor zwei oder drei Jahren zusammen mit dem jungen Garnett eine gute Arbeit veröffentlicht. Garnett muß viel los haben, denn selbst Mills konnte nicht alles verderben.“

Finbow äußerte ein interessiertes „So“ und fragte dann rasch: „Wer ist denn über Garnetts Anteil an der Arbeit im Bild?“

Er dämpfte die Stimme. „Es besteht die Möglichkeit, daß er in den Mord verwickelt ist.“

Boothby pfiff durch die Zähne.

„Oh-ho! – Ich habe hier zwei Leute, die auf dem gleichen Gebiet wie Mills und Garnett arbeiten. Sie sind beide recht tüchtig. Aber der eine ist so nervös, daß ihr ihn nicht zum Reden bringt. Der andere ist sehr intelligent. Er heißt Parfitt. Ich schicke ihn euch.“

Parfitt war ein schlanker junger Mann mit einer großen Hornbrille.

Boothby rief ihn mit lauter Stimme an:

„He, Parfitt! Mr. Finbow möchte wissen, was Sie von der Arbeit von Mills und Garnett halten.“

Parfitt schnitt eine Grimasse und sagte:

„Mills war Arzt und Garnett ist Wissenschaftler!“

„Wobei die Bezeichnung Arzt wohl eher geringschätzig gemeint ist“, sagte Finbow.

„Wie es sich gehört“, bestätigte Parfitt.

Boothby lachte schallend, und Finbow fragte verbindlich:

„Kennen Sie Garnett persönlich?“

„Ich habe mich mit ihm über seine Arbeit unterhalten“, sagte Parfitt. „Näher kenne ich ihn nicht.“

„Sie arbeiten doch auf dem gleichen Gebiet?“ fragte Finbow. „Wer wird denn seine Praxis übernehmen? Bekommen Sie sie?“

„Noch nicht.“ Parfitt polierte seine dicken Brillengläser und meinte nach kurzem Überlegen: „Garnett könnte schon sein Nachfolger werden, wenn er auf das Stipendium, das er gerade bekommen hat, verzichten würde.“

„So“, äußerte Finbow. „Welchen Vorteil würde ihm das bringen?“

Parfitt wurde argwöhnisch. Plötzlich dämmerte ihm etwas.

„War Garnett vielleicht auf der Jacht, als Mills ermordet wurde?“

„Ja“, antwortete Finbow.

„Dann kann ich Ihnen leider keine weiteren Auskünfte geben.“

Ich merkte, wie sich Finbows Haltung hinter seiner liebenswürdigen Maske versteifte.

„Sie müssen doch einsehen, daß Sie mir bereits viel zu viel gesagt haben“, sagte er freundlich. „Im übrigen könnte ich den Rest auch sehr leicht selbst herausfinden. Ich sehe nur nicht ein, warum Sie mir aufgrund Ihrer Gewissensbisse unnötige Arbeiten machen wollen.“ Boothby mischte sich ein.

„Seien Sie doch kein melodramatischer Esel, Parfitt. Wenn ihr jungen Mediziner soviel Menschenkenntnisse hättet wie Finbow, wärt ihr wenigstens zu etwas nutz. Er hat Sie schon genug ausgequetscht, um Garnett an den Galgen zu bringen, und Sie am Ende auch, wenn Sie nicht aufpassen!“

Parfitt errötete. Finbow drang weiter in ihn:

„Was hätte denn Garnett für einen Vorteil davon, wenn er in die Harley Street ginge?“

Parfitt erwiderte mißmutig:

„Er würde fünftausend Pfund statt ein paar hundert im Jahr verdienen. Er wäre für sein ganzes Leben finanziell ein gemachter Mann. Natürlich müßte er dann seine eigentliche wissenschaftliche Arbeit sehr einschränken. Aber in diesem Punkt sind die meisten Mediziner ja nicht besonders heikel.“

„Richtig“, bestätigte Finbow. „Ein Letztes noch: Wie war das mit dieser Zusammenarbeit von Mills und Garnett?“

„Das war ein ganz gemeiner Betrug“, sagte Parfitt erbost.

„Garnett hatte kein Geld und wollte die Untersuchungen unbedingt durchführen. Mills hat davon gehört. Er hat ihm ein Stipendium verschafft und hat dann die Anerkennung, die sich Garnett mit seiner Arbeit verdient hat, zur Hälfte für sich in Anspruch genommen. Dabei hat Mills keinen Strich daran getan. Wissenschaftlich war er eine absolute Null. Viel Lärm hat er gemacht, und von sich eingenommen war er, aber was er sagte, war gewöhnlich falsch oder völlig belanglos."

„Die beiden haben aber die Arbeit doch gemeinsam veröffentlicht", warf Finbow ein. „Mills und Garnett – ist das denn so üblich, Boothby?"

„Es gibt ältere Semester, die gemeinsam mit jüngeren Wissenschaftlern, die unter ihnen arbeiten, etwas veröffentlichen", trompetete Boothby. „Aber gewöhnlich halten sie es dann auch für ihre Pflicht, einen gewissen Teil der Arbeit selbst zu übernehmen."

„Mills mit seinem Spatzenhirn wäre dazu überhaupt nicht in der Lage gewesen", protestierte Parfitt. „Schlimmer noch war, daß er hinterher häufig davon als von ‚meiner Arbeit' gesprochen hat. Wenn Garnett bei irgendwelchen wissenschaftlichen Kongressen nicht anwesend war, sprach Mills von ‚meinen Resultaten', und er ist damit durchgekommen. Mein Gott, ganz übel konnte einem dabei werden!"

„Wie hat er denn über Garnett gesprochen, wenn Garnett dabei war?" wollte Finbow wissen.

„Ungefähr so, als ob Garnett das Musterbeispiel dafür wäre, was ein relativ intelligenter junger Mann leisten kann, wenn er in die richtigen Hände kommt. An Garnetts Stelle hätte ich ihm ins Gesicht geschlagen!"

„Was ich Ihnen nicht ganz abnehme", murmelte Finbow. „Das wäre alles. Haben Sie vielen Dank! Sie haben mir sehr geholfen. Auf Wiedersehen! Auf Wiedersehen, Boothby. Ich habe zwar viel für Sie übrig, aber ich bete zu Gott, daß Sie mich nie in die Klauen bekommen!"

Als wir im Taxi saßen und uns auf dem Weg zu Scotland Yard befanden, sagte Finbow mit harter Stimme:

„Der gemeine Schuft!"

„Sprichst du von –", warf ich zögernd ein.

Und er fuhr erregter, als ich es bei ihm gewohnt war, fort:

„Jetzt wundert es mich nicht mehr, daß deine jungen Freunde es Roger gegönnt haben, daß er ermordet wurde. Was für ein gemeiner Schuft! Sich gemütlich und herzlich geben, jungen Leuten Mut machen und ihnen dann ihre Forschungsergebnisse stehlen, und das alles auf die joviale, offenherzige, gute, altmodische Tour à la Dickens!" Er beruhigte sich wieder und fuhr in seiner gewohnten sachlichen Art fort: „Nun, unsere Fehler haben wir alle. Aber ich muß schon sagen, daß ich mir diese halb unbewußte Unredlichkeit am wenigsten gern nachsagen ließe, besonders wenn man sich wie Roger auch noch als Weihnachtsmann verkleidet."

„Und was ist mit William?" fragte ich.

„Ich zerbreche mir immer noch den Kopf über ihn", bekannte er. „Natürlich müßte er eigentlich der Täter sein. Auf jeden Fall kann ich mir jetzt ungefähr ein Bild davon machen, was Roger für ein Mensch war. Jetzt, wo wir etwas Positives in der Hand haben, sollte es eigentlich nicht mehr so schwer sein, sich in dem Durcheinander von Motiven zurechtzufinden. Was für ein gemeiner Hund er doch war!" Dazu lächelte er, als ob er sich die Welt von oben betrachtete und sich darüber amüsierte. „Ein Wissenschaftler hat einmal zu mir gesagt, es gebe auf seinem Gebiet ebensoviel kleinliche Unehrlichkeit und gemeine Schurkerei wie bei der Hochfinanz. Es kommt mir bald so vor, als ob er gar nicht so unrecht gehabt hätte."

In Scotland Yard ließ mich Finbow im Taxi sitzen, während er mit Kriminalinspektor Allen redete, der ebenfalls zu seinen merkwürdigen Bekanntschaften zählte.

Es dauerte eine Stunde, bis er zurückkam, und meine Geduld wurde auf eine harte Probe gestellt. Als er dem Fahrer dann den Auftrag erteilte, uns zum Lord's Kricketstadion zu fahren, wurde ich für mein langes Warten belohnt, denn ich hörte seiner Stimme an, daß der Besuch erfolgreich verlaufen war.

„So", bemerkte er, als er sich setzte. „Ein lohnender Nachmittag!"

„Was hast du erreicht", fragte ich.

„Ich habe Allen davon überzeugt, daß es keinen Zweck hätte, jetzt schon einen seiner Leute nach Norfolk hinunterzuschicken, wenn er nicht selbst kommen will. Vielleicht taucht er morgen oder in den nächsten Tagen bei uns auf, um sich die Jacht und die Leiche anzusehen. Inzwischen überlassen sie alles Aloysius Birrell, Gott hab' ihn selig! Allen hat außerdem versprochen, ein paar Nachforschungen für mich anzustellen."

„Großartig!" Ich war begeistert, denn mir war angst und bange vor der kühlen, sachlichen Arbeitsweise eines tüchtigen, routinierten Kriminalbeamten.

„Wie hast du das denn fertiggebracht?"
„Ich habe ihm den ganzen Fall geschildert. Es liegt ja auf der Hand, daß sie im Augenblick noch nichts unternehmen können."
„Was für Nachforschungen soll er denn anstellen?"
„Als erstes wüßte ich gern, ob sich in Nizza etwas über Miß Tonia Gilmours Musikstudium und über Rogers Ferienaufenthalt dort feststellen läßt. Ich vermute da nämlich einen Zusammenhang. Als zweites interessiere ich mich für die Testamentsbestimmungen, von denen Avice und Roger profitieren sollten."
Mich erfaßte Bestürzung und Zorn.
„Du hast sie auf Avice gehetzt!" rief ich.
„Mein lieber Ian, siehst du denn nicht ein, daß sie das innerhalb einer halben Stunde selbst herausfinden würden, wenn ich es ihnen nicht gesagt hätte? Wir spielen hier ja nicht Verstecken mit Operetten-Polizisten. Allen ist kein Aloysius Birrell. Er ist im Gegenteil ein sehr intelligenter Kopf", erwiderte er ruhig. „Sehr wichtig ist mir aber, daß ich selbst mit der Geschichte ins reine komme, bevor sie alles Tatsachenmaterial beisammen haben."
„Entschuldige", sagte ich. „Ich sehe ein, du hast recht. Aber Avice –"
„Diese äußerst attraktive junge Dame ist notfalls durchaus in der Lage, für sich selbst einzustehen. Außerdem ist ja notfalls auch noch Christopher da, um sie zu trösten."
Ich mußte lachen. Dann fiel mir ein, daß wir zum Kricketstadion fuhren.
„Warum fahren wir denn zum Lord's", fragte ich. „Es wird doch heute gar nicht gespielt?"
„Eben deshalb will ich hin", erwiderte er. „Seit Kricket so professionell betrieben wird, kann ein Mann von Geschmack nur noch hingehen, wenn das Feld leer ist, und die Vergangenheit beweinen. Oder er kann sich ein Spiel in der zweiten Regionalklasse ansehen und über die Zukunft Tränen vergießen."
„Willst du damit sagen, daß du mich auf ein leeres Kricketfeld schleppst?" fragte ich sprachlos.
„Genau das", erwiderte er.
Wir setzten uns in die Ecke des Spielfelds zwischen dem Gasthaus und dem Pavillon. Der Wind wehte übers Gras. Die Sonne stand bleich und melancholisch am Himmel. Die große Anzeigetafel uns gegenüber war leer. Es sah alles so hoffnungslos aus, so als ob es mit

dem Kricket und den Anzeigen und den Läufern und den Wickets für immer vorbei wäre.

„Ich bin dabei gewesen, wie Woolley siebenundachtzig auf diesem Spielfeld erzielt hat", sagte Finbow. „Seitdem kann für mich jedes Spiel nur noch abfallen. Vollkommenes läßt sich eben nicht wiederholen. Das Kricket ist erfunden und weiterentwickelt worden, und nachdem einmal etwas so Schönes zustande gebracht wurde, hat es seinen Zweck erreicht und kann getrost untergehen. Nachdem die Hanswurste einen kümmerlichen Ersatz für ein Musical daraus gemacht haben, sitze ich lieber auf dem leeren Feld oder sehe mir an, wie die ‚Bucks' gegen die ‚Beds' spielen."

„Hoffentlich befriedigt es dich wenigstens, mich hier wie einen Narren herumsitzen zu lassen", sagte ich erbittert.

„Vollkommen", erwiderte er.

„Mein Glück wäre allerdings noch vollkommener, wenn ich etwas heißes Wasser hier hätte, um mir meinen Tee überzugießen. Auf einem leeren Kricketfeld den besten Tee der Welt zu trinken – das ist, glaube ich, das letzte Vergnügen, das dem Menschen noch bleibt."

„Ich merke immer, wenn du heftig nachdenkst", sagte ich. „Dann schwätzt du nämlich noch größeren Blödsinn als sonst. Auf, Finbow, sag mir endlich, was du über William denkst! Hat er Roger umgebracht?"

Finbows Gesicht wurde hart.

„Ich versuche die ganze Zeit, mich an etwas zu erinnern, was den Fall für mich entscheiden wird. Irgendwie bin ich ganz sicher, daß er nicht der Täter ist. Aber der Teufel soll mich holen, wenn ich weiß, wieso. Allen Regeln nach müßte er es gewesen sein. Das Motiv ist da, wenigstens würde es genügen, einen Mord plausibel zu machen. Karriere und Rache, das dürfte als Motiv ausreichen, wenn man ein so kaltblütiger junger Mann wie William ist. Der Tatbestand paßt auf ihn so gut wie auf jeden andern. Sein Verhalten seit dem Mord ließe sich ebenfalls mit der Theorie in Einklang bringen, daß er der Mörder war. Und der Mann selbst: diesem kühlen, klaren, wissenschaftlichen Kopf ist es vor allen andern zuzutrauen, daß er einen Mord derart perfekt erledigt ... Vieles bliebe natürlich noch zu klären, wenn wir einmal annehmen, daß er es war. Aber es liegen immerhin Verdachtsgründe gegen ihn vor, die schwer aus dem Weg zu räumen sein dürften."

Er blickte zum Schutzgitter hinüber und fing dann plötzlich leise zu fluchen an.
„So“, sagte er. „Jetzt weiß ich endlich, aus welchem Grund ich die ganze Zeit überzeugt war, daß William Roger nicht umgebracht hat.“
„Bist du sicher?“ fragte ich. „Meiner Ansicht nach sieht es bös für William aus. Denke doch nur an das Lächeln auf seinem Gesicht, als du das Streichholz anzündetest!“
Finbow aber erwiderte:
„Mir ist eben das Lächeln auf dem Gesicht des Toten eingefallen.“

Finbow schlägt die Zeit tot

Lord's kam mir weit entrückt und unwirklich vor, während ich mechanisch Finbows Worte wiederholte:
„Das Lächeln auf dem Gesicht des Toten."
Ich grub in meiner Erinnerung und sah wie im Traum – nur viel deutlicher – Avice vor mir, wie sie sich an meinen Arm klammerte und auf das Blut und Rogers leblosen Körper deutete.
Finbow fuhr fort:
„Das Lächeln des Toten hat mich verblüfft, als ich die Leiche sah, und ich behielt es im Gedächtnis, um später nach einer Erklärung zu suchen. Wenn ich dann über William nachdachte, war ich fest überzeugt, daß es einen triftigen Grund geben mußte, weshalb er nicht der Mörder sein konnte. Ich hatte eine vage Vorstellung davon, wie das Lächeln zu erklären war, und William wollte da nicht hineinpassen. Obwohl ich nicht wußte warum, konnte ich einfach nicht glauben, daß William der Täter war."
„Und mir will Williams Lächeln nicht aus dem Sinn", warf ich ein.
„Hätte es dich an Williams Stelle nicht gefreut, wenn jemand diesen Roger umgebracht hätte? Nachdem er sich dir gegenüber derart unanständig benommen hätte? Zweifellos hat Roger die ganze Zeit das aufrichtigste Interesse an Williams Karriere bekundet, und kurioserweise war er vermutlich sogar selbst davon überzeugt, daß dieses Interesse aufrichtig war. Diese Art von Unaufrichtigkeit ist ja nie völlig bewußt. Ich glaube, wir hätten alle Roger sympathischer gefunden, wenn er ein ehrlicher Schurke gewesen wäre, der sich ein zynisches Vergnügen daraus machte, William zu hintergehen. Statt dessen hat er William ausgenutzt und ist sich dabei noch ungeheuer großzügig vorgekommen. Kannst du dir immer noch nicht vorstellen, daß William allen Grund hatte sich zu freuen, als Roger aus der Welt geschafft wurde?"

Zögernd mußte ich ihm recht geben.
Finbow zog sein Zigarettenetui hervor und meinte nachdenklich: „Natürlich ist auch William kein Heiliger. Er ist ein außergewöhnlich harter und ehrgeiziger junger Mann, der es in der Welt zu etwas bringen wird. Auf dem Gefühlssektor ist er dagegen in vieler Hinsicht unterentwickelt. Wie du sicher bemerkt hast, hat er vor unsern Mädchen Angst. Er spricht ja kaum ein Wort mit ihnen. Auch literarische Interessen besitzt er offensichtlich nicht. Er liest mit Vorliebe populärwissenschaftliche Bücher. Wie zahlreiche Wissenschaftler ist auch er außer auf seinem Spezialgebiet kaum älter als fünfzehn Jahre."
„Aber sie sind doch nicht alle so", widersprach ich.
„Natürlich nicht", sagte Finbow. „Nimm zum Beispiel den alten –", und er erwähnte einen Namen, welcher jedem geläufig ist, der auch nur eine Ahnung von der modernen Atomphysik besitzt. „Das ist ein Mann von einem sehr weiten Horizont auf vielen Gebieten. Aber er ist eine Ausnahme, und das ist William nicht."
„Ist er es nicht doch?" fragte ich. „Zugegeben, er ist etwas kühl, aber in allen praktischen Dingen ist er doch ungeheuer tüchtig. Die Leute, von denen du sprichst, sind völlig hilflos, sobald sie ihr Laboratorium verlassen. William dagegen hat Freude am Sport und am Segeln."
„Mein lieber Ian", unterbrach mich Finbow, „wenn ich behaupte, jemand sei einseitig, darfst du nicht glauben, ich dächte dabei an die Witzblattfigur vom zerstreuten Gelehrten, der zu essen vergißt, und ähnlichen Blödsinn. Ein Forscher wie William muß sogar unbedingt auch etwas vom Segeln von Jachten und vom Reparieren von Autos verstehen. Ich spreche von ‚psychologisch einseitig'. Darunter verstehe ich, daß er sich zwar mit praktischen Dingen auskennt, mit allem, was er mit seinem wissenschaftlichen Verstand angehen kann, daß er aber vor Gefühlen und vor Menschen Angst hat und daß er gerade den Seiten des Lebens, die den meisten von uns am begehrenswertesten erscheinen, hilflos gegenübersteht. Er kann eine Gesellschaft leiten, weil das ein absolut unmenschlicher Zeitvertreib ist, wenn die meisten das auch nicht wahrhaben wollen. Aber einer Liebesaffäre wäre er nicht gewachsen. Verstehst du jetzt, worauf ich hinaus will?"
Ich mußte zugeben, daß man auf diese Weise den William, der nach dem Mord die Dinge in die Hand genommen hatte, durchaus

mit dem knabenhaft schüchternen William in Einklang bringen konnte, der albern wurde, sobald man ihn mit Avice allein ließ. Erstere Aufgabe war genauso anzugehen wie ein wissenschaftliches Problem, während Avice außerhalb seiner geordneten, planvollen Welt stand. Zögernd nickte ich.

„Sein Verstand ist für seinen Beruf außerordentlich gut trainiert, und er glaubt leidenschaftlich und ausschließlich an seinen Verstand und an sich selbst“, fuhr Finbow fort. „Ein solcher Mensch, der seine gesamte emotionale und geistige Energie in einen einzigen Kanal gezwängt hat, gehört zu denen, die die Welt bewegen. Und er gehört auch zu denen, die sich diebisch freuen, wenn ihnen der Zufall ungeahnte Möglichkeiten und größere Anerkennung beschert. Es ist daher keineswegs verwunderlich, daß wir ihn dabei ertappt haben, wie er sich am Tod eines Mannes weidete, der ihm Schaden zugefügt hatte, und daß er gleichzeitig triumphierte, daß sich ihm nun glänzende Zukunftsaussichten eröffneten.“

„Falls dein Bild von William stimmt, finde ich ihn nicht gerade sympathisch“, sagte ich, und Finbow erwiderte lächelnd:

„Leute wie William mögen keine so angenehmen Zeitgenossen sein wie freundliche alte Tapergreise wie du und ich, Ian, aber sie sind verdammt besser zu gebrauchen auf der Welt.“

„Vermutlich siehst du ihn richtig.“ Widerstrebend mußte ich zugeben, daß Finbows Urteil gerecht war.

„Natürlich sehe ich ihn richtig“, sagte Finbow sachlich. „Alles, was er seit dem Mord getan hat, offenbart seinen Charakter. Er hat die Sache sofort selbst in die Hand genommen, weil er zehnmal so tüchtig ist wie jeder andere an Bord. Er hat auch gescheite Argumente zu dem Fall vorzubringen gewußt, weil er einen scharfen, analytischen Verstand besitzt. Meine Anwesenheit ärgert ihn, weil er ein egozentrischer junger Mann ist, dem es lieber wäre, wenn man sich an ihn als eine Art intellektueller Autorität wendete. Und er grinst im Dunkeln, weil er aus nur zu verständlichen Gründen Roger mehr als jeden andern Menschen gehaßt hat. Nichts anderes war von ihm zu erwarten.“

„Und was bedeutet sein merkwürdiges Verhalten, wovon du gestern abend gesprochen hast, daß er nur seine Hosen anhatte, als er an Deck kam, und daß er auf dem Rückweg noch einmal in seine Kajüte gegangen ist?“ fragte ich.

„Das ist zwar etwas kompliziert, aber auch ohne große Schwierigkeiten zu erklären. Ich schlage vor, ich tue das bei einer guten Tasse Tee."

Ich kam noch auf eine Tatsache zu sprechen, die mir bedeutsam vorkam.

„Ich frage mich nur, warum er die Vermutung geäußert hat, der Mord könne erst nach neun Uhr fünfzehn verübt worden sein, wenn er sich nicht selbst damit ein Alibi verschaffen wollte."

„Mein lieber Ian", lächelte Finbow, „bei der Diskussion über den Mord hat er sich genauso verhalten, wie wenn er ein wissenschaftliches Problem angegangen hätte. Es kam ihm unwahrscheinlich vor, daß die gerade Flußstrecke länger als eine Viertelmeile war, und von dieser Annahme ging er aus. Zufällig haben wir uns aber ausgerechnet auf der einzigen längeren geraden Strecke auf Meilen hin befunden. William kennt den Fluß nicht. Wenn wir ihn nicht auf der Landkarte verfolgt hätten, hätten wir den Mord ebenfalls auf die Zeit zwischen neun Uhr fünfzehn und neun Uhr fünfundzwanzig angesetzt."

„Dann wäre anzunehmen, daß der Mörder sich gerade diesen Teil des Flusses sorgfältig ausgewählt hat, damit jeder Zeit genug gehabt hätte, den Mord zu begehen", überlegte ich.

„So", murmelte Finbow. „Ich wollte, mir wären *alle* Gründe bekannt, weshalb er gerade diese Strecke gewählt hat! Immerhin können wir jetzt William von unserer Liste streichen. Hoffentlich bist du einverstanden."

„Du hast mir noch nicht gesagt, wieso Rogers Lächeln beweist, daß William ihn nicht umgebracht haben kann", sagte ich. Ich war zwar überzeugt, daß Finbow Williams Verhalten richtig dargelegt hatte, doch konnte ich beim besten Willen darin keinen definitiven Beweis seiner Unschuld finden.

„Das Interessanteste an der Leiche war natürlich das merkwürdige Lächeln", erklärte Finbow. Er streckte die Beine lang auf der Bank aus und ließ seine Blicke gedankenverloren über das Spielfeld schweifen. „Er hatte ja nicht etwa das Gesicht verzerrt, und es handelte sich um keine Grimasse oder um ein nervöses Grinsen. Nein, es war ein freundliches, belustigtes Lächeln. Zuerst kam es mir recht merkwürdig vor. Meistens hat man ja etwas dagegen einzuwenden, erschossen zu werden. Es gibt jedoch eine sehr einfache Erklärung dafür. Ian, wenn du jemals einen Mord begehen willst, suche dir einen deiner Freunde dafür aus. Das erleichtert die Sache ungemein."

Seine wohlgesetzte Rede kam mir so öde vor wie das Kricketfeld, das trübselig und verlassen im Sonnenschein vor uns lag.

Finbow fuhr fort:

„Man kann zum Beispiel ganz einfach auf seinen Freund losgehen und ihm zum Spaß einen Revolver auf die Brust setzen. Du kannst dich darauf verlassen, er wird darüber lachen. Es ist ungefähr so, wie wenn zwei Buben so tun, als ob sie sich erschießen wollten. Während er lächelt, drückst du ab."

„Du meinst, so wäre es gewesen?"

„Nicht viel anders", versicherte Finbow. „Daher kann es William nicht getan haben. Stelle dir doch einmal vor, er hätte Roger die Pistole auf die Brust gesetzt, nachdem Roger doch genau wußte, daß William ihn haßte. Glaubst du, er hätte belustigt gelächelt, wenn er Williams Gesicht vor sich gesehen hätte?"

Ich dachte an Williams Gesicht, energisch und hart, wie aus Metall geschnitten.

Finbow fuhr fort:

„Ich stelle es mir etwa so vor: Jemand, von dem Roger glaubte, er sei ihm zugetan, ist mit dem Revolver in der Hand zu ihm in die Plicht hinabgesprungen und hat irgendeine scherzhafte Bemerkung gemacht. Vermutlich bezog sie sich auf etwas, was Roger ins Logbuch geschrieben hatte. Und ‚der, der's getan hat' hat Roger einen seiner deftigen Witze vorgelesen und ihm scherzhaft gedroht, ihn zu erschießen. Roger hat darüber gelacht – du sagst ja, daß er beim geringsten Anlaß lachte. Dann hat ‚der, der's getan hat' vergnügt gerufen: ‚Ich leg dich um, Roger!' und vermutlich hat Roger wieder gelacht. Dann hat ‚der, der's getan hat' gefragt: ‚Wo müßte ich den Revolver denn aufsetzen, wenn ich dich durchs Herz schießen wollte?' Denn ‚der, der's getan hat' war ja kein Arzt und wußte natürlich nicht genau, wo das Herz ist. Und Roger hat sich die Mündung lachend direkt aufs Herz gesetzt – immer in der Meinung, daß es sich um einen morgendlichen Ulk handelte – und ‚der, der's getan hat' hat abgedrückt. Anschließend hat er dann den Revolver und das Logbuch über Bord geworfen. – Ian, achte bei deinem Mord unbedingt darauf, daß dein Freund Arzt ist. Das wird dir die Sache noch mehr erleichtern. Er wird dir die richtige Stelle zeigen, wo du den Revolver aufsetzen mußt."

„Da William Arzt ist, hätte er es selbst gewußt, und Roger hätte es ihm nicht erst zu zeigen brauchen“, überlegte ich.
„Und Roger hätte bei der Prozedur nicht gelächelt“, ergänzte Finbow. „Der Witz wäre nur halb so gut gewesen, wenn ‚der, der's getan hat‘ nicht behauptet hätte, er habe keine Ahnung, wo das Herz ist. Vor allem aber hätte Roger keinesfalls gelacht, wenn William mit einem Revolver in der Hand vor ihm gestanden hätte. Nein, William wäre der letzte gewesen, über den Roger unter diesen Umständen gelacht hätte.“
Wir standen auf und verließen das Spielfeld. Als ich mich noch einmal umwandte und den Platz so kalt und verlassen daliegen sah, erfaßte mich ein trostloses Gefühl der Leere. Ich wußte, ich würde die Worte, die ich hier vernommen hatte, nie mehr vergessen können. Immer würde ich an Finbows Beschreibung eines Mords denken, der als freundschaftlicher Scherz getarnt worden war. Nein, ich glaube nicht, daß Lord's mich noch einmal zu sehen bekommt.
Finbow nahm mich mit in seine Wohnung auf dem Portland Platz, und nach der Kühle und Verlassenheit des Stadions war es eine wahre Wohltat, sich in einem warmen Zimmer entspannen zu können, wo das Kaminfeuer rote Flecken auf die dunkeln Wände zauberte. Ich ließ mich in einen tiefen Sessel sinken, nippte an Finbows bestem Tee und freute mich an dem selbstverständlichen, guten Geschmack, der hier überall herrschte. Ich sagte:
„Finbow, ich kenne niemand, der in einer so geschmackvollen Umgebung lebt wie du!“
„In einer geschmackvollen Umgebung zu leben ist der einzige Trost dafür, daß das Leben an einem vorbeigeht.“ Er sagte es lächelnd, aber ich glaube, es war ihm ernst damit. Doch spricht er nicht gern über sich selbst, und er fuhr fort:
„Ich komme doch mit dem Mord nicht so schnell voran wie ich eigentlich sollte. Ich weiß zwar jetzt, daß William und Philip nicht als Täter in Frage kommen, aber ich bin mir keineswegs klar, wer nun der Mörder ist.“
Diese Worte belebten meine Angst aufs neue. Ich kam um den Gedanken nicht herum, daß er immer mehr Möglichkeiten ausschalten würde, bis nur noch eine einzige übrigblieb. Und ich fürchtete mich vor dem Augenblick, an dem er dieses Endstadium erreicht haben würde. Mehr um mich abzulenken, als weil ich besonders daran interessiert gewesen wäre, sagte ich:

„Du hast mir noch nicht gesagt, wieso Philip den Mord nicht begangen haben kann."
Er lächelte.
„Das ist furchtbar einfach. Eigentlich hättest du selbst darauf kommen müssen."
„Zweifellos", erwiderte ich. „Aber ich bin halt ein einfältiger Kerl."
„Wenn du dir die Zeittafel ansiehst, merkst du, daß Philip unmittelbar vor dir und Avice hinausgegangen ist und den Mord daher zu diesem Zeitpunkt nicht verübt haben kann – nicht gegen neun Uhr vierundzwanzig. Wenn er es getan hätte, hätte er es tun müssen, bevor er zum erstenmal in die Kajüte gekommen ist. Du hast mir aber geschildert, wie sorgfältig angezogen er hereinkam, wie er Tonia umarmt hat ... und wie adrett frisiert er war. Wenn du dir aber einmal sein Haar näher ansiehst, wird dir auffallen, daß es bei jeder Berührung durcheinandergerät. Ich habe dich gebeten, einmal darauf zu achten, was geschieht, wenn Tonia es streichelt. Es ist im Augenblick in Unordnung. Es ist nämlich so leicht und weich, daß er es sofort nach dem Aufstehen, noch vor dem Waschen bürsten muß, weil es sonst völlig verwirrt wäre. Und wenn er an Deck gewesen wäre und Roger erschossen hätte, wäre er ja wohl bei der tüchtigen Brise an jenem Morgen nicht so gut frisiert zurückgekommen."
Ich suchte nach einem Fehler in seiner Beweisführung.
„Er hätte ja noch einmal in die Kajüte zurückgehen können, nachdem er den Mord begangen hatte."
„Wir wissen aber genau, daß er das nicht getan hat. William hat zwischen neun Uhr und neun Uhr fünf immer wieder versucht, ihn aus dem Bett zu treiben, weil er in die Badewanne wollte, und er hat ihn die ganze Zeit über sprechen hören. Er ist dann etwa zwei Minuten, nachdem Philip hinausgegangen war, in den Raum gegangen, und Philip ist nicht mehr zurückgekommen. So ist William in seine eigne Kajüte hinübergegangen und hat dort Philip vorgefunden. Es bleiben daher höchstens zwei Minuten, über die wir nicht Bescheid wissen."
„Sie genügen, um jemand zu erschießen."
„Aber nicht, um jemand zu erschießen und dann so weiches, dünnes Haar ohne Spiegel und Bürste wieder tadellos zu frisieren. Ohne Bürste konnte er das nicht."

„Ich fürchte, du hast recht“, mußte ich zugeben.
„Du fürchtest?“ fragte Finbow. „Möchtest du, daß Philip der Schuldige wäre? Er stellt zwar nicht viel auf die Beine, aber er ist doch ein sehr netter junger Mann.“
„Natürlich möchte ich nicht, daß er der Schuldige ist. Ich möchte keinen von ihnen schuldig wissen. Aber leider muß es ja einer von ihnen gewesen sein.“ Ich glaube, Finbow merkte mir die Angst an, für die ich keine Worte fand. Er kennt mich genau, und so spürte er wohl, daß ich ein Stoßgebet zum Himmel schickte: ‚Jeder, nur nicht Avice! Nur Avice nicht!‘ Noch bevor ich mit dem Gedanken zu Ende war, antwortete er schon darauf:
„Wenn es auch noch so schmerzlich wäre, wolltest du doch lieber, daß es Philip wäre als einer von den andern.“
Dann änderte er das Thema: „Die Fingerabdrücke auf der Pinne machen dir noch Kopfzerbrechen, nicht wahr?“
Froh darüber, endlich über etwas Konkretes reden zu können, sagte ich:
„Ich finde es allerdings immer noch merkwürdig, daß nur die von William darauf zu finden sind.“
Finbow antwortete: „Das Bedeutsame dabei ist, daß die von Roger fehlen. Das kann nur bedeuten, daß jemand die Pinne abgewischt hat, nachdem Roger sie zuletzt berührt hatte ... Wenn der Mörder kein Esel war, hat er dabei natürlich seine eigenen auch beseitigt.“
Ich nickte langsam.
„Versteh doch, Ian“, fuhr Finbow fort, „dies spricht dagegen, daß William auf dein Rufen hin hinaufgestürzt ist und die Ruderpinne ergriffen hat, um sich auf diese Weise eine natürliche Erklärung für die von ihm hinterlassenen Fingerabdrücke zu verschaffen. Wenn dem so wäre, wenn William sie absichtlich hinterlassen hätte, um die Ausrede zu haben, sie rührten daher, daß er die Jacht *nach* dem Mord geführt hat, dann müßten doch auch die von Roger noch zu sehen sein. So aber muß jemand sämtliche Fingerabdrücke von der Pinne abgewischt haben, bevor der Mörder wieder hinunterging. Dann erst hat William seine Fingerabdrücke auf ganz normale Weise darauf hinterlassen.“
Der Schluß leuchtete mir ein, und ich sagte:
„Ja, das ist klar. Wieso bist du nur nicht schon früher darauf gekommen?“
„Natürlich hätte ich sofort darauf kommen müssen“, überlegte er.

„Aber vielleicht ist es verzeihlich, daß man bei einem so komplizierten Fall ein Detail übersieht. Es ist übrigens auch gar nicht wichtig. Man kann höchstens sagen, daß nichts Verdächtiges dabei war, daß William auf deinen Ruf hin an Deck gestürzt ist und die Ruderpinne übernommen hat. Es entspricht ganz seinem Charakter, wie ich schon sagte. Und es besteht kein Grund, nach einem andern Motiv zu suchen."

„Darin gebe ich dir völlig recht", bestätigte ich. „Aber warum ist er dann noch einmal in seine Kajüte gegangen, während alle andern sofort in den Salon kamen?"

„Dafür hatte er einen triftigen Grund", sagte Finbow mit einem versteckten Lächeln.

„Und der wäre?"

„Er wollte sich ein Hemd anziehen."

„War das alles?"

„Natürlich", sagte Finbow. „Er ist doch ohne Hemd an Deck gekommen, und deshalb wollte er sich eines anziehen, bevor er sich zu euch in den Salon setzte. Eine Weile habe ich mir überlegt, warum er wohl ohne Hemd an Deck gekommen ist. Es sah mir zunächst so aus, als ob er es absichtlich getan hätte, um eine Ausrede dafür zu haben, auf dem Rückweg noch einmal in seine Kajüte zu gehen. Es kam mir verdächtig vor. Das Dumme ist nur, daß er in seiner Kajüte absolut nichts anderes tun konnte, als sich eben – ein Hemd anziehen. Er konnte sich nicht waschen, weil kein Waschbecken darin war; er konnte auch nichts darin verstecken, sonst hätte es Birrell gefunden. Daher habe ich diese Theorie wieder fallenlassen. Es ist allerdings ärgerlich, wenn man sich für einen andern einen klugen Plan zurechtgedacht hat und dann feststellen muß, daß es unmöglich so gewesen sein kann. Ich fürchte nämlich, daß William in Wirklichkeit nur deshalb ohne Hemd an Deck gelaufen ist, weil er zufällig keines anhatte, als du nach ihm gerufen hast, und daß er aus dem prosaischen Grund, daß er sich eines anziehen wollte, noch einmal in seine Kajüte zurückgegangen ist."

Ich mußte lachen, und Finbow fuhr fort:

„Es steckt wirklich weiter nichts dahinter. Ein anderes Problem ist mir dagegen erst kürzlich aufgegangen, nämlich *warum* William noch kein Hemd anhatte, als er dich rufen hörte."

„Das soll ich doch wohl nicht ernst nehmen?"

„O doch! Wenn ich nicht auf diese Erklärung gekommen wäre, hätte ich annehmen müssen, daß doch etwas anderes dahinterstekken muß. Wahrscheinlich wird dir meine Erklärung etwas weit hergeholt vorkommen, es ist aber die einzige, die mir einleuchtet."
„Rede doch keinen Unsinn, Finbow", protestierte ich. „Man kann doch wohl kein Hemd anhaben, ohne daß man die kompliziertesten Gründe dafür anführen muß. Bekanntlich zieht der Mensch ja ab und zu sein Hemd aus."
„Natürlich", erwiderte Finbow ungerührt. „Man zieht auch ab und zu eines an. Das Komische ist nur, daß William sein Hemd noch nicht anhatte. Denke doch einmal über die Situation nach! Er kam in die Kajüte zurück, als ihr alle Radio hörtet. Er hatte sich gewaschen, er war im Schlafanzug und brauchte sich nur noch anzuziehen. Es ist doch seltsam, daß er bei dieser Ankleideprozedur zeitweise nichts anderes anhatte als seine Hosen."
Ich überlegte einen Augenblick und versuchte zu rekonstruieren, wie ich es an jenem Morgen auf der Jacht gemacht hatte. Ich war nach dem Waschen genau wie William im Schlafanzug in meine Kajüte gegangen. Im einzelnen konnte ich mich zwar nicht mehr genau erinnern, wie ich in meine Kleider gekommen war, als ich jedoch noch einmal darüber nachdachte, kam es mir wahrscheinlich vor, daß ich meine Schlafanzugjacke ausgezogen und dann mein Hemd angezogen hatte und so weiter. Es begann mir zu dämmern, daß Finbows Argument vielleicht doch nicht ganz so hirnverbrannt sein könnte, und ich sagte:
„Es ist tatsächlich vielleicht etwas ungewöhnlich, aber schließlich kann man sich auf die verschiedenste Art anziehen. Aus welchem Grund hat er es denn deiner Ansicht nach gerade so und nicht anders gemacht?"
„Weil er eine Secondary School in Birmingham besucht hat", erwiderte Finbow mit freundlichem Lächeln.
„Blödsinn!" entfuhr es mir.
„Du hast es mir doch selbst erzählt", entgegnete er unerschüttert.
„Natürlich ist er in eine Secondary School gegangen", sagte ich ärgerlich, „und ich glaube auch, daß es in Birmingham war. Aber was hat denn das damit zu tun?"
„Alles!" sagte Finbow. Er legte sich in seinen Stuhl zurück und klopfte mit langem Finger die Asche von seiner Zigarette. „Ian, du hast doch bestimmt deine blöden Freunde schon gelegentlich

darüber reden hören, daß jemand ‚kein Gentleman' sei. Wonach haben sie das beurteilt, wenn sie nichts über die Vergangenheit des Betreffenden wußten?"

„Nach reinen Äußerlichkeiten", sagte ich. Finbow ereiferte sich sofort über die Unsinnigkeit dieses Vorgehens.

„Da der Begriff des Gentleman auf reinen Äußerlichkeiten beruht, ist diese Bemerkung kaum sehr tiefgründig", sagte er. „Die Frage ist, nach welchen Äußerlichkeiten?"

„Vielleicht nach dem Akzent", schlug ich vor. „Vielleicht auch nach dem Benehmen und derartigen Dingen."

„Zu ungenau!" antwortete er. „Mit diesen Tests kann man zwar Leute ausscheiden, die keine Gentlemen sind, aber nur allzuoft würden einem Leute durchschlüpfen, die deine blöden Freunde sicher nicht anerkennen würden, wenn sie über ihre Vergangenheit Bescheid wüßten. Mit dem Akzent ist es beispielsweise so: Jeder, der ein einigermaßen gutes Ohr hat, kann das Standard-Englisch genauso gut lernen wie eine Fremdsprache. Selbst wenn er aus Lancashire stammt, kann er noch so zivilisiert sprechen lernen, daß er von dir oder Philip nicht zu unterscheiden ist. Ohne große Mühe kann er sich ein Englisch aneignen, mit dem er überall durchkommt. Wahrscheinlich könnte er zwar nie jene seltsam blökenden Laute hervorbringen, die man in den kleineren Public Schools lernt, aber das ist eine besondere Gabe der Vorsehung wie etwa das Schwertschlucken, womit es ja übrigens auch eine gewisse Ähnlichkeit hat."

Auch ich kann nicht leiden, wenn junge Leute hinten im Mund piepsende Laute hervorbringen, und wir mußten beide lachen.

Finbow fuhr fort:

„Nein, der Akzent ist kein geeigneter Prüfstein. Auch das Benehmen ist es nicht. Ich bin mindestens zwei Gigolos begegnet, die aus der hintersten Provinz stammten und die alle Wykehamisten in den Schatten gestellt hätten. Ich gehe jede Wette ein, daß niemand sie von den jungen Leuten hätte unterscheiden können, die eben im Begriff sind, in den diplomatischen Dienst einzutreten. Nein, Ian, deine blöden Freunde hätten sie nach solchen Äußerlichkeiten nicht herausfinden können."

„Wie denn sonst?"

„Überhaupt nicht", behauptete Finbow. „Snobs werden stets bereit sein, einen Mann, der diese Tests besteht, als ihresgleichen zu behandeln, bis sie dann gelegentlich dahinterkommen, daß der Betreffende aus Nicht-Eton stammt, woraufhin sie sich im Tonfall von Old Berkeley zuflüstern werden, sie hätten die ganze Zeit gewußt, daß das kein echter ‚Gentleman‘ sei.“

„Vermutlich hat du recht“, gab ich zu. „Aber was hat ein Gentleman mit Williams Hemd zu tun?“

„Nur Geduld!“ lächelte Finbow. „Deine blöden Freunde wären damit zwar überfordert, aber man könnte sich bei einigem Scharfsinn schon Tests ausdenken, durch die man die weißen von den schwarzen Schafen unterscheiden kann, wobei ich unter weißen Schafen die Alt-Berkeleyaner und ihresgleichen und unter schwarzen Schafen die übrigen Bürger unseres demokratischen Staates verstehe.“

Hier wäre zu erwähnen, daß Finbow schon immer nur einen belustigten Spott für die englischen Institutionen übrig hatte. Er vertritt einen gewissen politischen und gesellschaftlichen Agnostizismus, den ich schon öfter bei Angestellten des öffentlichen Dienstes beobachtet habe. Einmal hat er mir gegenüber seine Haltung folgendermaßen definiert: „Alteingewurzelte englische Traditionen – so etwas gibt's doch gar nicht! Meistens sind sie brandneu, nur selten sind sie englisch, und was unsere Traditionen angeht, so ändern wir sie ganz nach Belieben, sooft wir uns einen Vorteil davon versprechen. Das einzige, was sich zu ihren Gunsten anführen ließe, wäre, daß sie unaussprechlich komisch sind.“

„Laß mich dir ein oder zwei tatsächliche Unterschiede zwischen den weißen und den schwarzen Schafen nennen“, fuhr er fort. „Natürlich gehen diese Unterschiede auf Gewohnheiten zurück, die sie sich in früher Jugend erworben haben. Soviel ist klar. Hierher gehört zum Beispiel die Gewohnheit, den Sport als eine Art religiösen Ritus aufzufassen. Wenn du jemand triffst, der auf diesem Standpunkt steht, kannst du sicher sein, daß er zu den weißen Schafen gehört. Jeder, der regelmäßig Sport treibt und davon spricht, als ob es eine moralische Verpflichtung wäre, ist bestimmt ein weißes Schaf und dies nur, weil er als Kind dazu erzogen worden ist, körperliche Übungen als eine moralische Pflicht anzusehen. Den schwarzen Schafen dagegen ist diese Einstellung völlig fremd. Wenn die Sport treiben, so tun sie es, weil es ihnen Spaß macht, und nicht, weil sie es für ihre Pflicht halten. Und sie haben auch kein schlechtes Gewissen, wenn sie sich einmal einen ganzen Monat lang an keinem Wettspiel beteiligen.“

„Wenn du recht hättest, müßten aber deine schwarzen Schafe viel weniger gesund sein als die weißen", gab ich zu bedenken. Ich mußte zugeben, daß ich mich, seit ich aus der Schule war, bemüht hatte, mindestens einmal täglich eine Partie Squash zu spielen.
Finbow lächelte:
„Die Abhängigkeit der Gesundheit vom Sport ist mehr eine fromme Hoffnung als eine Tatsache. Jedenfalls stellt die verschiedene Einstellung zum Sport einen der Unterschiede zwischen den weißen und den schwarzen Schafen dar. Es gibt aber noch verschiedene andere. In Williams Fall handelt es sich um den Unterschied, wie Herden von weißen und Herden von schwarzen Schafen sich ausziehen. Bekanntlich leben die weißen Schafe während des größten Teils ihrer Kindheit in Herden. Teils mit Rücksicht auf die öffentliche Meinung und teils dank der Bemühungen ihrer Schulmeister (die auf ihre spaßige Weise damit die Moral zu heben hoffen) gewöhnen sie sich daran, sich in Gegenwart der andern völlig auszuziehen. Es ist doch Tatsache, daß keiner von uns in der Schule auf die Idee gekommen wäre, zum Schwimmen eine Badehose anzuziehen."
Ich wußte zwar nicht, was dieses Argument sollte, mußte ihm aber recht geben.
„Nun, die schwarzen Schafe halten das keineswegs so. Sie leben im Elternhaus, und daher gehört für sie alles Körperliche der Privatsphäre an. Sie werden nicht daran gewöhnt, alle Kleider auf einmal auszuziehen. Als ich das letztemal in England war, habe ich der Benson-Secondary School einen Besuch abgestattet und war im Ankleideraum Zeuge, wie sich das Fußballteam umgezogen hat. Es war, als ob man Filmschauspielerinnen vor sich gehabt hätte. Die Buben verstanden es mit einer geradezu raffinierten Geschicklichkeit, in keinem Augenblick völlig angezogen und in keinem völlig nackt dazustehen. Ian, es besteht tatsächlich in dieser Hinsicht ein gewaltiger Unterschied zwischen den weißen und den schwarzen Schafen. Es ist der Unterschied zwischen Menschen, die herdenweise aufgezogen wurden, und solchen, die darauf aus sind, ihr Privatleben zu verbergen."
„Aber damit widerlegst du doch deine Behauptung", warf ich zweifelnd ein. „William muß ja seinen Schlafanzug ganz ausgezogen haben, bevor er sich die Hosen anzog."
„Richtig", sagte Finbow. „Das Merkwürdige an William ist näm-

lich, daß er sich völlig nackt ausgezogen hat, ohne daß das nötig gewesen wäre."

„Also", sagte ich triumphierend, „demnach stimmt deine Theorie doch nicht. Nach deiner Auffassung hätte er es doch gerade umgekehrt machen müssen."

Finbow setzte sich auf die Stuhlecke und lächelte freundlich.

„Ich bin eben noch viel spitzfindiger", sagte er. „Denk doch einmal darüber nach, was er für ein Mensch ist. Er ist im Begriff, seinen Weg zu machen, und er ist sehr intelligent. Er weiß bestimmt genau Bescheid darüber, worin sich seine früheren Lebensgewohnheiten von denen unterscheiden, die man nun von ihm erwartet. Er muß sich ja darüber klar sein. Alle gescheiten Leute seines Schlags sind sich darüber im Bild, und meistens versuchen sie, sich ihrer neuen Umgebung möglichst anzupassen. William hat diese Unterschiede weit genauer beobachtet als ich, und er versucht nun, sich so zu verhalten, daß er sich von seiner neuen Umgebung nicht mehr unterscheidet. Gewöhnlich gelingt ihm das auch; nur übertreibt er manchmal ein bißchen. Er hat es sich so sehr abgewöhnt, sich nicht in Gegenwart anderer auszuziehen, daß er es nun sozusagen immer tut. Da hast du die Erklärung dafür, daß er nur seine Hosen anhatte. Ein ehrgeiziger junger Mann versucht, seine gesellschaftliche Herkunft zu verbergen", schloß Finbow mit einem heiteren Lächeln.

Ich war einfach empört. Schon oft hatte ich erlebt, daß sich Finbows phantastische Argumente als richtig erwiesen, obwohl sich mein gesunder Menschenverstand dagegen sträubte. Und auch die meisten seiner Behauptungen über den Mord und die zugrunde liegenden Motive sollten sich hinterher als richtig herausstellen. Aber seine haarsträubenden Theorien über Williams Hosen gingen mir denn doch zu weit. Ich will lieber glauben – und sicher habe ich damit recht –, daß es reiner Zufall war, daß William sich gerade so und nicht anders ankleidete. Finbows Behauptung ist mir schon damals als ein Musterbeispiel dafür vorgekommen, wozu sich ein gescheiter Mensch hinreißen lassen kann, wenn er besonders scharfsinnig sein will. Und davon lasse ich mich nicht abbringen.

„Das ist einfach lächerlich", widersprach ich. „So etwas Verrücktes habe ich noch nie gehört."

„Immerhin habe ich mit größtem Vergnügen auf diese Weise eine halbe Stunde totgeschlagen", erwiderte Finbow. „Ich genieße eine

Unterhaltung so viel mehr, wenn außer mir keiner etwas sagt. Und ich habe dir damit die Zeit vertrieben. Ich habe dich auf die einzig vernünftige Weise davon abgehalten, dich wegen des Mords zu quälen. Wenn ich von etwas Weitabliegendem gesprochen hätte, das mit deinen Befürchtungen nichts zu tun hat, hättest du die ganze Zeit darüber nachgedacht, welche düsteren Spekulationen ich vor dir verberge." Er sah mich hinterlistig lächelnd an: „Habe ich recht oder nicht?"

Ich mußte zugeben, daß er wieder einmal recht haben dürfte.

Dann fragte ich:

„Aber woher weißt du denn, daß ich mir Sorgen mache?"

„Mein lieber Ian", erwiderte er. „Du hast zwar einen ausgezeichneten Geschmack in Krawatten, aber du bist ein miserabler Schauspieler. Und als ich beobachtete, wie dein Gesichtsausdruck immer unglücklicher wurde, als ich dir auseinandersetzte, daß William und Philip für den Mord nicht mehr in Frage kommen, durfte ich wohl annehmen, daß du dir über den Täter Gedanken machst. Oder kommt dir auch diese Schlußfolgerung zu phantastisch vor?"

Wir gingen zum Dinner in meinen Club, und Finbow bestand darauf, daß wir uns Zeit nahmen. Während der Suppe erklärte er: „Es ist äußerst wichtig, bei unsern Freunden nicht die Idee aufkommen zu lassen, daß ich herauszufinden suche, wer der Mörder ist. Der eine oder andere dürfte diesen Verdacht haben, aber ich schmeichle mir, doch einigermaßen den Eindruck zu erwecken, daß ich nur ein Freund von dir bin, der herübergekommen ist, um dir in einem kritischen Augenblick das Händchen zu halten. Wenn wir jetzt Hals über Kopf nach Norfolk zurückkehren, so als ob wir uns auf keinen Fall entgehen lassen wollten, was sich dort abspielt, wird sich der Verdacht unbedingt verstärken. Und wenn ich mir auch in der Tat nichts entgehen lassen möchte, empfiehlt es sich doch, daß wir noch eine Zeitlang hierbleiben, wie zwei harmlose ältere Herren, die sich einen netten Abend in der Stadt machen."

Mir brannte es zwar unter den Nägeln, zu den andern zurückzukehren, doch sah ich ein, daß man besser keinen Verdacht über Finbows Tätigkeit aufkommen ließ. Er fuhr fort:

„An sich ist's mir ziemlich egal, wann ich ins Gras beißen muß, nur in bezug auf die Todesart bin ich etwas heikel. Es wäre doch einfach absurd, sich in einem Bungalow auf den Broads umbringen zu lassen und dann von Aloysius Birrell und Mrs. Tufts gefunden zu werden. Und auch wenn du daran glauben müßtest, Ian, würde mir das nicht viel weiterhelfen. Ich hätte zwar dann noch ein paar weitere Tatbestände in der Hand, aber es würde die Sache vermutlich nur noch mehr durcheinanderbringen. Nein, viel dürfte nicht dabei herausspringen, wenn sie dich auch noch umlegen." Dann wurde er plötzlich ernst und fügte hinzu: „Mache dir eines klar: wer Roger ermordet hat, war ebenso intelligent wie verzweifelt. Ein weiterer Mord wäre für ‚den, der's gewesen ist' nichts als ein weiterer Zwischenfall."

Um Mitternacht fuhr mich Finbow in seinem Wagen durch die nördlichen Vorstädte. Bald hatten wir die Häuser hinter uns, und ich machte es mir für die Fahrt nach Norwich bequem. Unsere Scheinwerfer erleuchteten die gerade, ebene Landstraße weit voraus, und ich genoß die Geschwindigkeit und gab mich einem angenehmen Gefühl der Entspannung hin, worin für mich der große Reiz einer solchen nächtlichen Fahrt liegt. Finbow sorgte jedoch dafür, daß meine Seelenruhe nicht lange vorhielt. Er bemerkte:

„Morgen um diese Zeit sollte ich eigentlich wissen, wer der Mörder ist."

„Was willst du denn tun?"

„Ich will nur mein Bild von den jungen Leuten noch vervollständigen. Das dürfte nicht mehr sehr schwierig sein. Bei William ist mir's gelungen. Ich verstehe ihn jetzt. Und Philip – ich glaube, ich könnte jetzt das meiste, was er tun und sagen wird, voraussagen. Beide haben wir ausgeschieden. Als nächstes muß ich mir jetzt über die andern drei klarwerden. Gelingt mir das, dürfte das meiste, was uns jetzt noch Kopfzerbrechen macht, auch einzuordnen sein. Es gibt übrigens noch einiges Sonderbare. So wüßte ich zum Beispiel gern, warum Avice gestern abend unbedingt Feuer haben wollte. Aber dahinter werden wir schon noch kommen. Einen Vorteil hat dieser Mord ja: es kommen nur fünf Personen dafür in Frage. Und wenn ich auch noch so verbohrt bin, muß ich durch Elimination der Nichtschuldigen schließlich den Täter finden. Das macht das Arbeiten in einer geschlossenen Gesellschaft ästhetisch so befriedigend. Es ist, als ob man einen Mord aufzuklären hätte, der auf einer einsamen Insel mit nur sechs Einwohnern verübt wurde."

Gegen halb zwei waren wir in Potter Heigham. Wir ließen den

Wagen im Dorf und gingen den Fußpfad zum Bungalow hinauf. Über dem Fluß war der Nebel so dicht, daß unsere Regenmäntel dampften. Es war jedoch nur ein Bodennebel, und über uns funkelten die Sterne. Ich konnte es nun kaum noch abwarten, wieder in den Bungalow zu kommen, um mich zu vergewissern, daß nichts geschehen und im Augenblick alles noch in Ordnung war. Als unser Pfad um die Ecke bog, erblickten wir das Dach des Bungalows, und dann tauchte das ganze Gebäude undeutlich aus dem Nebel auf. Kein Licht brannte. Alles sah finster und verlassen aus.

„Sie sind schon alle im Bett", flüsterte Finbow. „Sei leise!"

Wir schlichen so leise wie möglich die letzten Meter hinauf, und ich schloß vorsichtig die Tür auf. Auf dem kleinen Korridor war es stockfinster.

„Geh ins Eßzimmer", flüsterte Finbow. „Dort steht auf dem Regal eine Kerze."

Ich öffnete die Tür rechts, tastete nach der Kerze und zündete sie an. Dabei beobachtete ich die Flamme, bis sie ruhig brannte. Dann drehte ich mich um und erschrak fast zu Tode. In einer Ecke des Zimmers kauerte Avice und blickte mich mit schreckhaft aufgerissenen Augen an.

Eine unruhige Nacht

„Ian", rief sie hilflos und kam langsam auf mich zu. Ich erkannte undeutlich ihre bloßen Füße unter ihren weiten Schlafanzughosen; aber meine Augen blieben an ihrem angespannten, kummervollen Gesicht hängen. Eine panische Angst ergriff mich, und ich zwang mich zu reden.

„Wir sind eben erst zurückgekommen", sagte ich hilflos.

Finbow hörte uns flüstern und trat ins Zimmer. Ich stellte die Kerze auf den Tisch und beobachtete besorgt, wie sie sich bemühte, ihn mit einem harmlosen Lächeln zu begrüßen.

„Hallo", sagte sie, „ich hatte solchen Durst, daß ich aufgestanden bin, um mir einen Schluck Wasser zu holen."

„So", sagte Finbow freundlich. „Ich fürchte, Sie haben sich erkältet. Gestern abend haben Sie so gefroren, und jetzt bekommen Sie plötzlich mitten in der Nacht Durst. Sie sollten sich etwas vorsehen!"

Avice starrte ihn mißtrauisch an.

„Ja", sagte sie, „das wird das beste sein."

„Dann kommen Sie mit uns ins Wohnzimmer", schlug Finbow vor. „Sie sollten hier nicht mit bloßen Füßen herumstehen."

Ich nahm die Kerze mit und stellte sie auf den Spieltisch. Avice wickelte sich in eine Wolldecke und zog die Füße aufs Sofa, wobei sie Finbow und mich mit schnellen Seitenblicken streifte. Finbow setzte sich neben sie und zündete sich mit der gespielten Lässigkeit eines Schauspielers in einer modernen Komödie eine Zigarette an. Ich rückte mir einen Sessel ins Kerzenlicht und stellte bekümmert fest, wie sich die Übermüdung mit scharfen Linien in Avices Gesicht abzeichnete. Sie mußte völlig erschöpft sein. Wenn noch etwas zu sagen ist, wollen wir es wenigstens schnell hinter uns bringen, dachte ich und versuchte es mit einem ungeschickten:

„Wäre es nicht gescheiter, wir gingen alle ins Bett? Avice ist sicher müde. Und wir hatten auch einen langen Tag, Finbow."

Finbow lächelte liebenswürdig.
„Ach was, wozu jetzt schon schlafen gehen? Um diese Zeit unterhält man sich bekanntlich am liebsten. Tagsüber ist Reden eine Pflicht, um zwei Uhr morgens ist es eine Notwendigkeit und ein Vergnügen."
Avice lachte unsicher und sagte:
„Sie kommen dieser Pflicht aber auch tagsüber sehr gewissenhaft nach, Mr. Finbow!"
Ich vernahm diese leicht hingeworfene spöttische Bemerkung und blickte prüfend in ihr erbarmungswürdig blasses Gesicht. Ich mußte ihren Mut bewundern. Sie befand sich unverkennbar in einem Zustand höchster Spannung, deren Ursache ich nicht kannte. Sie hatte sich in eine verdächtige Situation hineinbegeben, denn selbst ich konnte ihr beim besten Willen die Geschichte mit ihrem Durst nicht abnehmen. Und trotzdem saß sie da und neckte sich mit Finbow, als ob er ihr einen Teebesuch abstattete.
Er sagte:
„Sie ahnen ja nicht, welche Mühe es mich kostet, ein Wort herauszubringen."
„Zweifellos sind Sie ein großer Schweiger!"
„Ich habe vom ersten Augenblick an gewußt, daß ich in Ihnen eine mitfühlende Seele finden würde!"
Mir brannten die Ohren, während ich herauszufinden suchte, welche Rolle Avice hier spielte. Statt dessen vernahm ich nur das unverbindliche Geplauder. Ich sah sie auf dem Sofa sitzen, den schlanken Körper in die Decke gehüllt und kapriziös lächeln, wenn Finbow eines seiner Bonmots zum besten gab. Zu meiner Verwunderung ging dieses Geplauder immer weiter, und während ich mich vergeblich fragte, welchen Zweck Finbow damit verfolgte, wurde ich immer ärgerlicher und schläfriger. Dumpf spürte ich, daß er die Unterhaltung virtuos führte, doch kam es mir äußerst unpassend vor, daß er sich ausgerechnet diese Stunde dazu aussuchte. Er mußte einen bestimmten Grund dafür haben, aber als er nun auch noch anfing, sich über das Drama auszulassen, ging mir seine einschmeichelnde Stimme auf die Nerven. Irgendwie hatte er die Unterhaltung von unserer Reise nach London auf das Theater gebracht. Avice hatte gerade zugegeben, daß sie an gewissen sentimentalen Stücken wider besseres Wissen Gefallen fand.
Finbow lächelte.

„Es gehört zu den Tragödien im menschlichen Leben, daß uns meist gerade das anspricht, was wir eigentlich verachten sollten. Genau so ist's mit der Liebe. Mitunter weiß man genau, daß derjenige, in den man verliebt ist, entweder dumm oder langweilig oder nichts wert oder auch alles zugleich ist – trotzdem ist man in ihn verliebt. Wenn wir ein Stück kritisch betrachten, befinden wir uns im Widerstreit zwischen dem, was uns gefühlsmäßig anspricht, und dem, was unser kultivierter Geschmack als lächerlich ablehnt. Meist trägt unser Gefühl den Sieg davon, und das nicht nur bei den Ungebildeten, sondern auch bei den Kunstästheten. Ich bin ein solcher Ketzer, daß ich die Vermutung wagen möchte, daß es ebenso geschmacklos ist, sich an *Hamlet* wie an *Peter Pan* zu begeistern. Tatsächlich kommen mir beide Stücke recht ähnlich vor."

Ich hoffte zu Gott, daß er diese Behauptung nun nicht auch noch begründen würde. Ich hatte ihn bereits in Hongkong darüber diskutieren hören, und es war mir noch gut in Erinnerung, auf welch krausen Pfaden er zu seinen literarischen Urteilen gelangte.

Ich war zu schläfrig, ihm noch zu widersprechen, und konnte immer noch nicht einsehen, worauf er hinauswollte. Avice protestierte mit einem leisen „Oh!", aber Finbow fuhr unbeirrt fort:

„Darin sind wir alle gleich. Einer ist nicht besser als der andere. Wenn ich in den letzten zwanzig Jahren gerade nichts Besseres zu tun hatte, habe ich mir an allen möglichen Orten Theaterstücke angesehen. Ich bin mir ganz sicher, welchen Stücken meine Bewunderung gehört. Bestimmt gibt es auf der ganzen Welt kein besseres als den *Kirschgarten*. Aber wissen Sie, woran ich die lebhafteste Erinnerung habe? An *La dame aux camélias!* Natürlich ist das eines der schlechtesten Stücke, die je geschrieben worden sind, und dennoch hat es mich tiefer ergriffen als irgend etwas anderes, das ich seither gesehen habe. Die Duse hat die Rolle der Marguerite gespielt. Es war in Rom, und es ist schon lange her. Ich glaube nicht einmal, daß sie eine große Schauspielerin war, nur ihr Stil war vielleicht groß, obwohl dieser Stil natürlich völlig falsch war. Aber nichts wird mir jemals mehr einen solchen Genuß bereiten. Ich hatte damals eine Frau neben mir, die ich liebte, was natürlich den Genuß erhöhte."

Ich sah, wie Avice zu ihm aufblickte. Die letzten Worte hatten ihre Aufmerksamkeit erregt. Sie sagte mit ruhiger Stimme:

„Ich würde meinen, das ändert alles.“

„Gewiß“, bestätigte Finbow, „wenn man verliebt ist, genießt man ein gutes Stück, weil es gut ist, und ein schlechtes, weil es schlecht ist.“

„Wie meinen Sie das?“ fragte sie und blickte ihn mit ihren großen Augen an. „Vermutlich wollen Sie damit sagen, daß es gleich ist, wohin man geht, und was man sich ansieht, wenn man verliebt ist. Man kann miteinander darüber diskutieren oder sich darüber lustig machen, wenn es nichts taugte. Ach, wenn ich das doch auch einmal erlebt hätte! Seit ich siebzehn war, haben mich alle möglichen Männer mit ins Theater genommen, und nie hat mir deshalb ein Stück besser gefallen. Wenn ich verliebt wäre, würde ich mich gern auch gelegentlich mit hinaufnehmen lassen in den Olymp. Das würde uns bestimmt mehr Spaß machen, als im Sperrsitz zu sitzen.“

„Das möchte ich allerdings bezweifeln“, sagte Finbow, „das möchte ich sogar stark bezweifeln.“

Sie setzte sich gerade und fuhr erregt fort:

„Und dann würde ich mir mit ihm die blödeste Revue in der ganzen Stadt ansehen. – Ach, es würde das Leben lebenswert machen, anstatt nur immer so dahinzuvegetieren. Niemals bin ich einem Mann begegnet, dem ich anvertrauen konnte, wie mir wirklich zumute war. Niemals habe ich jemand gefunden, der mich wirklich interessiert hätte. Roger hat mich oft mit ins Theater genommen. Ich wäre viel lieber daheimgeblieben.“

„Es kann recht unangenehm sein, mit jemand im Theater zu sitzen, der sich nichts daraus macht“, meinte Finbow mitfühlend.

„Unangenehm? – Einfach ekelhaft war es!“ Ihr dunkles Haar war ihr in die Stirn gefallen. Sie beugte sich vor. „Ihr Männer habt ja keine Ahnung, wie entsetzlich langweilig das Leben sein kann. Immer und immer habe ich mich danach gesehnt, daß sich endlich etwas ereignen würde. Ich kann doch nichts Vernünftiges tun. Ich habe ja keinen Beruf erlernt. Ich bin genau so übel dran wie ein viktorianisches junges Mädchen, nur daß ich ein bißchen mehr weiß. Das einzige, was ich erleben kann, ist eine Liebesaffäre. Es ist das einzig Interessante, worauf ich hoffen kann. Und ich habe es nie erlebt“ – ihre Stimme wurde schrill – „und ich habe die Hoffnung aufgegeben, daß ich es je erleben werde. Christopher ist noch der beste von allen. Ich mag ihn sehr gern und bete darum, daß ich mich eines Tages in ihn verlieben werde.“

„Es ist etwas schwierig, das auf Befehl zu tun“, meinte Finbow. Avice wollte noch weiterreden, als sie durch eine Stimme aus dem Hintergrund unterbrochen wurde:
„Jetzt ist aber meine Geduld zu Ende“, sagte Mrs. Tufts.
Ich sah, wie sich Finbows ruhiges Gesicht flüchtig verfinsterte, doch ging es schnell vorüber, und er sagte:
„Wollen Sie sich nicht setzen, Mrs. Tufts?“
„Ich kann und werde das nicht dulden! Nein, das dulde ich nicht!“ zeterte sie. Sie trug einen schwarzen Umhang über ihrem Nachthemd, unter dem rote Flanellpantoffeln hervorschauten. Ihr Haar hatte sie in zahlreiche Lockenwickel eingedreht, was ihr Aussehen noch greulicher machte. „Ich dulde das nicht! Einen mitten in der Nacht aufzuwecken! Und dann findet man ein junges Mädchen in einem Zimmer mit zwei Männern, die alt genug wären, ihr Vater zu sein. Es ist eine Schande! Ich schäme mich für Sie, Mr. Finbow. Ihnen hätte ich das nicht zugetraut! – Und was Sie betrifft,“ sie starrte mich wütend an, „von Ihnen habe ich vom ersten Augenblick an nichts Besseres erwartet!“ Ihre Worte überschlugen sich. „Sie haben jeden Begriff von Recht und Unrecht verloren, Sie! Alte Männer wie Sie – wahrscheinlich halten Sie sich auch noch für Gentlemen – und ein junges Mädchen wie Sie – sicher halten Sie sich für eine Dame – und Sie benehmen sich schlimmer als die wilden Tiere. Ich sage Ihnen, ein Gentleman ist nur ein Gentleman, wenn er sich auch wie ein Gentleman aufführt!“
Sie rang nach Atem, und es gelang Finbow, sie zu unterbrechen.
„Wäre es nicht besser, Sie gingen jetzt wieder schlafen, Mrs. Tufts?“
Aber es ging schon wieder weiter. Offensichtlich hatte sie gerade entdeckt, daß Avice nur ihren Pyjama unter der Decke anhatte. „Sie wagen es, in diesem schandbaren Aufzug hier herumzusitzen? In einem Anzug, den keine Frau, die etwas auf sich hält, im eignen Bett tragen würde, ohne schamrot zu werden? Und Sie haben die Frechheit, sich so vor Männern zu zeigen, vor Männern wie diesen da“ – und sie deutete wieder auf mich. Offenbar war ich für sie zum Inbegriff der Sündhaftigkeit geworden, obwohl ich dazu leider absolut kein Talent besitze. „Mit Hosen an den Beinen und ohne Strümpfe an den Füßen!“ Sie zitterte vor Empörung. „Ich hole Ihnen jetzt Ihren Morgenrock und Ihre Hausschuhe aus Ihrem Zimmer, junge Frau, und ich warte hier, bis Sie sie angezogen haben, damit Sie in anständiger Verfassung auf Ihr Zimmer und

ins Bett gehen können. Und dann bleibe ich hier, bis in diesem Haus wieder Anstand herrscht!"

„Sie können jetzt nicht in unser Zimmer. Sie würden Miss Gilmour aufwecken", protestierte Avice. Sie biß sich auf die Lippen, wobei ich mir nicht klar war, ob es aus Nervosität oder Belustigung geschah. Da aber die meisten von uns von Beleidigungen stärker beeindruckt werden, als wir es uns eingestehen, muß ich wohl annehmen, daß es Nervosität war.

„Und wenn ich jeden Mann und jede Frau hier im Haus aufwecke, werden Sie einen Morgenrock anziehen, bevor Sie vor diesen Männern herlaufen", sagte Mrs. Tufts und wuselte entschlossen auf die Tür von Avices Zimmer zu. Finbow bemerkte lachend: „Es ist doch merkwürdig, wie sehr Mrs. Tufts ihren Konversationsstil am Common Prayer Book geschult hat. Dieses Werk hat wirklich einiges auf dem Gewissen."

Mrs. Tufts unterbrach seine Betrachtungen mit dem lauten Aufschrei:

„Wo steckt denn die andere junge Frau? Was geht in diesem Haus vor?"

Finbow und ich eilten zur Tür und blickten hinein. Mrs. Tufts hatte eine der Kerzen auf dem Toilettentisch angezündet und stand nun sprachlos vor den beiden leeren, zerwühlten Betten.

Avice kam hinter uns herein, streifte ihren Morgenmantel über und schlüpfte in ihre Pantoffeln. Sie sagte:

„Hier ist sie nicht."

„Ich möchte doch wissen, was für Teufeleien in diesem Haus heute nacht sonst noch vorgehen", zeterte Mrs. Tufts, nachdem sie die Sprache wiedergefunden hatte. „Ist die Rothaarige ausgerückt, oder treibt sie noch Schlimmeres?"

Sie schob die Unterlippe vor und stand klein und dick vor uns. Vorwurfsvoll richtete sie den Blick auf Finbow.

„Na, weit weggelaufen sein kann sie nicht", sagte Avice ruhig. „Sie hat sich nicht angezogen. Ihre Kleider sind noch da."

„Ich finde sie, wenn sie im Hause ist", brummte Mrs. Tufts. „Und wenn sie es nicht ist, schließe ich sie die ganze Nacht aus! Es gibt nur zwei Eingänge, und ich sorge dafür, daß sie zubleiben!" Mit diesen Worten versperrte sie die Glastür zur Diele und verriegelte die Tür zur Halle. Dann sagte sie:

„Sie ist nicht in der Küche. Ich habe zuerst geglaubt, der Krach

käme von dort, wie Sie mich mit Ihrem Herumlaufen geweckt haben. Ich habe hineingesehen, und sie war nicht drin. Jetzt untersuchen wir die Schlafzimmer. Mr. Finbow, klopfen Sie an die Tür von dem jungen Mann!"
Finbow hatte Mrs. Tufts Wortschwall ruhig über sich ergehen lassen. Jetzt klopfte er laut an Philips Tür. Es kam keine Antwort. Er klopfte noch einmal und ging dann hinein und zündete ein Streichholz an. Philips Bett war ebenfalls zerwühlt und leer.
„So", murmelte Finbow.
Mrs. Tufts kam mit einer Kerze, und Avice und ich gingen hinter ihr her. Die Situation war von einer grotesken Komik, wie wir vier mit dämlichen Gesichtern auf ein leeres Bett starrten: Finbow, groß und sorgfältig gekleidet, mit einem wohlwollenden Lächeln um den Mund; Mrs. Tufts, in ihrem Umhang und Nachthemd, ganz empörte Moral; Avice, reizend in ihrem chinesischen Morgenmantel, zwar blaß und müde, aber mit belustigt blitzenden Augen; und ich, respektabel und elegant, wie man mir allgemein nachsagt – ausgenommen natürlich Mrs. Tufts.
„Sie sind beisammen, und Gott weiß, was passiert!" zeterte Mrs. Tufts. „Wenn sie auch nicht in dem andern Zimmer sind, kommen sie mir heute nacht nicht mehr ins Haus!"
Ich wollte Einspruch erheben, aber Finbow brachte mich zum Schweigen.
„Schon gut, Mrs. Tufts", sagte er. „Lassen Sie sie ruhig draußen, wenn sie tatsächlich draußen sein sollten."
Wir gingen in die Diele zurück, und Finbow klopfte an die Tür zu Williams und Christophers Zimmer. Nach einiger Zeit kam von drinnen ein unbestimmtes Gespräch, und Finbow steckte seinen Kopf hinein.
„Sind Philip und Tonia vielleicht bei Ihnen?"
„Natürlich nicht", erwiderte William schlaftrunken. „Wie kommen Sie denn auf die Idee, verdammt noch mal?"
„Ich konnte es mir auch nicht vorstellen", sagte Finbow.
„Was wollen Sie denn von ihnen?" William kam langsam zu sich und wurde wütend.
„Ich will nichts von ihnen", entgegnete Finbow, „aber Mrs. Tufts."
„Sie soll sich aufhängen", rief William. „Gute Nacht!"
Finbow machte die Tür wieder zu und lächelte Mrs. Tufts an, deren

Wut Williams Antwort neu entfacht hatte. Bevor sie aber wieder richtig im Schwung war, sagte Finbow:

„Das wär's wohl für heute, Mrs. Tufts. Die beiden müssen doch wohl draußen sein, und sie werden morgen früh schon wiederkommen. Bitte versprechen Sie mir, ihnen nichts von dem, was sich hier zugetragen hat, zu sagen, wenn sie ihnen begegnen sollten."

„Ich denke gar nicht daran", keifte Mrs. Tufts.

„Damit erschweren Sie nur Sergeant Birrell die Arbeit", sagte Finbow leise.

„Ach so", sagte Mrs. Tufts zornig. „Es geht zwar gegen mein Gewissen, aber unter den Umständen sage ich nichts, bis ich mit Sergeant Birrell gesprochen habe."

„Einverstanden", sagte Finbow, „dann gehen wir jetzt alle ins Bett."

Als Finbow ein paar Minuten später dabei war, seinen Kragen auszuziehen, fragte ich ihn:

„Können wir offen reden?"

„Ja", antwortete er. „Ich habe das Zimmer genau untersucht, bevor wir nach London fuhren. Es ist der einzige Raum im ganzen Bungalow, in dem man sich unbesorgt unterhalten kann. Er hat nirgends dünne Wände."

„Demnach war also unsere Ruderpartie letzte Nacht völlig überflüssig?"

„Völlig!" bestätigte er lachend. „Aber da wußte ich es ja noch nicht. Außerdem hatten wir doch ein angenehm gruseliges Gefühl dabei."

„Tschah!" sagte ich, und er meinte:

„Eine nicht unamüsante Nacht, nein nicht unamüsant!"

„Amüsant", protestierte ich aufgebracht. Ich sehnte mich nach Schlaf, konnte jedoch keine Ruhe finden, bevor ich erfahren hatte, was er mit seiner Unterhaltung mit Avice bezweckt hatte. „Weshalb hast du dich denn so lange mit Avice unterhalten? Du konntest doch sehen, wie müde sie war."

„Ich habe mich mit ihr unterhalten, eben weil ich sehen konnte, wie müde sie war."

„Keine sehr nette Art, sich ein Vergnügen daraus zu machen, andere Leute wachzuhalten!"

„Auch ich gehöre nicht zu denen, die an so etwas Spaß haben, mein lieber Ian", sagte Finbow freundlich. „Ich habe vorhin mit Avice gesprochen, weil ich etwas aus ihr herausbekommen wollte und weil dies wesentlich einfacher war, wenn sie während der Unterhaltung müde war. Die meisten Menschen reden nämlich, wenn sie müde sind, ungefähr so, wie wenn sie betrunken sind. Es ist dies eine Tatsache, die man sich nicht genügend klarmacht, die einem aber sehr viel weiterhelfen kann, wenn man herausfinden möchte, wie es in jemand aussieht. Nach ein paar Cocktails redet man frei von der Leber, weil man die bewußten Hemmungen verliert, und die frühen Morgenstunden haben die gleiche Wirkung wie Cocktails. Überlege doch mal, was man dir schon alles nach Mitternacht anvertraut hat und was du deinerseits schon andern nach Mitternacht gebeichtet hast. Und wie beschämt du am andern Morgen darüber warst, als dein bewußter Verstand dich wieder kritisch unter die Lupe nahm. Es ist schon recht merkwürdig, daß man sich nicht besser über den täglichen Zyklus des Bewußtseins im klaren ist. Vermutlich kommt es daher, daß die meisten Menschen sich ihrer geistigen Prozesse so wenig bewußt sind, daß ihnen die Unterschiede nicht auffallen. Der einzige unter meinen Bekannten, der sich diese Unterschiede tatsächlich zunutze macht, ist ein Romanschriftsteller. Er schreibt immer spät in der Nacht, wenn sein Unbewußtes aktiv wird, und dann schreibt er das Ganze am nächsten Morgen noch einmal, wenn sein kritisches Ich erwacht ist. Er behauptet, er bekomme auf diese Weise dreimal soviel getan. Er ist übrigens ein ganz miserabler Schriftsteller."

Mir riß die Geduld.

„Hör um Gottes willen mit diesen Albernheiten auf und sag mir endlich, warum du dich mit Avice unterhalten hast und was du herausbekommen hast", flehte ich ihn an. „Merkst du denn nicht, daß ich darauf brenne, es zu erfahren? Und was hat sie denn gesucht, wie wir sie gefunden haben? Was hat denn das alles zu bedeuten?"

„Tut mir leid, Ian", sagte Finbow. Er setzte sich auf sein Bett mir gegenüber. „Ich weiß ja, daß du dir Gedanken machst, aber du mußt dich noch ein paar Tage gedulden. Ich weiß noch nicht, wer den Mord begangen hat. Und ich weiß auch nicht, weshalb Avice im Haus herumgewandert ist, als wir kamen. Ich nehme an, daß sie etwas verbrennen wollte. Du erinnerst dich doch, daß sie gestern abend in ihrem Zimmer unbedingt Feuer haben wollte."

Sofort war meine Angst wieder da.

„Meinst du, das bedeutet – ?"

Finbow fiel mir ins Wort:
„Es könnte etwas bedeuten oder auch nicht. Vergiß nicht, daß in eurer kleinen Gesellschaft alle möglichen Gefühlskonflikte schwelen, von denen einige möglicherweise mit dem Mord überhaupt nichts zu tun haben. Tonia und Avice könnten es gewesen sein – *beide* können sie den Mord aber nicht begangen haben. Trotzdem benehmen sich aber beide so, als ob sie eine ganze Menge zu verbergen hätten. Deshalb habe ich mich heute nacht mit Avice unterhalten. Ich habe das gar nicht ungeschickt gemacht, wenn du das auch nicht gebührend gewürdigt hast. Ich habe mit dem Theater angefangen, weil jedes junge Mädchen wie Avice einmal im Leben den geheimen Wunsch hat, selbst aufzutreten. Ich habe sie dann auf das Liebesdrama hingelenkt, da ich sicher war, daß ihr so etwas gefällt – uns ist es ja in ihrem Alter meist ebenso ergangen. Wäre sie musikalisch gewesen, wäre ich auf die Oper zu sprechen gekommen. Worauf es mir ankam, war, eine Atmosphäre von romantischer Liebe zu erzeugen. Dann brauchte ich nur noch auf mein persönliches Erlebnis anzuspielen, und ich konnte mir's bequem machen und mir von Avice ihre Lebensgeschichte erzählen lassen unter besonderer Berücksichtigung aller Männer, in die sie nicht verliebt war."
Wider Willen konnte ich ihm meine Bewunderung nicht versagen.
„Du bist doch ein gescheiter Bursche, Finbow", sagte ich.
Er lächelte.
„Ich bin Schmeicheleien nicht abgeneigt", sagte er. „Vielen Dank! Wie die meisten Menschen, die gern Schmeicheleien aussprechen, bin ich auch empfänglich dafür, wenn man sie mir macht. Diesmal habe ich sie sogar verdient. Ich hätte alles, was mich interessiert, von Avice erfahren, wenn diese verdammte Mrs. Tufts mir nicht dazwischengekommen wäre und alles verdorben hätte. Nun muß ich mich morgen noch einmal mit Avice unterhalten. Einiges habe ich ja bereits erfahren, aber ich bin mir nicht sicher, wieweit ich es auch glauben kann. Allem Anschein nach hat sie Roger nicht geliebt –"
„Das wußte ich", warf ich ein.
„Ich hätte es auch für möglich gehalten, daß sie Roger gleichzeitig geliebt und gehaßt hat. Bei Menschen wie Roger kann so etwas vorkommen. Ich habe mich jedoch geirrt. Weit wichtiger ist übrigens, daß sie nicht in Christopher verliebt ist. Ich muß mir noch über-

legen, was das für Konsequenzen haben könnte. Mein Gott, was für eine merkwürdige Kollektion von Gefühlskonflikten gibt es da bei eurer netten Bordgesellschaft: Roger in Avice verliebt; Avice mit Christopher verlobt, aber nicht in ihn verliebt; Philip und Tonia ineinander verliebt, wobei ich ziemlich sicher bin, daß bei Tonia irgend etwas nicht stimmt. William haßt Roger. Herausbekommen muß ich noch, was Christopher über seine Verlobung mit Avice denkt."

„Ich glaube, daß er sie leidenschaftlich liebt", sagte ich.

„Wenn es nicht so wäre, wäre es immerhin möglich, daß er sie wegen ihres Geldes heiraten will." Mir dämmerte ein neues Motiv in dieser verwickelten Geschichte. – „Du, Finbow, er könnte ja Roger ermordet haben, um noch erheblich mehr zu bekommen!"

„Nicht schlecht, Ian", bemerkte Finbow. „Das könnte sogar stimmen. Aber ich bin mir dessen nicht sicher. Ich glaube, das beste ist, wir legen uns jetzt schlafen." Er blickte auf die Uhr. „Es ist fast halb fünf."

Ich begab mich ins Bett, aber dann fiel mir noch etwas ein.

„Finbow", sagte ich, „wie ist das mit Philip und Tonia? Wir können sie doch nicht die ganze Nacht draußen lassen."

„Natürlich nicht", antwortete Finbow und machte es sich in seinem Bett bequem. „Sie sind ja auch nicht ausgesperrt."

„Wieso?" fragte ich. „Wer macht ihnen denn auf?"

„Niemand", entgegnete Finbow. „Es ist gar nicht nötig. Sie sind nämlich im Haus."

„Woher weißt du? Hast du sie gesehen?"

„Nein", sagte er. „Aber man müßte ja verrückt sein, wenn man bei dem Nebel auch nur eine Stunde im Pyjama draußen bliebe. Und wenn sie auch verliebt sind, so sind sie doch nicht verrückt."

„Aber wo mögen sie denn nur stecken? Wir haben doch überall gesucht", sagte ich verdrießlich.

Eine unsinnige, unüberwindliche Angst ergriff mich plötzlich, Tonia und Philip könnten irgendwo im Dunkeln unsichtbar lauern.

„Da sie nicht draußen sind, müssen sie irgendwo hier drinnen sein", gähnte Finbow. „Ian, verlangst du wirklich von mir, daß ich noch einmal aufstehe und sie aufzuspüren versuche? Ich müßte eine Skizze vom Bungalow machen, und das wäre mir äußerst lästig. Ich verspreche dir, daß du Philip und Tonia heil und gesund beim Frühstück wiedersiehst."

„Wir wissen nicht, was mit ihnen los ist", widersprach ich. „Wir wollen doch keinen neuen –", ich hielt inne.

Finbow lächelte gutmütig.

„Hol dich der Teufel! Ich glaube, es bleibt mir nichts übrig, als dich zu beruhigen." Er setzte sich im Bett auf, zog seinen Mantel zu sich heran, nahm Bleistift und Papier aus der Tasche und fing zu zeichnen an. Er skizzierte einen Plan des Bungalows und betrachtete ihn eingehend. Ich drehte mich auf die Seite und beobachtete, wie er sich ungeduldig mit dem Bleistift aufs Knie klopfte. Plötzlich lachte er: „Jetzt hab' ich's! Einen Augenblick war mir's, als ob sie doch draußen sein könnten. Aber natürlich ist das unmöglich. Hut ab vor Miss Tonia! Auf ihre Art ist sie die Klügste von uns allen."

„Wo sind sie denn?" fragte ich.

„Ich glaube, ich weiß es jetzt; aber eines ist sicher; sie wollen nicht gestört werden."

Ich wurde meine Angst nicht los.

„Besser wir stören sie, als daß wir Philip später so auffinden wie Roger", sagte ich.

„Rede keinen Unsinn", entgegnete Finbow. „Tonia wäre zwar durchaus fähig, ein paar Männer um die Ecke zu bringen, aber sie würde eher sich selbst etwas antun als Philip. Hör zu, Ian! Wenn ich jetzt zu Avice hinübergehe und sie frage, ob Tonia nach dem Abendessen noch schwimmen gegangen ist, wird dich das überzeugen? Wenn die Antwort nämlich ‚ja' lautet, sind Philip und Tonia im Haus, und du versprichst mir ruhig zu schlafen."

Daß Tonia nach dem Dinner noch schwimmen gegangen sein sollte, kam mir so unwahrscheinlich vor, daß ich mich einverstanden erklärte. Finbow stand auf und griff nach der Kerze. Ich blieb allein zurück.

Das Zimmer lag schwarz vor meinen Augen. Ich war zu müde, um noch den Versuch zu machen, mir selbst die Fragen zu beantworten, die sich mir aufdrängten. Was hatte Avice vorgehabt? Wo mochte Tonia stecken? Würden wir auf eine noch grausigere Szene stoßen als die erste? Langsam gewöhnten sich meine Augen an die Dunkelheit, und ich erkannte die Fenster an einem verschwommenen grauen Schein. Diese nebelhafte Finsternis erhöhte noch meine Nervosität. Ich setzte mich mit einem Ruck im Bett auf, umklammerte mein Kopfkissen und lauschte.

Zuerst hörte ich nur ein Gemurmel, und ich beruhigte mich damit, daß es Finbow sein mußte, der mit Avice sprach. Aber als sich meine Spannung gerade lösen wollte, vernahm ich ein Stöhnen, das mir durch und durch ging. Es war, als ob ein Geigenton ein Glas zum Zerspringen gebracht hätte. Ich erschauerte, aber dann war ich mir doch wieder nicht sicher, ob ich tatsächlich etwas gehört hatte. Das Geräusch war so schnell wieder verklungen, daß ich mich fragte, ob es vielleicht nur ein Erzeugnis meiner Einbildung gewesen war. Vielleicht waren es nur meine überreizten Nerven und die schwarze, schweigende Nacht. Ich lag in kaltem Schweiß gebadet.

Ich war froh, als Finbow die Tür öffnete und ich im Kerzenlicht sein ironisches Lächeln sah.

„Hast du das gehört?“ fragte ich

„Was denn?“

„So eine Art Stöhnen, so ein trockenes Stöhnen!“

Er lächelte. „Nein“, sagte er. „Ich habe nichts gehört, aber es würde mich auch nicht beunruhigen, wenn ich es gehört hätte.“

Ich begriff nicht, was er damit sagen wollte, doch versuchte ich mir einzureden, daß ich mich auf ihn verlassen konnte.

„Was hat Avice gesagt?“

„Ich habe sie gefragt, ob Tonia nach dem Dinner noch schwimmen gegangen sei“, antwortete Finbow.

„Und was hat sie geantwortet?“

„Sie hat gesagt, daß Tonia vorm Schlafengehen tatsächlich noch baden gegangen ist.“

„Und du schließt daraus, daß alles in Ordnung ist?“ fragte ich höchst verwundert darüber, daß sich seine Voraussage bestätigt hatte.

„Ich bin ganz sicher“, antwortete er.

„Aber wie bist du nur auf die Idee gekommen?“ fragte ich schon halb im Schlaf. Trotz allem Geheimnisvollen um mich herum, war ich zu müde, um mir noch darüber Gedanken zu machen. Ich wollte nichts als schlafen.

„Aus einem ganz einfachen Grund“, sagte Finbow. „Tonia ist nämlich eine junge Dame von Welt.“

Ein unbehaglicher Morgen

Als ich am nächsten Morgen erwachte, stand Finbow belustigt lächelnd im Morgenmantel vor meinem Bett.

„Es ist fast zwölf", bemerkte er. „Mrs. Tufts steht kurz vor einem Schlaganfall."

Ich brauchte kurze Zeit, bis ich meine Schlaftrunkenheit abgeschüttelt hatte. Dann überfiel mich wieder die Erinnerung an die Abenteuer und Ängste der letzten Nacht. Mir war, als hätte ich geträumt und stellte nun beim Erwachen fest, daß es Wirklichkeit war. Mit quälender Deutlichkeit erinnerte ich mich, wie Avice in der Ecke des Eßzimmers gekauert hatte, und ich dachte an Finbows endlose Konversation, an Tonias leeres Bett und an das Stöhnen im Dunkeln. Mit einem Ruck setzte ich mich auf und fragte:

„Geht es allen gut? Sind alle da? Finbow, geh doch und sieh nach!"

„Alle sind völlig fit, nur Avice klagt über Kopfschmerzen", beruhigte er mich. „William und Christopher haben schon vor Stunden gefrühstückt, und Tonia hat sich eben an den Tisch gesetzt. Avice und Philip sind noch auf ihrem Zimmer."

„Bist du schon lange auf?" fragte ich erleichtert und fing an, mich zu waschen.

„Seit einer Viertelstunde. Mein Talent, nachts wach zu bleiben, ist ebenso groß wie meine Gabe, morgens lange zu schlafen."

Ich drehte mich nach ihm um.

„Ich bin doch heilfroh, daß du in bezug auf Philip und Tonia recht behalten hast. Wie hast du das nur gewußt?"

„Ich sagte dir doch schon gestern nacht, daß Tonia eine junge Dame von Welt ist."

„Was soll denn das schon wieder heißen?"

„Ich habe schon verschiedene Definitionen dieses Begriffs gehört", erwiderte Finbow. „Die meisten sind recht einfältig. Ich persönlich würde eine Frau als Dame von Welt bezeichnen, wenn sie auf einem ganz bestimmten Gebiet Bescheid weiß."

„Und das wäre?"

„Was man mit seinem Körpergeruch anfängt. Wenn sie darüber genau im Bild ist, weiß sie auch über alles andere auf diesem Gebiet Bescheid. Sicher hast du gemerkt, daß Tonia eine Meisterin dieser Kunst ist, als wir gestern nacht hier hereinkamen."

„Ich habe überhaupt nichts gerochen", sagte ich verständnislos.

„Gerade das meine ich!"

„Waren sie denn hier in unserm Zimmer?"

„Natürlich waren sie hier", erklärte Finbow seelenruhig. „Wie wir das ganze Haus nach ihnen durchsucht haben, saßen sie hier und machten sich über uns lustig. Sieh dir doch einmal meinen Plan vom Bungalow daraufhin an. Wir wissen, daß sie nicht in der Küche waren, als wir heimkamen; und sie waren auch nicht im Wohnzimmer, denn wir sind ja da sofort hineingegangen. In Philips Zimmer können sie nicht gewesen sein, denn es hat keinen Ausgang nach dem Korridor, und wir hätten sie gefunden, als wir nach ihnen suchten. Daher mußten sie entweder draußen in der Kälte sein – eine lächerliche Annahme – oder sie waren die ganze Zeit in unserm Zimmer, während wir uns im Wohnzimmer unterhielten und das Haus nach ihnen absuchten. Sobald wir uns dann auf dem Nebengleis vor Williams Tür befanden, haben sie sich schleunigst durch die Diele in Philips Zimmer geschlichen."

„Aber warum das alles?" Ich mußte wider Willen lachen. Finbow grinste:

„Vermutlich haben sie den ganzen Tag vergeblich versucht, allein zu sein. Die beiden andern und Birrell und Mrs. Tufts müssen ihnen ständig im Weg gewesen sein. Wie sie dann merkten, daß wir nicht mit dem letzten Zug zurückkamen, nahmen sie wahrscheinlich an, wir würden die Nacht in London bleiben, und Tonia hatte den Einfall, in unserm Zimmer ein Rendezvous zu arrangieren."

„Aber warum gerade in unserm Zimmer?" warf ich ein. „Warum sind sie denn nicht zu Philip gegangen?"

„Weil unser Zimmer der einzige Raum ist, in dem man sprechen kann, ohne daß einen jeder hört. Tonia ist ein gescheites kleines Biest. Sie wollte nicht, daß irgend jemand hört, was sie sich zu sagen hatten."

„Meistens macht es ihr aber nicht das geringste aus, vor allen andern die Verliebte zu spielen."
„Das ist es ja gerade, Ian", erklärte Finbow. „Sie haben sich nicht mit der Liebe abgegeben, wenigstens nicht die ganze Zeit. Ich glaube ganz im Gegenteil, daß sie sich einige ernste Geständnisse zu machen hatten. Wenn ich darüber Bescheid wüßte, wäre ich vermutlich im Fall Roger ein ganzes Stück weiter. Jedenfalls hatten sie die Absicht, allein zu sein, und als die andern schliefen, sind sie in unser Zimmer gegangen. Dort wollte Tonia natürlich keine Spuren hinterlassen. Wie ich bereits sagte, kennt sie als Dame von Welt die wichtigste Regel über das persönliche Parfum. Sie lautet, daß es wichtiger ist als die Kleider. Die zweite ist, daß im allgemeinen genug davon am Geliebten haften bleiben sollte, daß er sich an einen erinnert. Die dritte aber lautet, daß es manchmal fatale Folgen haben kann, wenn so viel am Geliebten haften bleibt, daß die andern merken, daß er bei einem war. Tonia wußte, daß wir Verdacht geschöpft und erraten hätten, was sich hier abgespielt hat, wenn wir hereingekommen wären und ihr Parfum gerochen hätten. Aus diesem Grund ist sie noch einmal schwimmen gegangen und hat es so nach Möglichkeit beseitigt."
„Das hast du dir alles zusammengereimt?" fragte ich voller Bewunderung.
„Ich bin schon mehr Tonias begegnet", lächelte er. „Sie interessieren mich, weil sie so gescheit sind. Und sie hätte auch diesmal ihren Zweck erreicht, wenn sie nicht ganz gemeines Pech gehabt hätte. Sie hat sich nämlich nicht klargemacht, daß wir auch im Wagen zurückkommen könnten."
„Das war nicht gerade gescheit!"
„Wir sagten, wir würden wahrscheinlich mit dem letzten Zug kommen, und sie sah vermutlich nicht ein, warum wir nicht die Nacht in London bleiben sollten, nachdem wir ihn versäumt hatten. Jedenfalls hat sie es der Mühe wert gefunden, das Risiko einzugehen."
„Möglich", gab ich zu. „Aber warum haben sie dann nicht unser Zimmer verlassen, als sie uns im Wohnzimmer sprechen hörten? Sie mußten sich doch sagen, daß wir früher oder später zu Bett gehen würden – dann hätten sie doch in der Falle gesessen."
„Die Antwort hierauf überlasse ich deiner Phantasie", lachte Finbow. „Warst du jemals verliebt? Sie kennen uns doch als zwei

liebenswürdige alte Schwachköpfe, die es gern sehen, wenn junge Leute ihren Spaß haben."

Ich lachte. Ich glaube, ich bin alt genug, daß ich sagen darf, daß Konventionen meiner Ansicht nach dazu da sind, durchbrochen zu werden – außer den Gesetzen des guten Benehmens und der Aufrichtigkeit unter Freunden, ohne die das Unkonventionelle zu einer groben, schmutzigen Karikatur der guten Lebensart wird. In glücklicheren Tagen hätte ich bestimmt an Philips und Tonias Verliebtheit meine Freude gehabt. Jetzt aber erwachte meine Unruhe aufs neue.

„Wieso hat denn Avice nicht gemerkt, daß Tonia ihr Zimmer verlassen hat? Sie kann es ja nicht gemerkt haben, sonst wäre sie doch selbst nicht hinausgegangen?" fragte ich.

„Avice muß als erste hinausgegangen sein", sagte Finbow. „Tonia dürfte darauf gewartet haben, daß sie eingeschlafen wäre. Vermutlich war Philip schon eine Zeitlang in unserm Zimmer. Als dann Avice aufgestanden und hinausgeschlichen ist, hat Tonia wohl ihre Chance wahrgenommen."

„Aber sie muß sich doch gesagt haben, daß Avice zurückkommen und sie vermissen würde", widersprach ich.

„Was lag denn ihr daran?" erwiderte Finbow. „Sie hätte ja Avice drohen können, ihrerseits den Mund aufzumachen, falls sie etwas verraten sollte."

„Du glaubst doch nicht, daß Tonia zu einer Erpressung fähig wäre?" Ich war ehrlich entrüstet.

„Aber ganz sicher wäre sie das", sagte Finbow. „Es würde ihr sogar geradezu Spaß machen. Sie haßt Avice und möchte ihr gern einen Tort antun."

Ich bürstete schweigend mein Haar. Dann sagte ich: „Glaubst du wirklich, daß sie Avice haßt?"

„Sie kann sie nicht leiden, wäre wohl richtiger gesagt", erklärte Finbow. „Genau wie Avice sie nicht ausstehen kann. Zwei junge Mädchen, die so verschieden – und so attraktiv sind, müssen sich ja gegenseitig auf die Nerven gehen. Wenn du fertig bist, wollen wir aber frühstücken gehen, Ian. Ich möchte mir heute noch über den Fall klarwerden, und es bleibt mir nicht mehr viel Zeit dazu. Ich muß noch mit Avice und Christopher reden. Bevor ich nicht über ihre Beziehung Bescheid weiß, komme ich zu keinem Ergebnis."

Ich strich mir den Rock glatt. Finbow wartete ungeduldig, daß ich endlich fertig wäre, fuhr aber fort: „Natürlich ist es nicht ganz leicht für mich, alles Erforderliche herauszufinden, ohne direkte Fragen zu stellen. Allerdings wäre es noch weit schwieriger, wenn ich direkte Fragen stellen könnte. Diese jungen Leute sind viel zu klug, um auf nette, unverblümte, ehrliche Fragen hin viel zu verraten. Ich meine auf Fragen, mit denen Detektive gemeinhin hinter komplizierte Motive kommen. Ein richtiger Detektiv hätte noch mehr Schwierigkeiten als ich."

„Wäre es dir lieber, wenn ich mich fernhielte, während du mit ihnen sprichst? Vielleicht würde es dir die Sache erleichtern, wenn du sie dir allein vornehmen könntest", schlug ich vor.

„Unsinn", sagte Finbow. „Wenn du in der Nähe bist, kommen sie weniger auf die Idee, daß mich nicht nur harmlose Neugier plagt. Du bist bei meinen Nachforschungen so eine Art Anstandsdame."

Wir gingen durch die Diele ins Eßzimmer. William blickte auf, als wir an ihm vorüberkamen.

„Guten Morgen!" sagte er und fügte argwöhnisch hinzu:

„Wie geht's denn deinen Augen, Ian?"

„Finbows Bekannter meint, es sei nichts Ernstes", sagte ich im Bewußtsein, schon Fortschritte im Lügen gemacht zu haben.

„Ausgezeichnet", meinte William mit einem Anflug von Spott, wie mir vorkam. „Was, zum Teufel, habt ihr denn heute nacht angestellt?"

„Wir haben ‚Such den Pantoffel' gespielt", sagte Finbow. „Ein hübsches Spiel, William! Sie sollten unbedingt auch einmal mitmachen. Es hält einen jung!"

Tonia lag auf dem Sofa. Ich beobachtete, wie ihre Augen bei Finbows Antwort aufblitzten. „Hallo", rief sie kampflustig, als ob sie erwartete, daß wir auf die letzte Nacht anspielen würden. Christopher lächelte, wobei sich auf seinem braungebrannten Gesicht lustige Falten bildeten. „Guten Morgen", sagte Finbow, ohne der offenbar gespannten Atmosphäre die geringste Beachtung zu schenken. „Ian und ich sind ziemlich spät heimgekommen, und ich fürchte, wir haben verschlafen. Gut, daß Sie nicht mit dem Frühstück auf uns gewartet haben. Wir werden es jetzt nachholen."

Am Frühstückstisch saßen sich Philip und Avice schweigend gegenüber. Beide waren ziemlich blaß, brachten jedoch ein Lächeln auf, als wir uns zu ihnen setzten.

Mrs. Tufts schob uns unsere Teller mit Speck und Eiern hin.
„Sie sind kalt", sagte sie.
„Das ist nicht weiter verwunderlich", bemerkte Finbow. „Wie Sie sich vielleicht erinnern, ist es heute nacht spät geworden."
Mrs. Tufts schnaubte. „Mr. Finbow", sagte sie grimmig, „ich habe mein Versprechen gehalten und kein Wort gesagt über die schändlichen Vorkommnisse unter diesem Dach heute nacht, obwohl es mir auf der Seele brennt. Daß ich hier stehen und zusehen muß, wie diese jungen Männer und Frauen frühstücken, als ob nichts geschehen wäre, und daß ich ihnen nicht einmal sagen darf, was ich von ihrem sündhaften Benehmen halte, ist für mich die größte Heimsuchung meines Lebens. Glauben Sie ja nicht, daß ich mich Ihnen zuliebe darauf eingelassen habe. Ich habe es nur versprochen, weil mir anbefohlen wurde, Ihnen in jeder Weise gefällig zu sein. Und zwar hat mir das ein Mann anbefohlen, zu dem ich Vertrauen habe."
„Und wer ist das?" fragte Philip.
„Sergeant Birrell", antwortete sie. „Aber wenn Sergeant Birrell mir vorher gesagt hätte, was für Schändlichkeiten Sie hier auch noch unterstützen, Mr. Finbow, hätte ich niemals zu ihm gesagt: ‚Aloysius, ich werde für Mr. Finbow alles tun, was in meinen Kräften steht.' Ich habe Ihnen zwar heute nacht etwas versprochen, aber nie wieder! Ich bin schamrot ins Bett gegangen und schamrot wieder aufgestanden!"
„So", antwortete Finbow und schnitt sich ein kaltes Ei auf. „Vergessen Sie Ihr Versprechen nicht!"
„Ich habe mit meinem Gewissen gekämpft", schimpfte sie. Fett und wutentbrannt stand sie vor uns. „Ich frage mich: Muß man ein Versprechen auch dann halten, wenn damit Unrecht geschieht und keine Stimme sich dagegen erhebt? Ist das recht gehandelt?"
„Ich würde an Ihrer Stelle Sergeant Birrell fragen", schlug Finbow vor.
„Darauf können Sie sich verlassen", keifte sie und verließ das Zimmer.
Avice hatte sich den Wortschwall angehört. In ihren müden Augen spielte ein Lächeln. Ich beobachtete jedoch, wie sie um ihre schmalen Finger mechanisch einen Serviettenring kreisen und kreisen ließ, und der Kontrast zwischen ihren unruhigen Fingern und ihrem beherrschten Gesicht offenbarte mir die ganze Angst, die sie be-

drängte, und ihre verzweifelte Anstrengung sich zu beherrschen. Ihre Nervosität übertrug sich auf mich, so daß Mrs. Tufts Tiraden mich beunruhigten und quälten. Zu gewissen Zeiten kann eine solche Komödie die erregten Nerven beruhigen, aber manchmal verdoppelt sie auch unsere Qual. Unverkennbar verstärkte Mrs. Tufts noch die allgemeine Hysterie.

Als sie gegangen war, blickte Avice Finbow mit genau dem gleichen Ausdruck an, den ich in der Diele auch auf Tonias Gesicht bemerkt hatte. Auch sie wartete darauf, daß er auf die Ereignisse der letzten Nacht zu sprechen käme. Wäre ich allein gewesen, so hätten sie mir wohl wie einem gutmütigen alten Onkel einen Kuß gegeben und mir versichert, ich brauche mir keine Gedanken zu machen. Finbow dagegen war ein Mensch, den sie zwar auch gut leiden konnten, bei dem sie aber unbewußt das Gefühl hatten, ihm eine Erklärung schuldig zu sein.

Er jedoch kaute anscheinend unbeteiligt an seinem kalten Ei und begann sich über die allgemeine finanzielle Lage auszulassen. Er klärte Avice über den Ursprung, die Bedeutung und die Nachteile des Goldstandards auf. Seine Erläuterungen waren klar und sogar nicht ohne Witz, was ich bei wirtschaftlichen Erörterungen zum erstenmal erlebte. Trotzdem merkte ich genau, daß Avice am liebsten laut geschrien hätte. Sie hörte jedoch höflich zu und stellte sogar ein paar Fragen. Ich beobachtete ihr blasses, trauriges Gesicht und die Ringe unter ihren Augen. Finbow bemerkte abschließend:

„Es ist gar nicht so schwierig. Man kann sich leichter hindurchfinden als durch den Schlamassel, in den ihr euch hier hineingebracht habt.“

Mich entsetzte diese liebenswürdig vorgebrachte, berechnende Brutalität. Avice starrte ihn mit aufgerissenen Augen an, und Philip lachte unbehaglich und sagte:

„Ich hatte mir eingebildet, unser Fall käme ziemlich häufig vor.“

„So häufig nun auch wieder nicht“, antwortete Finbow. Er strich sich Marmelade auf seinen Toast und teilte uns dabei seine Ansichten über den japanischen Imperialismus mit. Vielleicht wäre an dieser Stelle zu bemerken, daß er zwar in seinem Beruf sehr tüchtig ist, aber im Gegensatz zu den Privatdetektiven in Kriminalromanen keine Kenntnisse auf ausgefallenen Spezialgebieten besitzt, ausgenommen vielleicht auf dem Gebiet des Chinesischen, was ich aber nicht beurteilen kann.

Endlich gingen wir zu den andern ins Wohnzimmer hinüber. Sie saßen immer noch da. Eine unüberwindliche Trägheit hatte sich ihrer bemächtigt – die zweite Stufe der Angst. Zuerst macht einen die innere Unruhe aktiv, und man kann nicht stillsitzen. Dann gelangt man zu einem Punkt, wo die Furcht einen so völlig lähmt, daß man nur noch den einen Wunsch hat, das Schlimmste endlich zu erfahren. Tonia lag ruhig auf dem Sofa und hatte die Hände im Nacken gefaltet. William las einen Kriminalroman. Ich glaube sein Titel war *Gewaltsamer Tod.* Christopher kritzelte Notizen auf die Rückseite eines Briefes. Avice und Philip setzten sich schweigend. Finbow sagte munter:

„Wir haben uns eben über die Lage im Fernen Osten unterhalten."

„Ach", bemerkte William und blickte gleichgültig von seinem Buch auf. „Interessieren Sie sich dafür?"

„Natürlich", erwiderte Finbow. „Alles, was einen Einfluß auf das Leben von ein paar Millionen Chinesen hat, interessiert mich."

„Tut mir leid, aber da bin ich egoistisch", mischte sich Christopher ein. „Im Augenblick interessiert mich mein eigenes Leben verdammt viel mehr als noch so viele Chinesen."

„Werden Sie und William erst etwas älter, dann werden Sie Ihre Meinung auch noch ändern", sagte Finbow.

„Unsinn", warf William ein. „Ihre Generation hat Englands Vorrat an sozialem Gewissen restlos erschöpft. Sie alle waren so verdammt interessiert an der Zukunft der Welt. Und was haben Sie daraus gemacht? Sehen Sie sich Christopher und mich an. Unsere frühesten Erinnerungen sind erfüllt von der Hysterie, den Aufregungen und Verrücktheiten des Kriegs. Wir sind in den Nachkriegsjahren herangewachsen, den dämlichsten Jahren, die es je gegeben hat, würde ich sagen. Und jetzt, wo unser Leben mehr oder weniger in Ordnung gekommen ist, geraten wir in eine finanzielle Krise, die alles wieder umschmeißen kann. Das ist das Erbe Ihrer Generation, Finbow, und schuld daran ist Ihr verfluchtes soziales Gewissen. Wundert es Sie, daß wir uns keine Illusionen mehr machen? Wundert es Sie, daß wir uns auf unser eigenes Leben konzentrieren? Mag die übrige Welt ruhig zur Hölle fahren!"

Diese bitteren Bemerkungen entsprachen der allgemeinen Stimmung. Ich dachte darüber nach, was sie innerlich durchmachten, und kam zu dem Ergebnis, daß etwas Tieferes Williams Worten zugrunde liegen mußte. Finbow sah nachdenklich aus. Christopher nickte:

„Ich gebe dir völlig recht, William. Auch meine Welt erstreckt sich nicht weiter als auf ein paar Freunde. Können Sie das nicht verstehen, Finbow?"

„Ich glaube doch", erwiderte er. „Aber bei dieser egoistischen Einstellung dürfte Ihnen vieles entgehen, wenn Sie Ihrem Leben so enge Grenzen setzen."

„Mag sein", lächelte Christopher. „Nun, ich werde ja in Malaya Millionen von Chinesen zu sehen bekommen, und vielleicht erweitern die meinen Gesichtskreis. Übrigens will der Vorstand mich morgen zum letztenmal interviewen. Ob Birrell wohl etwas dagegen hat, wenn ich nach London fahre?"

„Ich kann ihn fragen, wenn Sie wollen", antwortete Finbow. „Ich glaube kaum, daß er Schwierigkeiten machen wird. Ich habe einen gewissen Einfluß auf ihn."

Finbow erfuhr von Mrs. Tufts, daß Birrell zum Lunch ins „Bridge Inn" gegangen war, und er schlug mir vor, ihn und Christopher ins Dorf zu begleiten.

Nur zu gern ließ ich die andern im Wohnzimmer zurück, wo sie schweigend herumsaßen. William hatte sich nach dem Gefühlsausbruch wieder in sein Buch vertieft. Philip und Tonia kamen mir merkwürdig uninteressiert aneinander vor, und Avice saß melancholisch abseits. Es war eine Wohltat, dieser angsterfüllten Atmosphäre eine Weile entrinnen zu können, und wenn es nur für eine halbe Stunde war.

Finbow, Christopher und ich schlenderten langsam den Fußweg hinunter.

„Was wollen sie denn in dem Interview von Ihnen?" erkundigte sich Finbow bei Christopher.

„Ach, sie schicken mich zunächst zum Vertrauensarzt der Gesellschaft. Er soll mich untersuchen, um festzustellen, ob ich dem Klima gewachsen bin. Davor habe ich keine Angst", lachte er. „Ich habe mich zwar noch nie untersuchen lassen, aber ich war von jeher überzeugt, daß ich von medizinischen Untersuchungen nichts zu befürchten habe."

„Seien Sie doch nicht so bescheiden", lächelte Finbow. „Sie würden doch jedes Examen bestehen! Und was will man morgen sonst noch von Ihnen?"

„Im Brief heißt es, die Direktion wolle mir noch einige vertrauliche Fragen stellen. Das ist nicht gerade angenehm, aber ich werde es wohl auch noch überstehen. Dann muß ich wegen der Impfungen noch einmal zum Vertrauensarzt."

„Kommen Sie noch am Abend zurück?"

„Natürlich. Es wird nicht lange dauern. Ich bekomme noch den Zug um fünf Uhr neunundvierzig."

Wir gingen über einen Brettersteg, und Finbow bemerkte:

„Was William da vorhin gesagt hat, war mir sehr interessant. Sind die Menschen in Ihrer nächsten Umgebung tatsächlich die einzigen, die Sie interessieren?"

„Ja", bestätigte Christopher. „Ist das denn so ungewöhnlich? Würden Sie sich wegen des Schicksals der Völker die Beine ausreißen?"

Finbow überhörte diese Frage. „Vermutlich würden die meisten so denken wie Sie, wenn sie in Avice verliebt wären", meinte er nachdenklich.

Christophers schmales Gesicht verhärtete sich. „Ich habe schon lange, bevor ich Avice kennenlernte, auf diesem Standpunkt gestanden", erklärte er.

Ich stellte fest, daß Finbow mit seinen Konversationskünsten diesmal gescheitert war. Christopher hatte den Köder verweigert. Finbow fuhr fort: „Verliebtsein ist eine merkwürdige Krankheit."

„So heißt es", sagte Christopher und lächelte ein wenig.

„Ich frage mich, ob die wenigen glücklichen Stunden das lange Elend wert sind", überlegte Finbow.

„Ich frage mich das auch", sagte Christopher.

„Wenn wir nicht verliebt sind, glauben wir, es lohne sich. Aber wenn es uns gepackt hat, kommt es uns wieder zweifelhaft vor", meinte Finbow.

„Was man verstehen kann", erwiderte Christopher.

„Natürlich richtet es sich stark nach dem Temperament des Betreffenden", sagte Finbow. „Ein fröhlicher Mensch hat den Schmerz schnell wieder vergessen. Roger dürfte so veranlagt gewesen sein. Ich habe den Eindruck, daß er eine sehr fröhliche Natur war."

Christopher lächelte.

„Der arme Kerl war übel dran", sagte er. „Er war schon eine fröhliche Natur, wie Sie sagen. Aber er hätte noch viel fröhlicher sein müssen, um die Kälte zu verkraften, mit der ihn Avice stets behandelt hat. Trotzdem hat er nicht aufgeben wollen. Er war der hartnäckigste Mensch, der mir je vor Augen gekommen ist. Sehr lästig für Avice!"

Ob Christopher das aus eigenem Antrieb sagte, oder ob Finbow ihn unvermutet auf dieses Thema gebracht hatte? Er sagte:

„Avice ist schon eine erstaunlich attraktive junge Dame. Ich könnte mir vorstellen, daß sie schon einer ganzen Reihe von Männern die kalte Schulter gezeigt hat."

Christophers Lächeln kam mir ein wenig gezwungen vor, als er sagte:

„Meistens versammeln so hübsche junge Mädchen mehr Männer um sich als unbedingt nötig wäre." Er war schon wieder zugeknöpft.

„Sie kennen sie wohl schon lange?" erkundigte sich Finbow.

„Zwischen drei und vier Jahre."

„Anders als Philip und Tonia", murmelte Finbow. „Die kennen sich anscheinend erst seit zwei Monaten. Und sie sind sich schon völlig einig."

„Sie sind auch ziemlich unkompliziert", meinte Christopher. „Bestimmt waren sie schon öfter verliebt, und sie werden sich auch wieder verlieben."

„Ja", stimmte Finbow zu. „Jungen Leuten wie diesen beiden dürfte das nicht eben schwerfallen."

Christopher gab keine Antwort darauf, und Finbow machte keinen weiteren Versuch, die Rede auf Avices Gefühle zu bringen.

Statt dessen führten wir zu dritt eine nichtssagende Unterhaltung über Filme, bis wir endlich in die Bar des „Bridge Inn" eintraten, wo wir Aloysius Birrell antrafen.

Er lehnte an der Bar und hatte einen Whisky-Soda vor sich. Nach allem, was ich von seinen moralischen Ansichten wußte, hätte ich eigentlich eher eine Zitronenlimonade erwartet, doch fiel mir ein, daß die Verbindung von Puritanismus und Abstinenz eine spezifisch englische Erfindung ist und daß man in Irland Whisky trinken und trotzdem so unverdorben bleiben kann wie Aloysius Birrell. Finbow ging zu ihm hin und sagte: „Guten Morgen, Sergeant!"

„Guten Morgen, Mr. Finbow", erwiderte Birrell und warf ihm einen beunruhigten Blick zu. „Mrs. Tufts hat mir ja schreckliche Geschichten darüber erzählt, was sich letzte Nacht im Bungalow zugetragen hat. Wenn jemand anderes als Mrs. Tufts es mir berichtet hätte, hätte ich es einfach nicht geglaubt. Aber Mrs. Tufts ist eine anständige Frau."

„Mehr als anständig", bestätigte Finbow. „Aber trotzdem ist nichts passiert, Sergeant!"

„Das kommt darauf an, wie man's nimmt", sagte Birrell.

„Bedenken Sie doch, in welcher Verfassung sie sich alle befinden", sagte Finbow sanft, „wo sie doch von einem so scharfsinnigen Beamten wie Ihnen überwacht werden. Da können Sie nicht von ihnen erwarten, daß sie für ihre Taten noch verantwortlich sind."

Birrell nickte ernst und befriedigt.

„Mr. Finbow", flüsterte er so laut, daß man es an der Bar auf zwei Meter hin hörte. „Ich habe alles vorbereitet. Möchten Sie Näheres hören?"

„Aber gewiß", sagte Finbow. „Es ist wirklich sehr freundlich von Ihnen. Wie Sie die Untersuchung führen, imponiert mir gewaltig."

„Es ist mir ein Vergnügen", versicherte Aloysius Birrell aufgeregt. Seine Worte überstürzten sich geradezu. „Die Jacht habe ich vom Bug bis zum Heck durchsucht und nirgends eine Spur des Revolvers oder des Logbuchs entdeckt. Es gibt auch keine Fingerabdrücke in der näheren Umgebung der Leiche. Die Autopsie hat auch nichts Neues ergeben. Die Kugel stammt aus einem kleinen Selbstlader, vermutlich Kaliber .22. Ich lasse mir gerade meinen Taucheranzug aus Plymouth kommen; er sollte eigentlich morgen abend hier sein. Ich will dann am nächsten Morgen nach dem Revolver tauchen und kann anschließend weitere Schritte tun. Der Polizeichef hat an Scotland Yard geschrieben und ihnen mitgeteilt, was ich alles unternommen habe. Er will nicht, daß ich jemand verhafte, bevor sie ihm darauf geantwortet haben."

„Sie sind ein wahres Wunder, Sergeant", sagte Finbow. Birrell strahlte übers ganze Gesicht. „Es ist aber auch ein schwieriger Fall, Mr. Finbow", sagte er. „Ein wirklich schwieriger Fall! Man hat so wenig, woran man sich halten kann. Für einen Außenstehenden mag alles ganz einfach aussehen, aber wenn man so mittendrin steckt, ist das etwas anderes."

„Ich bin überzeugt, daß Sie es schaffen werden", ermutigte ihn Finbow. „Ich wollte Sie übrigens fragen, ob Sie etwas dagegen haben, wenn Mr. Tarrant hier morgen nach London fährt. Der

Vorstand seiner neuen Firma will ihn morgen noch einmal interviewen."
Birrell warf Christopher einen prüfenden Blick zu und sagte: „Könnte ich den Brief sehen, in dem von diesem Interview die Rede ist?"
Christopher zog lächelnd den Brief aus der Tasche, und Birrell meinte, nachdem er ihn durchgesehen hatte:
„Es scheint in Ordnung. Sie sollten sich aber im Laufe des Nachmittags auf einem Polizeirevier melden, falls man mir irgendwelche Fragen stellen sollte –"
Christopher zuckte die Achseln. „Wie Sie wollen", sagte er. „Es ist allerdings ziemlich lästig. Wo soll ich denn hingehen?"
„Ich habe die Namen der Polizeireviere in jener Gegend auch nicht im Kopf", antwortete Birrell verlegen.
Ich sagte mir, daß er London sicher nicht kannte und schlug die Vine Street vor, die mir im Zusammenhang mit gewissen nächtlichen Streichen bei einer Ruderregatta einfiel.
Birrell ging sofort darauf ein.
„Richtig, die Vine Street! Ich rufe dort an und sage, daß Sie sich melden werden, Mr. Tarrant."
Auf dem Heimweg sagte Christopher mit seinem etwas schiefen, aber sympathischen Lächeln: „Dieser Aloysius Birrell kommt mir vor, als hätte er das Detektivhandwerk in einem Briefkurs gelernt."
Finbow lachte. Ich machte mir zuviel Sorgen, um mich darüber amüsieren zu können, jedesmal, wenn ich zu den andern zurückkehrte, konnte ich kaum der Angst vor dem, was mich erwartete, Herr werden. Jede Heimkehr brachte mich zu einem Ort zurück, der furchtbare Neuigkeiten für mich bereithalten mußte. Es konnte ja kein Happy-End geben. Bestenfalls konnte es so ausgehen, daß ich es eines Tages wieder würde vergessen können. Schlimmstenfalls – aber das wagte ich nicht auszudenken.
Als wir ankamen, saßen die andern schon beim Lunch. Avice schob ihr Fleisch beiseite und spielte mit einem Stück Brot. Tonia sah kaum weniger bedrückt aus, wenn auch ihre Augen funkelten, während die von Avice voll Melancholie waren. William aß betont schweigsam, und Philip kam mir beinahe so niedergedrückt vor wie am Morgen, als der Mord geschah. Nachdem Finbow, Christopher und ich ebenfalls unsere Plätze eingenommen hatten, sprach

zunächst keiner. Plötzlich gähnte Tonia herzhaft: „Ich bin hundemüde“, sagte sie.
„Dann würde ich mich doch nach dem Essen hinlegen“, schlug Finbow mitfühlend vor. Diese Worte brachten Tonia offenbar in Wut, denn sie fuhr ihn an:
„Um Gottes willen, so sagen Sie doch endlich etwas! Ihr wißt doch alle, daß ich gestern nacht nicht in meinem Zimmer war. Warum fragt ihr denn nicht, wo ich war? Glaubt ihr, ich hätte vorgehabt, einen Mord zu begehen?“
Philip griff nach ihrer Hand. „Natürlich glauben sie das nicht, Schätzchen. Sie schweigen aus Diskretion.“
„Warum sagen sie denn die ganze Zeit nichts? Sie merken doch, daß wir gefragt sein möchten. Finbow, warum sind nicht wenigstens Sie darauf zu sprechen gekommen? Glauben Sie vielleicht, ich hätte Philip etwas mitzuteilen gehabt, was ich nicht bis zum Morgen für mich behalten konnte?“
„Das geht mich nichts an“, erwiderte Finbow freundlich. „Ich bin überzeugt, daß Sie für alles, was Sie tun, Ihre guten Gründe haben.“ Tonia vergrub ihr Gesicht in den Händen, und wir sahen nur noch ihr dichtes rotes Haar.
„Glauben Sie das auch von mir?“ fragte Avice leise und wandte uns ihr blasses Gesicht zu. Tonia brauste wieder auf:
„Ja, was hat sie denn getan? Sie war doch auch nicht in unserm Zimmer. Warum darf ich denn nicht auch tun, was mir Spaß macht? Warum fragen Sie denn nicht Avice?“
„Du warst auch nicht in deinem Zimmer?“ rief Christopher über den Tisch. Die Falten in seinem hageren Gesicht vertieften sich, so überrascht und besorgt war er. Avice flüsterte ein kaum hörbares „Ja“.
Finbow lenkte ein: „Sie machen sich alle beide viel zuviel Gedanken. Ian und ich sind beide in einem Alter, in dem man Diskretion gelernt hat. Nach Mitternacht merken wir grundsätzlich nichts mehr.“

Avices Heiratsanträge

Finbows Bemerkung entlockte den meisten ein Lächeln, und es kam während des Essens zu keinen weiteren Entladungen. Aber man warf sich gegenseitig erbitterte Blicke zu, und immer wieder herrschte betretenes Schweigen. Unverkennbar waren die Nerven am Zerreißen.

Nach dem Lunch nahm ich einen Liegestuhl mit hinunter an den Fluß und versuchte, das Geschehene und Gehörte miteinander in Einklang zu bringen: die Äußerungen, die ich mit angehört hatte, und die Schlüsse, die Finbow daraus gezogen hatte. Nach einiger Zeit kam er zu mir herunter und fing zu meiner Überraschung an, auf einer Zeitung, die er auf dem Gras ausbreitete, eine Patience zu legen.

Als er meine erstaunten Blicke sah, sagte er. „Beruhige dich, Ian. Ich bin nicht von allen guten Geistern verlassen. Ich versuche nur, meine Rolle als dein liebenswürdiger, aber etwas beschränkter Freund glaubhafter zu machen. Wenn ich mich einmal gezwungen sehe, etwas Intelligenz zu bekunden, halte ich es hinterher für richtig, deinen jungen Freunden vor Augen zu führen, daß ich doch nicht viel zu melden habe. Leider habe ich dieses dämliche Spiel nie gelernt. Ich hoffe aber, daß es einigermaßen glaubhaft wirkt, wenn ich die Karten in Reihen untereinanderlege und dann Häufchen daraus mache."

Er gab vor, eine Patience zu legen, und sprach dabei auf mich ein. Dabei klang seine Stimme ungewohnt ernst. Von seiner gelegentlichen Frivolität war nichts zu merken.

„Ich stehe vor einem Rätsel, vor einem verdammten Rätsel! Und ich habe den Eindruck, daß ich stündlich weiter vom Ziel abkomme. Diese Geschichte mit Tonia wird immer merkwürdiger. Was sie nur letzte Nacht zu Philip gesagt haben mag? Warum hat sie solche Angst, daß es ihn irgendwie ungünstig beeinflussen könnte? Und warum sieht er so bedrückt aus? Er ist doch kein Mensch, der leicht aus der Fassung zu bringen ist. Dazu hat er eine viel zu glückliche Veranlagung. Es ist wirklich sehr, sehr merkwürdig. Und dann dieser Christopher! Er ist noch komplizierter als die beiden andern und daher noch weit schwieriger zu beurteilen. Wenn ich nur wüßte, wieviel von seinen Worten heute morgen darauf berechnet war, unsere Neugier zu befriedigen. Aber eine konkrete Tatsache habe ich wenigstens unserer Unterredung auf dem Weg ins Dorf entnehmen können."

„Und die wäre?" fragte ich, während er den Pik-König auf die Karo Zwei legte, was meines Wissens bei keiner Patience erlaubt ist.

„Daß er nicht über Avice sprechen möchte", erwiderte Finbow.

„Und was hat das deiner Ansicht nach zu bedeuten?" fragte ich gespannt.

„Ich weiß nicht genau", sagte er. „Aber wenn ich glauben darf, was Avice mir letzte Nacht erzählte, ist es schon zu verstehen. Ein Mann spricht nicht gern über eine Frau, die nicht in ihn verliebt ist. Ich meine, wenn er in sie verliebt ist und sie heiraten wollen. Es ist eigentlich alles ganz einleuchtend. Avice mag ihn offenbar recht gut leiden, und er ist bestimmt leidenschaftlich in sie verliebt. Du hast sicher herausgehört, wie weh es ihm tat, als ich mit meinen Fragen in ihn drang. Und beiden macht die bevorstehende Heirat Kopfzerbrechen."

„Aber warum hat sie sich nur mit ihm verlobt?" fragte ich.

„Ich weiß nicht. Aber wenn alle damit warten wollten, bis sie verliebt sind, müßtest du nicht soviel für Hochzeitsgeschenke ausgeben, Ian. Eine wichtige Frage ist dagegen, wie sie zu Roger gestanden hat. Letzte Nacht sagte sie, er sei ihr gleichgültig und ließ durchblicken, daß sie ihn verabscheue. Ich habe ihr das geglaubt und dir das auch gesagt, und auch du warst der gleichen Ansicht. Aber stimmt es tatsächlich? Es könnte immerhin sein, denn sie war zu müde, um noch überzeugend zu lügen."

„Nach allem, was ich in den letzten zwei Jahren mit angesehen habe, bin ich absolut sicher, daß es völlig der Wahrheit entspricht", versicherte ich, froh darüber, daß ich Avices Behauptung bekräftigen konnte.

„Das glaube ich auch", sagte Finbow. „Vielleicht stellt es sogar einen entscheidenden Punkt in der Psychologie dieses Falles dar.

Ich denke, wir können es als gegeben ansehen. Sicher war sie noch nie verliebt. In diesem Punkt hätte sie mich gestern nacht nicht durch ihre Schauspielerei hinters Licht geführt. Auch das Lügen hat seine Grenzen. Sie kann Christopher gut leiden, aber sie ist nicht in ihn verliebt. Roger dagegen konnte sie nicht ausstehen. Was sie sagte und das, was ich mir über Christopher zusammenreime, paßt recht gut zusammen. Er hat sich über ihre Haltung Roger gegenüber ja sehr bestimmt geäußert, aber trotzdem möchte ich dem nicht allzuviel Gewicht beilegen."

„Warum?"

„Weil Christopher so gut wie ich weiß, daß er wohl einen erfolgreichen Rivalen hätte ermorden können, daß er aber kaum Grund gehabt hätte, einen abgewiesenen Liebhaber umzubringen. *Wenn* Roger dieser erfolgreiche Rivale gewesen wäre und Christopher ihn ermordet hätte, hätte er hinterher versuchen können, uns hinters Licht zu führen, indem er behauptete, Roger sei für Avice überhaupt nicht in Frage gekommen. Das heißt, er hätte uns genau die gleiche Geschichte erzählen können. Wenn Avice aber Roger tatsächlich geliebt hätte, wäre die Annahme einfach lächerlich, daß sie hinterher seinen Mörder decken würde, und es wäre nicht weniger lächerlich anzunehmen, daß sie aus irgendeinem Grund uns an der Nase herumführen und uns vormachen wollte, sie habe sich nichts aus Roger gemacht. Nein – soweit ich es beurteilen kann, war ihr Roger tatsächlich vollkommen gleichgültig. Ich muß ihr noch etwas auf den Zahn fühlen, aber bis jetzt paßt ihre Version recht gut zu der Christophers."

„Du machst dir meiner Ansicht nach reichlich viel Gedanken über die Beziehungen dieser drei", sagte ich. Finbow mischte die Karten und erwiderte: „Wenn ich mir darüber klar bin, kann ich auch Christopher so oder so einordnen. Er ist ein sehr gescheiter junger Mann, der hintergründig genug ist, daß man ihm einen solchen Mord schon zutrauen könnte. Hast du ihn beim Bridge beobachtet? Er kann spielen! Ich halte ihn durchaus für fähig, notfalls einen Menschen umzubringen. Auch macht mir diese ärztliche Untersuchung etwas Kopfzerbrechen. Wenn er nicht zurückkommt, oder wenn er zurückkommt und etwas ist bei ihm nicht ganz in Ordnung, könnte das irgendwie mit Roger zusammenhängen."

Er blickte nachdenklich vor sich hin.

„Aber man muß ja auch nicht überall Zusammenhänge vermuten.

Eine ärztliche Untersuchung gehört nun einmal dazu. Und am Morgen, als der Mord geschah, ist er ja offenbar auch nur sehr kurz in seiner Kajüte gewesen. Es dürfte nicht gerade einfach sein, innerhalb von drei Minuten einen Menschen umzulegen, die Pinne wieder in die richtige Stellung zu bringen und sich dann auch noch selbst wieder präsentabel zu machen. Ich frage mich, ob er vielleicht etwas gesehen oder gehört hat, was ihn veranlaßte, aus reinem Schrecken in die Kajüte zu stürzen." Ich wehrte mich innerlich gegen das Bild, das mir Finbows Worte heraufbeschworen. Er fuhr fort: „Immerhin wäre es nicht unmöglich, daß Christopher den Mord verübt hat. Und es wäre sogar wahrscheinlich, wenn das Motiv der Eifersucht existierte. Können wir das ausschalten – und ich glaube das wohl –, dann ist kaum einzusehen, warum er einen unglücklichen Nebenbuhler umgebracht haben sollte. Gemeinhin wäre doch anzunehmen, daß er sich an Rogers Leiden geweidet hätte."

„Es besteht auch noch die Möglichkeit, die ich letzte Nacht andeutete", sagte ich. „Christopher hätte Roger umbringen können, um Avice zu einem großen Vermögen zu verhelfen, das ja nach der Hochzeit ihnen beiden zugute gekommen wäre."

„Möglicherweise", sagte Finbow. „Psychologisch paßt es aber nicht zu ihm. Ich möchte bezweifeln, daß ein Mann, der leidenschaftlich liebt, um des Geldes willen einen Mord begeht, besonders wenn er selbst alle Aussichten auf ein sehr gutes Einkommen hat und wenn sich alle seine Bemühungen auf ein junges Mädchen konzentrieren, das noch nicht einmal sicher weiß, ob es ihn überhaupt heiraten will. Ich neige sogar zu der Annahme, daß Christopher fürchten könnte, die Aussicht auf noch mehr Geld könnte sich ungünstig auf seine Chancen bei Avice auswirken, da sie auf die Idee kommen könnte, sich noch nicht so bald verheiraten zu wollen."

„Und was ist deine endgültige Meinung?"

„Ich habe noch keine. Aber ich bekomme langsam ein deutliches Bild von allen. Um letzte Unklarheiten zu beseitigen, muß ich mich heute nachmittag noch einmal mit Avice unterhalten. Warte hier. Es dauert nicht lange."

Ich legte mich in meinem Liegestuhl zurück und schloß die Augen in der Hoffnung, daß sich mir auf diese Weise ein paar klare Gedanken aus dem wirren Durcheinander herauskristallisieren würden. Aber es wollten nur ein paar flüchtige, deprimierende Bilder auftauchen, wobei ich ständig Finbows melodische Stimme im Ohr hatte. Ich sah Avice vor mir, wie sie über Rogers Tod weinte („eine gute Schauspielerin" hatte sie Finbow genannt) – wie sie mich anstarrte, als das Licht meiner Kerze in die dunkle Ecke des Eßzimmers leuchtete, und wie sie Finbow so eindringlich von ihrem Wunsch, sich zu verlieben, erzählte („sie war zu müde, um überzeugend zu lügen, glaube ich", hatte er gesagt). Aber man hält es nicht lange aus, sich so selbst zu quälen, und ich ging bald dazu über, mir Theorien auszudenken, die Christopher belasteten. Auch Finbow hatte ihn offenbar in Verdacht, und es fiel mir nicht so schwer, mir vorzustellen, wie sein hageres Gesicht auf den Mann herabblickte, den er ermordet hatte, als es für möglich zu halten, daß Avices Augen kalt auf einem schwarzen Loch in der Brust eines Menschen geruht hätten. Und ich versuchte, alle Tatsachen so einzuordnen, daß sie in die Hypothese paßten, daß Christopher der Mörder war.

Nach einer Viertelstunde kam Finbow mit Avice vom Garten her. Finbows langes Gesicht erhellte ein vergnügtes Lächeln, als er sagte:

„Du siehst aus, als ob du dich wohl fühltest, Ian."

„Das tue ich auch!"

„Schade", meinte Finbow, „wir wollen dich nämlich bitten, uns ein Stückchen auf dem Fluß zu segeln."

Ich seufzte, doch bin ich ziemlich stolz auf meine Segelkünste. Wir holten also das kleine Boot heran, drückten das Holzschwert hinein und segelten langsam den Thurne hinunter in Richtung auf Potter.

„Avice", sagte Finbow ruhig. „Ich möchte mit Ihnen reden."

Avices Gesicht wurde noch um einen Schatten bleicher, aber sie lächelte ihm übers Boot zu.

„Wie nett für uns beide", sagte sie.

„Über das einzige Thema, über das ein Mann von mittleren Jahren mit einem jungen Mädchen reden kann", fuhr er fort.

Sie lächelte ein wenig.

„Und das wäre?"

„Über Ihre Liebesangelegenheiten", sagte Finbow. „Man bekommt nämlich, wenn man sich den Vierzigern nähert, die Liebesangelegenheiten anderer Leute in die richtige Perspektive. Es hilft einem, in den eigenen ein noch größeres Durcheinander anzurichten."

Ich konnte gerade noch vermeiden, daß sich das Segel an einer heiklen Ecke umlegte. Dann sagte ich zu Avice:

„Nimm dich vor ihm in acht. Er hat noch nie ein Herz gehabt. Er macht Sprüche, um dir vorzumachen, er hätte doch eines."

Avice verzog den Mund.

„Ich möchte lieber nicht über diese Angelegenheiten reden", sagte sie.

„Gestern nacht hat es Ihnen aber nichts ausgemacht", wandte Finbow ein.

„Da war ich nicht ganz bei mir", widersprach sie, und ihr blasser Mund wurde schmal. „Wir reden ja alle manchmal dummes Zeug."

„Ganz gewiß", bestätigte Finbow ruhig. „Oft tut es einem gut."

„Und zweifellos ist es für die Zuhörer recht unterhaltsam", warf sie ein.

„Sich Indiskretionen anzuhören ist immer unterhaltsam", gab Finbow liebenswürdig zu. „Und Indiskretionen aus dem Mund einer attraktiven jungen Dame haben ihren eigenen Reiz."

„Vielen Dank", erwiderte sie. „Hoffentlich war ich indiskret genug, um Sie glücklich zu machen."

„Dazu brauchte es allerdings mehr als ein paar Worte", sagte er. „Aber Sie würden mir das größte Vergnügen machen, wenn Sie jetzt Vertrauen zu mir hätten. Eigentlich sollten Sie dankbar dafür sein, daß es in Ihrer Macht liegt, mir Vergnügen zu bereiten."

„Das höre ich nicht zum erstenmal", sagte sie verächtlich. „So haben es alle diese ekligen Männer angefangen, wenn sie mich herumkriegen wollten. ‚Mir macht es Vergnügen, und Ihnen tut es nicht weh.' Mr. Finbow, mir scheint, Sie machen sich übertriebene Vorstellungen von Ihrer Wichtigkeit."

Ich gab mir die größte Mühe, mir nichts von dieser raschen Unterhaltung entgehen zu lassen. Ich fragte mich, welches nun die wahre Avice war, die kühle junge Dame, die Finbow so schlagfertig antwortete, oder das zerbrechliche Geschöpf, dessen Augen so oft den Tränen nahe waren.

Finbows Antwort bewies mir, daß beides ein und dieselbe Person war. Er sagte gelassen:

„Und mir scheint, Sie machen sich übertriebene Vorstellungen von Ihrer Sicherheit."

Die Härte verschwand aus Avices Gesicht. Sie sah erbarmungswürdig aus, als sie stotterte: „Sie meinen, die Polizei könnte –"

„Ich meine, Sie könnten sich gezwungen sehen, diese Eröffnungen Leuten zu machen, die nicht die guten Manieren von Ian und mir besitzen, wenn Sie sich weigern sollten, mit uns harmlosen älteren Herren offen zu reden.“

Avice verhielt sich einen Augenblick stumm. Dann schien sie zu einem Entschluß gekommen zu sein und sagte ruhig:

„Müssen Sie über meine Liebesangelegenheiten Bescheid wissen?“

„Ich fürchte, ja“, sagte Finbow.

Sie biß sich auf die Lippen, und plötzlich entfuhr es ihr:

„Ich habe noch nie geliebt.“

„Das ist ein Unglück, das vielen widerfährt“, sagte Finbow.

„Ich mochte ein paar Männer ganz gut leiden, und ich habe Christopher sehr gern. Vielleicht kann ich ihn später einmal sogar irgendwie lieben. Aber wissen Sie, warum ich mich mit ihm verlobt habe?“

„Das würde mich interessieren!“

„Um nicht weiter von Roger belästigt zu werden“, sagte sie erregt. „Um jemand zu haben, der mir Roger vom Hals hielt, um zu verhindern, daß er den ganzen Tag um mich herumstrich und mich jeden Abend zum Dinner einlud und mich zu jeder Tages- und Nachtzeit anrief. Es war nicht mehr auszuhalten.“ Dann beruhigte sie sich wieder etwas. „Roger wollte mich seit Jahren heiraten, aber ich hätte ihn nicht ertragen. Als Freund mochte ich ihn natürlich ganz gern – und jetzt, wo das Schreckliche passiert ist, wünschte ich, ich hätte ihn noch lieber gemocht –.“ Sie ließ die Mundwinkel hängen, und ihre Augen wurden traurig. Ich beobachtete sie besorgt, denn mir klangen Finbows Worte vom Tag zuvor in den Ohren: „Sie ist eine gute Schauspielerin!“

Seine Theorie fiel mir ein, daß sie Roger gehaßt haben müsse, und da betrauerte sie nun wieder pflichtschuldigst seinen Tod. In meiner Besorgnis manövrierte ich das Boot zu dicht ans Ufer heran. Als ich es wieder unter Kontrolle hatte, sagte Finbow:

„Es muß natürlich schrecklich für Sie sein. Wann hat er Ihnen denn einen Heiratsantrag gemacht?“

„Ungefähr einmal im Monat in den letzten drei Jahren“, sagte sie mit traurigem Lächeln. „Seit ich zwanzig wurde.“

„Aber Sie haben ihn von Anfang an abgewiesen?“ Finbow zog die Augenbrauen hoch und lächelte ihr zu. „Wahrscheinlich deshalb, weil Sie genau wußten, daß er seinen Antrag wiederholen würde?“

„O nein, Mr. Finbow", protestierte sie, fast den Tränen nahe. „Ich habe nie mit ihm geflirtet. Ehrlich nicht! Ich habe schon von vier Männern einen Heiratsantrag bekommen –"

„Noch viel zu wenig!" stellte Finbow fest.

Sie warf ihm einen schnellen Blick zu und fuhr fort:

„Drei von ihnen hätte ich auch heiraten können. Einer davon ist Christopher, und ich glaube, ich werde ihn tatsächlich nehmen. Ich leugne nicht, daß ich mit den dreien ein bißchen geflirtet habe. Es ist ziemlich schwer, es nicht zu tun, wissen Sie."

„Die Versuchung muß recht groß sein", stimmte Finbow zu.

„Aber Roger hätte ich niemals heiraten können, und ich habe auch nie mit ihm geflirtet. Kein einziges Mal, nicht einmal beim Tanzen", erklärte sie heftig.

„Das genügt", sagte Finbow. „Du drehst jetzt besser um, Ian. Sonst kommen wir zu spät, und Mrs. Tufts wirft mit Tellern nach uns."

Wir segelten friedlich zurück in einer leichten Brise, die jeden Augenblick schwächer wurde. Ich wußte, daß Finbow sich die Informationen, die er brauchte, geholt hatte und fragte mich nervös, welche Folgerungen er daraus ziehen würde. Avice schien überrascht, daß er keine weiteren Fragen mehr stellte. Um ihre Lippen spielte ein erregtes Lächeln, als ob sie sich Mut machen wollte, noch etwas zu sagen. Als der Bungalow schon in Sicht kam, seufzte sie:

„Warum haben Sie mich eigentlich nicht nach dem Testament gefragt, Mr. Finbow? Nach Rogers Tod wird mir ja eine Menge Geld zufallen."

„Darauf brauchen wir nicht näher einzugehen", antwortete Finbow.

Ein düsteres Abendessen

Finbows letzte Worte machten mir wieder Mut. Als wir zum Tee ins Haus gingen, sagte ich mir voller Freude, daß für Avice kein anderes Motiv als die Erbschaft denkbar war. Wenn Finbow kein Interesse daran bekundete, so mußte er doch wohl die Möglichkeit nicht mehr in Betracht ziehen, daß Avice den Mord begangen hatte. Sehr erleichtert nahm ich von Mrs. Tufts eine Tasse Tee entgegen und ging sogar so weit, diesem Basilisken zuzulächeln.

Die anderen waren freilich auch jetzt keineswegs heiterer gestimmt als beim Lunch. Die Nervenbelastung zeigte sich bei jedem auf charakteristische Weise. William aß mechanisch, sprach fast nicht und verbrachte die meiste Zeit mit der Lektüre von Kriminalromanen. Ab und zu ließ er eine bissige Bemerkung fallen. Avice lehnte matt in ihrem Stuhl, als ob alles Leben aus ihr gewichen wäre. Sie versuchte offenbar, völlig abzuschalten und sprach kaum ein Wort. Tonia verhielt sich aggressiv und lachte heiser über ihre eignen Witze, aber auch sie war ganz offensichtlich einem hysterischen Ausbruch nahe. Christopher gab sich Mühe, in aller Ruhe zu essen, doch waren tiefe Falten in seine Stirn gegraben, und sein Gesicht wirkte noch schmaler als sonst. Philip redete auf Tonia und Christopher ein, aber auch er wirkte sehr niedergeschlagen. Manchmal saß er gedankenverloren da und blickte Tonia traurig an. Finbow war der einzige, der diese Teestunde erträglich machte. Da er sich benahm, als ob nichts Ungewöhnliches geschehen wäre, machte er es auch den andern schwer, die noch vorhandenen Schranken der Höflichkeit zu mißachten. Aber schließlich war gerade er es, der einen offenen Wutausbruch provozierte. Er bereitete sich auf seine gewohnte Art seine zweite Kanne Tee und murmelte, während er an der strohfarbenen Flüssigkeit nippte:

„Der beste Tee der Welt."

Da sagte Tonia mit lauter Stimme:

„Finbow, wenn Sie das noch einmal sagen, schreie ich!“
Und William setzte scharf hinzu:
„Sie müßten doch merken, daß ein solches Gehabe, das obendrein noch völlig sinnlos und blöd ist, einen rasend macht, wenn man sich in unserer Lage befindet. Haben Sie denn überhaupt keine Phantasie? Oder machen Sie das mit Absicht?“
„Aber William“, protestierte ich. „Finbow ist mein Gast, und ich kann nicht dulden –“
William unterbrach mich schroff:
„Ja, ich weiß, daß er dein Gast ist. Ich möchte nur wissen –“ und nach einer Pause vollendete er: „Was ist er denn sonst noch?“
Ich sah, daß Philips Pupillen sich weiteten und daß Tonia ihren Stuhl umklammerte.
„Was ist er denn sonst noch“, wiederholte sie.
„Warum ist er hergekommen“, fuhr William fort. „Jeder Idiot würde einsehen, daß wir keinen Fremden gebrauchen können, wenn wir uns in der schlimmsten Lage befinden, die wir je erlebt haben. Warum ist er hergekommen? Vielleicht ist es zufällig sein Beruf?“ höhnte er.
Finbows Lachen klang völlig ungezwungen, als er erwiderte:
„Das kommt davon, wenn man zuviel Mordgeschichten liest, mein lieber William. Dann vermutet man hinter jedem Gesicht, das nicht übermäßig intelligent aussieht, gleich einen Detektiv. Ich kann aber versichern, daß ich nichts anderes bin, als was ich scheine. Es macht mir Spaß, Aloysius Birrell zu beobachten – wem machte das keinen Spaß? In einem Kriminalroman würde ich mich bestimmt nächstens als einer der Großen Fünf oder vielleicht auch als Mörder entpuppen. Beides habe ich nicht vor.“
William wiederholte schroff: „Und wozu sind Sie dann hier?“
Finbow ließ sich nicht aus der Fassung bringen. „Ich bin als Freund von Ian hergekommen, für den Fall, daß ich mich ihm nützlich machen könnte. Auch jetzt bin ich noch in der Lage, gewisse Unannehmlichkeiten von offizieller Seite abzuwenden. Wenn Sie noch mehr Einzelheiten über mich erfahren wollen, lesen Sie im *Who's Who* nach. Ich komme darin vor, hauptsächlich weil der Herausgeber der Ansicht war, daß mein Name gut in die Lücke zwischen Finberg und Finburgh paßte. Wenn ich hier jedoch jemand auf die Nerven gehe, macht es mir nichts aus, mich zu entfernen. Ich kann ebensogut im Dorf wohnen.“

„Seien Sie doch nicht komisch", sagte Christopher. „Die Ungewißheit hat William scheint's um den Verstand gebracht. Natürlich bleiben Sie, Finbow!"

„Natürlich bleiben Sie", sagte auch Avice mit ruhiger Stimme. „Ich finde, William sollte sich entschuldigen."

„Du hast gut reden", sagte William mit bitterem Lächeln zu ihr. „Dir kann ja nichts passieren, wie's auch immer ausgeht."

„Bitte bleiben Sie, Finbow", sagte Philip. Er kam mir jetzt wieder heiterer vor als zu Beginn des Tees.

„Ich bleibe", lachte Finbow, „und wenn's nur wäre, um William zu ärgern."

„Also gut", sagte Tonia. „Vergessen wir das! Wie wär's, wir holten den Plattenspieler und tanzten ein bißchen."

Alle waren einverstanden. In diesem Augenblick wären wir alle mit allem einverstanden gewesen, wenn es uns nur von dem Mord ablenkte. Finbow und ich sahen William zu, wie er das Grammophon anstellte und einen schwermütigen Foxtrott auflegte. Tonia und Philip tanzten eng aneinandergeschmiegt, und Avice schritt leichtfüßig in Christophers Armen durchs Zimmer. Beim Klang der traurigen Melodie bewunderte ich Philip und Tonia, die tanzten, als ob sie zusammen nur zwei Beine hätten. Avice hatte den Kopf auf Christophers Schulter gelegt. Sie hatte dunkle Ringe unter den Augen, aber ihre langen Beine paßten sich Christophers Schritten exakt und anmutig an.

Plötzlich entdeckte ich Mrs. Tufts auf der Schwelle – fett, bleich und mit zusammengekniffenen Lippen. Als der Tanz zu Ende war, sagte sie empört:

„Es ist eine Schande!"

„Reden Sie keinen Quatsch", sagte Tonia, aber Mrs. Tufts war schon in voller Fahrt:

„Ich hätte geglaubt, daß selbst Menschen ohne jeden Respekt vor Gottes Gesetz, vor Gottes Gesetz sage ich, wenigstens soviel Anstand im Leib hätten, dieses sündhafte Gehupfe zu unterlassen, solange der arme tote Herr noch nicht unter der Erde ist." Dabei streifte sie mich mit einem wütenden Blick, denn mir galt stets ihre tiefste Verachtung, vermutlich weil Birrell ihr gesagt hatte, ich sei der Mörder.

Jeder von uns wartete, daß jemand für ihn antworten würde. Auch Finbow, der sonst immer unsere Stütze war, wenn es galt, Mrs.

Tufts zu beruhigen, blickte zum Fenster hinaus, und um seine Lippen zuckte es verräterisch. Endlich brach Christopher das Schweigen:

„Mrs. Tufts, wenn Sie jetzt noch ein Wort sagen, sehe ich mich leider gezwungen, an Mr. Williamson zu schreiben", sagte er fest.

„Und ich werde Mr. Williamson sagen, daß ich hier nur meine Pflicht tue!" schnappte sie. „Ich werde ihm sagen, daß jeder andere sich weigern würde, mit einem Mörder unter einem Dach zu bleiben!"

Nun mischte sich Philip mit einem Anflug seiner alten vergnügten Frechheit ein, von der den ganzen Tag über nichts zu spüren gewesen war.

„Seien Sie bloß brav, Mrs. Tufts", sagte er.

„Wie, junger Mann?"

„Seien Sie bloß brav", sagte Philip leichthin, „sonst sagen wir Mr. Williamson, daß wir Sie unter kompromittierenden Umständen mit Sergeant Birrell erwischt haben."

Mrs. Tufts stieß einen Laut aus, als wollte sie explodieren, doch dann wurde sie zu unserer Verwunderung dunkelrot. Philip platzte heraus, und sie verzog sich wutschnaubend aus dem Zimmer.

Philip sagte: „Wenn ich einmal gestorben bin, behaltet mich ob dieser einzigen guten Tat im Gedächtnis."

Als sie draußen war, bemühten sich aller tapfer, sich gegenseitig möglichst nicht auf die Nerven zu gehen. William stellte das Grammophon wieder an, und Finbow tanzte mit Tonia einen Walzer. Als Christopher nach einer Zeitung griff, tanzte ich mit Avice. Sie lag leicht in meinen Armen, und es war wie eine Erlösung, so ruhig dahinzutanzen und sich von der Musik umschmeicheln zu lassen. Die letzten Tage waren eine einzige Qual gewesen, hatte ich mich doch auf jedes Wort und jede Äußerung konzentrieren müssen, da man ständig mit einem Ende mit Schrecken rechnen mußte. Und eine wieviel größere Qual mußte es noch für dieses Mädchen und die andern gewesen sein, dachte ich, während Avices Haar mein Gesicht berührte. Es war wie eine Erlösung, alles über dem Walzer vergessen zu können. Beim Tanzen und bei ein paar Liedern, die Tonia und Finbow sangen, verging uns die Zeit bis zum Dinner ohne weitere Zwischenfälle, wenn auch der Burgfrieden ständig in Gefahr war. Immer wieder fiel ein hartes Wort, aber es war wenigstens nichts mehr von Hysterie zu spüren.

Beim Abendessen jedoch machte sich die unterirdische Spannung wieder Luft. Eine Explosion bahnte sich an. Die Öllampen versagten wieder, und diesmal brachte Mrs. Tufts sie nicht wieder zum Brennen. So saßen wir um den runden Tisch in dem Zimmer, dessen langes Fenster auf den Fluß ging, und aßen beim unbestimmten Schein von Kerzen, die wir auf Wandbrettern und Tischen aufgestellt hatten. In dem düstern Raum sahen alle merkwürdig verändert aus. Im Fenster spiegelten sich die Kerzen und die Gesichter, und über diesen Spiegelbildern lag der dunkle Himmel. Nur überm Horizont war ein heller Streifen. Dieses Zimmer wäre schon zu normalen Zeiten deprimierend gewesen, unsere zuckenden Nerven aber machten jedes Wort zu einer Anklage und jeden Satz zu einer Herausforderung, und alle Gesichter sahen fremd und unheimlich aus.

Keiner machte den Versuch zu einer Unterhaltung. Während des Essens stand Mrs. Tufts meist mit anklagenden Blicken daneben. Als sie endlich ging und uns mit dem Kaffee allein ließ, rief Philip plötzlich:

„Es geht mir langsam auf die Nerven, daß wir hier alle beisammen sitzen und jeder jeden verdächtigt. Ich halte das nicht mehr aus!"

Tonia lachte schrill:

„Bald glaube ich selbst, daß wir alle gemeinsam diesen verdammten Mord verübt haben."

„Ich wünschte auch, wir könnten etwas tun", bekannte Christopher.

Philip warf sein Haar zurück und fragte:

„Was zum Teufel könnten wir denn tun?"

Avice wandte sich von den erhitzten Gesichtern am Tisch ab und blickte aus dem Fenster über das finstere Moor. Ihr Gesicht war schneeweiß.

William mischte sich in die Unterhaltung:

„Wir können nichts tun", sagte er bitter. „Finbow hat ja alle Fäden in der Hand."

Tonia blickte Finbow prüfend an.

„Was denken Sie denn darüber?" fragte sie ihn.

Einen Augenblick herrschte betretenes Schweigen. Dann antwortete Finbow höflich:

„Ich habe fast nie eine Meinung. Wenn man über Ihr Alter hinaus ist, gewöhnt man es sich ab."

„Was wird man denn mit uns anfangen?“ rief Philip und sprang auf. Dabei fiel eine Kerze zu Boden, und eine Ecke des Zimmers verschwand im Dunkeln. Ich fühlte, wie die Nervenanspannung einem jeden den Schleier vom Gesicht riß, und wie die nackte Angst durch die Maschen der Vorsicht und Verstellung blickte. Ein Luftzug ließ die Kerzen aufflackern, und Philip sagte mit einer ganz hohen und schrillen Stimme:

„Wer war es? Lieber Gott, wer hat es nur getan? Wir können doch nicht ewig hier herumsitzen und uns Höflichkeiten sagen!“

Christopher beugte sich über den Tisch. Auch er hatte etwas von seiner Selbstbeherrschung eingebüßt, als er sich nun einmischte: „Es wäre uns allen eine große Hilfe, wenn der, der's getan hat, es gestehen würde. Immer so weiterzumachen hilft keinem etwas.“

Tonia schrie fast:

„Sag doch auch endlich einmal etwas, Avice! Sitz doch um Gottes willen nicht so da, als ob du dir zu gut wärst, mit uns zu reden! Denkst du vielleicht über Roger nach?“

„Wie meinst du –?“ fragte Avice. Sie war leichenblaß geworden.

„Ich habe dich gefragt, ob du über Roger nachdenkst?“ wiederholte Tonia mit abgebrochenem, heiserem Lachen.

Christopher sprang auf und rief: „Du nimmst die Männer aus und wagst es, ihr so etwas vorzuwerfen? Du hast dir doch Philip nur wegen seines Geldes geangelt!“

Tonia duckte sich vor seinem Zorn, aber dann blitzten ihre Augen vor Wut: „Für dich ist's ja auch kein Nachteil, eine Frau mit Geld zu bekommen. Eine Frau mit *Rogers* Geld. Und ausgerechnet du wirfst mir vor, ich hätte mir Philip geangelt!“

„Natürlich hast du das. Und vermutlich war er nicht der erste!“ schimpfte Christopher. Sein braunes Gesicht war dunkelrot geworden.

Philip stieß seinen Stuhl beiseite und ging zu Christopher hinüber.

„Was, zum Teufel, willst du damit sagen?“ schrie er. „Was, verdammt noch mal –“

„Armer Kerl“, sagte Christopher. „Sie hat dich ja bereits in der Tasche.“

„Ich bring dich um“, brüllte Philip. „Du verdammter –“

„Ein Mord reicht“, rief William dazwischen. „Reißt den Narren zurück!“

Philip duckte sich. „Ein Mord reicht –“ flüsterte er, „oh, mein Gott!“

Tonia wandte sich an William. „Du bist ja verrückt. Du glaubst doch wohl nicht, daß Philip der Mörder ist, oder?“ Sie schleuderte ihm die Worte ins Gesicht. „Wenn du wissen willst, wer Roger umgebracht hat, dann sage ich dir –“

Finbow gebot ihr Einhalt. Seine Stimme war noch immer ruhig, aber von seiner gewohnten Verbindlichkeit war nichts zu spüren.

„Das reicht jetzt“, sagte er. „Sie tun sich nur gegenseitig weh, wenn Sie so weitermachen. Kommen Sie mit ins Wohnzimmer und benehmen Sie sich wie zivilisierte Menschen!“

Im Wohnzimmer bildeten wir eine Bridgerunde, aber mehr, um einer Unterhaltung aus dem Weg zu gehen, als daß jemand danach zumute gewesen wäre. Avice sah zu und schrieb für mich an. Philip und Tonia unterhielten sich flüsternd auf dem Sofa. Der Abend zog sich qualvoll in die Länge, und alle waren froh, als William erklärte, er sei müde und wolle schlafen gehen.

„Ich glaube, wir gehen am besten alle ins Bett“, sagte Christopher. „Es muß die Luft aus dem Moor sein, die einen so schläfrig macht.“

„Seit ich aus der Schule bin, bin ich nicht mehr um zehn ins Bett gegangen“, sagte Tonia, „aber warum nicht auch mal etwas Neues ausprobieren.“

Finbow und ich gingen auf unser Zimmer und setzten uns auf unsere Betten. Er zündete sich eine Zigarette an und meinte nachdenklich:

„Das war wieder einmal ein ereignisreicher Abend.“

„Warum hast du ihnen nicht beim Essen Einhalt geboten“, fragte ich. „Es war keine angenehme Viertelstunde.“

„Ich habe es ja getan“, erwiderte er.

„Ja, nachdem sie sich gehengelassen hatten!“

„Ich wollte hören, was sie sagen würden“, räumte er ein.

„Und hat es dir etwas genützt?“ Ich hatte bereits den Verdacht, daß er es aus bestimmten Gründen so weit hatte kommen lassen.

„Nichts, was in ein vernünftiges Schema hineinpassen würde“, sagte er und ging zum Fenster und blickte hinaus. Ich trat zu ihm, und wir rauchten eine Zeitlang schweigend. Dann sagte er so leise, daß ich ihn kaum verstehen konnte:

„Ian, das gefällt mir nicht.“

„Weshalb“, fragte ich, und das Herz wurde mir schwer.

„Ich kann mir nicht helfen, aber ich komme allmählich zur Überzeugung, daß die eine dieser beiden äußerst attraktiven jungen

Damen einige Schwierigkeiten haben dürfte, sich ihre Attraktivität zu erhalten", antwortete er kalt.
„Du meinst –?"
„Es sieht mir sehr nach Avice oder Tonia aus", sagte er.
Bei diesen Worten wurde mir schwach in den Knien, Finbow aber fuhr fort:
„Wenn es eine von ihnen war, wäre es mir lieber, wenn Tonia es getan hätte. Aus rein ästhetischen Gründen. Avice ist das reizendste Geschöpf, dem ich seit den Tagen von Olive begegnet bin. Aber ich bleibe an den beiden hängen."
„Warum?" fragte ich verzweifelt.
„Nun, Philip haben wir ja von unserer Liste gestrichen und William auch. Das haben wir schon heute morgen festgestellt. Und nach unserer Segelpartie mit Avice können wir nun auch Christopher ausscheiden. Drei von fünf macht aber zwei."
„Was hat sie denn gesagt?" Ich war zu erschrocken, um noch einen klaren Gedanken fassen zu können.
„Unter anderem, daß sie Christopher heiraten wollte, um sich Roger vom Hals zu schaffen. Christopher ist ja kein Narr. Vermutlich weiß er das so gut wie sie."
„Und du meinst, es stimmt?"
„Alles deutet darauf hin. Wie ich dir schon heute nachmittag sagte, liebt sie Christopher nicht. Das behauptet sie, und ich nehme an, daß es wahr ist. Diesen sehr zarten, schönen jungen Frauen fällt es gewöhnlich schwer, sich zu verlieben", antwortete er mit einem halben Lächeln. „Tonias verlieben sich dagegen um so leichter."
„Aber sie kann doch nicht nur Rogers wegen haben heiraten wollen!" protestierte ich.
„Viele heiraten aus noch viel einfältigeren Gründen. Und nach allem, was ich über Roger herausgefunden habe, wäre ich ihm an Avices Stelle auch bis nach Malaya aus dem Weg gegangen. Natürlich liegen die Dinge nicht ganz so einfach, wie sie behauptet. Sie mag Christopher sehr gern, er ist ein höchst sympathischer junger Mann mit den besten Aussichten auf eine große Karriere, und sie liebt keinen andern und wäre lieber verheiratet. All das kommt zusammen. Kein psychologischer Zustand ist je so unkompliziert, wie er sich in einer Erklärung ausnimmt. Aber nachdem sich bereits so viele ihrer Wünsche um Christopher drehten, war es für sie ausschlaggebend, daß ihr Roger lästig war. Er erlöste sie

sozusagen aus ihrer Unschlüssigkeit. Und sie erklärte, sie werde Christopher heiraten."

Zweifelnd nahm ich diese Erklärung hin.

„Natürlich würde sie selbst das nicht so darstellen", sagte Finbow und jagte eine Schnake von seinem Ärmel. „Sie hält sich für völlig selbstlos und meint, sie tue es nur Christopher zuliebe. Nicht einmal vor sich selbst würde sie zugeben, daß sie gern heiraten möchte. Daher schiebt sie die ganze Schuld auf Roger. Das nur nebenbei – mit dem Mord hat das nichts zu tun. Wichtig ist allein die Tatsache, daß mit Rogers Tod die Wahrscheinlichkeit, daß sie Christopher heiraten würde, geringer wurde."

„Den Gedanken, daß Christopher auf Roger eifersüchtig gewesen sein könnte, hast du ganz fallenlassen?"

„Es ist genau umgekehrt. Roger hatte bei Avice lächerlich wenig Erfolg. Christopher konnte es sich leisten, ihm gegenüber den Großmütigen zu spielen, wie man das einem unglücklichen Rivalen gegenüber zu tun pflegt. Das sagte ich ja schon heute morgen."

Ich ging im Zimmer auf und ab und wieder zurück zum Fenster. „Wenn du meiner These nicht zustimmst, daß er es auf Avices Geld abgesehen hat –" sagte ich.

„Nein, das glaube ich nicht."

„Dann gäbe es also für Christopher überhaupt kein Motiv?"

„Wir können ihn von der Liste streichen", bestätigte Finbow. „Er hatte nicht nur keinen Grund, Roger umzubringen, er hatte sogar alle Ursache, ihn am Leben zu erhalten. Christopher begehrt Avice mehr als alles auf der Welt. Solange Roger noch lebte, hatte er recht gute Chancen. Mit Rogers Tod sind sie zweifelhafter geworden."

„Ja", sagte ich bedrückt. „Und was ist mit Avice?"

Finbow legte die Stirn in Falten. „Ich wollte, das wüßte ich", sagte er. „Ich will dir gestehen, mit welchem Gedanken ich eine Zeitlang gespielt habe. Du kennst doch die absurde Theorie, daß man etwas, das man verstecken möchte, am besten auf den auffälligsten Platz legt. Ich dachte, Avice hätte sich vielleicht die Tatsache zunutze gemacht, daß sie ein absolut einleuchtendes Motiv besitzt. Ich meine, ihr Motiv ist so einleuchtend, daß keiner es für möglich gehalten hätte, daß sie es wagen würde, Roger umzubringen. Nach der Tat wäre sie dann zu dir und mir und allen andern hingegangen und hätte so getan, als ob sie fürchtete, man könne sie verdächtigen, sie hätte ihn wegen seines Geldes umgebracht – ihr offensichtliches Motiv. Wir hätten sie dann alle in unsere Mitte genommen und ihr das Händchen getätschelt, und sie wäre mit dem einfachsten Mord der Welt unbehelligt davongekommen."

„Finbow", sagte ich empört, „du glaubst doch nicht im Ernst, es könnte so gewesen sein?"

Finbow sah nachdenklich aus.

„Meistens macht sie uns etwas vor, aber ich glaube, sie hat tatsächlich Angst. Wenn sie die Nerven gehabt hätte, einen so grandiosen Coup zu drehen, hätte sie vermutlich jetzt nicht solche Angst. Aber sicher bin ich mir nicht. Sie gehört zu den interessantesten jungen Frauen, denen ich begegnet bin, seit ich meine Jugend hinter mir habe. Morgen werde ich mir die andere faszinierende junge Dame noch einmal unter die Lupe nehmen – diese Tonia. Wenn wir uns heute wieder die Nacht um die Ohren schlagen, kommt nichts dabei heraus. Ich gehe jetzt ins Bett."

Als wir im Bett lagen und ich mir vergeblich den Kopf zerbrach, wie man Avice von jedem Verdacht reinigen könnte, bemerkte Finbow schon halb im Schlaf:

„Eines ist und bleibt seltsam, Ian. Es fällt nicht schwer, sich alle möglichen triftigen Gründe auszudenken, weshalb die jungen Leute Roger umbringen wollten. Tatsächlich aber dürfte Roger noch triftigere Gründe gehabt haben, sie seinerseits um die Ecke zu bringen."

Rogers Liebesaffären

Am nächsten Morgen beim Frühstück kam mir das Eßzimmer völlig verändert vor. Von den Ängsten der vergangenen Nacht war nichts mehr zu spüren. Tonia glänzte in einem grünen Schal, der ihren exotischen Schlafanzug mehr enthüllte als verhüllte, und Mrs. Tufts hatte vor Entrüstung einen roten Hals. Sie beschränkte ihren Protest jedoch darauf, uns die Teller auf den Tisch zu knallen. Offenbar hatte sie sich von Philips spöttischer Bemerkung beim Tee noch nicht erholt. Wir alle amüsierten uns über ihre Pantomime. Das Zimmer war erfüllt von hellem Morgenlicht, und nach der Krise vom letzten Abend mit ihrem Argwohn und ihrer Angst kam mir die allgemeine Stimmung durchaus freundschaftlich vor.

Selbst ich brachte es fertig, meine Besorgnis weitgehend zu vergessen, wenn auch Finbow einen Verdächtigen nach dem anderen bereits ausgeschieden hatte. Unerklärlicherweise schienen auch die andern aufzuatmen. Ich sagte mir, Finbow könnte sich schließlich auch irren und gab mich im Augenblick damit zufrieden. Die andern bemühten sich zu dokumentieren, daß sie den Streit beim Abendessen bedauerten, daß die erbitterten Worte, die gefallen waren, auf die allgemeine Hysterie zurückzuführen waren, daß sie sie gern wieder zurückgenommen hätten und wieder Freunde sein wollten.

Man kam nicht mehr auf den Streit zurück, und keiner spielte auf die böse Viertelstunde beim Kerzenschein an. Finbow erzählte eine lange, ausgefallene Geschichte, wie er einmal ein jungvermähltes französisches Paar und zwei taktvolle Freunde aus der Provinz im Auto durch Frankreich von Lyon nach Le Touquet befördert hatte. Besonders Tonia amüsierte sich über seine Bemühungen, es den „jeunes mariés“, wie die Freunde das junge Paar taktvoll nannten, recht gemütlich zu machen.

„Finbow“, fragte sie, „würden sie auch Philip und mich irgendwohin fahren, wenn wir heiraten? Wir brauchen unbedingt jemand, der auf uns aufpaßt.“
„Ich bin ein bescheidener Mensch“, erwiderte Finbow lächelnd, „und ich fürchte, das ginge über meine Fähigkeiten.“
Auch Christopher war bestens aufgelegt.
„Heute nachmittag werde ich Aloysius glücklich machen“, sagte er.
„Wieso?“ fragte Philip.
„Indem ich mich in der Vine Street melde“, lachte Christopher. „Wenn einer von euch ihn sieht, kann er ihm ausrichten, daß ich seine Instruktionen gewissenhaft befolgen und mich nicht aus dem Staube machen werde. Wenn er sich Gedanken macht, sagt ihm, ich würde bestimmt mit einem späten Zug wieder aufkreuzen.“
„Ich werde es ihm ausrichten“, erbot sich Finbow.
„Vielen Dank“, sagte Christopher. „Jedesmal, wenn ich ihm begegne, habe ich das dringende Bedürfnis, ihm in den Bauch zu kicksen und ‚buh‘ zu rufen. Er fordert solche Scherze ja geradezu heraus.“
„Ich muß gestehen, daß ich mich auch kaum zurückhalten kann“, flüsterte Finbow.
„Hoffentlich kürzt dir dein Vorstand nicht von Anfang an dein Gehalt um die Hälfte. Die alten Knacker werden bestimmt die ganze Zeit von Einsparungen reden“, sagte William und trank seine Tasse aus.
„Das wäre ein bißchen hart“, lächelte Christopher. „Drückt mir die Daumen, daß sie mir nicht mehr als zehn Prozent abziehen.“
Wir alle wünschten ihm alles Gute und tranken ihm aus unsern Tassen zu. Avice stieß lächelnd mit ihm an.
Christopher verließ uns gleich nach dem Frühstück, und wir andern verbrachten einen geruhsamen Vormittag mit Lesen, Briefeschreiben und Gesprächen. Gelegentlich beteiligten wir uns auch an einem von Philip erfundenen Spiel, das er als „Idioten-Poker“ bezeichnete. Die Spielregeln waren etwas kompliziert. Man mußte zuerst in Zeitungen nach besonders dämlichen Aussprüchen suchen, die führende englische Geister öffentlich von sich gegeben hatten. Diese Aussprüche wurden dann auf kleine Kärtchen geschrieben, und man spielte weiter wie beim Poker. Der Wert der Karte hing von der Blödsinnigkeit der betreffenden Äußerung ab. Das beste Blatt des Tages hatte Avice, die ein ganzes „volles Haus“ in der

Hand hielt, dessen Aussprüche von drei Schuldirektoren und zwei Bischöfen stammten. Ich erinnere mich noch an zwei davon. Der eine war der Ansprache eines Bischofs zur Erhaltung des englischen Landlebens entnommen und lautete: „Ich habe noch nie Leute auf dem Picadilly Circus um einen Maibaum tanzen sehen." Die zweite Stilblüte war einem Schuldirektor zu verdanken: „Ich bin überzeugt, daß ein Junge, der seinen festen Platz in der Rugbymannschaft seiner Schule hat, ein besserer Mensch wird als einer mit einem frühreifen literarischen Geschmack. Wenn mehr Politiker bei uns auf dem Rugbyfeld ihren Mann gestellt hätten, wäre England nie in derartige finanzielle Schwierigkeiten geraten."

Die ersten Morgenstunden glichen unseren friedlichen Ferientagen in früheren Jahren, so sehr hatte sich die Angst und Nervosität gelegt. Natürlich konnte diese Beruhigung nicht von Dauer sein. Schon lange vorm Lunch saß Tonia wieder mit zusammengekniffenen Lippen da, und im Laufe des Nachmittags schlich sich wieder eine allgemeine Gereiztheit ein. Es war so kalt und windig draußen, daß wir alle im Wohnzimmer blieben, und der enge Kontakt verschlechterte noch die Stimmung. Der Regen peitschte gegen die Scheiben. Der Wind strich durchs Schilf, und graue Wolken jagten über den weiten Himmel überm Moor.

Auf dem Fluß befand sich eine einsame Jacht, die langsam gegen den Wind kreuzte. Zwei junge Männer, denen der Regen übers Gesicht strömte, segelten sie ungeschickt und mit finsterer Entschlossenheit und kreuzten und kreuzten vor unserm Bungalow über den Fluß, ohne auch nur einen Meter voranzukommen. Niedergeschlagen verfolgte ich ihre Manöver.

Dann kam etwas den Fluß herabgetuckert, und Birrells Motorboot schoß vorbei, vermied knapp einen Zusammenstoß mit der Jacht und wendete scharf.

„Dieser Birrell kann aber fahren!" bemerkte Finbow. „Offensichtlich will er mit uns reden."

Wir ließen ihn durch die Verandatür ein, und er fing sofort lebhaft zu sprechen an, ohne sich darum zu kümmern, daß das Regenwasser von seinem Mantel auf den Fußboden troff.

„Guten Tag", sagte er. „Ich möchte Ihnen allen noch einige Fragen im Zusammenhang mit dem – armen Herrn stellen. Zu einem kompletten Schema des Falles" – seine Stimme wurde salbungsvoll, als er das Wort ‚Schema' aussprach – „brauche ich noch einige Informationen über sein Leben vor dem Mord. Ich möchte Sie bitten, mir alles über Dr. Mills zu erzählen, woran Sie sich seit Ihrer ersten Bekanntschaft mit ihm erinnern können. Miß Gilmour brauche ich natürlich nicht danach zu fragen, da sie Dr. Mills ja nicht zuvor gekannt hat. Ich denke, ich fange mit Ihnen an, Mr. Capel."

„Ich würde an Ihrer Stelle zunächst einmal den Mantel ausziehen", schlug Finbow vor. „Die Polizei kann es sich nicht leisten, daß Sie sich krank ins Bett legen müssen. Sie sind ja ganz durchnäßt."

„Das habe ich gar nicht bemerkt", antwortete Birrell mit blitzenden Augen. „Wenn ich bei einer Untersuchung zu der Überzeugung gelange, daß etwas Bestimmtes zu geschehen hat, vergesse ich alles andere darüber."

„Das macht Sie zu dem Mann, der Sie sind", sagte Finbow, und Birrell lächelte dankbar. Finbow fuhr fort: „Aber Sie müssen uns schon erlauben, daß wir uns für Ihre Gesundheit interessieren", und er half ihm aus dem Mantel und nötigte ihn in einen Armsessel am Fenster. Ich sagte mir, daß es für Finbow sicher wünschenswert war, sich mit Birrell gut zu stellen, aber diese übertriebene Zuvorkommenheit schien mir doch äußerst fehl am Platz. Ich setzte mich auf einen Stuhl neben Birrell und beantwortete ihm mißmutig seine Fragen über Roger. Ich sagte ihm, ich hätte Roger 1921 kennengelernt, als er eben Anstaltschirurg in seinem Krankenhaus geworden war, und ich sei ihm im Lauf der nächsten Jahre oft begegnet. Zweimal sei ich sein Gast in seiner Villa in Italien gewesen, und er habe mich in meinem Landhaus in Ross-shire besucht. Auf seine Frage, ob Roger ein reicher Mann gewesen sei, erwiderte ich:

„Er hatte ein recht gutes Einkommen und eine sehr lukrative Praxis."

Birrell fragte weiter: „Er war doch der Erbe seines Onkels, nicht wahr? Er hätte doch nach dem Tod von Sir Arthur Mills einen ganzen Haufen Geld geerbt?"

„Ich glaube, ja", sagte ich einsilbig. Ich hatte keine Lust, näher auf dieses Thema einzugehen.

„Wissen Sie, ob Mills jemals eine Heirat ins Auge gefaßt hatte, Mr. Capel?"

„Vermutlich ja. Die meisten Männer dürften in seinem Alter früher oder später daran denken.“

„Ich wünsche eine definitive Antwort von Ihnen, Mr. Capel“, sagte Birrell strafend.

Da ich es nicht für geraten hielt, direkten Fragen auszuweichen, selbst wenn sie von Aloysius Birrell kamen, sagte ich:

„Ich habe von einer unglücklichen Liebesaffäre gehört.“

Birrell notierte sich meine Antworten sorgfältig in einem neuen Notizbuch, auf dessen Umschlag er HINTERGRÜNDE DES FALLES MILLS geschrieben hatte. Dann überlas er das Geschriebene noch einmal kopfschüttelnd und blickte mich mißtrauisch an.

„Das hilft mir nicht viel weiter“, sagte er.

„Tut mir leid“, antwortete ich.

Er winkte gutmütig ab. „Nun, für mein Schema werde ich es schon brauchen können.“

Ich begab mich zu Finbow und Tonia, die in einer Ecke des Wohnzimmers beieinandersaßen, während die andern drei warteten, bis sie bei Birrell an die Reihe kamen. Finbow rief mir zu: „Hallo, Ian! Du kommst gerade recht. Ich will Tonia die Karten schlagen.“

„Das erstemal, daß mir so was passiert“, sagte Tonia und lachte auf. „So ein Blödsinn!“

„Es wird Ihnen bestimmt Spaß machen“, lächelte Finbow. „Seien Sie nett und holen Sie mir ein paar Spielkarten.“

Tonia fand ein Spiel Karten, und Finbow mischte sie nachdenklich. Ich mußte meine Aufmerksamkeit teilen, denn am Fenster verhörte gerade Birrell Avice, und wenn ich auch wußte, daß er wahrscheinlich nicht viel aus ihr herausholen würde, konnte ich es mir doch nicht verkneifen hinzuhören, was sie ihm antworten würde. Andererseits vermutete ich, daß Finbow nur deshalb Tonia die Karten schlug, weil er ihre Gefühle und Reaktionen dabei studieren wollte. Ein derartiges Verfahren sah ihm gerade ähnlich. Ich wußte genau, daß für ihn etwas dabei herausspringen würde, auch wenn es mir entgehen sollte. Wahrscheinlich wollte er auf diese Weise herausfinden, warum Tonia so aufgeregt war. Ich sah ihm zu, wie er die Karten in zwei waagrechten Reihen zu je fünfen auslegte und hörte ihn sagen:

„Bevor sie zwanzig waren, haben sie einen dunkelhaarigen Mann sehr geliebt.“

„So dunkelhaarig war er nun auch wieder nicht“, entgegnete Tonia.
„Das geht nicht deutlich aus den Karten hervor“, räumte Finbow ein.
(Hier nahm Birrells Stimme meine Aufmerksamkeit in Anspruch: „Sie waren wohl in den letzten vier Jahren sehr oft mit Dr. Mills zusammen, Miß Loring?“ fragte er, und ich hörte Avices leises „Ja“.)
„Aber ich sehe da noch verschiedene andere junge Männer“, fuhr Finbow fort. „Die Karten verraten mir zwar nicht ihre genaue Zahl, aber es waren bestimmt mehr als zwei.“
Tonias Lachen klang mir ein wenig gezwungen.
„Der Braunhaarige am Ende der Reihe muß Philip sein“, sagte Finbow. „Aus den Karten geht hervor, daß er und der Schwarzhaarige Sie geliebt haben.“ („. . . mein Vetter hat mich oft ausgeführt“, hörte ich Avice antworten.)
„Da ist noch jemand vor Philip“, bemerkte Finbow und starrte auf die Karten, als ob sie höchst bedeutungsvoll wären. Schnell fiel ihm Tonia ins Wort: „Ach, das war sicher Boris. Habe ich Ihnen noch nicht von Boris erzählt, Finbow? Ich habe ihn in Nizza kennengelernt. Er war in mich verliebt, aber ich war zu sehr mit meinem Musikstudium beschäftigt, um viel über ihn nachzudenken.“
„Ich glaube nicht, daß es Boris bedeutet“, murmelte Finbow. „Den hier haben Sie bestimmt nicht weggeschickt.“
(Birrell war inzwischen dazu übergegangen, Philip ins Verhör zu nehmen. – „Wie lange kannten Sie Dr. Mills schon?“ . . .)
„Ihre Karten lügen“, sagte Tonia.
„Ich konnte daraus immerhin Ihre Erfolge bei Philip und dem Dunkelhaarigen ablesen“, murmelte Finbow. „Warum sollten sie mir dann nicht auch über anderes Auskunft geben? So etwas erleben wir doch alle.“
Tonia sprang auf. Ihre Pupillen hatten sich geweitet, so daß das Braun und das Grau in ihren Augen nur noch einen schmalen Rand um das dunkle Zentrum bildete.
„Das ist ein dämliches Spiel“, sagte sie. „Vielen Dank, Finbow. Aber es würde mir mehr Spaß machen, mich mit Ihnen zu unterhalten.“
„Ich habe Ihnen ja noch gar nichts über die Zukunft prophezeit“, lächelte Finbow.
„Überlassen wir die Zukunft ruhig sich selbst“, sagte sie. Um ihren

stark geschminkten Mund zuckte es. Finbow betrachtete aufmerksam ihr Gesicht. „Nun, wie Sie wünschen“, erwiderte er, und ich war sicher, daß er bereits entdeckt hatte, was er herausfinden wollte.

Birrell schrieb eine Zeitlang eifrig in sein Notizbuch, dann hielt er noch einen kleinen Schwatz mit Finbow und ging.

Als er fort war, hatte ich den Eindruck, daß er bei allen die bittersten Gefühle erweckt hatte. Wieder mußte ich mir Anschuldigungen mit anhören, von denen ich genau wußte, daß sie ihnen schon in ein paar Stunden wieder leid tun würden.

Beim Tee zitterte Avice die Hand, als sie ihre Tasse zum Mund führte, und sie sah elend und niedergeschlagen aus. William saß mürrisch in seiner Ecke und las selbst während des Tees, ohne von den andern Notiz zu nehmen. Philip versuchte nervös, mit Avice eine Unterhaltung anzuknüpfen, und Tonia lehnte den Tee so verächtlich ab, daß sie selbst Mrs. Tufts in Verlegenheit setzte. Sie verlangte einen steifen Whisky mit Soda. Finbow bereitete sich seinen eigenen Tee nach seinem unerschütterlichen Ritual und murmelte so feierlich wie eh und je: „Der beste Tee der Welt!“

Nach dem Tee war ich es leid und zog mir meinen Regenmantel an, um in den Garten zu gehen. Nach den bedrückenden Stunden im Haus war es eine wahre Wohltat, den strömenden Regen auf der Haut zu fühlen. Ich lauschte dem schrillen Pfeifen des Windes.

Bald drang Finbows Stimme aus nächster Nähe an mein Ohr:

„Ein angenehmer Abend, nicht wahr, Ian?“

„Immer noch angenehmer als drinnen“, brummte ich. „Finbow, ist es nicht einfach entsetzlich, wie diese jungen Leute sich um Selbstbeherrschung bemühen und trotzdem die Nerven verlieren? Findest du es nicht erbarmungswürdig?“

„Ich finde es – interessant“, erwiderte er gelassen.

„Mein Gott, Mensch, hast du denn überhaupt kein Herz?“ fuhr ich ihn an. „Macht es dir denn Vergnügen zuzusehen, wie sie sich vor dir drehen und winden?“

„Mein lieber, alter Ian“, antwortete er lächelnd und stellte sich den Mantelkragen. „Wenn ich mich in sanften Gefühlen erginge, wäre ich zu dieser Aufgabe wohl kaum geeignet. Ich versuche, die Menschen zu verstehen und sehe nicht ein, warum ich mich ihretwegen unnötig quälen sollte.“

Ich blickte ihm fest ins Gesicht und sagte:

„Und du hast doch ein weicheres Herz, als du wahrhaben willst.“ Er lachte, ging aber nicht darauf ein.

Ein heftiger Windstoß beugte das Schilf tief übers Wasser. Dann ließ der Wind wieder nach.

„Ich vermute, daß du herausbekommen wolltest, welche Rolle Tonia in unserm Fall spielt, als du dich zum Narren gemacht und ihr die Karten geschlagen hast“, sagte ich.

„Soviel Scharfsinn hätte ich dir gar nicht zugetraut, Ian“, rief er mit spöttischer Verwunderung.

„Warum machst du denn solche Umwege?“

„Weil man manchmal leichter hinter die Wahrheit kommt, wenn man es aufgibt zu fragen und statt dessen Behauptungen aufstellt.“

„Ich würde das für eine recht unzuverlässige Methode halten“, widersprach ich, und er erklärte lächelnd:

„Im allgemeinen sind die Ansichten, wie man in persönlichen Angelegenheiten der Wahrheit am besten auf die Spur kommt, unglaublich töricht und naiv. Es ist daher kaum erstaunlich, daß die meisten überhaupt nie dahinterkommen. Du zollst dem gesprochenen Wort genau wie alle andern eine völlig unangebrachte, abergläubische Verehrung. Wenn einer sich in diesem Fall so oder so äußert, bist du geneigt, ihm auch zu glauben. Selbst wenn du weißt, daß es sich um einen Lügner handelt, denkst du immer noch, es könnte doch ausnahmsweise etwas Wahres daran sein. Ich dagegen halte eisern an dem Prinzip fest: Wenn einer sich so oder so zu dem Fall äußert, sollten wir uns zunächst keine Gedanken darüber machen, ob es wahr oder gelogen ist. Wir sollten uns lediglich fragen: *Warum* sagt er, es sei so oder so? Wenn man hinter das Motiv kommt, kann man meist auch den Wert der Aussage abschätzen.

Jede Information, die man bekommt, ist eine Mischung von wahren und falschen Behauptungen, die auf einem Konglomerat von Wünschen und Befürchtungen und Erinnerungen obenauf schwimmen. Wenn man Ordnung hineinbringen und herausfinden will, was es zu bedeuten hat, muß man nur etwas scharfsinnigere Methoden als unser guter Aloysius anwenden. So hat Tonia beispielsweise behauptet, sie habe Roger nie zuvor getroffen, dann hat sie uns erzählt, sie sei in Nizza gewesen, und sie brauste auf, als die bloße Andeutung fiel, daß sie ihm dort doch begegnet sein könnte. Diese Behauptung ist für uns nur insofern von Bedeutung, als Tonia aus irgendeinem Grund absolut nicht will, daß wir meinen, sie sei mit Roger in Nizza zusammengewesen. Es geht nicht daraus hervor, ob sie ihn in Nizza tatsächlich kannte oder nicht. Es bedeutet lediglich, daß ihr die Vorstellung verhaßt ist. Wenn ich à la Aloysius Birrell schlicht und einfach gefragt hätte: „Haben Sie Roger in Nizza kennengelernt?“ – hätte sie nein gesagt, und wir wären auf diesem direkten Weg nie dahintergekommen. Man muß in solchen Fällen seine Zuflucht zu dem Assoziationsprozeß nehmen. Wenn wir hundert Worte auf ein Stück Papier schreiben könnten – etwa so:

SCHULE
KÜNSTLER
RÖHRE
HÜBSCH

und so weiter und jeden von unserer Gesellschaft aufforderten, ohne nachzudenken jeweils das Wort daneben zu schreiben, was ihnen dabei einfällt, garantiere ich für ein paar amüsante Resultate. Ich bediene mich lediglich der vereinfachten Methode, auf dem Weg der Unterhaltung hinter die Assoziationen meiner Gesprächspartner zu kommen. Daher ist es mir auch ziemlich gleichgültig, welche Wendung eine solche Unterhaltung nimmt. Es kommt fast immer etwas Brauchbares dabei heraus. Deshalb spreche ich mit jungen Mädchen, wenn sie übermüdet sind, auch wenn es deine ritterliche Seele entsetzt. Assoziationen kommen nämlich viel leichter, wenn der bewußte Verstand nicht mehr voll arbeitet. Deshalb schlage ich die Karten. Die meisten haben nämlich noch einen Rest von Aberglauben in sich, und der Gedanke, daß das, was ich behaupte, wahr sein könnte, lenkt ihre Wachsamkeit ab.“

„Was hättest du denn aber gemacht, wenn dein Hinweis auf Tonias Freund nicht gestimmt hätte?“ fragte ich. „Du hast gleich zu Anfang behauptet, sie habe einen dunkelhaarigen jungen Mann geliebt, noch bevor sie zwanzig war. Wenn das schiefgegangen wäre, hättest du nicht weiter gewußt.“

Finbow lachte:

„Bei ihrem Temperament war es äußerst unwahrscheinlich, daß sie sich, bevor sie zwanzig war, nicht verliebt hat. Die Chance, daß er dunkelhaarig war, war eins zu eins. Nein, sie war sogar größer, denn blonde Männer verlieben sich in der Regel nicht so leicht wie die dunkelhaarigen.“

Ich mußte ebenfalls lachen. Dann fragte ich:

„Was hast du denn herausgefunden?"

„Das kann ich dir erst in ein paar Stunden sagen."

Der Wind heulte auf. Ich wurde ungeduldig.

„Weißt du jetzt, wer Roger umgebracht hat?" fragte ich.

Er antwortete ernst:

„Ich glaube, ich weiß es."

„Wer war es?" rief ich von Angst erfaßt.

„Ich darf es dir noch nicht sagen, denn wenn du es wüßtest, könntest du durch dein Verhalten eine sehr delikate Situation stören. Siehst du das ein, Ian?"

„Merkst du denn nicht, daß ich es nicht länger ertragen kann?"

„Mein lieber Ian, ich versuche im Augenblick etwas abzuwenden, was noch viel unerträglicher für dich werden könnte", antwortete er mit etwas wie Mitgefühl in der Stimme.

Für mich wenigstens waren die Stunden nach meiner Unterredung mit ihm die schlimmsten seit dem Mord. Ich mußte beim Abendessen in Avices trauriges, reizendes Gesicht blicken und Tonias starke Anziehungskraft auf mich wirken lassen, ständig im Bewußtsein, daß eine von beiden einen kaltblütigen, berechnenden Mord begangen hatte.

Finbow saß zwischen ihnen und scherzte und plauderte mit ihnen, als ob er ein paar hübsche junge Freundinnen zum erstenmal ausführte. Dabei war ich mir darüber klar, daß er nur herauszubekommen suchte, welches von diesen beiden entzückenden jungen Mädchen Roger erschossen hatte. Ich beneidete ihn um seine Ungezwungenheit, aber ich nahm es ihm übel, daß er so unbeteiligt zusah und an diesem Versteckspiel offenbar auch noch Gefallen fand.

Wenn ich mir die drei anschaute, wünschte ich sehnsüchtig und verzweifelt, er möchte doch am Ende auf Tonia verfallen.

Nach dem Essen versuchte ich zu lesen, aber die Worte verschwammen mir vor den Augen zu: „Harley-Street-Spezialist von seiner schönen Kusine erschossen." Ich blickte zu Avice hinüber, die matt in einem tiefen Sessel lehnte, und sagte mir zum hundertsten Mal, daß ich ihr nichts Böses zutrauen konnte. Dann schöpfte ich wieder Hoffnung. Ich sagte mir, daß selbst Finbow nicht unfehlbar war, daß er ja auch seinen Verdacht gegen William aus phantastischen Gründen wieder hatte fallenlassen und daß immer noch die

Möglichkeit bestand, daß William der Täter war. Noch einmal ließ ich mir durch den Kopf gehen, was alles gegen ihn sprach. Und da war ja auch noch Christopher, sagte ich mir. Wenn wir auch kein Motiv für ihn hatten finden können, stand doch auch er noch unter Verdacht. Tonia oder William oder Christopher, sagte ich mir immer wieder – nur nicht Avice. Dann aber überkamen mich wieder die Zweifel mit ihrer ganzen Wucht. Ich hoffe, daß ich nie mehr im Leben einen solchen Abend durchmachen muß.

Die Rückkehr von Christopher bedeutete eine Ablenkung, für die ich von Herzen dankbar war. Er war im Wagen von Norwich herübergekommen und kam kurz vor zehn in unserm Bungalow an. Glücklich lächelnd trat er zu uns ins Wohnzimmer.

„Nun, wie ist's gegangen?" erkundigte sich William schnell.

„Prächtig", sagte Christopher und ließ sich in einen Sessel fallen. „Offenbar waren sie alle mit mir einverstanden. Sie haben mir die Stelle und das Gehalt bestätigt. Damit habe ich zwar von vornherein gerechnet, aber es ist doch angenehm, es jetzt schriftlich zu haben."

„Herzlichen Glückwunsch, mein Lieber", sagte Avice mit einem versonnenen Lächeln.

„Danke, Liebling", erwiderte er und blickte ihr lächelnd in die Augen und küßte sie.

„Was wollten sie denn von dir wissen?" fragte Philip, während er die Gläser herumreichte, um mit ihm anzustoßen.

„Ach, sie haben mir eine ganze Menge blöder Fragen gestellt. Was ich von Rassenvorurteilen hielte und ob mir das Chinesische sympathisch wäre, und was ich unternehmen wolle, um die Forschungsarbeit neu zu organisieren und so weiter", erwiderte Christopher und seufzte befriedigt.

„Wann wirst du denn geimpft?" fragte William.

„Nächste Woche", sagte Christopher. Er hob sein Glas und dankte für unsere Trinksprüche. „Ein netter Mensch, dieser Arzt. Ich habe mich zuvor noch nie untersuchen lassen und hatte keine Ahnung, was sie alles mit einem anstellen. Er hat gesagt, meine Gesundheit sei I a."

„Recht beruhigend, so etwas zu erfahren", stellte ich fest.

„Es kommt nicht oft vor. Auf Malaya!"

Wir verließen einer nach dem andern das Wohnzimmer, denn es war uns allen klar, daß man Avice und Christopher allein lassen mußte, damit sie über ihre Zukunft reden konnten. Um es uns nicht zu sehr anmerken zu lassen, daß wir es aus Taktgefühl taten, brachten wir verschiedene Ausreden vor.

Tonia und Philip wollten noch ein bißchen in den Garten gehen, William wollte auf sein Zimmer, und Finbow und ich schlenderten gemächlich in die winzige Diele. Wir überlegten uns gerade, ob wir noch einen Spaziergang durch die Felder machen sollten, als wir Mrs. Tufts Stimme vernahmen:

„Aloysius, Aloysius, die Rothaarige macht sich gerade mit ihrem Kavalier aus dem Staub. Sie nehmen das Motorboot. Komm schnell her, sonst sind sie weg. Du mußt hinter ihnen her!"

„Sie telefoniert mit ihm", flüsterte Finbow. „Das könnte interessant werden."

Wir gingen zur Tür hinaus und um das Haus herum in den Garten. Ein paar Minuten später hörten wir das Getucker eines Motorboots, das vor dem Bungalow einen weiten Bogen machte und dann dicht am Ufer hielt. Eine dicke Gestalt lief darauf zu.

„Aloysius!" tönte Mrs. Tufts Stimme an unser Ohr.

„Hier bin ich, Elizabeth", kam es aus dem Motorboot.

„Sie sind in Richtung Hickling auf und davon", keuchte sie.

„Die haben wir bald", antwortete Birrell. „Komm mit!"

„Gern", rief sie zornig. „Die Hexe und ihr Liederjan – unglaublich, vor unseren Augen auszurücken!"

„Dir haben wir's zu verdanken, daß es ihnen nicht gelingen wird, Elizabeth", sagte Aloysius Birrell. Im Schein eines Lichts, das vom Haus herkam, sahen wir Mrs. Tufts kleine, fette Gestalt ins Motorboot plumpsen. Birrell wendete rasch und schoß in Richtung auf den Dyke davon.

„Los, Ian, hol das Dingi, du mußt segeln! Wir müssen sehen, was passiert."

So schnell wie möglich hißte ich das Segel und kreuzte gegen einen steifen Wind den Thurne hinauf. Die Ufer verschwanden vor einem schwarzen Himmel, und ich kam nur langsam und mühselig voran. Die Anforderungen, die das Boot in dieser dunkeln Nacht auf dem schmalen Fluß an meine Hände und Augen stellte, waren so groß, daß ich bis zum Dyke meine krankhaften Ängste und Einbildungen über Avice vergaß. Als ich dann wendete und mit rauhem Wind weiterlief, empfand ich plötzlich eine überwältigende Erleichterung. Es war ja Tonia, die geflohen war! Es war ja Tonia, hinter der wir

her waren! Und Avice, meine dunkle, rührende Avice war sicher im Haus.
Ich fierte das Segel, als ein harter Windstoß aufkam. Dann hörten wir ein vertrautes Getucker auf uns zukommen, und ein Motorboot schoß an uns vorbei, wendete und kam zu uns zurück. Wir schaukelten heftig in seinem Kielwasser.
„Sind Sie das, Sergeant Birrell?" rief Finbow.
„Ja, Sir!" Ich erkannte unbestimmt die Umrisse seines runden Gesichts. „Ich war hinter zwei Personen ihrer Segelpartie her. Miß Gilmour und Mr. Wade." Abscheu lag in seiner Stimme.
„Schande über sie!" zeterte Mrs. Tufts, die wir nicht sehen konnten.
„Mr. Finbow, können Sie sich vorstellen, weshalb die beiden nach Hickling sind?" fragte Aloysius Birrell.
Finbow räusperte sich interessiert.
„Um sich abzuknutschen", verkündete Aloysius.
„Um sich zu tätscheln", meldete Mrs. Tufts.
„Es ist einfach empörend, was sie sich herausnehmen", rief Birrell. „Sie küssen sich ab und knutschen sich und streicheln sich das Haar."
„Die schamlosen Kreaturen!" ergänzte Mrs. Tufts.
„Ich habe ihnen ins Gesicht gesagt –" sagte Birrell.
„Und ich erst!" überschrie ihn Mrs. Tufts.
„Was für schamlose Sünder sie sind", vollendete Aloysius.
„Und ich habe ihnen gesagt, wenn sie mein Sohn und meine Tochter wären –", begann sie.
„Dann wären sie bestimmt nicht auf solche Gedanken gekommen, nicht wahr Mrs. Tufts?" mischte sich Finbow ein.
Aloysius Birrell lenkte ab.
„Ist dieser Mr. Capel bei Ihnen?" fragte er argwöhnisch.
„Er ist bei mir sicher", antwortete Finbow und lachte leise.
„Morgen tauche ich nach dem Revolver", verkündete Birrell. „Jetzt bringe ich Mrs. Tufts nach Hause. Ich selbst werde das Boot nicht verlassen, bis die beiden verkommenen Subjekte zurück sind."
„Wenn alle Ihr Pflichtgefühl hätten, Sergeant –", murmelte Finbow, und ich drehte ab und segelte den Dyke hinauf.
Der Sound war so dunkel, daß ich zweimal das Schilf streifte, das unsichtbar im Finstern stand. Immer wieder scheuchten wir Vögel auf, die schreiend protestierten – wie Mrs. Tufts, kommentierte Finbow. Irgendwie fand ich dann eine freie Fahrrinne, die nach

Whitlingsea führte. Das Boot legte sich vor den Wind, und das Wasser gluckerte sanft gegen den Bug, während wir dahinglitten. Wir kamen an Whitlingsea vorbei und trafen auf die ersten Baken, welche die Fahrrinne durch Hickling markieren.

„Und was machen wir jetzt?“ fragte ich Finbow.

„Gut gesegelt!“ lobte er. „Unsere zwei Verliebten dürften irgendwo in Ufernähe sein. Am besten kreuzt du vorsichtig am Ufer entlang.“

Ich freute mich, Finbow endlich auch einmal korrigieren zu können.

„Da sie in einem Motorboot sitzen, wären sie bestimmt längst aufgelaufen, wenn sie sich nicht in der Mitte des Broad gehalten hätten. Die Tiefe beträgt hier selbst in der Mitte nicht mehr als ein paar Fuß. Sie müssen in der Mitte sein“, trumpfte ich auf.

„Dann muß ich eines Tags doch einmal einen Spaziergang durch die Broads machen, so richtig mitten hindurch, meine ich“, erwiderte Finbow ungerührt. „Warum fragst du mich übrigens, wenn du es selbst weißt, wo sie sind?“

Ich segelte weiter, den Broad hinauf. Es war, als ob wir uns in einer schweigenden, unendlichen Finsternis bewegten. Plötzlich drang ein Geräusch übers Wasser an unser Ohr.

„Das dürfte Tonia sein“, flüsterte Finbow. „Auf diesen Seen dringen Stimmen meilenweit. Wir müssen noch etwas näher heran. Sicher sind sie nicht die ganze Zeit mit der Liebe beschäftigt.“

„Meinst du, sie hätten nur den Anschein erweckt, um Birrell und Mrs. Tufts zu verscheuchen?“ flüsterte ich.

„Möglich“, erwiderte Finbow. „Tonia ist helle. Aber selbst wenn sie sich wirklich mit der Liebe abgeben sollten, sind wir beide ja wohl alt genug, uns davon nicht aus der Fassung bringen zu lassen.“ Mir war, als ob er leise lachte. Ich holte das Segel dicht und glitt vorsichtig auf das Geräusch zu, das langsam Form annahm, so daß man einzelne Wort verstehen konnte. Wir hörten, wie Tonia sagte:

„Liebling, ich hab's dir noch nicht gesagt. Ich habe es nicht der Mühe wert gehalten, auch nur einen Gedanken daran zu hängen. Bis das dann passiert ist.“

Philips Stimme war leicht zu verstehen.

„Du hättest es mir sagen sollen, bevor ich dich in die Gesellschaft eingeführt habe. Wenn ich gewußt hätte, daß du Roger kanntest –“

Tonia antwortete mit ihrer heiseren Stimme:
„Wenn ich vorher gewußt hätte, daß Roger diese Segelpartie veranstaltete, hätte ich dir's bestimmt gesagt. Aber du hast nur einen Roger erwähnt, und ich bin schon Hunderten von Rogers begegnet. Als ich dann merkte, wer's war, wollte ich dich nicht unnötig beunruhigen und hab deshalb weiter geschwiegen."
„Es wäre besser gewesen, du hättest mir's gesagt", beharrte Philip.
„Es war so unwichtig", sagte Tonia. „In Nizza ist soviel los. Es war so heiß – na, und ich brauchte eben jemand, mit dem ich mich abgeben konnte. Und da ist mir Roger zufällig über den Weg gelaufen. Das war alles. Ein paar Monate später war ich ihn wieder leid. Natürlich war er nach wie vor in mich verliebt, aber ich habe ihm den Laufpaß gegeben."
Philips Stimme klang wärmer, als er sagte:
„Mach dir nichts draus!"
„Du bist ein Schatz", erwiderte Tonia. „Ich mußte dir's sagen, denn langsam ging mir die Geschichte auf die Nerven. Die verdammten Polizisten werden's ja herausbekommen und mich fragen, warum ich sie angelogen hätte und warum ich gesagt hätte, ich hätte Roger vorher nicht gekannt. Ich mußte es dir sagen, bevor sie jetzt kommen und mir in den Ohren liegen und zu beweisen versuchen, daß ich ihn umgebracht haben muß, nur weil ich eine kleine Affäre mit ihm hatte und ihn dann fortgejagt habe."
Ihre Stimme nahm einen hysterischen Klang an, und Philip versuchte sie zu beruhigen.
„Ach was, das werden sie nicht! Sie kriegen's schon nicht heraus. Und wenn schon – was liegt daran?"
„Sei kein Kind, Philip. Sie werden mich bestimmt verdächtigen. Ich bin ganz sicher", stieß sie leidenschaftlich hervor. „Jeder wird denken, ich wär's gewesen. Aber ich schwöre dir, daß nichts passiert ist. Roger und ich hatten vor zwei Jahren eine kleine Affäre miteinander. Ich habe ihn dann weggeschickt und ihn hinterher nie mehr wiedergesehen."
„Du brauchst mir das doch nicht zu beschwören, Tonia, mein Schatz!" sagte Philip zärtlich." Der alte Finbow hilft uns schon. Wir finden schon einen Ausweg. Komm, jetzt denken wir nicht mehr an Mörder und Polizisten und die ganze blöde Gesellschaft."
Von nun an drangen keine zusammenhängenden Worte mehr übers Wasser zu uns herüber.

„Wir müssen näher heran oder es ganz aufgeben", flüsterte Finbow. Wir segelten schweigend heim. Finbow blickte nachdenklich vor sich hin. Seine Zigarette glühte rot in der Finsternis. Er sagte nichts, bis wir den Bungalow erreichten. Dann bemerkte er beiläufig: „Langsam bekomme ich Ordnung in die Geschichte."

Aloysius Birrell taucht

Als Finbow und ich am Morgen nach unserer nächtlichen Segelpartie nach Hickling am Frühstückstisch auftauchten, war es bereits zehn Uhr. Finbow hatte schon einen Morgenspaziergang hinter sich. Ich hatte mich darauf gefaßt gemacht, daß die ganze Gesellschaft bereits versammelt wäre und daß sie sich über uns lustig machen würden, aber außer Mrs. Tufts trafen wir nur William an. Er las einen langen Brief und rauchte seine Zigarette nach dem Frühstück. Ich kannte Mrs. Tufts jetzt genau drei Tage, und während dieser Zeit hatte ihre Stimmung ständig zwischen Entrüstung und Empörung hin und her geschwankt. Jetzt merkte ich auf den ersten Blick, daß ihre Wut einen absoluten Höhepunkt erreicht hatte.

„Dies“, zischte sie, „ist die Frucht der Sünde.“

„So!“ sagte Finbow. „Wer hat denn jetzt schon wieder gesündigt?“

„Sie haben gut spotten, Mr. Finbow. Aber Sie wissen ganz genau, was ich meine.“ Mir warf sie einen unheilverkündenden Blick zu.

„Die rothaarige Schlampe und ihr langhaariger Kerl – wenn die heute nacht nicht gesündigt hätten, wären sie heute morgen zum Frühstück erschienen. Und ich mußte mit Sergeant Birrell hinter ihnen her und die andern allein im Haus zurücklassen. Wer weiß, was da passiert ist. Wenn man in meiner Jugend eines von uns jungen Mädchen auch nur eine halbe Stunde mit einem Mann allein gelassen hätte, hätte man sofort das Schlimmste vermutet.“

Finbow setzte sich und bemerkte:

„Mrs. Tufts, ich fürchte, da haben Sie sich zuviel eingebildet.“

Sie wollte wieder hochgehen, doch Finbow schnitt ihr schroff das Wort ab:

„Jetzt reicht es!“

„Und ich werde sagen, was –“

„Nein, das werden Sie nicht“, unterbrach sie Finbow wieder. „Sie werden heute morgen allen gegenüber den Mund halten. Ich dulde nicht, daß Sie Miß Gilmour aufregen.“

Mrs. Tufts umklammerte die hölzernen Armlehnen ihres Sessels, um frische Kraft für eine neue Attacke zu schöpfen, aber Finbow brachte sie zum Schweigen.

„Das wäre alles“, sagte er und vertiefte sich in seinen Brief. Als er damit zu Ende war, äußerte er ein leises „So!“ und reichte ihn mir. Er kam von Scotland Yard und lautete:

Lieber Finbow!

Nach Deinem Besuch am Dienstag habe ich sofort an einen unserer Beamten in Nizza telegrafiert, der sich dort gerade im Zusammenhang mit einer anderen Aufgabe aufhält. Ich bat ihn um Informationen über Mills' Aufenthalt in Nizza. Gestern abend bekam ich folgendes Telegramm von ihm: „Mills in leichtlebigen Kreisen der Gegend wohlbekannt. Verkehrte dort seit zehn Jahren regelmäßig, oft in Begleitung verschiedener Damen. Galt als freigebig, aber recht wankelmütig Frauen gegenüber. Lebte zwei Monate mit rothaarigem Mädchen zusammen, auf das Beschreibung von Miß Gilmour paßt. Verließ sie plötzlich. Sie blieb in Nizza und wartete. Er kam nicht zurück. Sie geriet in Schulden und verließ Nizza.“

Miß Gilmour scheint eine interessante junge Dame zu sein. Ich glaube, ich sehe mir den Fall selbst einmal an, wenn unser Mann bei Euch nicht bald damit zurechtkommt. Was das Testament betrifft, so ist nichts Ungewöhnliches daran. Mills' Onkel besitzt etwa neunzigtausend Pfund, die Mills mit Ausnahme von fünftausend Pfund geerbt hätte. Nach Mills' Tod tritt Miß Avice Loring als Erbin an seine Stelle. Wir haben auch ihre finanzielle Lage überprüft. Sie lebt allem Anschein nach von etwa zweihundertundfünfzig Pfund im Jahr und kauft trotzdem in den teuersten Läden und verkehrt in Kreisen, deren Durchschnittseinkommen zehnmal so hoch ist. Auch das solltest Du Dir einmal durch den Kopf gehen lassen, Finbow.

Leider ist das alles, was ich zu berichten habe. Was wirst Du damit anfangen? Amüsierst Du Dich immer noch damit, lediglich zu Deinem Privatvergnügen knifflige Probleme zu lösen? Vielleicht sollte ich nicht danach fragen. Aber wenn Du nur persönlich an dem Fall interessiert bist und er tatsächlich so verwickelt ist, wäre ich

Dir dankbar, wenn Du mir Deine Ansicht darüber mitteilen wolltest, das heißt, falls ich mich entschließen sollte, daran mitzuarbeiten. Du könntest mir dann vermutlich zwei Wochen harter Arbeit sparen.

Dein Herbert

Ich wußte, daß dieser Herbert Finbows Freund, Kriminalinspektor Allen, war, trotzdem überraschte mich die Zwanglosigkeit dieses Briefes. Später habe ich erfahren, daß die beiden seit Jahren eng befreundet waren und bereits mehrfach bei Untersuchungen zusammengearbeitet hatten, wobei Finbows scharfer Verstand von großem Nutzen war. Er selbst sagte später einmal zu mir:

„Ich kümmere mich nie um etwas, das einer von Allens gescheiten jungen Leuten besser macht als ich. Neunundneunzig Prozent aller Mordfälle fallen unter diese Rubrik. Nur ein Prozent ist komplizierter, und dann werden Allen und ich hundertmal schneller damit fertig, als es seinen Satelliten je möglich wäre."

In jenem Augenblick, als ich den Brief las, interessierten mich jedoch Finbows Beziehungen zu Allen weit weniger als die Neuigkeiten, die er enthielt. Tonia hatte also in der vorangegangenen Nacht in Hickling Philip angelogen! Die Affäre zwischen ihr und Roger war ganz anders verlaufen, als sie behauptet hatte. Aber da war auch noch der beunruhigende Bericht über Avice. Ich versuchte mir einzureden, er sei völlig belanglos, da in dem Brief ja vor allem Tonia verdächtigt wurde. Aber ich wurde trotzdem die Angst nicht los, ich könnte zu voreingenommen sein, um die Lage noch richtig beurteilen zu können.

Ich gab Finbow den Brief zurück, der mit völlig unbeteiligter Miene seine Spiegeleier verzehrte, so als ob der Brief nichts enthalten hätte als da. Getratsche einer unverheirateten Tante über Gemeindeangelegenheiten. Dennoch mußte er darin entweder seine Auffassung bestätigt oder widerlegt gefunden haben. Mein Zutrauen zu ihm war so groß, daß ich überzeugt war, daß diese Neuigkeiten irgendwie in sein Schema paßten, und ich war sicher, daß er mittlerweile den Täter kannte.

Fast hätte ich ihn hassen können, wie er so dasaß und seelenruhig seinen Speck kaute, wo doch zwei Worte von ihm mich von meiner Angst erlöst hätten. Hätte er nicht einfach sagen können:

‚Nicht Avice!'?
Statt dessen lächelte er Tonia verschmitzt zu, als sie jetzt zum Frühstück hereinkam, und fragte sie:
„Die Moorluft macht wohl schläfrig, wie?"
Sie lächelte ein wenig gezwungen und antwortete:
„Ja, Onkel Finbow."
„Ich hätte etwas darum gegeben, Ihr Geplauder mit Sergeant Birrell mitanzuhören", bemerkte er. „Ich hatte schon immer das Gefühl, daß meine Ausbildung im Schimpfen noch zu wünschen übrig läßt."
Mrs. Tufts verließ wutschnaubend das Zimmer. Tonia lachte herzlich.
„Der arme Kerl ist beinahe tot umgefallen, als ich Philip auf den Hals geküßt habe."
Avice kam gerade herein und hörte noch Tonias letzte Bemerkung. Sie sagte sanft:
„Ich kann ihn verstehen."
Tonias Augen blitzten. Offensichtlich wurde das Verhältnis zwischen den beiden täglich gespannter. Sie sagte:
„Was willst du damit sagen? Du bist wohl mehr für die Liebe im stillen?"
Avice trank einen Schluck Tee und erwiderte:
„Wenn du's genau wissen willst, ja! Ich finde es abgeschmackt, andern dabei zuzusehen. Etwas Dümmeres kann ich mir nicht vorstellen."
„Ich sollte demnach Philip deiner Ansicht nach nicht vor den andern küssen?" murmelte Tonia.
„Es wird einem langsam wirklich zu viel, zusehen zu müssen, wie du mit ihm umspringst", sagte Avice. Beide waren wütend. Avice trug eine kalte Verachtung zur Schau, die sicher gespielt war. Tonia verzog die geschminkten Lippen, und ihre Augen funkelten. Natürlich kam dabei nur die schwelende Feindschaft zwischen den beiden zum Ausbruch, die wir alle spürten. Der kleine Seitenhieb von Avice war nur der zündende Funke gewesen.
Tonia sagte aufgebracht:
„Du kleiner Satan, du! So hübsch und so zerbrechlich und so zart anzusehen! Aber ich möchte wissen –"
Avice zuckte zusammen. Ich hatte beobachtet, daß Finbow während des ganzen Streits die Augen nicht von ihr gewendet hatte. Hier jedoch griff er ein:

„Tonia, Sie können es tatsächlich mit Mrs. Tufts aufnehmen. Bald haben Sie sie eingeholt, wenn es gilt, den andern im richtigen Augenblick gründlich zu beleidigen."

In diesem Moment betraten Christopher und Philip das Zimmer, und Tonia und Avice wurden rot und behandelten sich fortan mit ausgesuchter Höflichkeit.

Später am Morgen legte ein großes Motorboot vor dem Bungalow an. Aloysius Birrell sprang heraus und kam durch den Garten zu uns herauf. Sein rundes, rotbackiges Gesicht verriet größte Aufregung.

„Mr. Finbow!" rief er. „Mr. Finbow!"

Finbow war im Haus am Briefeschreiben, aber er kam schnell heraus und begrüßte ihn lächelnd.

„Ich tauche jetzt nach dem Revolver", verkündete Birrell. „Wollen Sie mitkommen?"

„Aber gewiß", sagte Finbow, und sie unterhielten sich kurze Zeit. Ich las auf der Veranda weiter in meinem Maurois, blickte aber von Zeit zu Zeit zu den beiden hinüber. Offensichtlich hatte Finbow Birrell einen Vorschlag gemacht, der diesem nicht paßte. Schließlich aber flüsterte Finbow ihm etwas ins Ohr, und Birrells Gesicht verzog sich zu einem breiten Lächeln.

„Ja", sagte er von ganzer Seele und ging ins Motorboot zurück. Finbow kam zu mir auf die Veranda.

„Komm mit und sieh dir den Spaß an", sagte er. „Unser guter Birrell zeigt uns jetzt den Trick, wie man nach Revolvern taucht. Ich habe ihm die Einwilligung abgelotst, daß du im Motorboot mitkommen darfst."

„Habt ihr eben darüber verhandelt?" fragte ich und legte mein Buch beiseite.

„Ja", lächelte Finbow. „Zuerst wollte er nicht recht."

„Und wie hast du ihn herumbekommen?" fragte ich, während wir zum Boot hinuntergingen.

„Ach, das war ganz einfach. Ich habe ihm gesagt, du würdest bestimmt ein Bekenntnis ablegen, wenn du an den Schauplatz des Verbrechens zurückkämst und auf so dramatische Weise mit der Mordwaffe konfrontiert würdest. Allerdings ist mir nicht ganz klar, wie er es fertigbringen will, in seinem Taucheranzug dramatisch zu wirken."

Ich mußte lachen, denn nachdem Finbow nun mit seinen Untersuchungen so weit gediehen war, hatten wir schon manchmal unsere Witze darüber gemacht, daß Birrell ausgerechnet mich im Verdacht hatte. Ich war dankbar für die Ablenkung, selbst wenn ich mir nun ansehen mußte, wie Birrell tauchte.

Das Motorboot entfernte sich rasch von Potter, und die am Ufer vertäuten Jachten schaukelten gefährlich in seinem Kielwasser.

Finbow schimpfte:

„Mir geht's immer gegen den Strich, etwas tun zu müssen, was mein Schicklichkeitsgefühl verletzt. Ich kann nun einmal nicht das Motorboot als ein anständiges Beförderungsmittel für einen Menschen von Geschmack ansehen. Es ist schneller als eine Jacht und sein Wirkungsgrad ist weit größer. Aber in einem großen Salon käme man mit einem Fahrrad auch schneller voran als zu Fuß, und auch hier wäre der Wirkungsgrad bedeutend größer. Trotzdem kommt keiner auf die Idee, in einem Salon radzufahren. Warum fährt man dann auf schmalen Flüssen Motorboot?"

Ich brummte etwas und betrachtete mir ohne großes Interesse die Bootsbesatzung. Sie bestand aus einigen Geheimpolizisten, ein oder zwei nicht definierbaren Beamten, die mir wie Karnickel vorkamen und deren Namen und Funktion mir verborgen blieben, sowie zwei Matrosen, die Birrell zur Bedienung der Pumpe und der Tauchschläuche mitgebracht hatte. Wie und wo Birrell tauchen gelernt hatte, konnte ich mir nicht vorstellen, aber er ging offenbar mit der gleichen glühenden Begeisterung daran, die er auch für die Aufdeckung von Verbrechen aufbrachte.

Wir brausten durch Horning, und Birrell ging genau an der Stelle vor Anker, wo die Jacht vor drei Tagen festgemacht hatte.

„Hier fangen wir an", sagte er und gab sich daran, seinen Taucheranzug anzuziehen. Aus angeborener Schamhaftigkeit zog er sich in die Kajüte zurück, um seine Kleider abzulegen und erschien dann wieder in langen wollenen Unterhosen und einem Flanellunterjäckchen.

Einer der Matrosen bemerkte:

„Sie haben nicht genug an. Da drunten ist's kalt."

„Gewiß", sagte Birrell. „Das weiß ich auch. Das ist nur meine Unterwäsche, die ich im Winter trage. Ich ziehe sie immer schon im September an, um für die kalte Jahreszeit gerüstet zu sein."

„Der kluge Mann baut vor", flüsterte mir Finbow ins Ohr. Dann wandte er sich an Birrell: „Aber gestern haben sie doch überhaupt nicht an Ihre Gesundheit gedacht, Sergeant, als Sie so durchnäßt zu uns in den Bungalow kamen."

„Das passiert mir immer, wenn ich eine Spur verfolge", erklärte ihm Birrell. „Aber sonst bemühe ich mich stets, auf mich aufzupassen. Ich ziehe jetzt noch mehr an, damit ich es da drunten schön warm und gemütlich habe." Und er gab sich daran, Unterhose über Unterhose und Flanellhemd über Flanellhemd zu ziehen, wobei sein Umfang allmählich beträchtliche Formen annahm. Ich sah zum erstenmal, wie jemand einen Taucheranzug anlegte, und hatte keine Ahnung, daß das Anziehen der Unterwäsche dazugehört. Daher bildete ich mir ein, die fünf Paar Unterhosen gehörten zu Birrells Marotten. Endlich halfen ihm seine beiden Matrosen in den Taucheranzug, und nach einigem Ziehen und Zerren stand er als zünftiger Taucher vor uns.

Wir begutachteten ihn feierlich. Die roboterartige Gestalt mit Birrells Gesicht, das aus dem dicken Glasfenster herausglotzte, gemahnte irgendwie an H. G. Wells. Einer der Matrosen rief ihm zu:

„Sind Sie bereit?"

Sein Gesicht blieb unbewegt und verständnislos. Er hatte nichts gehört.

„Sind Sie bereit?" brüllte der Matrose.

Birrells Gesicht bekam einen fragenden Ausdruck. Offenbar war ein leises Geräusch durch den Taucheranzug hindurchgedrungen, doch hatte er nichts verstanden. Er hatte den etwas dümmlichen Gesichtsausdruck der Stocktauben.

Nun brüllten beide Matrosen gemeinsam:

„Sind Sie bereit?"

Seine Lippen formten sich zu einer Frage. Er begriff immer noch nicht. Die Matrosen deuteten verzweifelt aufs Wasser, und Birrell nickte zustimmend und bewegte sich schwerfällig auf den Bootsrand zu.

Einer der undefinierbaren Beamten, die wie Karnickel aussahen, teilte uns mit, daß er jetzt das Flußbett bis zur nächsten Flußwindung abgehen würde, und meinte dazu:

„Der Boden ist hier hart. Da hat er Glück gehabt. Fast überall sonst ist das Flußbett der reine Schlamm."

„Sehr rücksichtsvoll von dem Mörder, daß er sich ausgerechnet diese Strecke ausgesucht hat", meinte Finbow.

Endlich war Birrell sicher überm Bootsrand und wurde langsam in den Fluß hinabgelassen. Monoton keuchten die Pumpen. Als er sich im Wasser vorwärtsbewegte, konnten wir den Schein seiner starken Taschenlampe erkennen, mit der er den Boden ableuchtete. Das Motorboot hielt mit ihm Schritt, indem es sich jeweils ein paar Meter vorwärtsbewegte und dann wieder anhielt. Der Lichtstrahl rückte Schritt für Schritt mit vor. Finbow amüsierte sich.
„Eigentlich müßte ich ja für Aloysius einen ausgeben", sagte er zu mir. „Gestern nacht noch sagte ich, ich würde gern einmal einen Spaziergang durch die Broads machen – aber ich hätte es nicht erwartet, zusehen zu können, wie einer das tatsächlich tut."
Mir war nicht nach Späßen zumute, denn für mich war diese Suchaktion eine ernste Sache.
Meter um Meter rückten wir vor. Die Karnickel-Beamten tuschelten miteinander. Die Polizisten aus Norfolk machten unbewegte Gesichter. Finbow rauchte ruhig seine Zigarette. Meine Augen ruhten auf dem schwarzen, stillen Schatten des Schilfs. Meine Nerven über den Ellenbogen zuckten vor Erregung.
Aber als die Minuten verrannen, wurde ich wieder ruhiger. Dieses langsame Absuchen des Flußbetts, Meter um Meter, kam mir vor wie ein öder Zeitvertreib ohne Anfang und Ende, bei dem bis jetzt nichts herausgekommen war und auch nichts herauskommen würde. Dumpf stierte ich ins Wasser. Wir waren jetzt über eine halbe Meile dahingekrochen.
Plötzlich schwenkte Birrell dreimal seine Taschenlampe. Bei diesem Signal tat mein Herz ein paar rasche Schläge. Er wurde heraufgezogen. In seiner behandschuhten Hand hielt er einen Revolver, an dem etwas angebunden war, was ich von meinem Platz aus nicht richtig erkennen konnte.
Finbow äußerte ein interessiertes „So!" Die Polizei rief: „Unser guter, alter Aloysius!" Die Beamten gaben undefinierbare Laute von sich, und die Matrosen spuckten anerkennend aus.
Einer der Beamten legte den Revolver ungeschickt auf den Boden, und die Matrosen machten sich daran, Birrell wieder aus seinem Taucheranzug herauszuhieven. Finbow und ich traten ein paar Schritte näher, um uns den Fund genauer anzusehen. Als ich nahe genug war, ergriff mich ein merkwürdiges Gefühl der Unwirklichkeit, als ob ich bei einem Zauberkunststück assistiert hätte und man nun von mir erwartete, daß ich auch daran glaubte. Denn vor mir

auf Deck lagen nebeneinander in einer Linie von Flußwasser triefend: ein kleiner Revolver, ein schmutziger, entfärbter Wimpel und ein großes Buch.

„Das ist das Logbuch", sagte ich zu Finbow und ließ mich auf Hände und Knie nieder, um erkennen zu können, wie die drei Gegenstände aneinandergebunden waren. Es war höchst einfach. Wie auf der Skizze dargestellt, war die Wimpelschnur am Revolver und am Buch festgebunden.

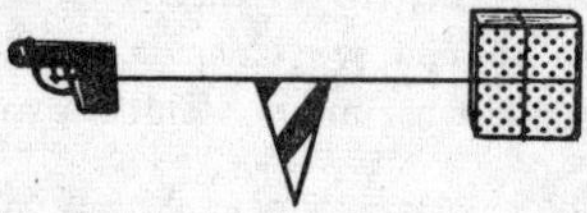

Der Wimpel hatte demnach nur dazu gedient, den Revolver an das Logbuch zu binden. Ein langes Stück Schnur hätte den gleichen Zweck erfüllt. Ich stand dieser grotesken Kombination ratlos gegenüber. Auf einen Revolver war ich gefaßt gewesen. Aber diese lächerliche Zusammenstellung verwirrte mich völlig.

„Was kann das nur bedeuten?" fragte ich Finbow, der lächelnd neben mir stand.

„Daß jemand Humor hatte", sagte er.

Bald stand auch Birrell in seinen langen Unterhosen und seinem Flanellunterjäckchen wieder an Deck. Ratlos untersuchte er den Revolver.

„Es ist ein 22er Kaliber. Das entspricht genau der Kugel, die wir im Herzen von Dr. Mills gefunden haben", sagte er.

„Nicht weiter verwunderlich", bemerkte Finbow.

„Diese Schnur ist mit einem einfachen Knoten an den Lauf geknüpft", fuhr Birrell unbehaglich fort, „und das andere Ende ist um das Buch herumgebunden –"

„Es handelt sich natürlich um das Logbuch. Ich bin fast sicher, daß ich es wiedererkenne", unterbrach ich ihn.

„Ich nehme auch an, daß es sich um das fehlende Logbuch und den Stander handelt", sagte Birrell und musterte mich kalt.

Er zog das Buch aus der Umschnürung heraus und öffnete es.

„Ja", bestätigte er, „es ist tatsächlich das Logbuch, aber das Wasser hat es stark beschädigt. Man kann fast nichts mehr lesen."

Betrübt betrachtete er Revolver und Buch. Er ließ den Kopf hängen – ein Bild der Enttäuschung.

„Das Wasser hat bestimmt auch alle Fingerabdrücke abgewaschen", seufzte er.

Plötzlich aber hellte sich sein rundes Gesicht auf. Er beugte sich über das Buch und lachte. Dann richtete er sich gerade auf und sah uns der Reihe nach triumphierend an. Nach einer gebührenden Pause sprach er nur das eine Wort:

„Selbstmord."

Aloysius Birrell verfaßt seinen Bericht

An Bord entstand eine allgemeine Bewegung. Einer der Beamten wiederholte: „Selbstmord!"

Selbstzufrieden erwiderte Birrell: „Natürlich!" und er musterte uns alle der Reihe nach.

Finbow sagte: „Meinen Sie nicht, Sie würden uns das besser etwas näher erklären, Sergeant? Wir besitzen nicht alle Ihr schnelles Auffassungsvermögen, und was Ihnen klar vor Augen liegt, könnte für uns recht mysteriös sein."

„Richtig", bestätigte Aloysius. „Ich bewillige Ihnen ein paar Minuten. Viel Zeit habe ich natürlich nicht zu verlieren. Ich muß mich unverzüglich mit Scotland Yard in Verbindung setzen. Es dürfte dort mit falschen Vorstellungen aufzuräumen sein."

Er stand immer noch in seinen Flanellunterhosen und im Unterjäckchen da mit dem Revolver zwischen den Füßen, und wir bildeten einen Halbkreis um ihn. Er strahlte vor Glück. Es war der Höhepunkt seines Lebens. „Aus welchem andern Grund würde man wohl ein Buch an einen Revolver binden?" fragte er. „Wenn ein Mörder sich einen Revolver vom Hals schaffen wollte, würde er ihn ja wohl einfach über Bord werfen."

„Unbedingt, Aloysius!" murmelte einer der Beamten.

Birrell fuhr fort: „Warum hätte er sich die Mühe machen sollen, den Revolver mit der Standerschnur an das Buch zu binden? Wo er ihn doch einfach über Bord werfen konnte! Aber wenn man sich selbst erschossen hat, kann man einen Revolver nicht mehr wegwerfen. Daher bindet man einfach, bevor man den Akt begeht, seinen Revolver an einen schweren Gegenstand, den man über den Rand des Boots hängt. Wenn man dann den Akt begeht" – ich sah Finbow über die alberne Formulierung lächeln –, „dann lockert sich der Griff, und der schwere Gegenstand zieht den Revolver hinter sich her ins Wasser. So verschwindet der Revolver, nachdem man den Selbstmord verübt hat. In unserm Fall war das Logbuch der am leichtesten zugängliche schwere Gegenstand."

„Aber warum sollte denn jemand so etwas tun?" fragte der eine Beamte. „Man sollte doch annehmen, daß man am Revolver kein großes Interesse mehr hat, nachdem man sich damit erschossen hat."

Birrell aber fuhr mit dramatischer Eindringlichkeit fort.

„In diesem Fall war die Idee, *daß der Selbstmord wie Mord aussehen sollte.*"

Uns allen entfuhr ein Ausruf der Verwunderung.

„Es ist erstaunlich", räumte Birrell ein, „aber es kann nicht anders gewesen sein. Mills wollte aus irgendeinem Grund seinem Leben ein Ende machen" – mir fiel auf, daß er den „Dr." fallen ließ, nachdem sich der Fall als Selbstmord entpuppt hatte.

„Hinter den Grund werde ich schon noch kommen", fuhr Birrell fort. „Ich habe den Verdacht, daß es mit gewissen Heiratskomplikationen zu tun hat." Wieder merkte ich, daß Finbow lächelte. „Ich habe gestern bei einer sorgfältigen Überprüfung der Jachtgesellschaft herausbekommen, daß Mills noch vor kurzem tatsächlich Heiratskomplikationen hatte." Er ließ sich den schönen Ausdruck genießerisch auf der Zunge zergehen. Dann nahm sein Gesicht wieder einen feierlichen Ausdruck an. „Was tut der Mensch nicht alles aus unglücklicher Liebe!"

Einen Augenblick blieb alles still. Dann fuhr Birrell fort: „Aber hiermit ist die Geschichte noch nicht zu Ende. Mills wollte nicht nur seinem Leben ein Ende bereiten, er wollte mit seinem Selbstmord auch noch jemand anders zugrunde richten. Ein abscheulicher Gedanke! Da stirbt einer unvorbereitet, und seine letzte Tat besteht auch noch darin, daß er einen andern ins Verderben zu stürzen versucht! Aber in meinem Beruf kommt man ja immer wieder mit den Schattenseiten der menschlichen Natur in Berührung. Mills hat sich umgebracht, um einen andern zu ruinieren. Wer das war, können wir nur vermuten. Die Methode war ganz einfach: er mußte seinen Selbstmord nur als Mord tarnen. Zweifellos hat er alles genau durchdacht und sich in der Kriminalliteratur umgesehen, wo er auf diesen Trick gestoßen ist. Es ist ein alter Trick. Sie finden ihn beschrieben in dem *Handbuch der Kriminologie* von Gross, Band 2, auf Seite 247. Zum Glück für die Justiz kenne ich mich zufällig in der einschlägigen Literatur aus."

Meine Erleichterung war grenzenlos. Birrell hatte mich überzeugt, denn wozu sonst hätte das angehängte Gewicht dienen können? Auch stimmte alles vorzüglich zu dem Bild, das Finbow von Roger entworfen hatte. Er war gestorben, wie er gelebt hatte, indem er seine Freunde hinterging. Ich konnte in diesem Augenblick kein Bedauern aufbringen, daß er einem solchen Leben selbst ein Ende gemacht hatte. Die Welt war dadurch nicht ärmer geworden. Ich dankte Gott, daß keiner meiner Freunde in das Verbrechen verwickelt war, und machte mich über mich selbst lustig, daß ich Avice verdächtigt hatte. Avice! Die Idee kam mir nun einfach lächerlich vor, und auch für Tonia, dieses merkwürdige, leidenschaftliche Mädchen, erwachten in mir freundlichere Gefühle.

Birrell beantwortete noch schnell ein paar Fragen und nahm Finbows Glückwünsche mit breitem Lächeln überglücklich in Empfang. „Sergeant Birrell“, sagte Finbow, „in ganz England wäre kein Beamter von Ihrem Dienstgrad dieser Sache so schnell wie Sie auf den Grund gekommen! Ich hoffe, Ihnen bald zu einer Beförderung gratulieren zu können.“

Das Motorboot brauste davon in Richtung Horning, damit Birrell seine große Neuigkeit an Scotland Yard durchgeben konnte. Wir andern warteten in der Halle des „Schwan“, während er telefonierte. Nach einer halben Stunde kam er zurück. Er lächelte wie in Ekstase. „Der Yard war einfach fertig!“ sagte er. „Seit Jahren hat sie nichts mehr so aus der Fassung gebracht. Von einem Mord, der als Selbstmord getarnt wird, haben sie schon oft gehört. Als ich ihnen aber sagte, daß ich den Beweis in der Hand habe, daß es sich um einen als Mord getarnten Selbstmord handelt, waren sie wie vor den Kopf geschlagen. Als nächstes muß ich jetzt einen offiziellen Bericht machen. Ich wäre den Herren sehr verbunden, wenn sie solange warten und mir bestätigen wollen, daß ich diese Gegenstände tatsächlich auf die von mir geschilderte Weise gefunden habe.“

Ein paar Minuten lang schrieb er eifrig. Ich hätte ihm gern noch mehr Zeit gelassen. Es war so köstlich, sich in der Gewißheit zu sonnen, daß nun alles doch noch zu einem guten Ende gekommen war, daß meine Freunde nach allen Heimsuchungen doch noch unversehrt davongekommen waren.

Fast schien es mir, als ob diese ungeheure Erleichterung die Nervenprobe der letzten Tage wert war.

Birrell überreichte Finbow und den Beamten seinen Bericht zum Unterschreiben. Er dürfte etwa folgenden Wortlaut gehabt haben:

Suchaktion nach dem Revolver und Abschluß des Falles Mills.
Ich begann am 4. September um 11.30 Uhr vormittags mit der Suche nach dem vermißten Revolver im Falle Mills. Dabei bediente ich mich gegebenermaßen der Methode, das Flußbett im Taucheranzug abzuschreiten. Um 12.10 Uhr war meine Suchaktion von Erfolg gekrönt. Bei der Inspektion ereignete es sich, daß ich einen Revolver, Kaliber .22 entdeckte, der genau zu der Kugel im Herzen von Mills paßt, und wobei es sich demzufolge zweifellos um die Mordwaffe handelt. Ansonsten ereignete es sich, daß an diesem Revolver zum ersten ein Stander befestigt war, von dem die eine Schnur an den Lauf des Revolvers gebunden war, und zum zweiten ein Buch, welches mit dem anderen Schnurende des Standers umwickelt war. Das Buch erwies sich nach erfolgter Überprüfung als das Logbuch der Jacht. Das Fehlen dieses Standers und Logbuchs wurde bereits im vorangegangenen Bericht erwähnt.
Die aus diesen Beweisstücken sich ergebende Schlußfolgerung lautet folgendermaßen: Mills hat Selbstmord verübt, nachdem er den Revolver an das Logbuch gebunden hat, das er über den Rand des Bootes herunterhängen ließ, es als Gewicht benutzend. (Vgl. Gross: Handbuch der Kriminologie, Band 2, Seite 247.) Eine nähere Erläuterung des Motivs folgt in einem späteren Bericht, der zusammen mit dem Revolver und so weiter zur Untersuchung unterbreitet wird.

(Gezeichnet) A. Birrell
Detektiv-Sergeant der Städtischen Polizei von Norwich

Wir bestätigen hiermit, daß der Bericht genau mit der Suchaktion übereinstimmt und daß diese den oben beschriebenen Erfolg hatte.

Birrell hatte den Platz für die Namen freigelassen. Finbow unterzeichnete lächelnd und schlug mir dann vor, mit ihm nach Potter zurückzukehren, um die andern von ihrer Angst zu erlösen, da sie ja noch nichts von der glücklichen Lösung wußten. Birrell gab ohne Bedenken seine Einwilligung.
Wir stellten fest, daß in zwanzig Minuten ein Bus nach Potter fuhr und gingen solange vor dem „Schwan" auf und ab. Ich konnte es mir nicht verkneifen, etwas boshaft zu bemerken:
„Du hättest sicher den Mörder gefunden, Finbow, wenn es ein Mord gewesen wäre."

„Es ist doch merkwürdig, wie man die Leute um sich herum unterschätzt", murmelte er. „Ich hätte es nie für möglich gehalten, daß Birrell eine so brauchbare Entdeckung machen würde!"

„Und da ist er in aller Stille hergegangen und hat den ganzen Fall gelöst", stellte ich vergnügt fest.

„Na, in aller Stille hat er es doch wohl nicht getan", protestierte Finbow. „Mir ist noch selten jemand vorgekommen, der soviel Lärm geschlagen hätte."

„Aber immerhin hat er's geschafft. Das ist und bleibt komisch, wo wir beide doch die ganze Zeit Avice oder Tonia im Verdacht hatten, Roger ermordet zu haben. Es kommt einem jetzt recht lächerlich vor", sagte ich.

„Komisch, ja", sagte Finbow.

„Wie hättest du auch auf den Gedanken kommen sollen, daß ein Selbstmord in Frage kam. Ich selbst hätte nicht im Traum daran gedacht, und ich habe doch Roger recht gut gekannt."

„Ich bin nie auf den Gedanken gekommen", sagte er.

„Nun, mach dir nichts daraus. Jetzt feiern wir im Bungalow eine nette kleine Party." Ich war mit der ganzen Welt wieder einverstanden.

„Es ist aber doch merkwürdig", sagte Finbow und lehnte sich gegen die Hauswand, wobei er die Asche seiner Zigarette mit dem Finger wegschnippte. „Es ist doch kaum vorstellbar, daß ein Mensch sich solche Umstände macht und daß er so erbittert auf jemand ist, daß er bereit ist sich umzubringen, nur um dem andern eins auszuwischen – oder *der* andern, wenn du so willst. Und er macht das nicht auf die gewöhnliche Tour, daß er den Verdacht direkt auf den lenkt, dem er den Mord anhängen will. Er weiß ja, daß sein Opfer ein so augenfälliges Motiv hat, daß es zu seiner Überführung ausreichen wird. So arrangiert er alles auf äußerst dramatische Weise, daß dem ersten Anschein nach eine ganze Reihe von Personen in Frage kommen könnte und inszeniert dann einen absolut überzeugenden Mord. Stelle dir nur vor, wie er an jenem letzten Morgen gesegelt ist und wie er den Revolver beschwert hat, daß er ins Wasser fallen mußte und kein Zweifel blieb, daß einer seiner Gäste ihn erschossen haben mußte. Und stelle dir seine Befriedigung vor beim Gedanken, daß Avice – ich frage mich, ob er es nicht am Ende auf sie abgesehen hatte – schließlich überführt und verurteilt und schreiend abgeführt würde und daß man ihr den hübschen Hals brechen würde. Stell' dir nur seine Schadenfreude vor, als er – nachdem alles geplant und vorbereitet ist – mit einem Lächeln auf den Lippen abdrückt und stirbt."

„Und der Revolver geht über Bord", ergänzte ich. „Den Rest der Geschichte kennen wir ja."

„Und der Revolver geht über Bord und hinterläßt eine Schramme an der Stelle, wo die Schnur sich an der Farbe reibt. Oh, ich bin ganz sicher, daß an dieser Stelle eine Schramme am Boot ist", fuhr Finbow fort, und dann sagte er leise und eindringlich:

„So. Überaus klug ausgedacht, in der Tat!"

„Roger war ein kluger Mensch", gab ich zu.

„Leider denke ich nur nicht so sehr an Roger", sagte Finbow ruhig, „als an den, der ihn umgebracht hat."

Fünf nette junge Leute fühlen sich erleichtert

Diese Bemerkung Finbows war für mich der größte Schock in diesem ganzen rätselhaften Fall. Eine Stunde lang hatte ich mich in dem Gedanken gewiegt, daß unsere kleine Gesellschaft nun doch wieder glückliche Ferien miteinander verbringen könnte und daß wir die kommenden Wochen nicht länger zu fürchten brauchten. Diese Hoffnung hatte mir Finbow mit einem einzigen Satz zerstört.

„An den, der ihn ermordet hat?" wiederholte ich verständnislos. „Glaubst du denn nicht an einen Selbstmord?"

„Natürlich nicht", erwiderte Finbow, „wenn es vielleicht auch ganz zweckmäßig wäre, die Behörden in dem Glauben zu lassen."

Ich starrte schweren Herzens die Straße hinauf. Unser Bus kam langsam heran. Verzweifelt rief ich aus:

„Aber es muß doch Selbstmord sein! Denk doch an das Logbuch! Warum, um alles in der Welt, sollte der Mörder das Logbuch an den Revolver binden?"

Finbow stieg lächelnd in den Bus, setzte sich und streckte die Beine aus. Dann meinte er:

„Mein lieber Ian, vielleicht erinnerst du dich noch daran, daß ich vor ein oder zwei Tagen darauf hingewiesen habe, daß kein Mensch je den gesamten objektiven Tatbestand oder die gesamten psychologischen Tatsachen kennt. Das war natürlich eine Binsenwahrheit, aber derartige Binsenwahrheiten haben meist die Eigenschaft, zufällig richtig zu sein. Ich sagte damals, wenn achtundzwanzig zuverlässige Zeugen sich dafür verbürgten, daß Roger sich erschossen hat, würde ich's glauben und lediglich herauszufinden versuchen, welches psychologische Moment mir entgangen ist, da mir das im Augenblick höchst unglaubwürdig erscheint.

Aber wir haben die achtundzwanzig zuverlässigen Zeugen nicht. Statt dessen besitzen wir ein einziges Beweisstück, das Birrell an einen besonders klug ausgetüftelten Fall eines böswilligen Selbstmords erinnert hat. Natürlich war das die Absicht des Mörders. Andererseits spricht psychologisch sehr viel dagegen, daß Roger Selbstmord beging. Es gibt nämlich nur sehr wenige Menschen, die so etwas tun, und dann sind es gewöhnlich keine heiteren, erfolgreichen Optimisten, die in der Harley Street eine ständig wachsende Praxis besitzen."

„Ich fürchte, du bist heute mit deinen Argumenten nicht ganz auf der Höhe", beschwerte ich mich. „Er war ja in Wirklichkeit gar nicht so erfolgreich. Wahrscheinlich wußte er, daß William im Begriff war, ihm die Schau zu stehlen. Außerdem muß er doch wegen Avice sehr unglücklich gewesen sein. Es ist nicht gerade erhebend, ein Mädchen zu lieben und nicht wiedergeliebt zu werden."

„Immer noch kein Grund für einen Selbstmord", erwiderte Finbow, während ein Lächeln um seine Lippen spielte. „Schon möglich, daß Roger eine schlimme Zeit durchgemacht hat, als er in Avice verliebt war. Trotzdem bin ich ganz sicher, daß er die Hoffnung nie aufgegeben hat. Es gibt nämlich für die meisten Menschen nichts, was schwieriger einzusehen wäre als die Tatsache, daß wir von jemand, den wir lieben, nicht wiedergeliebt werden. Selbst die aufrichtigsten Menschen sind da zu der erstaunlichsten Selbsttäuschung fähig. Wir denken uns die unmöglichsten Erklärungen aus, weshalb sie nicht zugeben will, daß sie uns liebt. Man sagt sich sogar, anscheinend liebe sie einen tatsächlich nicht. Glauben tut man das aber nicht. Das dürfte auf jeden zutreffen und kommt selbst bei so unverbesserlichen Realisten wie mir vor." – Es war mir, als ob ein Schatten über sein sympathisches Gesicht huschte. – „Wieviel mehr muß es dann erst auf einen Mann wie Roger zutreffen, der immer so gut aufgelegt und so unaufrichtig sich selbst und andern gegenüber war – und der, nebenbei bemerkt, ja auch einige Erfolge bei Frauen aufzuweisen hatte. Nicht als ob das etwa Einfluß darauf hätte. Aber ich halte es für absolut sicher, daß Roger meist fest davon überzeugt war, Avice würde früher oder später zu ihm kommen und ihm gestehen, daß sie ihn schon seit Jahren liebe."

Ich mußte zugeben, daß diese Rekonstruktion von Rogers Einstellung zu Avice vollkommen mit dem übereinstimmte, was ich im letzten Jahr selbst beobachtet hatte. Aber ich wagte noch einen letzten Einwand:

„Denke doch auch an William! Über ihn muß sich Roger doch Gedanken gemacht haben."

Finbow antwortete lächelnd:
„Sicher hat er sich über William Gedanken gemacht, aber bevor er deswegen Selbstmord begangen hätte, blieben ihm noch viele Auswege, vor denen er nicht zurückgescheut wäre. Er hielt ja alle Karten in der Hand. Sein Ruf war festbegründet, und die Welt hat einen ungeheuren Respekt vor einem solchen festbegründeten Ruf, selbst wenn man den Betreffenden in Verdacht hat, daß nicht viel mit ihm los ist. Nein, wenn jeder Arzt oder Wissenschaftler vom Typ Rogers sich wegen eines jungen Rivalen umbringen wollte, hätten wir in diesen Kreisen eine hohe Sterblichkeitsrate. Tatsächlich dauert es gewöhnlich lange, bis der junge Rivale zu Rang und Namen kommt. Dann macht er es seinerseits mit seinem jungen Revalen genauso, und so wird's weitergehen, bis Mr. Wells' wissenschaftliches Utopia erreicht ist."
„Aber es könnte doch auch Dinge in Rogers Leben geben, von denen du nichts weißt", wandte ich ein.
„Natürlich", sagte Finbow. „Und wenn beweiskräftiges Material auftauchen sollte, das für einen Selbstmord spricht, würde das bedeuten, daß ich Roger nicht gründlich genug analysiert habe. Im Augenblick jedoch stimmen die objektiven Tatsachen absolut mit den psychologischen überein, und beide zusammen ergeben, daß Roger sich unmöglich selbst das Leben genommen haben kann."
„Die objektiven Tatsachen?" warf ich ein. „Aber daraus geht doch gerade hervor, daß er es getan haben könnte!"
„Es gibt aber eine objektive Tatsache, die du übersiehst", sagte er leise.
„Und die wäre –?"
„Du selbst", erwiderte Finbow.
„Was?" rief ich.
„Denke doch mal einen Augenblick nach. Wenn es sich um einen Selbstmord handelte, so wäre er außerordentlich schlau und berechnend eingefädelt in der ausdrücklichen Absicht, ihn als Mord erscheinen zu lassen. Das gibst du doch zu?"
„Ja".
„Nun, dann hätte es doch kaum nach Mord ausgesehen, wenn Mr. Ian Capel plötzlich auf Deck herumspaziert wäre und zugesehen hätte, wie Roger sich nach sorgfältigen Vorbereitungen selbst erschoß. Roger wußte ja, daß du ständig auf Deck herumliefst ..., und ein unbekannter Faktor ist in einem wohldurchdachten Selbst-

mordplan undenkbar. Ian, das ist der entscheidende Punkt: Roger konnte nicht wissen, wo du dich aufhalten würdest. Das wußten nur die unter Deck!"

„Vermutlich hast du recht."

„Es liegt auf der Hand. Roger war vielleicht darüber im Bild, wo sich die andern um diese Tageszeit aufhielten. Eine solche geschlossene Gesellschaft verfällt ja bald in eine Art Routine. Aber von dir hätte er das erst gewußt, nachdem auch du ein oder zwei Tage auf der Jacht warst."

„Er hätte das Risiko auf sich nehmen können", protestierte ich.

„Vielleicht, wenn er einen Grund zur Eile gehabt hätte. Aber den hatte er nicht. Es gab ja nichts, was er in allernächster Zeit verhindern wollte. Nehmen wir einmal an, es wäre ihm um Avices Hochzeit gegangen. Die sollte doch erst irgendwann in der Zukunft stattfinden. Oder um Williams Karriere – die hätte er ebensogut ruiniert, wenn er sich einen Monat später umgebracht hätte als ausgerechnet am Dienstag, dem 1. September. Nein, Ian, das Tempo stimmt nicht, um mit Aloysius Birrell zu reden!"

„Du hast dich also sehr zu Unrecht über seine Ausdrucksweise lustig gemacht!"

„Für einen intelligenten Menschen besteht die einzige Entschuldigung für den Gebrauch alberner Ausdrücke darin, daß er sie als eine Art Kurzschrift benutzt", sagte Finbow lächelnd. „Wer es auch immer getan hat – er war verzweifelt; und wer es auch immer war – er hat gewußt, wo sich ein jeder von euch am Dienstag morgen aufhielt."

„Aber weshalb hat er dann das Logbuch an den Revolver gebunden?" fragte ich im dunklen Gefühl, daß Finbow recht haben mußte und daß ich bald Dinge hören würde, die mir über alle Maßen schmerzlich sein würden.

„Wer sich das ausgedacht hat, war klüger als wir alle", erwiderte Finbow. „Wenn der Mord von allem Anfang an wie ein Selbstmord ausgesehen hätte – ich meine, wie so ein ordinärer Selbstmord mit Abschiedsbriefen und einem Revolver neben der Leiche –, wären wohl jedem Zweifel gekommen. Statt dessen richtet es der Mörder so ein, daß es zunächst nach Mord aussieht, und zwar nach einem rätselhaften Mord, bei dem fünf Personen gleichermaßen als Täter in Frage kommen und alle fünf ein gewichtiges Motiv haben. Und dann die Sache mit dem Revolver! Bedenke doch, daß er praktischerweise an einer Stelle ins Wasser geworfen wurde, wo das Flußbett festen Boden hat, so daß es nicht allzu schwierig war, ihn wiederzufinden. Auch nicht gerade leicht natürlich. In dieser Sache wird einem ja nichts leicht gemacht, nichts liegt auf der Hand. Und welchen Schluß zieht man, als der Revolver gefunden ist? Daß es sich um Selbstmord handelt – aber um einen als Mord getarnten Selbstmord. Wahrscheinlich ist es der erste Fall in der ganzen Kriminalgeschichte, daß ein Mörder seinen Mord als Selbstmord tarnt, der zunächst nach Mord aussieht. Welch eine bewunderungswürdige Leistung! Der Verdacht richtet sich gegen fünf Personen – das war wichtig für den Fall, daß die Idee mit dem Selbstmord nicht funktionierte. Auch sollte sich wohl bei der Untersuchung herausstellen, was für ein Mensch Roger in Wirklichkeit war. Dann wird der Verdacht erregt, daß es sich um einen böswilligen Selbstmord handelt. Nein, wie klug das alles ausgedacht ist! Das hat sich ein Mensch mit Geschmack ausgedacht! Nirgends hat dieser Mord etwas Ordinäres, allzu Auffälliges, alles ist so harmonisch ausgewogen! Ein Mensch von Geschmack war da am Werk, Ian, der letzte in unserer Welt des Journalismus!"

Ich schwieg, und Finbow fuhr fort:

„In Wirklichkeit besteht die Bedeutung von Birrells Fund darin, daß mehrere verwirrende Dinge nun aufgeklärt sind. Wir wissen jetzt, weshalb das Logbuch und der Wimpel fehlten. Ich bin sicher, daß das Logbuch vom Mörder dazu benutzt wurde, Roger zu amüsieren, während er ihn erschoß. Das deutete ich ja schon auf dem Kricketplatz an. Außerdem war es gut als Gewicht zu gebrauchen. Der Wimpel war gerade zur Hand, als es galt, den Revolver am Logbuch anzubinden. Er lag zufällig auf dem gleichen Regal. Außerdem wird jetzt begreiflich, wieso keiner ein Geständnis abgelegt hat, als du den Vorschlag mit dem Schweigegelöbnis machtest. Natürlich bestand für den Mörder kein Anlaß zu einem Bekenntnis, wenn er damit rechnen konnte, daß sich Rogers Tod als Selbstmord herausstellen würde."

Wir waren mittlerweile in Potter Heigham eingetroffen und begaben uns langsam auf den Heimweg, vorbei an den verstreuten Häusern des Dorfs und quer über die Felder. Ich war vor Schmerz wie betäubt. Nun war es also doch ein Mord, und die Enthüllung stand mir noch bevor. Kurz vor dem Bungalow sagte Finbow:

„Ich werde den andern jetzt sagen, daß ich an Birrells Theorie glaube, und du mußt versuchen, dir den Anschein zu geben, daß auch du davon überzeugt bist. Du mußt dich unbedingt verstellen, Ian. Versuche, so normal und erleichtert auszusehen, wie du es gewesen wärst, wenn es sich tatsächlich um einen Selbstmord gehandelt hätte."

Ich versprach mein möglichstes, wenn mir auch nie weniger nach Verstellung zumute war.

Wir fanden die andern im Garten vor dem Bungalow. Philip und Tonia hatten sich auf den Rasen gelegt, die Gesichter einander zugewandt. Avice und Christopher lagen ruhig in ihren Liegestühlen. William saß auf einem Schaukelstuhl in seine Lektüre vertieft. Als wir beide uns zu ihnen setzten, war unverkennbar, wie sehr alle darauf brannten, die Frage zu stellen, die ihnen keine Ruhe ließ, seit Aloysius Birrell seine Suchaktion angekündigt hatte.

Es zeigte sich jedoch wieder einmal, wie stark die Konvention ist, daß man sein Interesse an dem, was einen wirklich bewegt, nicht zeigen soll. Auch hatte man wohl das Gefühl, daß es nicht ratsam sei, ein allzu starkes Interesse zu bekunden. Und obwohl alle fünf nur ein Thema, nur eine Frage im Kopf hatten, hörten sie Finbow höflich zu, als er sich über die Vorzüge der britischen Lokalbahnen im Vergleich zu den deutschen ausließ. Christopher und William steuerten ihre Erfahrungen mit den entsprechenden Eisenbahnlinien verschiedener anderer Länder bei.

Schließlich konnte sich Philip nicht mehr beherrschen.

„Finbow, was ist mit dem Revolver?" entfuhr es ihm.

„Ach ja, richtig", sagte Finbow ruhig und betrachtete angelegentlich den Rasen. „Aloysius hat ihn gefunden."

„Tatsächlich?" murmelte Christopher.

„Ja", antwortete Finbow. „Er hat ihn tatsächlich gefunden. Ungefähr eine halbe Meile von Horning entfernt. Das Logbuch war mit der Wimpelschnur daran festgebunden. Alle sind überzeugt, daß Roger sich erschossen hat. Er muß zuvor das Logbuch an den Revolver gebunden haben, damit dieser über Bord gezogen wurde und es wie Mord aussah. Birrell hat Scotland Yard bereits informiert, daß es sich um einen eigenartigen Fall von Selbstmord handelt."

Einen Augenblick blieb alles still. Dann stieß Avice ein leises „Oh!" aus, und ihr bleiches Gesicht entspannte sich. Sie lächelte. Tonia und Philip sanken sich in die Arme und küßten sich zitternd vor

Erregung. Christopher blickte sich befriedigt um und berührte leicht Avices Hand. William lachte spöttisch auf und sagte:
„Ein guter Witz! Jeder verdächtigt jeden – und dann hat der verdammte Narr sich selbst umgebracht."
„Ich finde es auch komisch", stimmte Finbow zu.
„Sind Sie jetzt endlich überzeugt, daß ich es nicht war?" fragte William. „Natürlich haben Sie doch mich für den Mörder gehalten."
Finbow lächelte.
„Ich habe ganz im Gegenteil von Anfang an gewußt, daß Sie es nicht waren."
„Das nehme ich Ihnen nicht ab", lachte William. „Woher wollten Sie denn das wissen?"
„Das erzähle ich Ihnen später einmal", sagte Finbow. „Es hängt damit zusammen, daß Sie ein ziemlich aggressiver junger Mann sind."
Welche Qual für mich war diese gespenstische Komödie! Es war mir fast unmöglich dabeizusitzen, wie Finbow ihnen allen klarmachte, daß sie sich keine Gedanken mehr zu machen brauchten. Ich mußte versuchen, äußerlich ruhig auszusehen, obgleich ich wußte, daß die Wahrheit sich bald herausstellen würde. Avices leise Stimme unterbrach meine trüben Gedanken:
„Es tut so gut, daß man sich endlich wieder frei fühlen kann", sagte sie. „Diese letzten Tage – mein Gott, ich glaube, ich bin um zehn Jahre älter geworden!"
„Es war wirklich keine angenehme Zeit", stimmte Christopher bei.
„So etwas möchte ich mein ganzes Leben nicht mehr mitmachen", sagte auch Tonia und löste ihr gerötetes Gesicht von Philip.
Die andern flüsterten: „Ich auch nicht!" und mir taten sie alle leid, am meisten Mitleid aber hatte ich mit dem einen von ihnen, der die nächsten Stunden in einem trügerischen Paradies verbringen würde.
„Ich weiß etwas!" rief Philip. „Kommt, wir sagen's Mrs. Tufts!"
Mrs. Tufts wurde gerufen und erschien wenige Minuten später mißbilligend und aufgebracht.
„Mrs. Tufts", wandte sich Philip an sie. „Es wird Sie freuen zu hören, daß unter uns kein Mörder ist!"
„Wer sagt das?" fragte Mrs. Tufts argwöhnisch.
„Sergeant Birrell", antwortete Finbow.

Mrs. Tufts Gesicht zeigte einen Anflug von Wärme.

„Nun, wenn *er* es sagt!“ meinte sie. „Er ist ein gescheiter Mann und ein Gentleman, was man nicht von allen behaupten kann, die sich so nennen.“ Dabei blickte sie wieder mich an. Sie hatte entschieden etwas gegen mich, ob ich nun der Mörder war oder nicht.

„Vielleicht ist es ganz gut, daß es keiner von Ihnen war“, sagte sie, „sonst hätten Sie am Ende noch länger hierbleiben wollen. Wann gehen Sie denn jetzt?“

„Sofort“, flüsterte Avice.

„Heute nachmittag“, sagte William.

„Wir sollten wenigstens noch eine Nacht bleiben“, protestierte Philip. „Wir müssen doch beweisen, daß wir nach wie vor gute Freunde sind und auch künftig die Ferien zusammen verbringen wollen.“

„Eine gute Idee!“ bestätigte Christopher. „Wir bleiben bis morgen abend oder übermorgen früh, Mrs. Tufts.“

„Hmf!“ machte Mrs. Tufts.

Der Nachmittag war für mich eine endlose Qual. Die andern trugen eine krampfhafte, kindische Heiterkeit zur Schau, als ob sie sich verpflichtet fühlten, ein großes Ereignis gebührend zu feiern. Als Finbow sie beobachtete, bemerkte er gelassen: „Es ist doch merkwürdig, wie wir uns von der Konvention diktieren lassen, wie wir uns unter dem Eindruck einer starken Erregung zu benehmen haben. Sieh dir nur an, wie sie sich alle Mühe geben, vergnügt zu erscheinen, nur weil man ihnen beigebracht hat, man habe vergnügt zu sein, wenn man von einer großen Angst befreit ist. Dabei wäre doch die normale Reaktion, daß man einfach müde und gleichgültig ist, wenn die Nervenanspannung vorüber ist.“

„Wie bringst du es nur fertig, sie so unbeteiligt zu beobachten, als ob es sich um Insekten handelte?“ fragte ich erbittert.

Finbow lächelte und rauchte an meiner Seite weiter, während die andern schwimmen gingen und sich dann im Badeanzug in die Sonne legten. Avice wirkte schlank, blaß und müde. Tonias Arme und Beine waren von der Sonne des Mittelmeers gebräunt. Sie und Philip hielten sich im Wasser eng umschlungen und fochten Ringkämpfe miteinander aus. Die Schönheit von Avice und Tonia war fast zu groß für einen alten Mann. Und doch hatte eine von ihnen kaltblütig einen Menschen umgebracht. Finbows weiche, sympathische Stimme drang an mein Ohr:

„Der Fall von Tonia und Roger ist recht interessant“, sagte er. „Natürlich gehört sie zu den jungen Mädchen, die sich leicht verlieben und das gründlich. Im Augenblick ist sie heftig in Philip verliebt. Ich glaube jedoch, daß sie das vor zwei Jahren auch in Roger war. Das Interessante daran ist, wie sie jetzt dazu steht. Sie wollte ja unter allen Umständen geheimhalten, daß sie ihn überhaupt gekannt hat.“

„Weil es gefährlich wäre“, warf ich ein.

„Nein, vor allem weil Philip nicht auf den Gedanken kommen sollte. Das ist das Interessante daran.“

„Aber ein junges Mädchen erzählt doch normalerweise ihrem neuen Liebhaber nichts von ihren vorangegangenen Liebesgeschichten“, widersprach ich. Mir war nicht recht klar, worauf Finbow hinauswollte.

Er lachte: „Ich möchte wetten, daß Tonia Philip über alle anderen diesbezüglichen Erlebnisse genau informiert hat – nur über dieses eine nicht. Sicher ist sie nicht wenig stolz auf alle die Männer, denen sie schon den Kopf verdreht hat.“

„Warum hat sie ihm dann ausgerechnet Roger verschwiegen? – Wenn sie nicht doch vorhatte, ihn umzubringen“, sagte ich.

„Weil sie großen Wert auf Philips Liebe legt und er deshalb nicht erfahren darf, daß ein anderer Mann sie einfach hat sitzen lassen. Bedenke doch, die ganze Zeit, die Roger mit ihr zusammenlebte, hat er regelmäßig Avice mit Heiratsanträgen in den Ohren gelegen. Und Tonia hat gewußt, daß Roger in Avice verliebt war. Das ist es, was sie ihr nicht verzeihen kann. Das durfte Philip um keinen Preis erfahren“, antwortete Finbow gelassen.

„Was hätte es denn ausgemacht, wo er sie doch liebt?“

„Wahrscheinlich hat sie sich – unwissentlich natürlich – nach dem guten alten Grundsatz gerichtet, daß man in seinen Gefühlen stets von den Menschen in seiner Umgebung beeinflußt wird. Oft ist man in eine Frau nur deshalb verliebt, weil es andere auch sind; und genauso wird man im entgegengesetzten Sinn beeinflußt, wenn andere nichts an ihr finden, auch wenn einem selbst noch so viel an ihr liegt. Und wenn Philip gemerkt hätte, daß Roger Avice liebte und daß ihm Tonia völlig gleichgültig war, so hätte das seine Leidenschaft für sie bestimmt beeinträchtigt. Es ist absurd, daß wir alle so abhängig davon sind, was andere Leute denken – wahr bleibt's trotzdem. Es kommt einfach daher, daß man seiner selbst so wenig sicher ist; daher kann man auf die Bestätigung durch die andern – oder auch auf ihren Neid nicht verzichten."

„Da könnte etwas daran sein", sagte ich und blickte nach Avice und Tonia, die nebeneinander in der Sonne standen. Es ging mir durch den Kopf, daß jeder junge Mann, dem sie ihre Liebe schenkten, sich glücklich preisen konnte. Und dennoch –

„Du hättest eigentlich selbst darauf kommen müssen, als wir gestern nacht mitangehört haben, was Tonia Philip zu erzählen hatte", bemerkte Finbow nachdenklich. „Ihre Furcht, als Mörderin verdächtigt zu werden, war lange nicht so groß wie ihre Angst, Philip könnte von einem andern hören, daß Roger ihr den Laufpaß gegeben hat. Du erinnerst dich sicher, welchen Wert sie auf die Feststellung legte, daß sie es war, die ihn leid wurde und abschob. Nichts auf der Welt war ihr so wichtig, wie daß Philip das glaubte. Deshalb ist sie mit ihm nachts losgefahren und hat die Verliebte gespielt und ihm die Geschichte erzählt, so wie sie sie gern wahrgehabt hätte. Natürlich haßt sie Avice deswegen. Jedesmal wenn sie sie sieht, fühlt sie sich an ihren verletzten Stolz erinnert."

Ich blickte Finbow in sein langes Gesicht.

„Das klingt ja soweit recht überzeugend und scharfsinnig", sagte ich. „Aber was willst du damit beweisen?"

„Daß der tote Roger für Tonia eine weit größere Gefahr darstellt als der lebende. Nach seinem Tod mußte seine Affäre mit ihr ja herauskommen. Solange er lebte und immer noch hoffte, Avice eines Tags zu heiraten, lag es dagegen in seinem eigenen Interesse, nichts davon verlauten zu lassen, daß er mit Tonia zusammengelebt und gleichzeitig Avice Heiratsanträge gemacht hatte."

„Du meinst also, Tonia hätte den Mord nicht begangen?" fragte ich entsetzt.

„Natürlich nicht", sagte er ruhig. „Ich hätte gedacht, du wärst selbst darauf gekommen, daß ihre Unschuld in dem Augenblick erwiesen war, als Birrell den Revolver fand."

Avice verbrennt gewisse Papiere

Ich brachte kein Wort hervor. Ich hatte nur den einen Gedanken, daß allein Avice noch unter Verdacht stand. Ich sah sie am Ufer stehen. Offenbar wußte sie nicht recht, ob sie noch einmal ins Wasser springen sollte oder nicht. Mit ihrem blassen Gesicht und ihrem grazilen Körper war sie ein Bild der Anmut. Voller Entsetzen schloß ich die Augen.

Finbow erklärte gelassen:

„Anhand der Stelle, wo der Revolver gefunden wurde, ist der Zeitpunkt des Mords ziemlich genau festzulegen. Selbst wenn wir außer acht lassen, daß die Strömung ihn auf dem harten Untergrund ein Stück mitgerissen haben könnte, kann er nicht später als etwa neun Uhr fünfzehn ins Wasser geworfen worden sein. Dies stimmt genau mit der Berechnung überein, die wir bereits am ersten Morgen angestellt haben. Damit scheidet Tonia völlig aus. Sie kann die Kajüte nicht vor neun Uhr zwanzig verlassen haben. Sie hätte sich den Revolver irgendwo holen müssen, vermutlich in Rogers Kajüte. Natürlich konnte sie ihn nicht einstecken. Man kann einen Revolver nicht im Pyjama verstecken, wenn man Tonias Figur hat. Dann hätte sie Roger noch umbringen müssen, was bedeutet, daß sie den Revolver nicht vor neun Uhr zwanzig in den Fluß werfen konnte. Damit ist ein Irrtum ausgeschlossen."

Mein Kopf war zu leer, als daß ich noch zu einem Einwand fähig gewesen wäre. Ich hatte nur den einen Gedanken, daß Avice sich in einer tödlichen Gefahr befand. Ich rang nach Worten.

„So war es also Avice? Um Gottes willen, unternimm nichts weiter! Laß sie bei dem Glauben, es wäre Selbstmord gewesen. Ich kann es nicht ertragen!"

Finbows Stimme blieb ruhig wie immer, als er antwortete:

„Du mußt nur noch ein paar Stunden Geduld haben, Ian. Bald ist's überstanden, und ich tue, was ich kann."

Ich mußte mich mit diesem Versprechen zufriedengeben und meine schlimmen Ahnungen unterdrücken, was mir körperliche Übelkeit verursachte.

Als die übrige Gesellschaft mit dem Baden fertig war und sich wieder angezogen hatte, schlug Tonia vor, den Fluß hinunter nach Potter Heigham zum Tee zu fahren. Dies war für alle das Zeichen, daß es nun keinerlei Zwang mehr gab, und so drängten sie lärmend und lachend in die beiden Boote, die in der Nähe des Bungalows festgemacht waren. Die meisten stiegen ins Motorboot, das Christopher steuerte. Ich segelte mit Finbow und William in dem kleinen Dingi. Dabei dachte ich ständig daran, wie mir zumute gewesen war, als ich das letzte Mal das Boot gesegelt hatte. Da hatte ich in meiner Torheit geglaubt, Finbow hätte nun den Beweis dafür, daß Tonia die Tat begangen hatte. Eine bittere Erinnerung, nachdem jetzt die Wahrheit so unendlich schmerzlicher für mich war!

Als wir gemächlich mit dem Segelboot einliefen, saßen die andern bereits an einem Gartentisch des Gasthofs bei der Brücke.

„Nur herein!“ rief Tonia. „Heute gibt es einen Tee ohne Mörder!“

„Eine ganz neue Erfahrung, sich an den Tisch setzen zu dürfen, ohne das Gefühl zu haben, daß in nächster Nähe ein Mörder sitzt“, lächelte Philip.

„Ja, das Leben ist plötzlich wieder langweilig geworden“, bemerkte Christopher, als Finbow, William und ich uns zu ihnen setzten. „Ich glaube, Ian sollte etwas dagegen unternehmen. Ian, würdest du nicht einen kleinen Mord begehen, um ein bißchen für Abwechslung zu sorgen?“

Ich versuchte ein Lächeln, aber es gelang mir nicht.

„Was ist denn mit dir los, Ian?“ fragte Avice leise. „Du siehst gar nicht glücklich aus.“

„Wenn Sie einmal in unser Alter kommen, Avice, werden Sie auch feststellen, daß einen dann manche körperliche Beschwerden plagen, über die man nicht gern spricht, wenigstens nicht, wenn man so bescheiden ist wie unser Ian“, mischte sich Finbow ein. „Er hat eine Magenverstimmung.“

„Mein armer Ian“, rief Avice mitleidig. „Das tut mir aber leid. Kann ich dir irgendwie helfen?“

„Es wird schon wieder besser“, murmelte ich.

„Ich gehe ins Gasthaus und versuche, etwas Magnesia zu bekommen“, sagte Avice. „Eine Tante von mir hat das immer genommen.“

Ich mußte mir die grimmige Komödie gefallen lassen. Als ich Avice mit langen, gleitenden Schritten weggehen sah, um Magnesia für Beschwerden zu holen, die Finbow mir angedichtet hatte, hätte ich fast laut aufgeschrien. In Wirklichkeit quälte mich ja einzig die Angst vor dem Schicksal, das sie selbst erwartete.

Aber die Komödie nahm ihren Fortgang. Melancholisch schluckte ich etwas von dem Pulver, und die übrigen akzeptierten mich als schweigenden Zuschauer bei ihrem Danksagungsmahl.

Tonia kam noch einmal auf Finbows Scherz zurück.

„Warum haben Sie eben sich und Ian in einem Atem genannt, Finbow?“ protestierte sie. „Sie sind doch lange nicht so alt wie er.“

„Abgesehen von den Kalenderjahren bin ich sogar ungeheuer viel älter“, entgegnete Finbow. „Tatsächlich stamme ich aus dem Jahre 1879 – einem Jahr, das sonst in keiner Hinsicht bemerkenswert war.“

„Dann sind Sie ja erst zweiundfünfzig“, rief Philip.

„Richtig geraten“, antwortete Finbow.

„Und noch jung genug, mich zu heiraten“, ergänzte Tonia und warf Finbow über ihre Tasse einen koketten Blick zu.

„Im Gegenteil noch viel zu jung für diese Aufgabe“, erwiderte er.

„Sie Biest“, sagte Tonia.

„Ist es nicht absurd, wenn man sich überlegt, was wir alle in den letzten drei Tagen voneinander gedacht haben“, sagte Philip und musterte die Tafelrunde reihum. „Ich verrate nicht, wen ich im Verdacht hatte, aber es war einfach schrecklich.“

„Ich bin, weiß Gott, kein sentimentaler Mensch“, sagte William, „aber ich bin froh, daß es vorbei ist.“

„Roger ist tot, der arme Kerl“, sagte Christopher. „Denken wir nicht mehr daran und reden wir lieber von unsern nächsten gemeinsamen Ferien.“

„Wir könnten dich und Avice in Penang besuchen“, meinte Philip leichthin.

„Ein großartiger Gedanke“, stimmte Christopher zu, doch kam mir sein Gesicht leicht beunruhigt vor. „Wir können aber erst heiraten, wenn ich ein oder zwei Jahre draußen war.“

„Wie schade“, entfuhr es Tonia. „Wie wäre es mit einer Doppelhochzeit nächste Woche?“

Avice wollte nichts davon wissen.
„Wir haben noch viel Zeit", sagte sie.
Viel Zeit! dachte ich. Sie mußte Nerven aus Stahl haben.
„Wir könnten ja auch an Weihnachten nach Hyères gehen", schlug Tonia vor.
„Vielleicht könnte ich's einrichten", sagte William, „wenn ich auch nicht wie ihr zu den Parasiten gehöre. Immerhin könnte ich's versuchen."
„Ich glaube, ich könnte kommen", fügte Avice hinzu.
Ich biß mir auf die Lippen, so verblüfft war ich.
„Mit mir könnt ihr nicht rechnen, fürchte ich", sagte Christopher. „Ich werde dann zahllose Tonnen Gummi pflanzen."
„Und wie steht's mit Ihnen, Ian?" fragte Tonia.
„Ich weiß noch nicht", sagte ich trübsinnig.
„Morgen geht's Ihnen schon wieder besser", tröstete sie.
„Könnten Sie nicht auch kommen, Finbow?" fragte Philip. „Wir sind nämlich unter normalen Umständen ganz nette Leute. Sicher gefallen wir Ihnen besser, wenn Sie uns erst näher kennen."
„Ich frage mich nur, ob ich Ihnen auch besser gefalle, wenn Sie mich erst näher kennen", erwiderte Finbow. Ich glaube, ich allein wußte, was er damit sagen wollte.
Wir saßen weiter beim Tee, und alle außer mir plauderten und neckten sich und aßen und tranken mit lebhaftem Appetit. Finbow bereitete sich wieder zwei Kannen von seinem Spezialtee und sagte beim ersten Schluck wie immer: „Der beste Tee der Welt!"
Philip und Tonia spielten ein lärmendes Spiel, bei dem man „Pseudo" rufen mußte, wenn man im Gesicht des andern etwas Künstliches entdeckte. Christopher und William rauchten behaglich. Ich allein blieb von der gemütlichen Stimmung dieses Nachmittags ausgeschlossen. Manchmal kam es mir allerdings so vor, als ob auch Avice eine gewisse Unruhe anzumerken wäre.
Endlich war es sechs, und man entschloß sich zögernd, in den Bungalow zurückzukehren. Ich sage „man", denn die Aussicht auf die Nacht war mir so zuwider, daß ich am liebsten für immer in diesem Garten sitzengeblieben wäre. Finbow sagte gelassen: „Ich erwarte dringend ein Päckchen. Ich würde deshalb lieber mit dem Motorboot zurückfahren. Ian, Philip und Tonia könnten mit mir kommen, wenn sie Lust haben."
„Wir gehen zu Fuß". antwortete Tonia und hängte sich bei Philip

ein. „Wir haben euch alle schrecklich gern, aber manchmal möchten wir doch auch zehn Minuten für uns allein sein."

„Darf ich mit Ihnen fahren, Finbow?" bat Avice rasch. Ihre Stimme klang erregt, und sie hatte die Augen weit aufgerissen, wie von einer plötzlichen Angst erfaßt. Finbow blickte sie aufmerksam an und sagte:

„Aber gewiß, wenn es Ihnen Spaß macht. William kann Christopher im Dingi heimsegeln."

Während der drei Minuten von Potter bis zum Bungalow sprach weder Avice noch ich. Finbow bemerkte, er hätte es nicht für möglich gehalten, daß es so weit mit ihm kommen würde, daß er ein Motorboot steuerte, und Avice lächelte tapfer dazu. Ich war zu verzweifelt, um auf etwas anderes als ihr blasses Gesicht zu achten.

Als wir anlegten, lief sie schnell durch den Garten zum Bungalow hinauf und betrat ihn durch die Verandatür. Finbow und ich folgten ihr langsam. Auf dem Tisch im Wohnzimmer lag ein an Finbow adressiertes Päckchen.

„Gut", bemerkte er. „Das kommt von Allen. Nimm es bitte mit in unser Zimmer hinauf, Ian."

Ich legte das Päckchen auf seinen Toilettentisch und blickte mit blinden Augen aus dem Fenster. Draußen war nichts zu sehen, und auch Avice würde ich bald nicht mehr wiedersehen. Ihr Gesicht würde nur noch ein Schatten in der Erinnerung eines alten Mannes sein.

Finbow kam mit einem weiteren Päckchen ins Zimmer, das in braunes Packpapier gewickelt und ohne Adresse war, und legte es neben das von mir hereingebrachte. Er reckte sich und sagte ruhig:

„Jetzt müssen wir nachsehen, was Avice macht."

„Kannst du sie denn nicht in Ruhe lassen?" flehte ich. „Laß es doch, um Gottes willen, Finbow! Du kannst doch nicht zulassen, daß dieses Mädchen –"

„Ich habe dir versprochen, mein Bestes zu tun", erwiderte er kurz.

Er ging durch die Tür ins Wohnzimmer, und etwas Unwiderstehliches zog mich hinter ihm her. Er blieb einen Augenblick stehen und murmelte: „Wenn ich mich nicht irre –". Dann stürzte er auf Avices Tür zu und riß sie auf.

Das Zimmer war von beißendem Rauch erfüllt. Auf dem Fußboden lag ein Haufen geschwärztes und verkohltes Papier, dessen Ränder noch flackerten. Avice blickte mit weitaufgerissenen Augen in die Flammen, und ein hartes Lächeln verzerrte ihren Mund. Ich hätte es nicht für möglich gehalten, daß ihr sonst so sanftes, melancholisches Gesicht diesen Ausdruck wilden, höhnischen Triumphs annehmen könnte. Es nahm mir die letzten Zweifel und meine letzte Hoffnung. Das ist das Ende, dachte ich.

Sie sah Finbow spöttisch lächelnd an und sagte:

„Merkwürdige Manieren haben Sie, Mr. Finbow!"

Finbow deutete auf den Fußboden.

„Etwas, das mit Roger zusammenhängt?" fragte er ruhig.

„Wie klug Sie sind", antwortete sie. „Es war mein Tagebuch, wenn Sie es genau wissen wollen."

„Nicht ungefährlich, so ein Tagebuch zu führen", sagte er.

Obwohl sie sich zu beherrschen versuchte, brachte Finbows Ruhe sie aus der Fassung. Ihre Stimme zitterte, als sie sagte:

„Denken Sie darüber, wie Sie wollen!"

„Das habe ich auch vor", sagte Finbow.

„Oh", flüsterte sie.

„Vielleicht interessiert es Sie, daß Sie genau das getan haben, was ich erwartete. Es paßt in mein Schema. Tatsächlich war es das letzte fehlende Glied in der Kette."

„Herzlichen Glückwunsch", sagte sie, aber ihre Augen hatten einen gehetzten Ausdruck.

Schlank und aufrecht stand sie vor ihm.

„Was wollen Sie jetzt tun?" fragte sie.

„Das werden Sie gleich sehen", antwortete er freundlich. „Vielleicht warten Sie mit Ian im Wohnzimmer, bis die andern zurück sind."

Avice warf sich aufs Sofa, zündete sich eine Zigarette an und verhielt sich dann in ihrer Angst ganz still. Finbow stand am Klavier, hatte den Ellenbogen aufgestützt und sprach ebenfalls kein Wort. Ich lehnte verzweifelt in meinem Sessel.

Plötzlich sagte Finbow gelassen: „So!" und wandte sich dann an Avice:

„Ich bin doch nicht ganz so klug, wie ich manchmal denke", sagte er. „Wir beide müssen noch einen kleinen Spaziergang machen, Avice."

Sie blickte zu ihm auf.

„Wenn Sie das sagen, ist es wohl nicht zu ändern. Aber ich warne Sie, ich habe keine Lust", erwiderte sie kalt.

„Das macht nichts", sagte Finbow.

Er ging schnell in unser Zimmer und kam mit dem Päckchen ohne Anschrift zurück. Mich bat er, den andern zu sagen, er und Avice würden nicht lange ausbleiben. Dann führte er sie in die Diele und durch die Tür ins Freie, die auf den Fußweg durch die Felder ging.

In trostloser Stimmung blieb ich im dunkelnden Zimmer zurück. Die Gedanken wirbelten mir im Kopf. Bilder zogen vor meinen Augen vorbei: Avice, wie sie weinend in meinen Armen lag und mich bat, ihr zu helfen, den Verdacht von ihr abzuwenden; Avice, wie sie verzweifelt auf Deck saß und zu mir sagte, wie sympathisch ihr Finbow sei; Avice, die aus dem Fenster aufs Moor blickte, während Tonia sie hysterisch anschrie: „Bist du zu stolz, um mit uns zu reden?" Ich dachte auch an Finbow, wie er im Zug behauptet hatte, sie habe im Schein des Streichholzes ausgesehen, als ob sie „ein lästiges Insekt zertreten" hätte, und an diese letzte Szene, wie sie die Papiere verbrannte, während ein höhnisches Lächeln ihr reizendes Gesicht verzerrte.

William und Christopher kamen aus dem Garten herein.

„Tut mir leid, daß wir so lange ausgeblieben sind", sagte William. „Ich mußte die ganze Zeit über Stag gehen."

„Ganz allein, Ian?" erkundigte sich Christopher. „Wo stecken denn Finbow und Avice?"

„Sie machen noch einen kleinen Spaziergang", antwortete ich.

Ich brachte es noch fertig, ihn zu bemitleiden. Der arme Kerl, welch ein Schock es für ihn sein würde!

„Komisch", meinte er. „Es fängt doch an zu regnen. Wahrscheinlich kehren sie gleich wieder um."

„Vermutlich", erwiderte ich.

Ein oder zwei Minuten später kamen Philip und Tonia hinzu. Sie fingen sofort an, über ihre Hochzeitsvorbereitungen zu reden, und Tonia war in übermütiger Stimmung.

„William", sagte sie herausfordernd, „du mußt unbedingt auch bald heiraten."

„Keine Zeit", knurrte er. „Außerdem bin ich viel zu vorsichtig."

„Unsinn", lachte sie. „Die erste Frau, die entschlossen ist, dich zu heiraten, schleppt dich zum Altar, bevor du Zeit hast, dich aus dem Staub zu machen."

Sie legte einen Foxtrott auf und tanzte hingerissen mit Philip, wobei sie sich eng an ihn schmiegte. Mit einem merkwürdig unpersönlichen Mitgefühl beobachtete ich Christophers braunes, durchfurchtes Gesicht. Sicher dachte er traurig darüber nach, wieviel unkomplizierter doch diese Liebe war als seine eigene.

William setzte sich neben mich und fing eine Unterhaltung an.

„Du bist ja ganz durcheinander, Ian“, meinte er.

„Ich fühle mich nicht ganz wohl“, gab ich zu.

„Das kommt wahrscheinlich von der Nervenanspannung“, sagte er.

„Man spürt das meist erst, wenn alles vorbei ist; dann trifft es einen wie ein Schlag vor den Kopf.“

Ich versuchte höflich zu bleiben, doch kamen mir seine Worte immer nichtssagender vor.

Und immer noch war Finbow nicht mit Avice zurück, und immer noch hatte er den andern seine Eröffnungen nicht gemacht.

Der Regen schlug gegen die Scheiben. Das Grammophon wimmerte weiter. Ich konnte fühlen, wie mein Herz schlug.

Endlich sah ich zwei Gestalten im Regen den Garten heraufkommen. Offenbar waren sie querfeldein gegangen und dann am Ufer entlang zurückgelaufen. William machte ihnen die Verandatür auf, und sie kamen dampfend und außer Atem herein. Avices Haar triefte, und ihre Strümpfe hatten dunkle, nasse Flecken. Finbow bemerkte lächelnd:

„Man sollte wirklich nicht ohne Regenschutz ausgehen.“

„Warum habt ihr’s denn getan?“ fragte Christopher.

Avice erwiderte:

„Weil Mr. Finbow es gerne wollte. Ich dachte, ich könnte ihm den Gefallen tun.“

„Man muß Finbow auch mal ein Vergnügen gönnen“, mischte sich Tonia ein.

„Glücklicherweise sind meine Vergnügen meist harmloser Natur“, erwiderte Finbow.

Bei der Neckerei lief es mir kalt über den Rücken.

Der Abend war durch den Regen so dunkel, daß man kaum das andere Ende des Zimmers erkennen konnte. Tonia rief:

„Großer Gott, wir können doch nicht so im dunklen Zimmer herumsitzen, jetzt, wo alles wieder in Ordnung ist!“

„Natürlich nicht“, stimmte Philip zu.

„Wir wollen Licht machen“, verlangte Tonia.

Mrs. Tufts wurde hereingerufen, und Christopher forderte sie auf, die Lampen zu bringen. Sie antwortete grob, die seien immer noch nicht in Ordnung, versprach aber Kerzen zu holen.

Bald verbreiteten zehn Kerzen ein trübes, gelbliches Licht, das sich mit dem Grau des regnerischen Abends vermischte. Mich gemahnte das Ganze unheimlich an eine nächtliche Totenwache.

„So ist's schon besser", meinte Tonia. „Wenigstens ist es ein bißchen heller und romantischer."

„Vergnüglich finde ich es gerade nicht", bemerkte William.

„Ach was, mir ist's gut genug", sagte Philip. „Was liegt daran, wo wir doch jetzt alles überstanden haben."

„Richtig", bestätigte Christopher. „Jetzt macht einem nichts mehr etwas aus."

„Ach, ist's nicht himmlisch zu wissen, daß wir alles hinter uns haben", meinte auch Tonia gedehnt und warf ein Bein über die Sofalehne.

„Ja, jetzt haben wir alles hinter uns", bestätigte Finbow ruhig, „oder doch fast alles. Ich habe gerade das letzte Wort dazu in Gestalt eines Buchs erhalten, in das Roger seine Krankengeschichten in allen Einzelheiten eingetragen hat."

Mir kamen diese Worte harmlos vor, aber ich sah, daß Avice totenblaß wurde, und ich sagte mir, daß dies irgendwie das Ende bedeuten mußte. Tonia, der nichts aufgefallen war, fragte Finbow:

„Sind sie interessant?"

„Sehr interessant", antwortete er.

William fing an, von einem Buch mit Krankengeschichten zu erzählen, das einem seiner Freunde gehörte, der sich eben auf Nervenkrankheiten spezialisiert hatte. Christopher stand auf und ging in sein Zimmer. William erzählte weiter, aber ich blickte auf Avice und nahm kaum ein Wort davon in mich auf. Christopher kam wieder zu uns ins Zimmer zurück. Sein hageres Gesicht trug einen ratlosen Ausdruck.

„Hallo, Christopher", rief Finbow. „Suchen Sie vielleicht ein Päckchen? Ich habe es versehentlich auf den Spaziergang mitgenommen und im Boot liegen lassen."

„Ach so", antwortete Christopher. „Ich muß nur einen Blick hineinwerfen. Ich hole es geschwind und besorge mir bei der Gelegenheit im Dorf etwas Tabak."

„Ja", sagte Finbow, und Christopher verschwand durch die Verandatür im Garten.

Die Worte klangen mir im Ohr, aber meine ganze Aufmerksamkeit gehörte einem blassen, unbeweglichen Gesicht. Leidenschaftlich wünschte ich, Finbow möchte endlich reden. William war mit seiner Geschichte zu Ende, und Tonia berichtete nun von ihren eignen Erlebnissen bei einem Nervenarzt.
Ich sah Finbow angespannt auf seinem Stuhl sitzen, als ob er auf etwas wartete. Dumpf fragte ich mich, was es wohl sein könnte. Plötzlich vernahm ich einen kurzen Knall wie von einer Peitsche. Ich hatte keine Ahnung, wo er herkam und maß ihm auch keine Bedeutung bei.
„So", sagte Finbow sehr ruhig.

Finbow nimmt sich Zeit für seine Erklärungen

Finbow ging schnell aus dem Zimmer, und wir hörten ihn nach Mrs. Tufts rufen. Ich vernahm, wie er mit seiner leisen Stimme rasch ein paar unverständliche Worte zu ihr sagte und dann ein unterwürfiges: „Ja, Sir. Ja, Sir", das mir ungewöhnlich fügsam vorkam. Mit ihr zusammen kam er ins Zimmer zurück. Sie warf jedoch nur einen raschen Blick herein und verzog sich wieder. Finbow lehnte sich in seinen Stuhl zurück und wandte sich an mich:
„Es tut mir leid, Ian, daß du eine so schlimme Zeit durchmachen mußtest. Aber es war nicht zu ändern", sagte er voll Mitgefühl.
„Was willst du damit sagen?" stotterte ich überrascht und ratlos.
„Ich mußte dich im Glauben lassen, daß ich Avice im Verdacht hätte", antwortete er.
Undeutlich sah ich, wie sie sich vorbeugte, und es war mir, als ob reihum alle Augen erregt aufleuchteten.
„Na und?" rief Tonia schnell.
„Die Antwort ist einfach. Christopher hat Roger umgebracht", erwiderte Finbow.
Mir versagten die Worte.
„Aber – neulich nachts –" stotterte ich, „du hast doch gesagt, er sei's nicht gewesen – und es bestand doch kein Grund – warum hast du mir das nicht eher gesagt?"
„Christopher?" fragte Philip, „aber Roger hat doch Selbstmord begangen!"
Tonia und William schrien erstaunt auf.
Avice saß ganz still. In wenigen Sätzen erklärte ihnen Finbow, aus welchen Gründen ein Selbstmord nicht in Frage kommen konnte. Überzeugend legte er ihnen seine Argumente dar, wie er sie mir in Horning unterbreitet hatte. Dann blickte er mich an und erklärte:
„Als ich dir neulich abends sagte, wir könnten Christopher von

unserer Liste streichen, habe ich selbst fest daran geglaubt", sagte er und zündete sich eine Zigarette an. „Erst am nächsten Abend merkte ich, daß ich ihn mir noch einmal unter die Lupe nehmen mußte. Bis dahin hatte ich keinen meiner Gedanken vor dir geheimgehalten, Ian. Und bis dahin hast du alle Tatsachen, mit denen ich arbeitete, auch mitbekommen. Das heißt, das ganze Durcheinander von Tatsachen und Überlegungen, durch die ich mich hindurcharbeiten mußte, um zum Kern der Sache zu gelangen. Danach habe ich dir nicht mehr alles gesagt, was mir durch den Kopf ging. Du wirst es verstehen, wenn ich euch erklärt habe, um was für eine Art von Mord es sich hier handelt."

„Ich glaube, ich habe mich zum Narren gemacht", murmelte ich. Zum erstenmal durchdrang mich wieder ein beglückendes Gefühl der Erleichterung. Avice war in Sicherheit, und niemand konnte ihr mehr etwas anhaben!

„Das kann man wohl sagen", bestätigte Finbow. „Aber schließlich kann es dir keiner verdenken, daß du nicht den ganzen komplizierten Fall durchschaut hast. Den ersten wirklich wichtigen Hinweis auf den Mörder hast du wahrscheinlich ganz übersehen –"

„Welchen Hinweis denn?" drängte William ungeduldig.

„Aloysius Birrell", erwiderte Finbow lächelnd.

„Etwas, was er gesagt hat?" fragte Tonia mit ihrer heiseren Stimme.

„Nein, etwas, was er getan hat. Gestern nachmittag, bevor Sie und Philip sich verdrückt haben", sagte Finbow und lachte ihr zu, „habe ich beobachtet, wie Birrell mit seinem Motorboot vorm Haus anlegte, als er uns noch ein paar Fragen stellen wollte. Dabei fiel mir auf – und ich habe Ian darauf aufmerksam gemacht –, daß er ein ganz hervorragender Steuermann ist."

„Aber was hat denn das mit dem Mord zu tun", fragte Philip, während wir alle vor Erregung zitterten.

Finbow sprach ruhig weiter. Es war, als ob er einen Vortrag vor einer literarischen Gesellschaft hielte:

„Wir machen eben den Fehler, die Menschen viel zu oberflächlich zu beurteilen. Immer sind wir versucht, sie zu etikettieren. Und wenn wir ihnen unser Etikett aufgeklebt haben, erwarten wir von ihnen, daß sie sich dann auch immer entsprechend verhalten. In der Schriftstellerei bezeichnet man diesen Prozeß als das Festhalten an der Tradition des englischen Romans. In der Praxis bedeutet es, daß wir alle Birrell für einen ausgemachten Hanswurst hielten, dessen einzige Aufgabe auf der Welt darin besteht, Stoff zum Lachen zu liefern. Ihr erinnert euch, daß Christopher, William und Ian in den Fluß gefallen sind, als Birrell sie am ersten Morgen auf dem Weg zur Jacht mit seinem Motorboot überholte. Daß er dabei das Boot zum Kentern brachte, paßte haargenau zu dem Bild, das wir uns von ihm gemacht hatten. Wir kannten ihn zwar erst seit fünf Minuten – aber wir waren alle der Meinung, daß es ihm ähnlich sah."

Tatsächlich mußte ich vor mir selbst bekennen, daß ich die Sache genauso angesehen hatte.

„Trotzdem haben wir uns alle in ihm geirrt", fuhr Finbow fort. „Birrell ist zwar in vieler Hinsicht ein Hanswurst. Wenn er zum Beispiel Tonia in einem ihrer hauchdünnen Pyjamas sieht, gerät er völlig aus der Fassung. Außerdem ist er nicht in der Lage, zwei verschiedene Standpunkte gegeneinander abzuwägen. Aber er ist sehr fix im Denken und in seinen Reaktionen. Bei einer geschickten Anleitung wäre er in seinem Beruf sogar ganz brauchbar. Im Augenblick zeichnet er sich überall dort aus, wo es auf ein schnelles Reagieren ankommt, wie zum Beispiel beim Fahren. Wenn wir uns daran gewöhnen könnten, einen Menschen für nicht ganz so unkompliziert zu halten wie einen Charakter in einem englischen Roman des neunzehnten Jahrhunderts, wären wir schon eher dahintergekommen, daß es Birrell weit weniger als zum Beispiel Ian und mir zuzutrauen ist, daß er ein Boot zum Kentern bringt."

„Zugegeben!" sagte William.

„Andererseits ist aber auch Christopher ein guter Ruderer", sagte Finbow. „Die Wahrscheinlichkeit, daß einer von den beiden versehentlich den Unfall verursacht hat, ist daher äußerst gering. Als ich Birrell beobachtete, wie er das Motorboot steuert, kam mir die Idee, daß dieser Unfall gar kein Unfall gewesen sein könnte, sondern daß er absichtlich herbeigeführt wurde, und zwar durch Christopher."

„Aber warum?" fragte William schnell. „Der Mann ist schließlich nicht verrückt."

„Das brachte mich darauf, mir noch am Mordtag fünf Fragen zu notieren, die meiner Ansicht nach die wichtigsten Punkte des Falles betrafen. Hier stehen sie." Und er zog das Blatt Papier hervor, worauf er sich am ersten Morgen, als wir zusammen im Garten gesessen hatten, seine Notizen gemacht hatte.

„Nummer fünf* ist bereits beantwortet", sagte er. „Worum es dabei geht, sage ich Ihnen später einmal, William. Heute nur soviel, daß ich an Ihrer Stelle auch keinen großen Wert auf Roger gelegt hätte. Nummer vier** zu beantworten, kam mir nicht besonders schwierig vor. Ich wußte, daß Philip es nicht gewesen sein konnte, und ich war fast sicher, daß Tonias Verhalten auf Komplikationen in einer Liebesaffäre zurückzuführen sein mußte." Er blickte auf und lächelte den beiden zu. „Ihr dürft keinen Anstoß daran nehmen, daß ich über euch rede, als ob ihr Präparate wärt, die vor mir ausgebreitet auf dem Tisch liegen." Und er fuhr fort: „Es bestand immerhin die Möglichkeit, daß sich Tonias Angst nicht allein aus ihrem Liebeskummer erklären ließe, aber ich beruhigte mich in dieser Hinsicht, als Ian und ich ihre Unterhaltung mit Philip auf dem Hickling Broad mitanhörten."

„Das haben Sie gehört!" rief sie mit blitzenden Augen. „Was haben Sie gehört?"

„Genug, um sicher zu sein, daß Ihnen der lebende Roger lieber sein mußte als der tote", antwortete er. „Wenn Sie eine vollständige Analyse Ihrer Einstellung zu Roger von mir haben wollen, gebe ich sie Ihnen später einmal – aber privat."

William sah verständnislos drein.

„Aber du hast doch Roger gar nicht gekannt", sagte er zu Tonia. Sie überhörte es und fragte statt dessen Finbow aufgeregt:

„Wieviel wissen Sie?"

„Eine ganze Menge", lächelte er. „Genug, um den Mund darüber zu halten und Sie nur um so lieber zu haben."

Mein klares Urteilsvermögen, das mir abhanden gekommen war, solange ich Avice in Gefahr glaubte, kehrte langsam zurück und damit auch mein Interesse für die andern. Es fiel mir auf, daß Tonia so ausschließlich mit sich selbst und Philip beschäftigt war, daß sie den Mord darüber fast vergaß. Für sie war ihr Verhältnis zu Philip unendlich wichtiger als Rogers Tod, und auch für Philip, der mit traurigen Augen zugehört hatte, wie sie Finbow ihre Fragen stellte, war alles, was ihm Tonia in einem neuen Licht erscheinen ließ, wichtiger als Christophers Schuld. So geht es natürlich uns allen, und es ist wahrscheinlich auch ganz in Ordnung so.

* Welche Gefühle verbirgt William?

** Warum haben Philip und Tonia sich nach dem Mord so demonstrativ zusammengetan?

„Um Mitternacht hatte ich Frage vier und fünf befriedigend beantwortet“, stellte Finbow zusammenfassend fest. „Dies brachte mich mit der Lösung des Falls nicht weiter – außer in negativer Hinsicht. Aber ich konnte mir jetzt wenigstens ein ziemlich vollständiges Bild von Roger machen. Als Ian mich dann heimsegelte, dämmerte mir, was die Antwort auf Frage drei sein könnte, nachdem mir nun der Gedanke gekommen war, daß Christopher den Unfall absichtlich herbeigeführt haben könnte. Diese Frage Nummer drei* hat mir viel Kopfzerbrechen gemacht. Eine Zeitlang suchte ich die Erklärung in irgendwelchen Gefühlskonflikten und fragte mich, ob Avice vielleicht Roger doch geliebt hatte und daher nach dem Mord von Christopher nichts mehr wissen wollte. Aber ich erkannte bald, daß das nicht stimmte.“

„Christopher ist mir nach dem Mord aus dem Weg gegangen, bis er von Horning zurückkam“, sagte Avice leise.

„So!“ sagte Finbow befriedigt. „Genau das habe ich vermutet. Eine Zeitlang habe ich auch geglaubt, Avice könnte zu den jungen Mädchen gehören, denen man seine Sorgen nicht mitteilt. Aber auch das traf nicht zu. Im allgemeinen würde ja ein normaler junger Mann, der eine Tonia oder eine Avice liebt, in einer solchen Lage schnurstracks zu seiner Geliebten hinlaufen. Wenn er dann bei ihr wäre, würde er sich allerdings in beiden Fällen verschieden verhalten. Bei einer Tonia würde er seinen Kummer in der Liebe zu vergessen suchen, bei einer Avice dagegen würde er sich aussprechen und hinterher versuchen, sie auf die gefühlvolle Tour zu trösten.“

Avice errötete, und Tonia lachte. Finbow aber fuhr fort:

„Avice ist eben ein sehr zurückhaltendes junges Mädchen. Worauf es aber ankommt, ist, daß der junge Mann trotzdem zu ihr gehen würde, und eben das hat Christopher nicht getan. Ich mußte nach einer Erklärung suchen, und das gekenterte Boot zeigte mir den Weg. Er verschaffte sich auf diese etwas komplizierte Art eine Ausrede dafür, daß er versäumt hatte, seine Toilette zu machen.“

Wir schwiegen alle. William steckte sich eine Zigarette an, und das Kratzen des Streichholzes auf der Reibfläche klang uns in den Ohren wie ein Aufschrei.

„Zuvor hatte ich es für unmöglich gehalten, daß jemand innerhalb

* Warum haben Avice und Christopher nach dem Mord nicht beieinander Zuflucht gesucht?

von drei Minuten einen Mord begehen und dann auch noch so tun könnte, als ob er sich gewaschen hätte und was sonst noch dazugehört. Das Problem vereinfacht sich natürlich erheblich, wenn er sich ganz einfach *nicht* gewaschen hat. Als ihr in der Kajüte die Lage besprochen habt, hatte sich Christopher seit dem Tag zuvor nicht mehr richtig gewaschen."

„Wer achtet schon auf so etwas auf einer Jacht", warf William ein. „Wir waren nach dem Mord alle in seiner Nähe, und niemand ist etwas an ihm aufgefallen."

„Sie haben völlig recht", bestätigte Finbow. „Ich habe mich selbst darüber gewundert. Dann sind mir aber ein paar Dinge eingefallen, die mir Ian geschildert hatte. Zum einen hat Christopher, als ihr alle im Salon beieinandergesessen habt, Tonia offenbar eine Schachtel Streichhölzer zugeworfen, anstatt ihr die Zigarette anzuzünden. Das wunderte mich, denn er ist doch sonst ein recht wohlerzogener junger Mann, und er hätte ja nur zu ihr hinüberreichen müssen. Es konnte reiner Zufall sein, aber ich fragte mich doch, ob er vielleicht aus irgendeinem Grund nicht wollte, daß sie seine Hand aus der Nähe zu sehen bekam.

Und dann war da der Streit zwischen William und Christopher, wer nach Horning rudern sollte. Warum weigerte sich Christopher? Und wenn er schon nicht nach Horning rudern wollte, warum war er dann so erpicht darauf zurückzurudern?

Sicher ist aber, daß der Mörder die Ruderpinne zwischen den Arm des Toten und seinen Körper stecken mußte. Dabei war die zeitliche Reihenfolge wohl folgende: zuerst der Mord, dann waren Revolver, Wimpel und Logbuch aneinanderzubinden und über Bord zu werfen, wobei die Schnur auf dem Dollbord einen Kratzer hinterlassen mußte; drittens war dann noch die Pinne festzuklemmen, damit die Jacht einen möglichst geraden Kurs einhielt. Mittlerweile war aber Rogers Brust bestimmt voll Blut . . .

Wenn sich nun Christopher bei diesen Handgriffen einen kleinen Blutfleck auf der Hand geholt hatte – und *wenn er das erst bemerkte, als er schon wieder in der Kajüte war* – dann läßt sich sein scheinbar sinnloses Verhalten bei verschiedenen Gelegenheiten, die sonst nichts miteinander zu tun hatten, leicht erklären. Er wollte natürlich nicht, das Tonia seine Hand aus der Nähe zu sehen bekäme, er wollte kein Ruder anfassen aus Angst, seine durch die Bewegung warm gewordene Hand könnte eine Blutspur hinterlassen. Als er dann doch rudern mußte, wollte er sichergehen, daß niemand das Ruder zu sehen bekäme, bevor es abgewaschen war. So mußte er auf dem Rückweg von Horning unbedingt das Ruder abwaschen und, was noch wichtiger war, auch seine Hand. Daher wollte er auch William aus zwei Gründen nicht rudern lassen: einmal, weil niemand das Ruder sehen sollte, und zweitens, weil er es leichter abwaschen konnte, wenn er selbst ruderte. Er hatte nämlich die Absicht, bei der nächstbesten Gelegenheit das Boot zum Kentern zu bringen. Als dann Birrell vorbeikam, hat er seine Absicht ausgeführt.

Als mir diese Idee kam, nahm ich an, daß Christopher, der ja so gescheit und vorsichtig ist, sicher so denken und handeln würde, wie ich mir das vorstellte. Das war mein erster Schritt. Er lief darauf hinaus, daß ich mir sagte, *wenn* Christopher den Mord begangen hat, ist sein Verhalten hinterher leicht zu erklären.

Schwieriger war es, einen Grund dafür zu finden, weshalb er Roger umgebracht haben sollte. Nach meinem Gespräch mit Avice hatte ich ihn schon von der Liste gestrichen, weil er als einziger von allen kein Motiv zu haben schien. Andererseits hatte ich Ian gegenüber bereits eine äußerst wichtige Tatsache erwähnt, daß nämlich Roger selbst mehr Motive hatte, die verschiedenen Mitglieder seiner Segelpartie umzubringen als umgekehrt. Roger muß zum Beispiel den dringenden Wunsch verspürt haben, Christopher aus dem Weg zu räumen, da dieser ja Avice heiraten wollte. Nach allem, was ich über Roger wußte, war ich überzeugt, daß er Christopher nach Kräften geschadet hätte, soweit das in seiner Macht lag. Traf dies zu, so konnte Christopher sehr wohl in Notwehr gehandelt haben. Und ich begann darüber nachzudenken, *wie* das wohl möglich gewesen wäre.

Da fiel mir ein, daß Christopher sich so ungewöhnlich zuversichtlich über die ärztliche Untersuchung geäußert hatte. Ich sagte mir zuerst, daß es töricht wäre, da einen Zusammenhang zu vermuten. Er mußte sich untersuchen lassen, und zwar von einem Vertrauensarzt der Gesellschaft, und er mußte durchkommen. Er bestand diese Prüfung mit einer I a. Mir fiel jedoch seine Zuversicht vor der Untersuchung auf. Hat man je gehört, daß ein intelligenter Mensch vor seiner ersten ärztlichen Untersuchung absolut zuversichtlich und voller Selbstvertrauen ist? Ich kenne niemand, der keine Angst davor gehabt hätte. Ich fragte mich daher, ob er vielleicht doch schon einmal vorher untersucht worden war und wenn ja, warum er das dann geheimhalten wollte. Wenn er erst kürzlich untersucht worden war, brauchte er vor einer weiteren Untersuchung natürlich keine Angst zu haben. Das leuchtet ein. Aber warum dann das Versteckspiel?

Plötzlich ging mir ein Zusammenhang mit Roger auf. War Roger vielleicht im Bild, wenn es bei Christopher etwas zu verbergen gab? Wenn es sich etwa um eine frühere Erkrankung Christophers gehandelt hätte, war als sicher anzunehmen, daß Roger sich seine Kenntnisse davon zunutze machen würde, um Christopher zu schaden, sobald sich eine Gelegenheit bot. Und ich erkannte, daß die Stelle in Malaya eine solche Gelegenheit gewesen sein könnte."

Avice atmete schwer und blickte Finbow mit weitaufgerissenen Augen an. Finbow fuhr fort:

„Nun stellte ich folgende Vermutung an: *Wenn* irgendwann in der Vergangenheit, als Roger und Christopher noch gute Freunde waren und Christopher mit Avice noch nicht verlobt war, Christopher Roger wegen irgendeiner Krankheit konsultiert hatte – es müßte sich dabei natürlich um eine ziemlich ernste Krankheit handeln –, so war alles klar. Christopher kommt wieder soweit in Ordnung, daß nur sein ursprünglicher Arzt Bescheid weiß. Ich habe etwa an eine Krankheit wie Diabetes gedacht, wo eine ärztliche Untersuchung ein völlig normales Bild ergibt, solange der Patient sie unter Kontrolle hat. Nur sein Hausarzt weiß davon.

Nun würde aber jede Krankheit dieser Art, selbst nachdem sie ausgeheilt ist, den Betreffenden für eine Stelle wie die in Malaya disqualifizieren. Vielleicht zu Unrecht, aber es wäre so. Man würde ihm sagen, daß er seine Krankheit dort nicht unter Kontrolle halten könne, oder daß sie wieder ausbrechen könnte oder etwas Derartiges. Könnte man sich nicht vorstellen, daß Roger sich gesagt hätte, es wäre seine Pflicht, dem Vorstand der Malayischen Gesellschaft mitzuteilen, daß Christopher für diese Stelle nicht geeignet sei? Könnte man sich nicht vorstellen, daß er sogar überzeugt war, daß er damit nur seine Pflicht erfüllte? Munter, fett und rotbackig hätte er sich auf seine moralische Rechtschaffenheit sogar noch etwas eingebildet."

Avice biß sich auf die Lippen, bis sie weiß wurden.

„Sie sind sehr klug, Mr. Finbow", sagte sie.

„Ich habe mir nur ein deutliches Bild von allen Beteiligten gemacht, und meine Vermutung paßte in fast allen Einzelheiten zum Tatbestand. Meine Frage Nummer zwei* zum Beispiel wird viel plausibler, wenn Christopher der Mörder war. Hätte er ein Bekenntnis abgelegt, so hätte er fürchten müssen, Avice zu verlieren. Gescheit, wie er war, wußte er genau, daß er von Glück sagen konnte, wenn sie ihn überhaupt heiratete. Er war sich völlig klar, daß nicht viel fehlte und sie hätte die Verlobung wieder gelöst. Ich kann mir gut vorstellen, wie er sich mit seinem bitteren Humor gesagt hat, daß ihr ein Mord wohl als Vorwand genügen würde.

Frage Nummer eins** war damit noch nicht geklärt, doch beantwortete sie sich von selbst, als Birrell den Revolver fand. Als Ian mich in jener Nacht im Dingi zum Bungalow zurückbrachte, sagte ich ihm, langsam komme Ordnung in die Dinge. Damit meinte ich, daß alles zusammenpaßte, wenn Roger tatsächlich private Informationen über Christophers Gesundheitszustand besaß."

„Aber warum hast du mir das nicht gesagt?" protestierte ich.

„Weil ich zuviel Hochachtung vor Christophers Scharfsinn hatte und wollte, daß man dir deinen Kummer wegen Avice auch weiterhin ansehen sollte", antwortete er. „Hätte Christopher vermutet, daß jemand die Wahrheit kannte, hätten wir es bald mit einem weiteren mysteriösen Mord zu tun gehabt. Ich habe heute morgen vom Dorf aus mit Allen telefoniert – das ist ein Kriminalbeamter, mit dem ich befreundet bin – und ihn gebeten, Rogers Krankengeschichten durchzusehen und sie mir zu schicken. Er hat Christophers Namen unter dem April 1928 darin gefunden, konnte jedoch mit den Angaben nichts anfangen. Das Buch ist heute nachmittag hier eingetroffen. Ich habe noch nicht hineingesehen."

Avice sagte traurig:

„Ich kann Ihnen etwas darüber sagen. Es war eine merkwürdige Blutkrankheit. Eine Zeitlang hat Roger geglaubt, der Ausgang wäre tödlich. Dann haben sie aber eine Arznei gefunden, die sein Blutbild wieder normal machte, solange er sie einnahm."

Finbow blickte sie scharf an.

„Ich dachte mir, daß Sie Bescheid wissen. Das erklärt vieles. Jetzt bin ich doppelt froh, daß ich Ian nichts von meinen Vermutungen gesagt habe."

---

* Warum ist der Mörder nicht auf das Schweigegelübde eingegangen?

** Warum hat niemand den Versuch gemacht, jemand Bestimmtem die Schuld in die Schuhe zu schieben?

„Warum?“ fragte ich. „Wieso hat die Art der Krankheit einen Einfluß darauf?“

„Wenn man einem Menschen sagt, daß er an einer unheilbaren Krankheit leidet, ist er hinterher nicht mehr der gleiche Mensch, wenigstens eine Zeitlang nicht“, sagte Finbow. „Er verliert dann die Achtung vor dem Wert des Lebens, was man gut verstehen kann. Selbst wenn er wie Christopher wieder gesund wird, bleibt doch die psychologische Wirkung bestehen.

Gerade diese Gleichgültigkeit hat Christopher zu einem so perfekten Mörder gemacht. Und wenn er gemerkt hätte, daß ihm eine Gefahr drohte, wäre er sicher auch vor einem weiteren Mord nicht zurückgeschreckt. Gestern nacht ist mir alles Wesentliche über Christopher klargeworden. Allens Bericht war mir nur eine Bestätigung. Er war nicht weiter wichtig, denn ich war überzeugt, daß es sich um etwas Derartiges handeln mußte. Dann mußte ich mir nur noch darüber klarwerden, wie sich Avices Betragen erklären ließ.“

„Meines?“ fragte sie.

„Ja, Ihres, Avice. Heute morgen habe ich von Allen einen Brief bekommen, in dem er mir einige Episoden aus Tonias Leben mitgeteilt hat, die mir bestätigten, daß mein Bild von ihr stimmte. Es stand auch etwas über das Testament darin, in dem Avice nach Rogers Tod als Erbin eingesetzt ist, sowie über die Höhe ihres Einkommens.“ Er zündete sich eine Zigarette an und fuhr fort:

„Hierbei habe ich mir die einzigen Verdienste in diesem Fall erworben. Ich mußte nämlich sehr sorgfältig abwägen, was ich wirklich wußte und was ich nur vermutete. William, Philip und Tonia konnte ich aus verschiedenen Gründen aus meiner Liste streichen. Durch die Auffindung des Revolvers schied Tonia endgültig aus, doch war ich inzwischen ohnehin von ihrer Unschuld überzeugt. Nun ging es nur noch um Christopher und Avice.

Kam auch Avice für den Mord in Frage?

Ich hatte gerade erfahren, daß sie von zweihundertundfünfzig Pfund leben mußte und vermutlich in Geldverlegenheit war. Ich legte dem keinen großen Wert bei. Schließlich bringen es viele junge Damen mit sehr wenig Geld fertig, immer elegant auszusehen, hauptsächlich deshalb, weil andere sie mit allem Notwendigen versorgen.“

Avice sagte mit einem schwachen Lächeln:

„Ich habe tatsächlich seit fast einem Jahr nur mein Frühstück selbst bezahlt."
Aufgebracht fiel ihr Tonia ins Wort:
„Mein Gott, ich frage mich, wie Frauen wie du überhaupt zu existieren wagen. Nichts geben und immer nur nehmen und dabei noch wie eine Heilige aussehen!"
Finbow fuhr unbeirrt fort:
„Andererseits sind neunzigtausend Pfund eine ganze Menge Geld. Aber wenn Avice tatsächlich den Mord begangen hatte, konnte ich mir ihr Verhalten seit der Tat nicht erklären. Wenn sie Roger wegen seines Geldes umgebracht hätte, hätte sie vielleicht die Tränenreiche gespielt, und man hätte ihr dabei die Angst angemerkt. Aber wie erklärten sich diese merkwürdigen Gefühlskonflikte: ihre echte Angst, ihre echte Bitterkeit, ihre echten Selbstvorwürfe und der echte Triumph?
Ich habe auch mit dem Gedanken gespielt, sie könnte vielleicht Roger Christopher zuliebe umgebracht haben, weil sie wußte, daß er Christophers Karriere ruinieren würde. Aber ich habe den Gedanken dann wieder verworfen."
„Und warum?" fragte Philip.
„Weil sie Christopher nicht liebte. Tatsächlich ist Avice für mich schon ziemlich bald nicht mehr als Mörderin in Frage gekommen. Ich kam jedoch zu dem Schluß, daß sie genau wußte, wer der Täter war."
Avices erschreckte Augen begegneten Finbows kühlem Blick.
„Es war noch etwas eigentümlich bei diesem Mord", sagte Finbow. „Niemand wollte einen Schuß gehört haben. Das war verständlich bei allen, die in der Kajüte in der Nähe des Radios gesessen hatten. Aber selbst ein kleiner Revolver verursacht einen Knall, etwa so wie der, den wir gerade gehört haben."
Er hielt einen Augenblick inne und fuhr dann fort:
„Falls Avice den Mord nicht begangen hatte, war sie in ihrer Kajüte neben der Plicht gewesen, wo er verübt worden war. Daher mußte sie den Schuß natürlich gehört haben. Kurz darauf kam sie in die Mittelkajüte und stellte fest, daß Christopher gerade zurückgekommen war. Avice, ich nehme an, daß Sie von diesem Augenblick an wußten, wer der Täter war."
Avice starrte ihn mit großen Augen an.
„Und Sie wußten auch, weshalb er es getan hatte. Vermutlich hatten Sie Christopher etwas weitererzählt, was Roger gesagt hatte,

und er hat daraus geschlossen, daß Roger seine Kenntnisse über seinen Gesundheitszustand gegen ihn benutzen würde. Roger seinerseits hatte keine Ahnung, daß Christopher im Bild war. Er glaubte, er könne seiner ‚Pflicht' im Geheimen nachkommen. Und Christopher würde nie dahinterkommen, weshalb der Vorstand der Malayischen Gesellschaft auf einmal auf seine Dienste verzichtete. Deshalb war Roger in Christophers Gegenwart so ungezwungen, so sicher und liebenswürdig. Er hat ja gelacht, als er starb. Er wußte, daß er es sich leisten konnte, Christopher gegenüber jovial zu sein."

Avice saß ganz still. Aus ihrem Gesicht war alles Blut gewichen.

„Als ich soweit war, konnte ich mir Avices Verhalten leicht erklären. Sie hat einen Augenblick wirklich Angst gehabt, man könnte sie verdächtigen und daher Ian um Hilfe gebeten. Nachher machte sie sich deswegen Vorwürfe. Dadurch, daß sie Ian um Hilfe gebeten hatte, war sie vielleicht verantwortlich dafür, wenn herauskam, was sie für die Wahrheit hielt. Sie war froh –"

Avice zuckte zusammen.

„Sie war froh, als Roger tot war, aber sie fürchtete, daß Christopher der Mörder war. Hauptsächlich aber fühlte sie sich selbst schuldig, einmal weil sie mit der Wahrheit hinterm Berg hielt und nicht alles sagte, was sie wußte, vor allem aber weil sie dadurch, daß sie einen Augenblick lang feige gewesen war, vielleicht Christopher verraten hatte, den sie doch gern hatte. Tatsächlich ist es auch so gewesen. Wenn Ian mich nicht hergeholt hätte, wäre der Mörder nie gefunden worden, und es wäre bei einem mysteriösen Selbstmord geblieben. Aus diesem Grund hat Avice ihre Rolle als Mörderin so vorzüglich gespielt. Natürlich nicht bewußt – sie hätte es nicht so gut gekonnt, wenn sie es bewußt versucht hätte."

Avice sah unendlich elend aus. Sie bewegte sich nicht und weinte nicht, aber ihre Augen waren blind vor Schmerz.

Philip unterbrach Finbow:

„Und ich habe geglaubt, sie hätte Roger umgebracht."

Und Tonia fügte hinzu:

„Ich hätte das vielleicht auch geglaubt, wenn ich ihr soviel Courage zugetraut hätte."

Finbow sagte langsam:

„Hören Sie jetzt endlich auf, Tonia, und beten Sie zu Gott, daß Sie nie in eine solche Lage geraten. – Nachdem ich mich in ihrem Verhalten zurechtgefunden hatte, kam mir plötzlich alles ganz ein-

fach vor, und euch wird es sicher genauso gehen. Dann bin ich hingegangen und habe zugesehen, wie Aloysius Birrell tauchte. Ich war erst etwas erstaunt über den vorgetäuschten Selbstmord, aber die Geschichte hat mir imponiert. Natürlich war damit Frage eins völlig beantwortet. Wie ich schon zu Ian sagte, handelt es sich um einen der kühnsten und ästhetisch befriedigendsten Mordpläne, die mir je vorgekommen sind. Ein als Mord getarnter Selbstmord war schon kompliziert genug, aber ein als eine Kombination von Mord und Selbstmord getarnter Mord war nur von jemand zu durchschauen, der völlig unvoreingenommen an die Sache heranging.
Als ich euch von dem Selbstmord berichtete, habe ich natürlich Avice besonders genau beobachtet. Sie hat ihre Rolle gut gespielt, aber ich merkte ihr an, daß sie immer noch Angst hatte. Da sagte ich mir, wenn sie jetzt immer noch Angst hat, kann das nur bedeuten, daß irgendwelches Belastungsmaterial existiert, das Christopher gefährlich werden könnte. Natürlich wußte ich längst, daß sie die ganze Zeit etwas zu beseitigen versuchte. Schon in der ersten Nacht hat sie ja Feuer verlangt, und in der nächsten Nacht ist sie im Dunkeln im Haus herumgeirrt. Heute nachmittag blieb es nicht mehr bei bloßen Vermutungen. Es wurde mir zur Gewißheit. Ich folgte ihr in ihr Zimmer und überraschte sie dabei, wie sie ihr Tagebuch verbrannte."
„Weshalb sagtest du im Wohnzimmer zu mir: ‚Wenn ich mich nicht irre', bevor du in ihr Zimmer eingedrungen bist?" fragte ich.
„Ich hätte mich ja schließlich auch einmal irren können", antwortete er lächelnd.
Er fuhr fort:
„Das Tagebuch war die Erklärung für ihre ständige fieberhafte Angst. Sie fürchtete, daß demnächst die Zimmer durchsucht würden und Christopher in Verdacht käme. In einer Gesellschaft wie dieser und in einem solchen Bungalow ist es aber gar nicht so einfach, ein Tagebuch loszuwerden. Was stand denn übrigens darin, Avice?"
Mit unsicherer Stimme sagte sie:
„Ich habe viel hineingeschrieben. Ein Eintrag stammte von vor zwei Jahren und lautete: ‚Christopher ist verloren. Der arme Teufel! Es ist ein Jammer, aber er kann nur noch hoffen, sein Leben noch kurze Zeit hinzuschleppen. Er möchte es nicht bekannt werden lassen, deshalb sprechen wir nicht darüber.' Dann hatte ich erst kürzlich noch hineingeschrieben: ‚Roger hat mir gerade

einen seiner typischen Briefe geschrieben. Darin heißt es: »Natürlich wirst Du Christopher nicht heiraten. Vielleicht hättest Du es getan, wenn er die Stelle in Malaya bekommen hätte, aber sie werden sie ihm nicht geben, weil er ja diese Krankheit hatte!«' Es hat noch viel mehr darin gestanden."

„So!" sagte Finbow. „Kein Wunder, daß Sie das Tagebuch verbrennen wollten. Aber ich frage mich noch eines: Wie hat Christopher es nur fertiggebracht, seine Krankheit so geheimzuhalten? Niemand außer Roger scheint ja davon gewußt zu haben – und außer Ihnen, da Roger Sie liebte."

Avice war den Tränen nahe. Sie sagte sehr leise:

„Christopher besaß mehr Selbstbeherrschung als irgend jemand, dem ich je begegnet bin. Er war überzeugt, daß es verhängnisvoll für ihn sein könnte, wenn er je genesen sollte und etwas über diese Krankheit bekannt würde. Und wenn er daran sterben mußte, was wahrscheinlicher schien, ging es ohnehin niemand etwas an. Deshalb hat er darüber geschwiegen und hat sich von der Sonne braunbrennen lassen. Erst neulich noch hat er zu mir gesagt: ‚Diese Narren halten einen für gesund, wenn man nur kaffeebraungebrannt ist.' Niemand hätte im Traum daran gedacht, daß etwas mit seiner Gesundheit nicht stimmte."

„Das ist absolut charakteristisch für ihn", antwortete Finbow. „Fast genauso perfekt war sein Verhalten nach dem Mord. Er hat genau die richtige Haltung eingenommen und sich gehütet, allzu unschuldig zu wirken. So hat er einen kleinen Revolver aus London mitgebracht und ihn Birrell gezeigt. Er hat ihm gesagt, er werde ihn in Malaya brauchen, was Birrell einsah. Ich möchte wetten, wenn Birrell den ersten Revolver nicht gefunden hätte, hätte Christopher dafür gesorgt, daß er beim nächsten Tauchen einen entdeckt hätte, an den ebenfalls ein Gewicht gebunden war – und Birrell wäre auch auf diese Weise zu dem Schluß gekommen, daß Roger Selbstmord verübt hat."

„Das wäre ein so guter Witz gewesen, daß es eigentlich schade darum ist, daß es nicht soweit kam", sagte William.

„Der zweite Revolver war in dem Päckchen aus braunem Packpapier, das ich ins Boot gelegt habe", bemerkte Finbow nebenbei.

„Du hast das alles sehr einleuchtend erklärt, Finbow", sagte ich. „Es ist eine Schande, daß Christopher nun wegen eines Menschen wie Roger gehängt werden wird."

„Roger war ein Schuft", sagte Philip, „ein ganz gemeiner Schuft."
Avice weinte und flüsterte unter Tränen:
„Ich habe Christopher nie geliebt. Ich wollte, ich könnte es jetzt."
Ernst sagte Finbow:
„Christopher war ein unglücklicher Mensch."
„Warum sagen Sie ‚war'?" fiel ihm William schnell ins Wort, und Tonia fragte:
„Was war denn das vorhin für ein Geräusch?"
Finbow sagte langsam und gelassen:
„Ich hoffe, das war der Knall von Christophers Revolver – als er sich erschossen hat."
William und Philip stürzten zur Verandatür.
„Wartet noch einen Augenblick", sagte Finbow. „Ich möchte nicht, daß ihr noch einmal in Schwierigkeiten geratet. Deshalb habe ich auch vorhin Mrs. Tufts hereingeholt, damit sie sich davon überzeugte, daß ihr alle im Zimmer wart. Deshalb habe ich mich auch die ganze Zeit mit euch unterhalten. Sie holt gerade Birrell, und niemand kann euch verdächtigen, wenn das, worauf ich hoffe, geschehen ist."
„Haben Sie es Christopher gesagt?" fragte William.
„Ich versuchte, es ihm zu verstehen zu geben, indem ich die Krankengeschichte erwähnte. Und er hat mich verstanden", sagte Finbow.
Wir gingen hinaus in den Garten. Birrells Motorboot lag vertäut vor dem Bungalow. Jemand deutete auf den Mast des Dingis irgendwo am Ufer. Wir stürzten darauf zu. Ein kalter Wind fuhr uns entgegen und heulte und raschelte im Schilf. Das Boot steckte mit dem Bug im Schlamm. Das Segel flatterte sinnlos im Wind. Im Boot lag Christopher. Der Regen strömte ihm übers Gesicht. Über seinem Herzen war ein kleines Loch, und das Blut floß an seinem Mantel herunter. Kein Revolver war zu sehen. In einem letzten Anflug von grimmigem Humor hatte er sich auf die gleiche Weise wie Roger umgebracht und die Todeswaffe so beschwert, daß sie ins Flußbett hinuntergezogen wurde, während das Segel gesetzt war.
Sein Mund war verzerrt, und seine Augen blickten finster. Das Schilf rauschte melancholisch über seinem Gesicht, und über ihm war der graue, trostlose Himmel.

Inhalt

Sechs nette Leute 7
Roger segelt allein 20
Das Schweigegelübde 30
Aloysius Birrell und Finbow 46
Finbow stellt fünf Fragen 61
Ein unheimliches Lächeln 81
Warum haßten fünf nette junge Leute Roger? 92
Im Kricketstadion 103
Finbow schlägt die Zeit tot 118
Eine unruhige Nacht 135
Ein unbehaglicher Morgen 148
Avices Heiratsanträge 162
Ein düsteres Abendessen 170
Rogers Liebesaffären 180
Aloysius Birrell taucht 196
Aloysius Birrell verfaßt seinen Bericht 206
Fünf nette junge Leute fühlen sich erleichtert 212
Avice verbrennt gewisse Papiere 222
Finbow nimmt sich Zeit für seine Erklärungen 232

Bitte beachten Sie
die folgenden Seiten:

Saul Bellow

Nach Jerusalem und zurück
Ein persönlicher Bericht
Ullstein Buch 20017

Der Dezember des Dekans
Roman
Ullstein Buch 20498

Mosbys Memoiren
Erzählungen
Ullstein Buch 20530

Das Opfer
Roman
Ullstein Buch 20580

ein Ullstein Buch

»Unumstritten der größte lebende Epiker Nordamerikas.« (Marcel Reich-Ranicki, FAZ)

Richard Adams

Unten am Fluß
Watership Down
Ullstein Buch 3508

Shardik
Ullstein Buch 20121

Die Hunde des
Schwarzen Todes
Ullstein Buch 20234

Jeffrey Archer

ein Ullstein Buch

Kain und Abel
Ullstein Buch 20406

Es ist nicht alles Gold, was glänzt
Ullstein Buch 20564

Abels Tochter
Ullstein Buch 20586